Elogios para
La breve y maravillosa vida de Óscar Wao

"*La breve y maravillosa vida de Óscar Wao*, de Junot Díaz, es una maravillosa y no tan breve *opera prima* tan desbordante de originalidad que sólo se puede comparar a un híbrido entre Mario Vargas Llosa, *Star Trek*, David Foster Wallace y Kanye West. Es divertida, lúcida y llena de penetrantes observaciones". —*The New York Times*

"Genial... un relato de la experiencia americana vertiginosamente glorioso e inolvidablemente horrendo... Su relato es un triunfo del estilo y la agudeza... El hecho de que la novela de Díaz, además, esté repleta de ideas, que el brillante discurso de Yunior pueda medirse con los monólogos del Zuckerman de Roth —en pocas palabras, que haya creado una obra de ficción moderna verdaderamente prodigiosa— convierten a *La breve y maravillosa vida de Óscar Wao* en un ejemplo sumamente raro. Estamos ante un libro en el que se puede ver reflejado un nuevo Estados Unidos, aunque lo mismo puede ocurrirle a cualquier otra persona". —*San Francisco Chronicle*

"La prosa de Díaz es rebelde, frenética, seductora... En el paisaje descrito por Díaz, somos todos iguales, víctimas de una historia y un presente que no sólo se desangran juntos sino también se cuecen juntos. A menudo en un caldo de hilaridad. Las más de las veces en medio del sufrimiento". —*Esquire*

"En la imaginación de numerosos escritores, son las historias no contadas las que impulsan al lector, aquellos giros vibrantes, vívidos, mágicos e históricos de la humanidad que constituyen nuestro entendimiento. La maravillosa primera novela de Junot Díaz nos ofrece todo aquello y más, nos cautiva con su poesía enérgica y nos ofrece un retrato espléndido de la gente corriente en el escenario de la historia extraordinariamente cruel de la República Dominicana en el siglo xx". —Edward P. Jones, autor de *The Known World*

"Oscuro y exuberante... fértil y festivo... este libro apasionado, divertido y trágico es, sobre todo, justo lo que un lector habría esperado de una novela de Junot Díaz". —*Publishers Weekly*

"Pocos libros requieren la advertencia de "altamente inflamable", pero *La breve y maravillosa vida de Óscar Wao,* la tan esperada primera novela de Junot Díaz, quemará el corazón de los lectores y les chamuscará los sentidos. La novela de Díaz se empapa del ritmo desenfrenado del mundo real, y también está teñida de realismo mágico y de los cuentos fantásticos clásicos". —*USA Today*

"*Óscar Wao* nos revela a un novelista comprometido con la cultura, por arriba y por abajo, con su lenguaje políglota". —*Newsweek*

"Los lectores que han tenido que esperar una década para leer la primera novela de Díaz han sido espectacularmente recompensados". —*Booklist*

"Fecunda y vital... El hecho de que Díaz alcance cotas tan altas en su primera novela es notable, pero no sorprendente. Su colección de cuentos, titulada *Negocios,* de 1997, suscitó críticas que lo situaron en primera línea. En el caso de su primera novela, y al contrario de lo habitual, la frase 'esperada con avidez', no es una exageración". —*The Oregonian*

"La fuerza motriz de la novela de Díaz es su voz, tan nítida y llena de energía como versátil. Es su voz la que inspira todo el placer, la tragedia y la maravilla que nos queda de la vida breve y llena de añoranza de Óscar Wao". —*The Globe and Mail* (Toronto)

JUNOT DÍAZ

La breve y maravillosa vida de Óscar Wao

Junot Díaz es el autor de una colección de relatos *Negocios,* y sus obras han aparecido en *New Yorker, The Paris Review,* y la antología de los mejores relatos breves *Best American Short Stories.* Ha recibido el Premio PEN/Malamud, el Premio de Ficción del National Book Critics Circle, el Premio Anisfield-Wolf y el Premio Pulitzer de Ficción. Nació en Santo Domingo, República Dominicana, creció en Nueva Jersey, y vive entre Nueva York y Boston, donde es editor de ficción de la revista *Boston Review* y profesor en la universidad MIT.

TAMBIÉN DE JUNOT DÍAZ

Negocios

La breve y maravillosa vida de Óscar Wao

La breve y maravillosa vida de Óscar Wao

Junot Díaz

TRADUCCIÓN DE ACHY OBEJAS

Vintage Español
Una división de Random House, Inc.
Nueva York

PRIMERA EDICIÓN VINTAGE ESPAÑOL, SEPTIEMBRE 2008

Partes de este libro aparecieron originalmente en formato diferente en inglés en *The New Yorker.*

El autor expresa su sentido agradecimiento por el permiso para reproducir un pasaje de "Adios, Carenage" del poema *The Schooner* Flight, de *Collected Poems 1948–1984*, por Derek Walcott. Copyright © 1986 por Derek Walcott. Reproducido con permiso de Farrar, Straus and Giroux, LLC.

Biblioteca del Congreso de los Estados Unidos
Información de catalogación de publicaciones
Díaz, Junot.
[Brief wondrous life of Oscar Wao. Spanish.]
La breve y maravillosa vida de Óscar Wao / by Junot Díaz.
p. cm.
1. Dominican Americans—Fiction. 2. Domestic fiction. I. Title.
PS3554.I259B7518 2008
813'.54—dc22
2008021423

Vintage ISBN: 978-0-679-77669-7

Traducido del inglés por Achy Obejas
Asistente a Achy Obejas/redacción: María Teresa Ortega
Diseño del libro de Debbie Glasserman

www.grupodelectura.com

Impreso en los Estados Unidos de América
20 19 18 17 16 15 14 13

ELIZABETH DE LEÓN

NOTA SOBRE LA TRADUCCIÓN

Nuestras notas al pie de página se encuentran entre corchetes [ ] para distinguirlas de las del autor. También, se ha tratado de preservar el español del texto original lo más posible.

"¿Qué importan las vidas breves, anónimas… a **Galactus**??"

Fantastic Four
Stan Lee y Jack Kirby
(Vol. I, No. 49, abril 1966)

¡Cristo, ten misericordia en todo lo que duerme!
Desde el perro que se pudre en la calle Wrightson
hasta cuando yo fui un perro en estas calles;
si amar estas islas debe ser mi carga,
es de la corrupción que mi alma saca alas.
Pero habían comenzado a envenenar mi alma
con su gran casa, su gran carro, el bohbohl[1] a mil,
peón, negro, sirio y criollo francés,
así que se lo dejo a ellos y su carnaval
—tomo un baño de mar, me voy por el camino.
Conozco estas islas de Monos a Nassau,
marinero cabeza color óxido y ojos verdemar
al que apodan Shabine, jerga para cualquier
jabao, y yo, Shabine, vi
cuando estos tugurios del imperio eran paraíso.
Soy apenas un jabao que ama el mar,
tuve una sólida educación colonial,
tengo de holandés, de negro, de inglés en mí,
y no soy nadie, o soy una nación.

Derek Walcott

[1] [Ritmo de carnaval de Trinidad.]

Dicen que primero vino de África, en los gritos de los esclavos; que fue la perdición de los taínos, apenas un susurro mientras un mundo se extinguía y otro despuntaba; que fue un demonio que irrumpió en la Creación a través del portal de pesadillas que se abrió en las Antillas. *Fukú americanus,* mejor conocido como fukú —en términos generales, una maldición o condena de algún tipo; en particular, la Maldición y Condena del Nuevo Mundo. También denominado el fukú del Almirante, porque el Almirante fue su partero principal y una de sus principales víctimas europeas. A pesar de haber "descubierto" el Nuevo Mundo, el Almirante murió desgraciado y sifilítico, oyendo (dique) voces divinas. En Santo Domingo, la Tierra Que Él Más Amó (la que Óscar, al final, llamaría el Punto Cero del Nuevo Mundo), el propio nombre del Almirante ha llegado a ser sinónimo de las dos clases de fukú, pequeño y grande. Pronunciar su nombre en voz alta u oírlo es invitar a la calamidad a que caiga sobre la cabeza de uno o uno de los suyos.

Cualquiera que sea su nombre o procedencia, se cree que fue la llegada de los europeos a La Española lo que desencadenó el fukú en el mundo, y desde ese momento todo se ha vuelto una tremenda cagada. Puede que Santo Domingo sea el Kilómetro Cero del fukú, su puerto de entrada, pero todos nosotros somos sus hijos, nos demos cuenta o no.

Pero el fukú no es sólo historia antigua, un cuento de fantasmas del pasado sin fuerzas para asustar. En la época de mis padres, el fukú era algo tan real como la mierda, algo en lo que cualquiera podría creer. Todo el mundo sabía de alguien a quien el fukú se había tragado, igual que todo el mundo conocía a alguien que trabajaba en el Palacio. Estaba en el aire, cabría decir, aunque, como todas las cosas más importantes en la isla, en realidad nadie tocaba el tema. Pero en aquellos días de antaño, el fukú la pasaba bien; incluso tenía lo que se podría llamar un promotor, un sumo sacerdote. Nuestro Dictador de Una Vez y Para Siempre, Rafael Leónidas Trujillo Molina.[1] Nadie sabe si Trujillo era subordinado o amo de la Maldición, pero estaba claro que entre ellos había un acuerdo, que eran *panas*. Incluso entre la gente educada

[1]Para aquellos a los que les faltan los dos segundos obligatorios de historia dominicana: Trujillo, uno de los dictadores más infames del siglo XX, gobernó la República Dominicana entre 1930 y 1961 con una brutalidad despiadada e implacable. Mulato con ojos de cerdo, sádico, corpulento: se blanqueaba la piel, llevaba zapatos de plataforma y le encantaban los sombreros al estilo de Napoleón. Trujillo (conocido también como El Jefe, El Cuatrero Fracasado y Fuckface) llegó a controlar casi todos los aspectos de la política, la vida cultural, social y económica de la RD mediante una mezcla potente (y muy conocida) de violencia, intimidación, masacre, violación, asimilación y terror; así llegó a disponer del país como si fuera una colonia y él su amo. A primera vista, parecía el prototipo del caudillo latinoamericano, pero sus poderes eran tan fatales que pocos

se creía que cualquiera que conspirara contra Trujillo incurriría en uno de los fukús más poderosos durante siete generaciones y quizá más. Sólo con que se le ocurriera pensar algo malo sobre Trujillo, *¡fuá!*, un huracán barría a su familia hacia el mar, *¡fuá!*, un canto rodado le caía del cielo azul y lo aplastaba, *¡fuá!*, el camarón que comió hoy se convertía en el cólico que lo mataba mañana. Eso explica por qué todo el que intentó asesinarlo siempre acabó muerto, por qué esos tipos que por fin lo lograron pagaron con muertes espantosas. ¿Y qué decir de ese cabrón de Kennedy? Fue él quien dio luz verde para el asesinato de Trujillo en 1961 y pidió que la CIA llevara armas a la isla. Mala movida, capitán. Lo que a los expertos de inteligencia se les pasó decirle a Kennedy fue algo que todo dominicano, desde el jabao más rico de Mao hasta al más pobre güey en El Buey, del francomacorisano más viejo al carajito en San Francisco, sabía: quien matara a Trujillo

historiadores o escritores los han percibido, y me atrevo a decir que ni siquiera han imaginado. Era nuestro Sauron[a], nuestro Arawn[b], nuestro propio Darkseid[c], nuestro dictador para siempre, un personaje tan extraño, tan estrafalario, tan perverso, tan terrible que ni siquiera un escritor de ciencia ficción habría podido inventarlo. Famoso por haber cambiado TODOS LOS NOMBRES A TODOS LOS SITIOS HISTÓRICOS de la República Dominicana para honrarse a sí mismo (el Pico Duarte se convirtió en Pico Trujillo, y Santo Domingo de Guzmán, la primera y más antigua ciudad del Nuevo Mundo, se convirtió en Ciudad Trujillo); por monopolizar con descaro todo el patrimonio nacional (convirtiéndose de repente en uno de los hombres más ricos del planeta); por armar uno de los mayores ejércitos del hemisferio (por amor de Dios, el tipo tenía bombarderos); por tirarse a cada mujer atractiva que le diera la gana, incluso las esposas de sus subalternos, miles y miles y miles de mujeres; por tener la expectativa —¡no, por insistir!— en la veneración absoluta de su pueblo (significativamente, la consigna nacional era "Dios y Trujillo"); por dirigir el país como si fuera un campo de entrenamiento de la Marina norteamericana; por quitar a amigos y aliados de sus puestos y arrebatarles las propiedades sin razón alguna; y por sus capacidades casi sobrenaturales.

Entre sus logros excepcionales se cuentan: el genocidio en 1937 de los haitianos y la comunidad haitiano-dominicana; mantener una de las dictaduras más largas y dañinas del Hemisferio Occidental con el apoyo de Estados Unidos (y si hay algo en que los latinos somos expertos es en tolerar dictadores respaldados por Estados Unidos, así que no hay duda que ésta fue una victoria ganada con el sudor de la frente, los chilenos y los argentinos todavía reclaman); la creación de la primera cleptocracia moderna (Trujillo fue Mobutu antes de que Mobutu fuera Mobutu); el soborno sistemático de senadores estadounidenses; y, por último, y no menos importante, la forja del pueblo dominicano en una nación moderna (hizo lo que no pudieron hacer los entrenadores de las fuerzas militares americanas durante la ocupación).

[a][El Señor Oscuro de *The Lord of the Rings.*]
[b][El Señor de la Muerte de la serie *Chronicles of Prydain.*]
[c][El super villano extraterrestre de Fourth World Comics.]

—y también su familia— sufriría un fukú tan terrible que, en comparación, haría parecer un jojote el que le cayó al Almirante. ¿Quieren una respuesta final a la pregunta de la Comisión de Warren sobre quién mató a JFK? Dejen que yo, su humilde Observador, les revele de una vez y por todas la Sagrada y Única Verdad: no fue la mafia, ni LBJ, ni el fantasma de la fokin Marilyn Monroe. Ni extraterrestres, la KGB o algún pistolero solitario. No fueron los hermanos Hunt de Texas, ni Lee Harvey, ni la Comisión Trilateral. Fue Trujillo; fue el fukú. ¿De dónde coñazo piensan que viene la supuesta Maldición de los Kennedy?[2] ¿Y Vietnam? ¿Por qué creen que el país más poderoso del mundo perdió su primera guerra contra un país tercermundista como Vietnam? Por Dios, mi gente, *por Dios.* Quizá resulte interesante el hecho de que mientras Estados Unidos se involucraba más en Vietnam, LBJ pusiera en marcha la invasión ilegal a la República Dominicana (el 28 de abril de 1965). (Santo Domingo fue Irak antes de que Irak fuera Irak.) Resultó ser un éxito militar aplastante para Estados Unidos, y muchas de las mismas unidades y equipos de inteligencia que participaron en la "democratización" de Santo Domingo fueron enviados de inmediato a Saigón. ¿Y qué creen ustedes que llevaban esos soldados, técnicos y espías con ellos, en sus mochilas, en las maletas, en los bolsillos de las camisas, en los pelitos de la nariz, en el barro de las suelas de sus zapatos? Apenas un regalito de mi pueblo, una pequeña revancha por una guerra injusta. Fue así, mi gente. Fukú.[3]

[2][La Maldición de los Kennedy es una referencia a una serie de lamentables sucesos ocurridos en la famosa familia Kennedy. Varios miembros de la familia han muerto en circunstancias extraordinarias: los hermanos John y Robert fueron asesinados y John, Jr., murió en 1999 en un accidente aéreo.]

[3]Esta notica es para los paranoicos: la noche que John Kennedy, Jr., Carolyn Bessette y su hermana Lauren desaparecieron en el Piper Saratoga (fukú), la criada favorita de su padre, una dominicana llamada Providencia Paredes, estaba en Martha's Vineyard cocinándole a John-John su plato preferido: chicharrón de pollo. Pero el fukú siempre come primero, y come solo.

Por eso es importante recordar que el fukú no siempre cae como un relámpago. Algunas veces gotea, paciente, ahogándolo a uno poco a poco, como fue el caso del Almirante, o de Estados Unidos en los arrozales de las afueras de Saigón. A veces es rápido, a veces lento. Y por eso es fatal, porque es dificilísimo de fichar, de prepararse uno para el encuentro. Pero se puede estar seguro de una cosa: como el Efecto Omega de Darkseid,[4] o la ruina de Morgoth,[5] no importa cuántos giros dé, por cuántos desvíos se meta, siempre —y con esto quiero decir *siempre*— agarra a quien quiere.

Que yo crea o no en lo que muchos han llamado The Great American Doom —La Gran Perdición Americana— no viene al caso. Si viven tanto tiempo como yo en el corazón de la tierra del fukú, oyen estos cuentos constantemente. Todo el mundo en Santo Domingo tiene en su familia una historia sobre el fukú. Tengo un tío en el Cibao, padre de una docena de hijas, que creía que una ex amante lo había maldecido para que no pudiera tener varones. Fukú. Tengo una tía que creía que la felicidad le había dado la espalda porque se había reído de una rival en su funeral. Fukú. Mi abuelo paterno está convencido de que la diáspora es la venganza de Trujillo por la traición de su pueblo. Fukú.

Y está bien si ustedes no creen en estas "supersticiones".

[4][Puede desintegrar a cualquiera.]

[5][De *The Children of Hurin* de J.R.R. Tolkien:] "Soy el rey más Antiguo: Melkor, el primero y el más poderoso de todo Valar, que estaba antes del mundo y quien lo hizo. La sombra de mi propósito está sobre Arda, y Todo lo que está en él se doblega lenta y seguramente a mi voluntad. Pero sobre todo lo que ames mi pensamiento pesará como una nube de la Condena, y lo llevará hacia la oscuridad y la desesperación. Dondequiera que vayan, el mal se levantará. Siempre que hablen, sus palabras traerán mal consejo. Todo lo que hagan les irá contra ellos. Morirán sin esperanza, maldiciendo la vida y la muerte".

Perfecto. Mejor que perfecto. Porque crean lo que crean, el fukú cree en ustedes.

Hace un par de semanas, mientras terminaba este libro, puse un mensaje sobre el fukú en la red, en el foro público DRi, sólo por curiosidad. Hoy en día ando medio nerd.[6] La respuesta fue una fokin avalancha. Si supieran la cantidad de comentarios que recibí. Y siguen llegando. Y no sólo de domos. Los portorros quieren hablar del fufú y los haitianos tienen una vaina muy parecida. Hay millones de cuentos del fukú. Hasta mi mamá, que casi nunca habla de Santo Domingo, ha empezado a compartir los suyos conmigo.

Por supuesto, como ya se deben haber imaginado, yo también tengo un cuento de fukú. Me gustaría decir que es el mejor de todos —el fukú número uno— pero no es así. El mío no es el más pavoroso, ni el más rotundo, ni el más doloroso, ni el más lindo.

Es sencillamente el que me tiene agarrado por el cuello.

No estoy muy seguro que a Óscar le hubiera gustado esto del "fukú story"; le fascinaban la ciencia ficción y la fantasía y creía que ésa era la clase de historia que todos vivíamos. Preguntaba: ¿Qué puede ser más ciencia ficción que Santo Domingo? ¿Qué más fantasía que las Antillas?

Pero ahora que sé cómo terminó todo, tengo que preguntar a mi vez: ¿Qué más fukú?

. . .

[6][Mentecato, ganso, pendejo; también estudioso.]

Una nota final, Toto, antes de que Kansas desaparezca: según la tradición en Santo Domingo, cuando uno oye el nombre del Almirante, aún por casualidad, o cada vez que un fukú levanta sus muchas cabezas, sólo hay una manera segura de detener la maldición, de evitar que el desastre te envuelva, sólo un contrahechizo seguro que te mantenga a salvo a ti y a tu familia. Y no es de sorprender que sea una palabra. Una simple palabra (generalmente seguida por un enérgico cruce de los dedos de Dios).

Zafa.

Era mucho más popular en los viejos tiempos, toda una sensación en Macondo aunque no necesariamente en McOndo. Claro que hay gente como mi tío Miguel en el Bronx que siguen metiéndole zafa a todo. Es old school[7] pa eso. Si los Yankees cometen un error en las últimas entradas, ahí va el zafa; si alguien trae conchas de la playa, zafa; si le sirves parcha a un hombre, zafa. Zafa está presente las veinticuatro horas con la esperanza de que la mala suerte no tenga tiempo de imponerse. Apenas escribo estas palabras y me pregunto si este libro no es una especie de zafa: mi propio hechizo de protección.

[7][De las viejas tradiciones.]

I

01.

EL NERD DEL GHETTO EN EL FIN DEL MUNDO

1974–1987

La Edad de Oro

Nuestro héroe no era uno de esos dominicanos de quienes todo el mundo anda hablando, no era ningún jonronero ni bachatero fly[8], ni un playboy con un millón de conquistas.

Y salvo en una época temprana de su vida, nunca tuvo mucha suerte con las jevas (qué poco dominicano de su parte).

Entonces tenía siete años.

En esos días benditos de su juventud, Óscar, nuestro Héroe, era medio casanova. Era uno de esos niñitos enamoradizos que andan siempre tratando de besar a las niñas, de pegárseles por atrás en los merengues y bombearlas con la pel-

[8][Pronunciado *fla-i*: Chévere, volao, bárbaro, macanudo, estupendo.]

vis; fue el primer negrito que aprendió "el perrito" y lo bailaba a la primera oportunidad. Dado que en esos días él (todavía) era un niño dominicano "normal", criado en una familia dominicana "típica", tanto sus parientes como los amigos de la familia le celebraban sus chulerías incipientes. Durante las fiestas —y en esos años setenta hubo muchas fiestas, antes de que Washington Heights fuera Washington Heights, antes de que el Bergenline se convirtiera en un lugar donde sólo se oía español a lo largo de casi cien cuadras— algún pariente borracho sin falta hacía que Óscar se le arrimava a alguna niña y entonces todos voceaban mientras los niños imitaban con sus caderas el movimiento hipnótico de los adultos.

Tendrías que haberlo visto, dijo su mamá con un suspiro en sus Últimos Días. Era nuestro Porfirio Rubirosa[9] en miniatura.

El resto de los niños de su edad evitaba a las niñas como si fueran portadoras del Captain Trips.[10] Pero no Óscar. El pequeño amaba las hembras, tenía "novias" a montones (era un niño, digamos, macizo, con tendencia a la gordura, pero

[9]En los años cuarenta y cincuenta, Porfirio Rubirosa —o Rubi, como le decían en los diarios—, era el tercer dominicano más famoso del mundo (primero estaba El Cuatrero Fracasado, y luego la mismísima mujer cobra, María Montez). Hombre buen mozo, alto y elegante cuyo "enorme falo causó estragos en Europa y Norteamérica", Rubirosa era un picaflor del jet-set, que competía en carreras automovilísticas, estaba obsesionado con el polo y era la cara "feliz" del trujillato (porque, efectivamente, era uno de los subalternos más conocidos de Trujillo). Un guapísimo hombre del mundo que también había sido modelo, alcanzó notoriedad cuando se casó con la hija de Trujillo, Flor de Oro, en 1932, y aunque se divorciaron cinco años después, en el Año del Genocidio Haitiano, logró estar a bien con El Jefe durante todo el largo tiempo que se mantuvo el régimen. A diferencia de su cuñado Ramfis (con quien lo asociaban con frecuencia), Rubirosa parecía incapaz de matar a nadie; en 1935 viajó a Nueva York para entregar la sentencia de muerte de El Jefe contra el líder del exilio, Ángel Morales, pero huyó antes de que la chapucería del intento pudiera llevarse a cabo. Rubi era el macho dominicano clásico, rapaba con toda clase de mujer —Barbara Hutton, Doris Duke (que resultó ser la mujer más rica del mundo), la actriz francesa Daniela Darrieux y Zsa Zsa Gabor— por nombrar sólo a algunas. Como su socio Ramfis, Porfirio también murió en un accidente automovilístico en 1965, cuando su Ferrari de doce cilindros patinó al salirse de la carretera en el Bois de Boulogne (es difícil exagerar el rol que desempeñan los carros en nuestra narrativa).

[10][La influenza que destruye al planeta en el libro de Stephen King, *The Stand*.]

su mamá le proporcionaba buena ropa y se ocupaba de que tuviera un buen corte de pelo, y antes de que las dimensiones de su cabeza hubiesen cambiado, ya tenía esos ojos brillantes y encantadores y esas mejillas lindas, evidentes en todas las fotos). Las muchachas —las amigas de su hermana Lola, las amigas de su mamá, incluso su vecina Mari Colón, una empleada del correo treintona que se pintaba los labios de rojo y caminaba como si tuviera una campana de culo— todas supuestamente se enamoraban de él. ¡Ese muchacho está bueno! (¿Importaba acaso que fuera tan honesto y que estuviera tan obviamente falto de atención? ¡Para nada!). En la RD durante las visitas de verano a su familia en Baní, se portaba de lo peor; se paraba frente a la casa de Nena Inca y les gritaba a las mujeres que pasaban —¡Tú tá buena! ¡Tú tá buena! hasta que un Adventista del Séptimo Día le dio las quejas a su abuela y ella terminó con el desfile de éxitos de un golpe. ¡Muchacho del Diablo! ¡Esto no es un cabaret!

Fue una verdadera época de oro para Óscar, que alcanzó su apoteosis en el otoño de su séptimo año, cuando tuvo dos noviecitas a la vez, su primer y único ménage à trois. Con Maritza Chacón y Olga Polanco.

Maritza era amiga de Lola. De pelo largo y pulcro y tan linda que podía haber interpretado a una joven Dejah Thoris.[11] Por su parte, Olga no era exactamente amiga de la familia. Vivía en la casa al final de la cuadra, de la que la mamá de Óscar solía quejarse porque siempre estaba repleta de puertorriqueños tomando cerveza en el portal (¿Qué pasa? ¿No pudieron haber hecho eso en Cuamo? preguntaba malhumorada). Olga tenía como noventa primos, todos llamados

[11] [Dejah Thoris es uno de los personajes principales en la serie de novelas marcianas de Edgar Rice Burroughs. La primera fue *A Princess of Mars* (1917), que protagonizó.]

Héctor o Luis o Wanda. Y como su madre era una maldita borracha (para citar textualmente a la mamá de Óscar), algunos días Olga olía a culo, por lo que los chiquillos del barrio le decían Mrs. Peabody.[12]

A Óscar no le importaba que fuera o no fuera Mrs. Peabody, pero le gustaba lo reservada que era, cómo lo dejaba lanzarla al piso y fajarse con ella, y el interés que mostraba en sus muñecos de *Star Trek*. Maritza era bella y ya, no hacía falta motivación alguna y siempre estaba presente, así que fue realmente una movida genial que se le ocurriera tratar de estar con las dos a la vez. Al principio fingió que era su héroe número uno, Shazam,[13] el que quería hacerlo. Pero después que ellas dijeron que sí, él dejó esa vaina. No era Shazam: era él, Óscar.

Aquellos eran días más inocentes, por lo que la relación consistía en mantenerse cerca unos de otros en la parada de la guagua, agarrarse de la mano a escondidas y darse besitos con mucha seriedad en los cachetes, primero a Maritza, después a Olga, ocultos tras unos arbustos para que no los vieran de la calle. (Mira a ese machito, decían las amigas de su mamá. ¡Qué hombre!)

El trío duró sólo una maravillosa semana. Un día, a la salida de la escuela, Maritza arrinconó a Óscar detrás de los columpios y lo amenazó: ¡O ella o *yo*! Óscar le tomó la mano a Maritza y le habló con solemnidad y gran lujo de detalles sobre su amor por ella y le recordó que habían decidido *com-*

[12][Esposa de Profesor Peabody, un personaje de la serie animada de televisión estadounidense, *Fractured Fairy Tales*. El Profesor Peabody era un perro científico.]

[13][Shazam suele confundirse con el Capitán Maravilla, una figura de Fawcett Comics que imitaba a Superman, pero "shazam" era la palabra mágica que transformaba al joven Billy Batson en el mortal más poderoso del mundo.]

partir, pero a Maritza le importó un carajo. Ella tenía tres hermanas mayores y ya sabía todo lo que necesitaba sobre las posibilidades de *compartir.* ¡Ni me hables hasta que te libres de ella! Maritza, con su piel achocolatada y ojos achinados, ya expresaba la energía de Ogún con la que arremetería contra todo el mundo durante el resto de su vida. Óscar marchó a casa taciturno, a sus muñequitos mal dibujados de antes de la era coreana, al *Herculoids* y el *Space Ghost.* ¿Qué te pasa? le preguntó su mamá. Se estaba preparando para ir a su segundo trabajo y el eczema que tenía en sus manos las hacía parecer una harina sucia. Cuando Óscar lloriqueó, Las muchachas, Mamá de León casi estalló. ¿Tú tá llorando por una muchacha? Y puso a Óscar de pie con un jalón de oreja.

¡Mami, ya! su hermana gritó, ¡para ya!

Su mamá lo tiró al piso. Dale un galletazo, jadeó, a ver si la putica esa te respeta.

Si él hubiera sido otro tipo de varón, habría tomado en cuenta lo del galletazo. No era sólo que no tuviese un modelo de padre que lo pusiese al tanto de cómo ser macho —aunque ese también era el caso— sino que carecía de toda tendencia agresiva y marcial (a diferencia de su hermana, que siempre estaba en plena lucha con los muchachos y con un fracatán de morenas que odiaban su nariz perfilada y su pelo lacio). Óscar no valía ni medio en combate; incluso Olga, con sus brazos que parecían palillos, podía haber acabado con él. Nada de agresión e intimidación. Así que tuvo que pensarlo. En fin, Maritza era bella y Olga no; Olga olía a veces a pis y Maritza no. Maritza podía venir a su casa y Olga no (¿Una puertorriqueña aquí? su madre decía con desdén. ¡Jamás!). Su lógica matemática, como la de los insectos, era de sí o no. Rompió con Olga al día siguiente en el patio, con

Maritza a su lado, ¡y cómo lloró Olga! ¡Temblaba, con sus trapitos de segunda mano y con unos zapatos cuatro números más grandes! ¡Se le salían los mocos de la nariz y todo!

Años después, cuando él y Olga se habían convertido en unos monstruos gordos, Óscar a veces no podía reprimir la sensación de culpabilidad cuando la veía cruzar la calle a zancadas, o con la mirada en blanco, cerca de la parada de la guagua en Nueva York; no podía dejar de preguntarse cuánto había contribuido la manera tan fría con que se separó de ella a su actual desmoronamiento. (Recordaba que cuando se pelearon no sintió nada; incluso cuando ella comenzó a llorar, no se había conmovido. Le dijo, No be a baby).

Lo que *sí* le dolió fue cuando Maritza lo dejó a *él*. El lunes después de mandar a Olga pal carajo, Óscar llegó a la parada de la guagua con su lonchera de *Planet of the Apes* y descubrió a la bella Maritza de mano con el feísimo Nelson Pardo. ¡Nelson Pardo, que se parecía a Chaka[14] de *Land of the Lost*! Nelson Pardo, tan estúpido que pensaba que la Luna era una mancha que a Dios se le había olvidado limpiar (de eso se ocupará pronto, le aseguró a toda la clase). Nelson Pardo, que se convertiría en el experto de robos a domicilio del barrio antes de alistarse en los Marines y perder ocho dedos de los pies en la primera Guerra del Golfo. Al principio, Óscar pensó que era un error, que el sol le cegaba los ojos y que no había dormido lo suficiente la noche anterior. Se paró al lado de ellos y admiró su lonchera, lo realista y diabólico que se veía Dr. Zaius.[15] ¡Pero Maritza ni le *sonreía*! Actuaba como si él no existiera. Debiéramos casarnos, ella le dijo a Nelson. Y

[14][Uno de los hombres prehistóricos de la serie de televisión.]

[15][El antagonista en *Planet of the Apes*.]

Nelson hizo unas muecas morónicas, mirando hacia la calle para ver si venía la guagua. Óscar estaba demasiado angustiado como para hablar; se sentó en el contén de la acera y sintió una oleada aplastante que le subía del pecho y lo dejó cagao de miedo: antes de que se diera cuenta, estaba llorando. Cuando su hermana Lola se le acercó y le preguntó qué le pasaba, sólo pudo sacudir la cabeza. Mira al mariconcito, alguien se burló. Otro le pateó la querida lonchera y la arañó justo en la cara del General Urko.[16] Cuando por fin se montó en la guagua, llorando todavía, el chofer, un famoso adicto al PCP reformado, le dijo, Por Dios, no seas un *bebé* de mierda.

¿Cómo afectó la separación a Olga? Lo que él realmente preguntaba era: *¿Cómo afectó la separación a Óscar?*

A Óscar le parecía que a partir del momento que Maritza lo echó —¡Shazam!— su vida empezó a irse al carajo. Durante los años siguientes, engordó más y más. La adolescencia temprana lo golpeó con saña, distorsionándole la cara de tal manera que no quedaba nada que se pudiera llamar lindo; le salieron granitos, se hizo tímido y su interés —¡en los géneros literarios!— que antes no le había importado un carajo a nadie, de repente se hizo sinónimo de loser con una L mayúscula. Por más que quisiera, no le era posible cultivar una amistad para nada, ya que era tan bitongo, tan cohibido y (si se va a creer a los chamacos del barrio) tan *extraño* (tenía el hábito de usar palabras grandes que había memorizado el día antes). Ya no se acercaba a las jevitas porque en el mejor de los casos ni lo miraban, y en el peor le chillaban y le llamaban ¡gordo asqueroso! Se le olvidó cómo bailar "el perrito",

[16][El líder del ejército de monos en la serie de televisión estadounidense *Planet of the Apes.*]

perdió el orgullo que había sentido cuando las mujeres de su familia lo habían llamado hombre. No besó a otra muchacha durante *mucho, mucho* tiempo. Como si casi todo lo que tenía para atraer a las hembras se hubiera consumido en aquella semana de mierda.

A "las novias" tampoco les fue tan bien. Parecía que el mismo mal karma antipasional de Óscar también les hubiera tocado. Para cuando llegó al séptimo grado, Olga se había convertido en algo enorme y espantoso, como si hubiera un gen de gnomo rodando dentro de ella, y comenzó a beberse el 151 directo de la botella hasta que por fin la echaron de la escuela porque tenía el mal hábito de gritar *¡NATAS!*[17] en medio de la clase. Incluso sus tetas, cuando al fin emergieron, salieron flojas y pavorosas. Una vez en la guagua, Olga le había dicho a Óscar que no era más que un *cometortas,* y él por poco le contesta, Mira quién habla, puerca, pero le dio miedo que ella se levantara y le entrara a golpes; su reputación de papichulo, ya por el piso, no hubiera aguantado semejante golpiza, lo habría puesto al mismo nivel que los muchachos lisiados y junto a Joe Locorotundo, famoso por masturbarse en público.

¿Y la encantadora Maritza Chacón? ¿Cómo le fue a la hipotenusa de nuestro triángulo? Pues antes de que se pudiera decir *Ay Isis Poderosa,* Maritza se transformó en una de las guapas más fly de Paterson, una de las reinas de Nuevo Perú. Como continuaron siendo vecinos, Óscar siempre la veía, una Mary Jane[18] del ghetto, el pelo tan negro y lustroso como un cúmulonimbo próximo a explotar, probablemente la

[17][Satán —Satanás en inglés— al revés.]

[18][Mary Jane es el amor de Spiderman.]

única muchacha peruana en el mundo con el pelo más rizado que el de su hermana (él todavía no había oído hablar de afroperuanos, o de una ciudad llamada Chincha), con un cuerpazo que les hacía olvidar las enfermedades a los viejos y, desde el sexto grado, siempre con novios que tenían el doble o triple de su edad (Maritza no tenía mucho talento —ni en los deportes, ni en la escuela, ni en el trabajo— pero para los hombres le sobraba). ¿Quería eso decir que había evitado la maldición, que era más feliz que Óscar u Olga? Lo dudo. Por lo que Óscar podía ver, Maritza era una de esas muchachas a las que les gusta que los novios les peguen, ya que lo hacían *todo el tiempo.* Si un muchacho me golpeara a *mí,* decía Lola con engreimiento, le mordería la *cara.*

Miren a Maritza: dándose lengüetazos en el portal de la casa, subiendo y bajando del carro de algún matón, empujada hacia la acera. Óscar vería los lengüetazos, el sube y baja y los empellones durante toda su triste y asexuada adolescencia. ¿Qué más podía hacer? La ventana de su cuarto daba al frente de la casa de ella, así que siempre la miraba furtivamente mientras pintaba sus miniaturas de Dungeons & Dragons[19] o leía el último libro de Stephen King. Lo único que cambió durante esos años fueron los modelos de los carros, el tamaño del culo de Maritza y el tipo de música que dejaban oír las bocinas de los carros: primero freestyle, luego hiphop de la época de Ill-Will y ya al final, sólo por un tiempito, Héctor Lavoe y los muchachos.

Él la saludaba casi todos los días, con mucho optimismo y simulando felicidad, y ella le respondía el saludo, pero con indiferencia, y eso era todo. No imaginaba que ella pudiese

[19][Un juego de fantasía, en el cual los jugadores asumen diferentes roles.]

recordar sus besos —pero por supuesto, él no los podía olvidar.

El infierno morónico[20]

Óscar asistió al Colegio Don Bosco Tech, y como Don Bosco Tech era una escuela católica urbana para varones, estaba repleta de cientos de adolescentes hiperactivos e inseguros y, para un nerdito gordo como Óscar —para colmo fanático de la ciencia ficción—, era una fuente de angustia sin fin. Para Óscar, la secundaria era el equivalente de un espectáculo medieval, como si lo hubieran puesto en el cepo y forzado a soportar que una multitud de semianormales le tirara todo tipo de cosas y le gritara ultrajes, una experiencia de la cual debió haber salido mejor persona, pero que no resultó así... y si existía alguna lección que aprender de la prueba dura de esos años, él no tenía la menor idea de cuál podía haber sido. Todos los días iba a pie a la escuela, como el nerdo gordote y solitario que era, y sólo pensaba en el día de su manumisión, cuando por fin se vería libre del horror interminable. Oye, Óscar, ¿hay maricones en Marte? Hey, Kazoo, coge *esto*. La primera vez que oyó el término *el infierno morónico,* se dio cuenta de que sabía exactamente dónde estaba localizado y quiénes eran sus habitantes.

En el segundo año de la secundaria, Óscar pesaba unas increíbles 245 libras (260 cuando estaba depre, que era casi siempre), y se les hizo evidente a todos, en especial a su fa-

[20][El Infierno Morónico es el nombre que le dio Wyndham Lewis a Estados Unidos. Después Saul Bellow y Martin Amis lo usaron para referirse al sistema escolar público de esa forma.]

milia, que se había convertido en el pariguayo[21] del barrio. No tenía ninguna de las dotes del típico varón dominicano, era incapaz de levantar jevas aunque su vida dependiera de ello. No podía practicar deportes, ni jugar al dominó, carecía de coordinación y tiraba la pelota como una hembra. Tampoco tenía destreza para la música, ni para el negocio, ni para el baile, no tenía picardía, ni rap, ni don pa na. Y lo peor de todo: era un maco. Tenía el pelo "medio malo" y se lo peinaba en un afro estilo puertorriqueño, usaba unos enormes espejuelos que parecía que se los proporcionaba un oculista de asistencia pública —sus aparatos "antivaginales", les decían Al y Miggs, sus únicos panas—, llevaba una sombra desagradable como si fuera un bigote en el labio superior y poseía un par de ojos medio bizcos que lo hacían parecer algo retardado. Los Ojos de Mingus (una comparación que hizo él mismo un día que registraba la colección de discos de su mamá; ella era la única dominicana old school que él conocía que había salido con un moreno, hasta que el padre de Óscar le puso punto final a ese capítulo particular de la Fiesta Mundial Africana). Tienes los mismos ojos que tu abuelo, Nena Inca le había dicho en una de sus visitas a la RD, lo que debía haber sido un consuelo —¿a quién no le gusta parecerse a un antepasado?— salvo que este antepasado en particular había terminado sus días en la cárcel.

[21]Pariguayo es un neologismo a partir del inglés, *party watcher*: "el que mira las fiestas". La palabra comenzó a utilizarse comúnmente durante la primera ocupación norteamericana de la RD, que fue de 1916 a 1924 (¿no sabían que nos ocuparon dos veces en el siglo XX? No se preocupen, cuando tengan hijos ellos tampoco se enterarán de que Estados Unidos invadió a Irak). Durante la primera ocupación se regó que los miembros de las fuerzas de ocupación norteamericanas a menudo iban a fiestas dominicanas pero, en lugar de participar, simplemente se paraban y *miraban*. Por supuesto, eso parecía una locura. ¿Quién diablos va a una fiesta a *mirar*? Después de eso, los marines fueron para siempre pariguayos, palabra que en uso cotidiano quiere decir el tipo que se queda afuera, que sólo mira mientras los otros levantan a las muchachas; en otras palabras,

Óscar siempre había sido un nerd —leía a Tom Swift, le fascinaban los comics y era fan de *Ultraman*[22]— pero cuando entró en la secundaria, su compromiso con los géneros ya era absoluto. En esos días, mientras el resto de nosotros aprendíamos a jugar pelota contra la pared, a lanzar monedas y a pasarnos botellas de cerveza a medio tomar sin que nuestros padres lo advirtieran, él se daba banquete con lecturas de Lovecraft, Wells, Burroughs, Howard, Alexander, Herbert, Asimov, Bova y Heinlein, e incluso con los viejos que empezaban ya a decolorarse —E.E. "Doc" Smith, Stapledon y el tipo que escribió todos los libros de Doc Savage. Iba como un muerto de hambre de libro en libro, de autor en autor, de época en época (tuvo la buena suerte de que las bibliotecas de Paterson estuvieran tan mal financiadas que todavía tenían en circulación toda la nerdería de las generaciones anteriores). No había manera de distraerlo de ninguna película o show de TV o muñequito donde hubiera monstruos o naves espaciales o mutantes o dispositivos o cuestiones de destinos del día del juicio final o magia o bandidos malvados. Era sólo en estas cosas que Óscar demostraba el genio que su abuela insistía era parte del patrimonio familiar. Podía escribir en elvish,[23] podía hablar chakobsa,[24] podía distinguir entre un slan, un dorsai y un lensman[25] en

cualquiera que es un inútil, un apocao. El pariguayo es el que no sabe bailar, el que no tiene con qué, el que deja que se burlen de él: ése precisamente es el pariguayo.

Si se buscara en el Gran Diccionario Dominicano, la definición del pariguayo incluiría una talla de madera de Óscar. Lo llamarían así el resto de la vida y eso lo llevaría al otro Vigilante, al superser del universo Marvel que está del Lado Azul de la Luna y mira y mira, pero jamás interviene.

[22][Un superhéroe extraterrestre de los comics japoneses.]

[23][Los idiomas de los duendes en los libros de J.R.R. Tolkien.]

[24][El idioma de guerra de la serie *Dune*.]

[25][Superseres clásicos de la ciencia ficción.]

detalle; sabía más sobre el universo Marvel[26] que el mismo Stan Lee,[27] y era un fan de los juegos de rol (si hubiera conquistado los videojuegos, se habría salvado, pero a pesar de tener su Atari y su Intellivision, no tenía los reflejos para el asunto). Quizá si —como yo— hubiera podido ocultar su *otakunidad,*[28] la cosa hubiera sido más fácil, pero no podía. Llevaba su nerdería como un jedi lleva su sable láser o un lensman su lente. No podía pasar por Normal no importaba cuánto lo hubiera deseado.[29]

[26][Con la compañía DC Comics, cuyo héroe emblemático es Superman, Marvel —donde reside Spiderman— es uno de los dos universos más conocidos de superhéroes.]

[27][Uno de los fundadores claves de Marvel.]

[28] [Otaku es una palabra japonesa que significa un nerd especial.]

[29]De dónde salió este amor descomunal por los géneros nadie lo sabe. Puede que haya sido consecuencia de ser antillano (¿quién tiene más de ciencia ficción que nosotros?) o de haber vivido sus primeros dos años en la RD y después precipitadamente, angustiosamente, haber sido desplazado a New Jersey —esa tarjeta de residencia oficial en Estados Unidos no sólo le cambió el mundo (de Tercero a Primero) sino también de siglo (de casi nada de TV o electricidad a un montón de ambas). Después de una transición semejante me imagino que únicamente las situaciones más extremas lo habrían podido satisfacer. ¿Quizá fue que en la RD había visto demasiados episodios de *Spiderman,* o lo habían llevado a ver demasiadas películas de kung fu de Run Run Shaw, o había escuchado demasiadas historias fantasmagóricas de su abuela sobre el Cuco y la Ciguapa? ¿O quizá fue el primer bibliotecario en Estados Unidos quien lo enganchó en la lectura con la chispa que sintió cuando tocó por primera vez un libro de Danny Dunn? ¿O quizá apenas fue el espíritu de la época (¿no fue el principio de los años setenta el amanecer de La Edad del Nerd?), o que se había pasado la mayor parte de su niñez sin un solo amigo? ¿O era algo más profundo, algo ancestral?

¿Quién lo puede decir?

Lo que sí está claro es que ser lector y fanático de los géneros lo ayudó a sostenerse durante esos días difíciles de la juventud, pero también hizo que pareciera un bicho aún más raro en esas calles crueles de Paterson. Fue víctima de los demás muchachos —que lo golpeaban y empujaban y le hacían todo tipo de horrores y le rompían los espejuelos y le partían en dos ante sus mismos ojos los libros nuevecitos de paquete que compraba de Scholastic a cincuenta centavos cada uno. ¿Te gustan los libros? ¡Ahora tienes dos! ¡Ja ja! No hay nadie más opresor que el que ha sido oprimido. Hasta su propia madre encontraba sospechosas sus preocupaciones. ¡Sal a jugar! le ordenaba por lo menos una vez al día. Pórtate como un muchacho normal.

(Solamente su hermana, lectora también, lo apoyaba. Le traía libros de su propia escuela, que tenía una mejor biblioteca.)

¿Quieres saber de verdad cómo se siente un X-Man?[d] Entonces conviértete en un muchacho de color, inteligente y estudioso, en un ghetto contemporáneo de Estados Unidos. ¡Mamma mía! Es como si tuvieras alas de murciélago o un par de tentáculos creciéndote en el pecho.

Óscar era un introvertido que temblaba de miedo durante la clase de gimnasia y miraba programas de televisión británicos bastante nerdosos como *Dr. Who* y *Blake 7*; podía explicar la diferencia entre un combatiente de Veritech[30] y un caminante de Zentraedi;[31] y utilizaba palabrejas como *infatigable* y *ubicuo* al hablar con los tipos del barrio que apenas lograrían graduarse de la secundaria. Era uno de esos nerds que usaban la biblioteca como escondite, que adoraban a Tolkien y, más adelante, las novelas de Margarita Weis y de Tracy Hickman (su personaje preferido era, por supuesto, Raistlin[32]) y durante la década de los ochenta, desarrolló una obsesión con El Fin del Mundo (no existía una película o libro o juego apocalíptico que no hubiera visto o leído o jugado: Wyndham y Christopher y Gamma World eran sus grandes favoritos). ¿Se hacen una idea? Su nerdería adolescente evaporaba la menor oportunidad de un romance. Todos los demás experimentaban el terror y la dicha de sus primeros enamoramientos, sus primeros encuentros, sus primeros besos, mientras que Óscar se sentaba en el fondo del

¡Pa fuera! su mamá ordenaba. Y él salía, como un condenado, para pasar algunas horas atormentado por los otros muchachos. Por favor, quiero quedarme en casa, le rogaba a la madre, pero ella lo botaba de todos modos. Tú no eres mujer para quedarte en la casa. Y aguantaba una, dos horas hasta que por fin se podía colar de nuevo en la casa. Entonces se escondía en el closet de arriba, donde leía con el rayo de luz que entraba por las rendijas de la puerta. Al pasar las horas, su mamá lo encontraba y lo sacaba de nuevo. ¿Qué carajo te pasa?

(Y ya, en los desechos de papel, en sus libros de composición, en el dorso de sus manos, comenzaba a garabatear, nada serio por el momento, apenas borradores de sus historias preferidas, sin imaginar que esos pastiches chapuceros definirían su destino.)

[30][El famoso meca del anime *Robotech Macross*.]

[31][Los invasores extraterrestres de *Robotech Macross*.]

[32][El hermano atormentado de la serie *Dragonlance*.]

[d][Los X-Men son un equipo de superhéroes de Marvel Comics, todos mutantes, que han dado un salto en la evolución.]

aula, detrás de la pantalla en la que coordinaba los juegos de Dungeons & Dragons y veía su adolescencia pasar. Del carajo eso de quedarse fuera en la adolescencia, como atrapado en un closet en Venus cuando el sol aparece por primera vez en cien años. De haber sido él como los nerds con quienes yo me crié, a los que no les importaban las hembras, la cosa hubiera sido distinta, pero él seguía siendo el enamorao que se apasionaba con vehemencia. Tenía amores secretos por todo el pueblo, la clase de muchachotas de cabellos rizados que no le hubieran dicho ni pío a un loser como él pero él no podía dejar de soñar con ellas. Su capacidad para el cariño —esa masa gravitacional de amor, de miedo, de anhelo, de deseo y de lujuria que dirigía a todas y cada una de las muchachas del barrio sin importarle mucho su belleza, edad o disponibilidad— le partía el corazón todos los días. Y a pesar de que lo consideraba de una fuerza enorme, en realidad era más fantasmal que otra cosa porque ninguna jevita jamás se dio por enterada. De vez en cuando se estremecían o cruzaban los brazos cuando les pasaba cerca, pero eso era todo. Lloraba a menudo por el amor que sentía por una muchacha u otra. Lloraba en el baño, donde nadie podía oírlo.

En cualquier otro lugar del mundo su promedio de bateo triple cero con las muchachas podía haber pasado inadvertido, pero se trataba de un varoncito dominicano, de una familia dominicana: se suponía que fuera un tíguere salvaje con las mujeres, se suponía que las estuviera atrapando a dos manos. Por supuesto que todo el mundo se dio cuenta de sus fracasos y, como eran dominicanos, todo el mundo los comentó. Un fracatán de familiares lo aconsejó. El tío Rudolfo (que recién había salido de su última residencia carcelaria y ahora vivía en la casa de ellos en Main Street) fue particularmente generoso con su tutela. Escúchame, palomo, coge una muchacha y méteselo ya. Eso lo resuelve *todo*. Empieza con una fea. ¡Coge una fea y méteselo! El tío Rudolfo tenía cuatro hijos con tres mujeres diferentes así que no había duda alguna de que era el experto de la familia en lo del *méteselo*.

¿El único comentario de su mamá? Lo que tienen que preocuparte son tus notas. Y en momentos de mayor introspección: Dale gracias a Dios que no te tocó mi suerte, hijo.

¿Qué suerte? resopló el tío.

A eso me refiero, convino.

¿Y sus panas Al y Miggs? Bróder, estás hecho un gordiflón, ¿no?

¿Y su abuela, La Inca? ¡Hijo, eres el hombre más buen mozo que conozco!

La hermana de Óscar, Lola, era mucho más práctica. Ahora que había concluido su temporada de locura —¿qué muchacha dominicana no pasa por una?— se había convertido en una de esas dominicanas duras de Jersey, corredora de largas distancias, con su propio carro, su propio talonario de cheques, que le decía "perros" a los hombres y se comía al que le daba la gana sin una gota de vergüenza, especialmente si el tipo tenía baro.[33] Cuando estaba en el cuarto grado la había asaltado un hombre mayor al que conocía del barrio; esto fue vox populi en toda la familia (y por extensión en una buena parte de Paterson, Union City y Teaneck) y el hecho de que pudiera sobrevivir ese urikán de dolor, enjuiciamiento y bochinche la había hecho más resistente que la adamantina. Hacía poco se había cortado el pelo —lo cual

[33]["Baro" es dinero para la generación de dominicanos de los ochenta.]

volvió loca a su mamá una vez más— en parte, pienso yo, porque cuando era niña, su familia se lo había dejado crecer, con mucho orgullo, más abajo de las nalgas, algo que el tipo que la atacó seguramente apreció y admiró.

Óscar, Lola le advirtió en varias ocasiones, te vas a morir virgen a menos que comiences a *cambiar.*

¿No crees que lo sé? Otros cinco años así y te apuesto que alguien trata de ponerle mi nombre a una iglesia.

Córtate el pelo, deshazte de esos espejuelos, haz ejercicio. Y bota esas revistas pornográficas. Son repugnantes, incomodan a Mami y nunca te van a ayudar a levantar a una muchacha.

Consejos sanos que a fin de cuentas no adoptó. Intentó un par de veces hacer ejercicios, elevaciones de piernas, abdominales, dar vueltas a la manzana de madrugada, ese tipo de cosas, pero se percataba de que todos los demás varones tenían novias y se desesperaba, y volvía otra vez a sumirse en sus *Penthouse,* en el diseño de calabozos para sus juegos de rol y en la autocompasión.

Parece que soy alérgico a la actividad. Y Lola dijo, Ja, me parece más bien que eres alérgico a todo tipo de *esfuerzo.*

No hubiera sido una existencia tan terrible de haber sido Paterson y sus alrededores como Don Bosco o como esas novelas feministas de ciencia ficción de los años setenta que había leído a veces: zonas vedadas a los hombres. Paterson, sin embargo, significaba jevas de la misma manera que NYC significaba jevas, y de la mismita manera que Santo Domingo significaba jevas. Paterson tenía muchachas loquísimas y si ésas no te parecía que estaban lo suficientemente buenas, entonces, cabrón, sólo era cuestión de seguir pal sur, a Newark, Elizabeth, Jersey City, las Oranges, Union

City, West New York, Weehawken, Perth Amboy —una franja urbana que todo el mundo conocía como Negrápolis. En otras palabras, estaba rodeado por todas partes de hembras caribeñas e hispanoparlantes.

Ni siquiera se podía esconder en su propia casa; las amigas de su hermana siempre estaban presentes, como huéspedes permanentes. Cuando estaban cerca, Óscar no necesitaba las *Penthouse*. Las amigas de Lola no eran tan inteligentes pero estaban requetebuenas: la clase de jevitas latinas que sólo salían con morenos musculosos o que guardaban pistolas en la casa. Todas eran miembros del equipo de voleibol, altas y en buena forma, y cuando salían a correr parecían el equipo de campo y pista de un paraíso terrorista. Eran las ciguapas del condado de Bergen: la primera era Gladys, que siempre se quejaba de tener las tetas demasiado grandes, porque de haber sido más pequeñas, quizá sus novios hubieran sido normales; Marisol, que terminaría en MIT y *odiaba* a Óscar, pero que era la que a él más le gustaba; Leticia, acabadita de bajar de la yola,[34] mitad dominicana y mitad haitiana, esa mezcla especial que el gobierno dominicano jura que *no existe,* y que hablaba con un acento más que pronunciado, ¡una muchacha tan buena que se había negado a acostarse con *tres novios consecutivos*! No hubiera sido tan terrible si estas jevitas no lo hubieran tratado como al guardia sordomudo del harén, dándole órdenes, mandándolo a hacer todas sus diligencias, riéndose de sus juegos y de su apariencia. Y, para colmo, hablando con lujo de detalles de sus vidas sexuales, como si él no existiera. Sentado en la cocina, con el último número de la revista

[34][El más ligero de los barcos de pesca de la RD, sea de madera o metal. La mejor opción para transportar a los dominicanos indocumentados de la RD a Puerto Rico.]

Dragon en sus manos, les gritaba: Si no se han dado cuenta, hay un ser humano masculino presente.

¿Dónde? Marisol decía con indiferencia. Yo no lo veo.

Y cuando se quejaban de que a los muchachos latinos sólo les gustaban las blancas, siempre se ofrecía: A *mí* me gustan las hispanas. A lo que Marisol siempre respondía con muchísima condescendencia, Bárbaro, Óscar, bárbaro, salvo que no hay una hispana que quiera salir contigo.

Déjalo tranquilo, le contestaba Leticia. Yo creo que eres muy simpático, Óscar.

Ay, sí, por supuesto, decía Marisol, riéndose y volteando los ojos. Tú verás que ahora escribe un libro sobre ti.

Éstas eran las Furias de Óscar, su panteón personal, las muchachas con quienes más soñaba, las que se imaginaba cuando se hacía la paja y a las que, con el tiempo, empezó a incluir en sus cuentecitos. En sus sueños siempre las estaba salvando de extraterrestres o había vuelto al barrio, rico y famoso —¡es él! ¡el Stephen King dominicano!— y entonces Marisol aparecería, llevando cada uno de sus libros para que él los firmara. Por favor, Óscar, cásate conmigo. Óscar, haciéndose el papichulo: Lo siento, Marisol, yo no me caso con putas ignorantes (pero, bueno, por supuesto que lo haría). Todavía miraba a Maritza de lejos, convencido de que algún día, cuando cayeran las bombas nucleares (o estallara la peste o invadieran los trípodes[35]) y la civilización desapareciera, la rescataría de una ganga de espíritus necrófagos que irradiaban luz y juntos atravesarían una América devastada en busca de un mañana mejor. En estos ensueños apocalípticos (que había comenzado a anotar) él siempre era una espe-

[30][Extraterrestres de la serie *Tripods* de John Christopher.]

cie de Doc Savage aplatanado, un supergenio que combinaba una maestría de talla mundial en las artes marciales con un dominio letal de las armas de fuego. No era poco para un muchacho que jamás en su vida había disparado con una escopeta de aire, lanzado un piñazo o alcanzado más de la mitad de los puntos necesarios en las pruebas para entrar a la universidad.

ÓSCAR TIENE CORAJE

El último año de la secundaria, Óscar se encontraba abotargado, dispéptico y, lo más cruel de todo, absolutamente solo y sin novia. Sus dos panas nerdosos, Al y Miggs, por el giro más enloquecido del destino, habían logrado levantar un par de muchachas ese año. Nada especial, feísimas en realidad, pero jevas al fin. Al había resuelto su problema en Menlo Park. *Ella* vino a mí, alardeaba, y cuando ella le informó, por supuesto después de tremenda mamada, que tenía una amiga que estaba *desesperada* por encontrar a alguien, Al se llevó arrastrado a Miggs de su Atari para que viera una película con ellos y el resto, como dicen, es historia. Antes del fin de semana ya Miggs estaba metiéndole mano a la masa también, y sólo fue entonces que Óscar se enteró de lo que había pasado, mientras se preparaban para otra aventura "escalofriante" entre los Campeones y los Death-Dealing Destroyers (Óscar tuvo que guardar su famosa campaña de ¡Aftermath! porque nadie, salvo él, tenía ganas de jugar en las ruinas postapocalípticas de una América virulenta). Al principio, después de oír hablar del doble golpe con las jevas, Óscar no dijo nada. Sólo le daba una y otra vuelta a sus d10.[36] Decía, Qué suerte la de ustedes. Se moría cada vez que recordaba que no habían pensado en incluirlo en sus aventuras con las muchachas; odiaba a Al por invitar a Miggs y no a él y odiaba a Miggs por haber logrado levantar a una jeva, punto. A Óscar le cabía en la cabeza que Al pudiera conseguirse una muchacha; en fin, Al (verdadero nombre: Alok) era uno de esos indios lindos y altos que nadie jamás hubiera confundido con un nerdoso enviciado con los juegos de rol. Lo que le parecía inconcebible era que Miggs hubiera dado un palo con una hembra; lo asombraba y lo tenía enfermo de celos. Óscar siempre había considerado a Miggs más monstruoso aún que él. Estaba cubierto de acné, se reía como un retardado, tenía los dientes medio grises por culpa de una medicina que le habían dado de niño. Dime, ¿tu novia es linda? le preguntó a Miggs. Éste contestó, Bróder, tienes que verla, es bella. Tremendas fokin tetas gigantescas, Al agregó. Ese día la poca fe que Óscar tenía en el mundo se desmoronó como atacada por un SS-N-17.[37] Cuando por fin no pudo aguantar más, les preguntó, con cierto patetismo: Coño, ¿y estas muchachas no tienen amigas?

Al y Miggs se miraron uno al otro por encima de las páginas que describían sus roles. Na, no lo creo, bróder ...

Y ahí mismo se dio cuenta de algo de sus amigos de lo que no se había percatado (o, por lo menos, no había querido admitir). Ahí mismo tuvo una revelación que resonó por toda su gordura. Supo que sus panas —los mismos jodíos que leían comics, jugaban a rol y estaban tan perdidos como él en cualquier deporte— se avergonzaban de él.

[36][Los dados de diez caras que se usan en los juegos de rol.]

[37][Un proyectil nuclear soviético.]

Le quitaron el andamio de debajo de los pies. Terminó el juego temprano, los Exterminators encontraron inmediatamente la guarida de los Destroyers. Tremenda mierda, se quejó Al. Después de despedirse de ellos, Óscar se encerró en su cuarto, se echó en la cama un par de horas, estupefacto, luego se levantó, se quitó la ropa en el baño que ya no tenía que compartir porque su hermana estaba en Rutgers, y se examinó en el espejo. ¡La grasa! ¡Las millas de estrías en su cuerpo! ¡La horripilante tumescencia de sus proporciones! Parecía salido de un comic de Daniel Clowes.[38] Recordaba al gordito negruzco de Palomar[39] del comic de Beto Hernández.

Por tu madre, susurró. Soy un morlock[40].

Al día siguiente, en el desayuno, le preguntó a su mamá, ¿Soy feo?

Ella suspiró. Bueno, hijo, a mí no te pareces.

¡Los padres dominicanos! ¡Qué joyas!

Se pasó una semana entera mirándose en el espejo, dando vueltas, procesando, sin retroceder, y al final decidió ser como Roberto Durán: No más. Fue a la barbería y Chucho le afeitó el afro puertorriqueño (Espérate un minutito, dijo el socio de Chucho, *¿tú* eres dominicano?). Óscar se quitó el bigote y después los espejuelos; se compró lentes de contacto con el dinero que ganaba en el almacén de madera. También trató de pulir un poco lo que quedaba de su dominicanidad para ver si se parecía un poco más a sus jactanciosos primos porque había comenzado a sospechar que la

[38][Los comics de Clowes generalmente describen monstruos.]

[39][El pueblo en la mitad de Hernández en el comic *Love and Rockets.*]

[40][Los humanoides de *The Time Machine* de Wells.]

respuesta podría estar en la actitud hipervaronil latina de ellos. Pero la pura verdad es que ya había pasado su momento, ya no era candidato para soluciones rápidas. Cuando Al y Miggs lo volvieron a ver, llevaba tres días seguidos casi sin comer. Miggs dijo, Bróder, ¿qué te pasa?

Na, cambios, Óscar contestó, haciéndose el misterioso.

¿Vas a salir en la carátula de un álbum o qué?

Óscar sacudió su cabeza solemnemente. Estoy empezando un nuevo ciclo de mi vida.

Oye eso. Suena como si ya estuviera en la universidad.

Ese verano su mamá los mandó a él y a su hermana a Santo Domingo, y esta vez él no protestó como había hecho en el pasado. La verdad es que no había mucho en Estados Unidos que lo atara. Llegó a Baní con una pila de cuadernos y un plan para llenarlos todos. Puesto que ya no podía ser campeón de videojuegos, decidió intentar ser un verdadero escritor. El viaje resultó crucial para él. En vez de desalentarlo en su escritura, de caerle arriba para que saliera de la casa como acostumbraba su mamá, su abuela, Nena Inca, lo dejó en paz. Le permitió quedarse en el fondo de la casa todo el tiempo que quisiera, no insistió en que "saliera al mundo" (ella siempre había sido sobreprotectora con él y su hermana. Demasiada mala suerte en esta familia, decía). Apagó la música y le trajo sus comidas a la misma hora todos los días. Su hermana salía a trasnochar con sus amigas loquitas, siempre en bikini, a todas partes de la isla, pero él se quedaba en casa. Cuando venía cualquier miembro de la familia a buscarlo, su abuela lo despedía con un gesto imperioso de la mano. ¿No ves que el muchacho está trabajando?

¿Pero qué está haciendo? sus primos preguntaban, confundidos. Él está siendo un genio, eso es lo que está haciendo, La Inca les contestaba con arrogancia, ahora váyanse (años después se dio cuenta de que estos mismos primos probablemente lo habrían podido ayudar a perder su virginidad si se hubiera molestado en salir con ellos, pero no se puede lamentar la vida que no se vivió). Por las tardes, cuando no podía escribir una palabra más, se sentaba afuera con su abuela, observaba los acontecimientos del barrio y escuchaba los intercambios estentóreos de los vecinos. Una tarde, al final de su visita, su abuela le confió, Tu mamá pudo haber sido doctora como tu abuelo.

¿Qué pasó?

La Inca sacudió la cabeza. Estaba mirando su foto favorita de la mamá de Óscar en su primer día de escuela privada, uno de esos típicos retratos serios de la RD. Lo que siempre pasa. Un maldito hombre.

Óscar escribió dos libros ese verano sobre un muchacho que lucha contra mutantes durante el fin del mundo (ninguno de los dos libros sobreviven). Tomó una pila de notas también, nombres de cosas que pensaba adaptar más adelante con propósitos ciencia ficticios y fantásticos. (Se enteró de la maldición de la familia por enésima vez, pero no le dio suficiente importancia como para incorporarla a su ficción: coño, ¿qué familia latina no se cree maldita?) Cuando llegó la hora de que él y su hermana volvieran a Paterson, estaba casi triste. Casi. Su abuela le puso la mano en la cabeza para bendecirlo. Cuídate mucho, mijo. Puedes estar seguro que en este mundo hay alguien que te quiere siempre.

En el aeropuerto JFK, su tío por poco no lo reconoce. Carajo, dijo el tío, mirando con recelo su tez, ahora pareces haitiano.

Después que regresó salió con Miggs y Al, fue al cine con ellos, comentaron sobre los Hermanos Hernández, Frank Miller y Alan Moore pero nunca recuperaron la amistad que habían tenido antes de Santo Domingo. Óscar oía sus mensajes en la contestadora y reprimía el impulso de salir corriendo a verlos. No los veía más que una, dos veces a la semana. Se concentró en su escritura. Ésas fueron semanas de tremenda fokin soledad en las que lo único que tenía eran sus juegos, sus libros y sus palabras. Ahora me tocó un ermitaño de hijo, su mamá se quejaba amargamente. Por la noche, sin poder dormir, veía cantidad de TV malísima y se obsesionó con dos películas en particular: *Zardoz* (la había visto con su tío antes de que lo encarcelaran por segunda vez) y *Virus* (la película japonesa del fin del mundo con la jevita rica de *Romeo and Juliet*). No podía ver *Virus* sin llorar al final, cuando el héroe japonés llega a la base del Polo Sur, caminando desde Washington, D.C. por toda la cordillera de los Andes para estar con la mujer de sus sueños. He estado trabajando en mi quinta novela, le decía a los panas cuando preguntaban por la causa de su ausencia. Es increíble.

¿Ves?, ¿qué te dije? Míster Bachiller.

En los viejos tiempos, cuando sus supuestos amigos lo herían o arrastraban su confianza por el fango, él permitía que lo siguieran maltratando, impulsado por el miedo y la soledad, algo por lo que siempre se había odiado a sí mismo, pero ahora no. Si hubo algún momento en esos años de la secundaria que lo enorgulleciera, fue ése. Incluso se lo dijo a su hermana durante la siguiente visita de ésta. Ella contestó,

¡Por fin, Ó! Finalmente daba muestras de firmeza y, por ende, de algo de orgullo, y aunque todavía le dolía, de todos modos se sentía requetefokin *bien*.

ÓSCAR CASI LO LOGRA

En octubre, luego de entregar todas sus solicitudes universitarias (Fairleigh Dickinson, Montclair, Rutgers, Drew, Glassboro State, William Paterson; también solicitó en NYU, donde tenía sólo un chance en un millón, y el rechazo fue tan rápido que le asombró que no hubiera llegado por Pony Express), cuando el invierno asentaba su jodío culo pálido por todo el norte de New Jersey, Óscar se enamoró de una muchacha que asistía a su misma clase preparatoria para los exámenes de entrada a la universidad. La clase se daba en uno de esos "centros de aprendizaje" no lejos de su casa, a menos de una milla, así que había estado caminando como manera sana de bajar de peso. No tenía expectativas de conocer a nadie, pero entonces vio a la belleza en la última fila y sus sentidos por poco explotan. Su nombre era Ana Obregón, una gordita linda, algo chusmita, que leía a Henry Miller en vez de concentrarse en cómo resolver problemas de lógica. En la quinta sesión de clases notó que ella estaba leyendo *Sexus* y ella notó que él lo notó, e inclinándose hacia él, le mostró un pasaje y a él le provocó tremenda fokin erección.

Debes de pensar que soy extraña, ¿no? ella le preguntó durante un receso de clase.

No eres extraña, dijo. Créeme, yo soy el experto máximo en el tema.

Ana hablaba mucho, tenía ojos caribeños hermosísimos

de antracita pura, y era el tipo de gordita que les encantaba a casi todos los tipejos de la isla, con un cuerpo que se sabía que estaba igual de bueno con o sin ropa. Tampoco le daba pena enseñar sus libras: llevaba pantalones negros apretados con estribos como cualquier otra muchacha del barrio, la ropa interior más sexy que podía comprar, y era súper meticulosa cuando se maquillaba, una maniobra de una delicadeza que siempre fascinó a Óscar. Era una combinación peculiar de putica y niñita —incluso antes de que visitara su casa, él ya sabía que ella tendría toda una colección de animalitos de peluche sobre la cama— y había algo en la forma que cambiaba de un aspecto al otro que lo había convencido de que esas dos apariencias no eran más que máscaras, y que existía una tercera Ana, una Ana oculta que determinaba qué máscara usar en cada ocasión, una Ana oscura e imposible de conocer. Empezó a leer a Miller porque su ex novio, Manny, le había dado los libros antes de alistarse en el ejército. Se pasaba la vida leyéndole pasajes. No sabes cómo me excitaba. Ella tenía trece años cuando comenzaron, y él veinticuatro, un adicto a la cocaína reformado. Ana hablaba de estas cosas como si nada.

¿Tenías trece años y tu mamá te permitió salir con un septuagenario?

Mis padres *adoraban* a Manny, dijo. Mi mamá le cocinaba y todo.

Él dijo, Eso me parece poco ortodoxo, y después, en la casa, le preguntó a su hermana, que estaba de visita durante el receso de invierno en la universidad, Teóricamente, ¿permitirías que tu hija pubescente tuviera relaciones con un hombre de veinticuatro años?

Primero lo mato.

Le sorprendió cuánto alivio sintió al oírla.

Déjame adivinar: ¿Conoces a alguien que esté haciendo eso?

Asintió. Se sienta al lado mío en la clase. Pienso que es orquidácea.

Lola lo miró con sus ojos color tigre. Hacía una semana que estaba en casa y era evidente que la universidad estaba acabando con ella; el blanco de sus ojos estaba dibujado con rayos sanguíneos. Tú sabes, dijo por fin, nosotros, la gente de color, hablamos cantidad de mierda de lo mucho que queremos a nuestros hijos, pero no es así. Exhaló. No es así. Para nada.

Óscar trató de ponerle la mano en el hombro a su hermana, pero ella no lo dejó. Mejor empieza a hacer abdominales, Míster.

Así lo llamaba cuando se sentía tierna o herida. Míster. Años después, querría ponerle eso en la lápida, pero nadie la iba a dejar, ni siquiera yo.

Qué vaina.

Amor de pendejo

Él y Ana en la clase, luego él y Ana en el parqueo, él y Ana en McDonald's, él y Ana se hicieron amigos. Cada día, Óscar esperaba su adiós, pero los días pasaban y ella todavía estaba allí. Desarrollaron el hábito de hablar por teléfono un par de veces a la semana, en realidad acerca de nada, pero dándole nombre a las cosas cotidianas; la primera vez, fue ella quien lo llamó *a él* y se ofreció para llevarlo a la clase; la semana siguiente, él la llamó a ver en qué estaba. El corazón le latía de tal manera que pensó que se iba a morir, pero ella contestó como si nada. Oye Óscar, escucha esta *mierda* que me hizo mi hermana, y así siguieron, cotorreando como siempre. La quinta vez que llamó, ya sabía que ella no lo iba a rechazar. Era la única muchacha, aparte de las de su familia, que le hablaba de su período, que le decía en confianza, Estoy sangrando como un *cerdo* en el matadero, una confesión sorprendente en la que pensó y repensó mil veces, convencido de que debía tener algún significado. Cuando recordaba la manera en que ella se reía, como si el aire que la rodeaba le perteneciera, su corazón le latía con fuerza dentro del pecho, un rada[41] solitario. A diferencia de lo que había sucedido con las otras muchachas en su cosmología secreta, se enamoró de Ana Obregón *según* iban conociéndose. Como ella había aparecido en su vida de repente, como había pasado inadvertida bajo el radar, Óscar no había tenido tiempo de levantar su acostumbrado muro de boberías, o de nutrir una pila de expectativas descabelladas sobre ella. Quizá sólo fuera que, después de cuatro años de no conseguir absolutamente nada, estaba cansado, o que en definitiva había encontrado su swing. Para su sorpresa, en vez de portarse como un idiota —como cabría esperar ante el hecho cierto de que ésta era la primera muchacha con quien había sostenido una conversación— no se preocupó mucho por el futuro y dejó que pasara un día tras otro. Le hablaba con sencillez y sin esfuerzo, y descubrió que su manera de ser y su humor de automenosprecio le caía de lo más bien a ella. Era asombrosa la comu-

[41] [Un ritmo haitiano.]

nicación que tenían; él decía algo evidente y anodino, y ella le contestaba, Óscar, eres fokin brillante. Cuando ella dijo que le *encantaban* las manos de los hombres, él alzó las suyas a la cara y separó los dedos como un abanico. Oh, *¿really?* y ella por poco se muere de la risa.

Ella nunca hablaba de lo que eran; sólo decía, ¡Man, me alegro tanto de haberte conocido!

Y él contestaba, Y yo de ser quien soy conociéndote.

Una noche mientras escuchaba New Order e intentaba leer *Clay's Ark,* su hermana tocó a la puerta de su cuarto.

Tienes visita.

¿Sí?

Unjú, se apoyó Lola en el marco de la puerta. Se había afeitado la cabeza al rape, estilo Sinéad,[42] y ahora todos, incluida su mamá, estaban convencidos de que se había vuelto lesbiana.

Oye, creo que deberías arreglarte un poco, ¿no? Le tocó la cara suavemente. Aféitate esos pelitos de gato.

Era Ana. Estaba de pie en el vestíbulo, con un abrigo de cuero largo, su piel trigueña algo rosada por el frío, su cara resplandeciente con delineador, rímel, base, pintalabios y colorete.

Hace *tremendo* frío, dijo. Llevaba los guantes en la mano como un ramo de flores arrugado.

Ey, fue todo lo que logró decir. Podía oír a su hermana arriba, escuchando.

¿Qué tú hace? Ana preguntó.

Na.

Entonces, vamos al cine.

[42][Sinéad O'Connor, la cantante irlandesa.]

Bueno, OK, dijo él.

Arriba en su cuarto, su hermana saltaba en la cama, haciendo como que gritaba, pero en voz baja ¡Es una cita! ¡Es una cita! Y entonces se lanzó sobre su espalda y por poco los tumba por la ventana del cuarto a los dos.

¿Esto es una especie de cita? le preguntó a Ana mientras se desplazaba en el carro.

Ella le sonrió con languidez. Podría llamársele así.

Ana manejaba un Cressida y, en vez de ir al cine local, se dirigió al múltiplex de Amboy.

Me encanta este lugar, dijo mientras luchaba por un espacio donde parquear. Mi papá nos traía cuando todavía era un autocine. ¿Viniste alguna vez?

Negó con la cabeza. Pero tengo entendido que hoy en día aquí roban un montón de carros.

Nadie me va a robar éste a *mí*.

Era tan difícil creer lo que sucedía que él no podía tomarlo en serio. Durante toda la película —*Manhunter*—, Óscar tuvo la sensación de que, en cualquier momento, unos tipos con cámaras iban a saltar de la nada y gritar ¡Surprise! Oye, le dijo, tratando de mantenerse en su radar, tremenda película. Ana asintió; olía a un perfume que él no podía identificar y, cuando se le acercó, el calor de su cuerpo era *vertiginoso*.

Al regresar a la casa, Ana se quejó de un dolor de cabeza y no hablaron mucho. Intentó poner el radio, pero ella dijo, No, me está matando el dolor de cabeza. Él bromeó, ¿Quieres un poco de cocaína? No, Óscar. Así que se reclinó y vio cómo el edificio Hess y el resto de Woodbridge se deslizaban a través de una maraña de pasos elevados. De repente se dio cuenta de lo cansado que estaba; el nerviosismo que lo había atormentado toda la noche lo había dejado exhausto. Mientras más tiempo pasaban sin hablar, más taciturno estaba. Sólo es una salidita al cine, se decía, tampoco es como si fuera una cita.

Ana estaba inexplicablemente triste y se mordía la parte inferior del labio, una verdadera bemba, hasta que casi toda la pintura labial se le pegó a los dientes. Él iba a hacer un comentario, pero decidió no hacerlo.

¿Estás leyendo algo bueno?

No, dijo ella. ¿Y tú?

Estoy leyendo *Dune*.

Ella movió la cabeza. *Odio* ese libro.

Alcanzaron la salida de Elizabeth, el lugar que hace *realmente* conocido a New Jersey, con desechos industriales a ambos lados de la carretera de peaje.

Él había comenzado a contener la respiración para no aspirar los horribles gases cuando Ana soltó un grito que lo lanzó contra la puerta del carro. ¡Elizabeth! chilló. ¡Cierra esas fokin piernas!

Entonces lo miró, echó hacia atrás la cabeza y se rió a carcajadas.

Cuando regresó a la casa, su hermana preguntó, ¿Bueno?

¿Bueno qué?

¿*Rapaste* con ella?

Por Dios, Lola, dijo, ruborizado.

No me digas mentiras.

No me gusta precipitarme. Hizo una breve pausa y después suspiró. Es decir, ni siquiera le quité la bufanda

Eso me suena un poco sospechoso. Yo conozco a los hombres dominicanos. Levantó las manos y dobló los dedos en una amenaza traviesa. Son pulpos.

Al día siguiente Óscar se despertó con la sensación de que se había librado de toda su gordura, como si hubiese puesto punto final a su sufrimiento. Durante mucho rato, no pudo recordar por qué se sentía de esa manera, y entonces pronunció el nombre de ella.

ÓSCAR ENAMORADO

Y así, ahora todas las semanas salían al cine o a las tiendas. Conversaban. Se enteró de que su ex novio, Manny, le daba un pescozón de vez en cuando, lo que constituía un problema, según confesó, porque la verdad que a ella le gustaba cuando los tipos eran un poco agresivos en la cama. Se enteró de que su padre había muerto en un accidente de tránsito cuando era niña en Macorís y que su padrastro la trataba con indiferencia, pero eso no importaba porque en cuanto se matriculara en Penn State, tenía la intención de no volver jamás a la casa. Por su parte, él le enseñó algunos de sus escritos y le contó de la vez que lo atropelló un carro y estuvo ingresado en el hospital y de cómo su tío le daba palizas cuando era niño; hasta le contó de su enamoramiento con Maritza Chacón, y ella chirrió, ¿Maritza Chacón? ¡Yo conozco ese cuero! ¡Ay Dios, Óscar, creo que hasta mi padrastro se ha acostado con ella!

Oh, sin duda intimaron bastante pero, ¿se besaron en el carro en algún momento? ¿Le metió él las manos por debajo de la falda? ¿Le hizo cosquillas en el clítoris con los dedos? ¿Se le tiró ella encima y dijo su nombre con voz gutural? ¿Le acarició el pelo mientras que ella se lo mamaba? ¿Llegaron a rapar?

Pobre Óscar. Sin darse cuenta había caído en uno de esos Vórtices de Amigos Namá, la perdición de nerdosos como él en todas partes. Esas relaciones eran la versión amorosa de un castigo en el cepo: te meten dentro con mucho sufrimiento garantizado, y nadie sabe qué sacas de la experiencia, aparte de amargura y angustia. Quizá un cierto conocimiento sobre ti mismo y sobre las mujeres.

Quizá.

En abril recibió los resultados de su segunda prueba para entrar en la universidad y, una semana después, se enteró de que lo habían aceptado en Rutgers New Brunswick. Qué bien, hijo, su mamá comentó, con más alivio de la cuenta. De acuerdo, entonces ya no tendré que ponerme a vender lápices, dijo Óscar. Te va a encantar, su hermana le prometió. Sé que sí. Nací para ser universitario. En cuanto a Ana, iba rumbo a Penn State, en el programa de honor, con beca completa. ¡Ahora mi padrastro can kiss my ass! Fue también en abril que su ex novio, Manny, regresó del ejército. Ana se lo dijo durante una de sus salidas al centro comercial Yaohan. El regreso repentino y la alegría de Ana destruyeron las esperanzas que Óscar había cultivado. ¿Regresó, preguntó Óscar, para siempre? Ana asintió. Al parecer Manny tenía problemas de nuevo, drogas, pero esta vez, Ana insistía, lo habían usado tres cocolos[43] —palabra que él nunca le había oído a ella, por lo que supuso que la había aprendido de Manny. Pobre Manny, dijo ella.

Sí, pobre Manny, Óscar murmuró entre dientes.

Pobre Manny, pobre Ana, pobre Óscar. Las cosas cambiaron con rapidez. Empezando porque ya Ana no estaba en la

[43][Inmigrantes afrobritánicos establecidos en la RD; corrupción de Tórtola.]

casa a toda hora y Óscar se encontró apilando recados en su contestadora: Éste es Óscar, un oso me está comiendo las piernas, llámame por favor; es Óscar, quieren un millón de dólares o me matan, llámame por favor; es Óscar, he visto caer un meteorito extraño y voy a salir a investigar. Ella siempre le contestaba, pero después de un par de días, y siempre era agradable, pero... Entonces canceló las citas tres viernes seguidos y él tuvo que darse por satisfecho con el tiempo disponible después de misa, lo que era una clara democión. Ella lo venía a recoger y se iban a Boulevard East, donde parqueaban y juntos miraban el horizonte urbano de Manhattan. No era un océano, o una cordillera; era, por lo menos para Óscar, algo mejor, e inspiraba sus mejores conversaciones.

Fue durante una de esas charlas que Ana dejó caer algo: Ay Dios, se me había olvidado lo grande que es el pene de Manny.

¿Tú crees que de verdad necesito oír eso? le preguntó, incómodo.

Lo siento, dijo, vacilando. Pensé que podíamos hablar de cualquier cosa.

Bien, pero no sería mala idea que te guardaras las proporciones anatómicas de Manny.

¿Entonces no podemos hablar de cualquier cosa?

Ni se molestó en contestarle.

Con Manny y su *güevo grande* de regreso, Óscar volvió a soñar con la aniquilación nuclear, en la que milagrosamente él sería el primero en enterarse del ataque y, sin perder tiempo, se robaría el carro de su tío, lo conduciría hacia los almacenes, lo repletaría de todo lo necesario (quizá en el camino le dispararía a un par de saqueadores), y después iría a buscar a Ana. ¿Y Manny? ella se lamentaría. ¡No hay tiempo!

él insistiría, acelerando el carro, disparándole a otro par de saqueadores (ahora medio mutantes), y después la llevaría a su calurosa guarida, su nido de amor, donde Ana sucumbiría de inmediato a su genio de guerrillero y a su cuerpo, ya para entonces ectomórfico. Cuando estaba de mejor humor, dejaba que encontrara a Manny colgado de una lámpara en su apartamento, la lengua convertida en una vejiga púrpura hinchada en la boca, los pantalones colgados por los tobillos. Las noticias del ataque inminente se estarían dando por la TV y se encontraría una nota mal escrita, casi indescifrable, sobre su pecho: *No pue ahuantá*. Y entonces Óscar consolaría a Ana con una observación concisa: Era demasiado débil para este Nuevo Mundo tan duro.

¿Así que tiene novio? Lola le preguntó de repente.

Sí, dijo.

Entonces debes echarte pa tra un poco.

¿La escuchó? Por supuesto que no. Estaba disponible cada vez que Ana necesitaba quejarse. Y hasta tuvo la oportunidad —¡ay, la dicha suprema!— de conocer al famoso Manny, una experiencia que le resultó casi tan divertida como que le dijeran marica en una asamblea escolar (ya había sucedido, dos veces). Lo conoció frente a la casa de Ana. Era un individuo escuálido e intenso con extremidades de maratonista y ojos voraces; cuando se dieron la mano, Óscar estaba seguro de que ese negro le iba a meter un galletazo, por lo huraño que fue. Manny era *muy* calvo y se afeitaba la cabeza para disimularlo, tenía un aro en cada oreja y la mirada de un buitre que ha pasado demasiado tiempo al sol y está haciendo tremendo esfuerzo para aparentar ser más joven.

Así que tú eres el amiguito de Ana, Manny dijo.

Así es, contestó Óscar con una voz tan inofensiva que después quiso que la tierra se abriera y se lo tragara por su cobardía.

Óscar es un escritor brillante, subrayó Ana, a pesar de que jamás le había pedido leer algo escrito por él.

Manny resopló. ¿De qué podrías escribir tú?

Me concentro en los géneros más especulativos. Él sabía lo absurdo que sonaba.

Los géneros más especulativos. Manny estaba a punto de hacerlo picadillo. Eso suena más ridículo que el carajo, ¿sabes?

Óscar sonrió, esperando que de alguna manera un terremoto demoliera todo Paterson.

Espero que no estés tratando de meterte con mi mujer, bróder.

Óscar dijo, Jajá. Ana se puso roja y bajó la mirada.

Qué encanto.

Con Manny de regreso, Óscar descubrió un aspecto de Ana completamente nuevo. Se veían poco y de lo único que hablaban ahora era de Manny y de las cosas terribles que le hacía. Manny le pegaba, Manny la pateaba, Manny la llamaba toto gordo; Manny le estaba poniendo los cuernos, ella estaba segura, con esa jevita cubana de la secundaria. Eso explica por qué no pude salir con ella en esos días: fue por Manny, Óscar bromeó, pero Ana no se rió. No podían hablar más de diez minutos seguidos sin que Manny la llamara por el bíper y ella tuviera que responder y asegurarle que no estaba con otro. Un buen día llegó a la casa de Óscar con un moretón en la cara y la blusa rasgada, y la mamá de Óscar dijo, ¡No quiero líos aquí!

¿Qué voy a hacer? ella le preguntaba una y otra vez y Óscar siempre terminaba abrazándola con torpeza y diciéndole, Bueno, creo que si es tan malo contigo, debes dejarlo, pero ella sacudía la cabeza y decía, Sé que debo, pero no puedo. Lo *amo*.

El Amor. Óscar sabía que debió haber desaparecido en ese mismo instante. Se engañaba a sí mismo diciéndose que sólo lo mantenía allí el frío interés antropológico de ver cómo terminaba todo, pero la verdad era que no podía liberarse. Estaba total e irrevocablemente enamorao de Ana. Lo que había sentido antes por aquellas muchachas a las que en realidad nunca había conocido no era nada comparado con el amor que llevaba en el corazón por Ana. Tenía la densidad de una fokin estrella enana y a veces estaba cien por ciento seguro que lo volvería loco de verdad. Lo único que podía comparársele era lo que sentía por sus libros; sólo la combinación de todo lo que había leído y todo lo que aspiraba a escribir podía acercarse a ese amor.

Toda familia dominicana tiene historias de amores locos, de quienes llevan el amor a extremos, y la familia de Óscar no era una excepción.

Su abuelo, el difunto, había sido inflexible con una cosa u otra (nadie nunca había dicho exactamente con qué) y terminó en la cárcel, primero loco, después muerto; su abuela Nena Inca había perdido a su marido a los seis meses de casada. Se había ahogado en Semana Santa y ella nunca se había vuelto a casar, jamás había tocado a otro hombre. Estaremos juntos muy pronto, Óscar le había oído decir.

Tu mamá, su tía Rubelka le había susurrado alguna vez, era una loca con el amor. Por poco la mata.

Y ahora parecía que era el turno de Óscar. *Bienvenido a la familia*, su hermana le dijo en un sueño, *la verdadera familia*.

Era obvio lo que sucedía, ¿pero qué podía hacer? No había manera de negar lo que sentía. ¿Perdió el sueño? Sí. ¿Perdió horas importantes de concentración? Sí. ¿Dejó de leer los libros de André Norton e incluso perdió interés en los últimos números de *Watchmen,*[44] que se desarrollaban de modo tan enfermizo? Sí. ¿Comenzó a pedir prestado el carro de su tío para dar largos paseos por la orilla del mar, parqueándose en Sandy Hook, donde su mamá los había llevado antes de ponerse mala, antes de que Óscar hubiera engordado tanto, antes de que ella dejara para siempre de ir a la playa? Sí. ¿Su amor joven y no correspondido lo hizo bajar de peso? Es de lamentar que eso fuera lo único que no ocurriera y que lo mataran si entendía por qué. Cuando Lola se peleó con el aspirante a los Guantes de Oro había bajado casi veinte libras. ¿Qué tipo de discriminación genética era ésa? ¿Impuesta por qué cabrón Dios?

Entonces comenzaron a suceder cosas milagrosas. Una vez se desmayó mientras cruzaba una intersección y despertó rodeado por un equipo de rugby. En otra ocasión, Miggs lo estaba jodiendo, hablando mierda de sus aspiraciones de escribir guiones para juegos de rol —para ser sincero, ésta es una historia complicada, pues la compañía para la que Óscar aspiraba a trabajar, Fantasy Games Unlimited, que había estado considerando uno de sus módulos para Psi-World,[45] cerró, poniendo fin a todas sus esperanzas y sueños de llegar a ser el próximo Gary Gygax.[46] Bueno, dijo Miggs,

[44][*Watchmen* es una novela gráfica de doce capítulos/números que revolucionó el género.]

[45][Un juego de rol que se desarrolla en un mundo alternativo.]

[46][Uno de los co-creadores de Dungeons & Dragons, considerado el inventor de los juegos de rol.]

parece que *esa vaina* no dio resultado. Y por primera vez en todos sus años de amistad, Óscar se encabronó y, sin decir una palabra, le metió a Miggs un piñazo tan salvaje en la boca que escupió sangre. ¡Ofrézcome! gritó Al. ¡Cálmate! ¡No lo hice a propósito! dijo Óscar de modo poco convincente. Fue un accidente. Hijoeputa, dijo Miggs, ¡hijoeputa! La situación llegó a tal extremo que una noche, al borde de la desesperación, después de escuchar a Ana sollozando en el teléfono por culpa de la mierda más reciente que le había hecho Manny, le dijo, Tengo que ir a la iglesia, y entonces colgó, fue al cuarto de su tío (Rudolfo andaba en un bar de mujeres desnudas) y le robó su antigua Virginia Dragoon, la oh tan famosa pistola de primera, la exterminadora Colt .44, más pesada que la mala suerte y dos veces más fea. Se metió el impresionante cañón en los pantalones y se plantó casi la noche entera frente al edificio de Manny. Trabó gran amistad con el revestimiento de aluminio. Vamos, hijoeputa, decía tranquilamente. Te he conseguido cita con una de once años namá. Le importaba bien poco la probabilidad de ir a la cárcel de por vida, o que a los negros como él los violaran por el culo *y* la boca en el presidio, o que si la policía lo detenía y le encontraba la pistola, zumbarían al tío directo para la prisión de nuevo por infringir los requisitos de su libertad condicional. Esa noche nada le importaba. Su cabeza era un cero, un perfecto vacío. Vio todo su futuro de escritor desaparecer ante sus ojos; de todos modos, sólo había escrito una novela que valía la pena, sobre un hunger spirit australiano que se alimenta de un grupo de amigos pueblerinos; no tendría la oportunidad de escribir nada mejor; su carrera terminaría antes de empezar. Por fortuna, para el futuro de las letras americanas, Manny no regresó a casa esa noche.

Era difícil de explicar. No era sólo que creyera que Ana era su último fokin chance de ser feliz —eso lo tenía claro—, era también que jamás en todos sus desgraciados dieciocho años de vida había experimentado algo como lo que sentía cuando estaba cerca de esa muchacha. He esperado una infinidad para enamorarme, le escribió a su hermana. No sabes cuántas veces pensé que *esto nunca me iba a suceder.* (Cuando en *Robotech Macross,* el anime que había ocupado el segundo lugar en su preferencia toda la vida, Rich Hunter al fin se enganchó con Lisa, se desmoronó delante de la TV y lloró. No me digas que mataron al presidente, dijo su tío desde la habitación de atrás, donde inhalaba lo-que-tú-sabes). En lo que a Ana respecta es como si me hubiera tragado un pedazo de cielo, le escribió a su hermana en una carta. No puedes imaginarte cómo me siento.

Dos días después, se rajó y le contó a su hermana lo de la pistola, y a ella, que había regresado a casa unos días para lavar la ropa, casi le da un infarto. Hizo que se arrodillara con ella ante el altar que había construido en honor al abuelo difunto y lo obligó a jurar por el alma de su madre que nunca haría algo así en todo lo que quedaba de vida mortal. Hasta lloró, de lo preocupada que estaba por él.

Necesitas parar esto, Míster.

Lo sé, dijo. Pero estoy perdido, ¿no ves?

Esa noche los dos se quedaron dormidos en el sofá, ella primero. Lola acababa de romper con su novio, como por décima vez, pero hasta Óscar, en la condición que se encontraba, sabía que volverían en cuestión de horas. En algún momento antes del amanecer, soñó con todas las novias que nunca tuvo, fila tras fila tras fila tras fila, como los cuerpos adicionales que tenían los Miraclepeople en el comic *Miracleman*[47] de Alan Moore. *Tú puedes,* le decían.

Se despertó, frío, con la garganta seca.

Se vieron en el centro comercial japonés, Yaohan, en Edgewater Road; lo había descubierto un día en uno de sus largos paseos en carro cuando estaba aburrido. Consideraba el centro parte del paisaje de su historia con Ana, algo que les contarían a sus hijos. De hecho, era donde compraba los videos de anime y modelos de meca. Ordenó katsu de pollo al curry para los dos y después se sentaron en la cafetería grande con la vista de Manhattan, los únicos gaijin[48] en todo el lugar.

Tienes pechos hermosos, empezó.

Confusión, alarma. ¿Óscar, qué te pasa?

Él miró hacia fuera a través del cristal, hacia la costa occidental de Manhattan, su vista fija como si fuera un tipo verdaderamente profundo. Entonces se lo contó todo.

No hubo sorpresas. Sus ojos lo miraron con ternura; ella puso la mano sobre la de él; su silla arañó el piso cuando se acercó; había un hilito amarillo entre sus dientes. Óscar, ella dijo amablemente, *tengo* novio.

Lo llevó a la casa; él le dio las gracias por su tiempo. Entró y fue directo para la cama.

En junio se graduó de Don Bosco. Había que verlos en la graduación: su mamá ya comenzaba a verse flaca (el cáncer pronto empezaría a comérsela), Rudolfo estaba volado y sola-

[47][*Miracleman* empezó como una versión británica de Captain Marvel a mediados de los años cincuenta, y terminó en 1963. Fue resucitada en 1982 por Alan Moore como novela gráfica noir.]

[48][Gaijin, en japonés, significa extranjero.]

mente Lola estaba en su apogeo, radiante y feliz. Lo lograste, Míster, lo lograste. Oyó de pasada que entre todos los graduados de su barrio en Paterson, sólo él y Olga —la pobre, desgraciada Olga— no habían ido ni siquiera a un solo baile de fin de curso. Bróder, Miggs bromeó, quizá debías haberla *invitado*.

En septiembre se fue a Rutgers New Brunswick. Su mamá le dio cien dólares y su primer beso en cinco años, su tío le regaló una caja de condones: Úsalos todos, le dijo, y luego agregó: Con hembras. Sintió una euforia inicial al encontrarse solo en la universidad, libre de todo, por entero independiente y con la esperanza de que aquí, entre millares de jóvenes, encontraría a alguien como él. Pero no sucedió así. Los blancos miraban su piel negra y su afro y lo trataban con jovialidad inhumana. Los muchachos de color, cuando lo oían hablar o lo veían moverse, sacudían la cabeza. Tú no eres dominicano. Y él contestaba, una y otra vez, Claro que sí lo soy. Soy dominicano. Dominicano soy. Después de una serie de fiestas en las que sólo logró que lo amenazaran los blanquitos borrachos, y después de docenas de clases en donde ni una sola muchacha lo había mirado, sintió que su optimismo se desvanecía y sin darse cuenta, cayó en la versión universitaria de su vida en la secundaria: nadie con quien rapar. Sus momentos más felices fueron los que tenían que ver con los géneros, como el estreno de *Akira* (1988). No en balde andaba tan depre. Almorzaba con su hermana un par de veces a la semana en la cafetería del dormitorio Douglass; ella era muy popular en la escuela y conocía a casi todos los que tuvieran algo de pigmento en la piel, participaba en todas las manifestaciones y todas las marchas, pero nada de eso contribuía a mejorar su situación. Cuando se veían, ella le daba consejos y él asentía calladito, pero después se sentaba en la parada de la guagua, miraba a las jevitas bonitas de Douglass y se preguntaba en qué se había equivocado en la vida. Quería echarle la culpa a los libros, a la ciencia ficción, pero no podía, los quería demasiado. Aunque juró, a principios de su carrera universitaria, que iba a cambiar sus maneras nerdosas, siguió comiendo, continuó sin hacer ejercicios, repetía palabras altisonantes que nadie entendía y, después de un par de semestres sin más amigos que su hermana, por fin se alistó en la organización residente de nerds de la universidad, los RU Gamers, que se reunía en las aulas del sótano de Frelinghuysen y se jactaba de su membresía exclusivamente masculina. Había pensado que la universidad sería mejor, sobre todo en cuanto a las muchachas, pero en esos primeros años, no fue así.

02.
WILDWOOD
1982–1985

Nunca son los cambios que queremos los que cambian todo.

Así es como empieza: con tu madre llamándote al cuarto de baño. Recordarás el resto de tu vida lo que hacías en ese preciso momento: estabas leyendo Watership Down *y los conejos y sus conejas corrían hacia el barco y tú no querías dejar de leer, tenías que devolverle el libro a tu hermano al día siguiente, pero entonces ella te llamó otra vez, alzando más la voz, su voz de no estoy relajando, coño, y tú, irritable, mascullaste: Sí, señora.*

Ella estaba parada frente al espejo del botiquín, desnuda de cintura para arriba, su brasier colgando como una vela rasgada y la cicatriz en su espalda tan extensa e inconsolable como un mar. Quieres volver a tu libro, hacer como que no la has oído, pero es demasiado tarde. Sus ojos hacen contacto directo con los tuyos, los mismos ojos ahumados grandes que tendrás tú misma en el futuro. Ven acá, te ordenó. Frunce el ceño por culpa de algo en uno de sus pechos. Los senos de tu mamá son inmensidades. *Una de las maravillas del mundo. Los únicos que has visto más grandes se ven en las revistas de desnudos o colgando de señoras requetegordotas. Son 35 triple-D con aureolas tan grandes como platillos, y negras, y en los bordes hay unos vellos feroces que ella se depila de vez en cuando, y de vez en cuando no. Estos pechos siempre te han desconcertado y cuando caminas en público con ella siempre eres consciente de ellos. Sin embargo, después de su cara y su pelo, sus senos son lo que más la enorgullecen. Tu papá nunca se cansó de ellos, alardeaba siempre. Pero dado que desapareció al tercer año de su unión, parece que, al final, sí se cansó.*

Temes las conversaciones con tu mamá. Siempre son regaños unilaterales. Imaginas que te ha llamado para darte otro sermón sobre tu dieta. Tu mamá está convencida de que si comes más plátanos adquirirás repentinamente sus mismas extraordinarias características sexuales secundarias y pararás el tráfico igual que ella. Incluso a esa edad no eras más que la hija de tu madre. Tenías doce años y ya eras tan alta como ella, una ibis de cuello largo y delgado. Tenías sus ojos verdes (aunque más claros) y su pelo lacio que te hace parecer más hindú que dominicana y un trasero del cual los muchachos no pueden parar de hablar desde el quinto grado y cuya atracción todavía no entiendes. Tienes su tez también, lo que quiere decir que eres oscura, morena. Pero a pesar de todas las semejanzas, las mareas de la herencia todavía no alcanzan tu pecho. Tus senos apenas se insinúan; vista de cualquier ángulo, eres tan plana como un tablero, e imaginas que va a ordenarte otra vez que dejes de usar brasieles porque están sofocando tus pechos incipientes, desalentándolos. Estás lista para discutir con ella hasta la muerte porque tienes hacia los brasieles un sentido de posesión tal como de los kotex que ahora te compras tú misma.

Pero no, ella no dice una sola palabra sobre comer más plátanos. Toma tu mano derecha y te guía. Tu mamá es torpe en todo, pero esta vez se muestra delicada. No la creíste capaz de ello.

¿Sientes eso? te pregunta en su voz ronca que te es demasiado familiar.

Al principio todo lo que sientes es el calor de su cuerpo y la densidad del tejido, como un pan que nunca dejó de subir. Ella se amasa con tus dedos en sí misma. Nunca has estado más cerca de ella que ahora y tu respiración es lo único que oyes.

¿No sientes eso?

Se vuelve hacia ti. Coño, muchacha, deja de mirarme y tócame.

Así que cierras los ojos y tus dedos presionan hacia abajo y estás pensando en Helen Keller y que cuando eras pequeña querías ser ella, aunque un poco más monjil, y entonces, de buenas a primeras y sin advertencia, sientes algo. Un nudo justo bajo su piel, apretado y secreto como un complot. Y en ese momento, por razones que nunca llegarás a entender, te sobrecoge una sensación, un presentimiento, de que algo en tu vida está a punto de cambiar. Te mareas y puedes sentir tu sangre palpitar, un golpe, un ritmo, un tambor. Luces brillantes resplandecen a través tuyo, como torpedos de fotones, como cometas. No sabes cómo o por qué, pero no tienes la menor duda. Es estimulante. Toda la vida has sido medio bruja; hasta tu mamá lo admite a regañadientes. Hija de Liborio,[49] *te llamó cuando*

[49][Se trata de Liborio Mateo Ledesma, llamado por algunos de sus seguidores El Maestro y por otros, Papá Liborio, quien entre 1908 y 1922 se convirtió en una especie de Mesías, algo que fue visto como un peligro por los gobiernos de Ramón Cáceres, Eladio Victoria y la intervención militar norteamericana.]

escogiste los números ganadores de la lotería de tu tía, y tú pensaste que Liborio era algún pariente. Eso fue antes de Santo Domingo, antes de que supieras de la Gran Potencia de Dios.

Lo siento, dices, en voz demasiado alta. Lo siento.

Y ahí mismo, todo cambia. Antes de que termine el invierno, los médicos le extirpan el seno que tú amasabas y el ganglio axilar. Debido a las operaciones, le será difícil levantar el brazo sobre la cabeza durante el resto de su vida. Se le empieza a caer el pelo y un día se lo arranca todo ella misma y lo mete en una bolsa de plástico. Tú cambias también. No enseguida, pero cambias. Y es en ese cuarto de baño donde todo empieza. Donde tú comienzas.

Una muchacha punk. En eso me convertí. Una fanática punk de Siouxie and the Banshees.[50] Los muchachos puertorriqueños de la cuadra no podían parar de reírse cuando veían mi pelo —me llamaban Blácula— y los morenos no sabían qué decir. Terminaron llamándome devil-bitch. ¡Oye, Cerbero, oye tú, *oye*! Mi tía Rubelka pensaba que tenía alguna enfermedad mental. Hija, me dijo mientras freía pastelitos, quizá tú necesita *ayuda*. Pero mi mamá fue la peor. Es el colmo, gritó. *El colmo*. Pero para ella todo era el colmo. Por la mañana, cuando yo bajaba y ella estaba en la cocina haciendo el café en greca y oyendo Radio WADO, me miraba y se encojonaba de nuevo, como si durante la noche se le hubiera olvidado quién yo era. Mi mamá era una de las mujeres más altas de Paterson, y su cólera era igual de grande. Te agarraba con esos brazos largos como si fueran un

[50][Banda punk británica que lanzó once discos entre 1978 y 1995; tuvo gran influencia en los grupos post-punk.]

par de pinzas y, si mostrabas debilidad, acababa contigo. Qué muchacha tan fea, decía disgustada, botando en el fregadero lo que quedaba de su café. Fea pasó a ser mi nuevo nombre. Bueno, en verdad no era nada nuevo. Ella había dicho cosas parecidas toda la vida. Como madre nunca se hubiera ganado ningún premio, créanme. Se podría decir que era una madre ausente: si no estaba en el trabajo, estaba durmiendo, y cuando estaba despierta parecía que todo lo que hacía era gritar y golpear. De niños, Óscar y yo le teníamos más miedo a mi mamá que a la oscuridad o al cuco. Nos golpeaba dondequiera, delante de cualquiera, con las chanclas y la correa, pero ahora, con el cáncer, ya no podía hacer mucho. La última vez que intentó caerme encima fue a causa de mi pelo, pero en vez de acobardarme o salir corriendo, le pegué en la mano. Fue un reflejo más que cualquier otra cosa, pero una vez que sucedió sabía que no podía arrepentirme jamás, así que mantuve el puño apretado, esperando lo que viniera: que me mordiera, como le había hecho una vez a una señora en el Pathmark. Pero ella se quedó parada, temblando, con su peluca estúpida y su bata estúpida, con dos prótesis enormes de espuma en su brasier, el olor de la peluca ardiendo en el aire. Casi me dio pena. ¿Así es como tratas a tu madre? protestó. Si hubiera podido, le hubiera regalado el resto de mi vida en ese momento. Pero, en cambio, le grité: ¿Así es como tratas a tu hija?

Las cosas habían estado mal entre nosotras todo ese año. ¿Cómo no iba a ser así? Ella era mi mamá dominicana del Viejo Mundo y yo su única hija, la que había criado sola, sin ayuda de nadie, lo que significaba que era su deber aplastarme. Yo tenía catorce años y estaba desesperada por apropiarme de un pedacito del mundo que no tuviera nada que ver con ella. Quería la vida que veía cuando miraba *Big Blue Marble*[51] de niña, la vida que me llevó a tener amigos por correspondencia y a robarme los atlas de la escuela y traerlos a la casa. La vida que existía más allá de Paterson, más allá de mi familia, más allá del español. Y en cuanto ella se enfermó, vi mi oportunidad y, no voy a mentir o a disculparme: vi mi oportunidad y en cuanto pude la tomé. Si no se criaron como yo, entonces no saben, y si no saben, probablemente sea mejor que no juzguen. No tienen idea del control que ejercen nuestras madres, incluso las que nunca están presentes... *sobre todo* las que nunca están presentes. No saben lo que es ser la hija dominicana perfecta, lo cual es una forma amable de decir la esclava dominicana perfecta. No saben lo que es ser criada por una madre que nunca ha dicho una sola palabra positiva en la vida, ni sobre sus hijos ni sobre el mundo; siempre suspicaz, criticando y arrancando los sueños de raíz. Cuando mi primera amiga por correspondencia, Tomoko, dejó de escribirme después de la tercera carta, ella fue la primera en reírse: ¿Tú crees que alguien va a perder tiempo escribiéndote a ti? Por supuesto que lloré; tenía ocho años y ya había planeado que Tomoko y su familia me adoptaran. Claro que mi mamá tenía bien presente ese sueño y no dejaba de deleitarse. Yo tampoco te escribiría, dijo. Era la clase de madre que hace dudar a uno de sí misma, que acaba con uno si no se le frena. Pero no voy a aparentar tampoco lo que no es. Por mucho tiempo permití que dijera lo que quisiera de mí y, lo que es peor, durante mucho tiempo le creí. Yo era fea, no valía nada, era una idiota. Desde los dos hasta los trece años, le creí y, porque le creí, fui la hija perfecta. Yo era

[51][Programa infantil de televisión estadounidense que se transmitió de 1974 a 1983; se distinguía por sus historias sobre niños de todas partes del mundo.]

la que cocinaba, limpiaba, lavaba, iba a la bodega, escribía las cartas al banco para explicar por qué el pago de la hipoteca iba a llegar con atraso, traducía. Sacaba las mejores notas de toda mi clase. Nunca causé problemas, ni siquiera cuando las morenas salieron detrás de mí con las tijeras para cortar mi pelo lacio. Me quedaba en casa y me aseguraba de que Óscar tuviera de comer y que todo funcionara mientras ella estaba en el trabajo. Lo crié y me crié yo misma. ¡Yo misma! Eres mi hija, decía ella. Eso es lo que se espera de ti. Cuando me sucedió lo que me sucedió a los ocho años y por fin le conté lo que él me había hecho, me dijo que me callara y dejara de llorar, y así lo hice: cerré la boca y apreté las piernas, y también la mente, y al año no podría haber dicho cómo era ese vecino, ni cómo se llamaba. No haces más que quejarte, decía. Pero no tienes idea alguna de cómo es la vida. Sí, señora. Cuando ella me dijo que podía ir a acampar a las montañas con mis compañeros de sexto grado, compré una mochila con el dinero que me ganaba repartiendo periódicos y le escribí notas a Bobby Santos porque él había prometido venir a mi cabaña a besarme delante de todo el mundo, yo le creí. Y cuando llegó la mañana del viaje y ella anunció que yo no iba y yo le dije, Pero si me lo prometiste, y ella contestó, Muchacha del Diablo, yo no te prometí nada, no le lancé mi mochila, ni me saqué los ojos. Y cuando resultó que fue Laura Sáenz quien terminó besando a Bobby Santos, tampoco dije nada. Me quedé en mi cuarto con mi estúpido Bear-Bear[52] y canté para mis adentros, tratando de imaginar adónde huiría cuando fuera grande. A Japón quizá, donde buscaría a Tomoko, o a Austria, donde mi canto inspi-

[52][Personaje de "The Bear Bear and Messer Show", una serie animada que se especializa en canciones infantiles.]

raría una nueva versión de *The Sound of Music.* Mis libros favoritos de ese período eran todos sobre fugitivos: *Watership Down, The Incredible Journey, My Side of the Mountain* y cuando salió la canción "Runaway" de Bon Jovi, imaginaba que era sobre mí. Nadie tenía la menor idea. Era la muchacha más alta y torpe de la escuela, la que se vestía como Wonder Woman cada Halloween, la que no decía una palabra. La gente me veía con mis espejuelos y mi ropa de segunda mano y no imaginaba de lo que yo era capaz. Y entonces, cuando cumplí los doce años, tuve esa sensación, como un hechizo aterrador, y antes de que pudiera darme cuenta, mi mamá se enfermó y toda la furia que había acumulado por dentro de mí durante todo ese tiempo, la que yo había intentado reprimir con trabajo doméstico y tareas y promesas de que en cuanto llegara a la universidad podría hacer lo que me diera la gana, estalló. No pude evitarlo. Traté de contenerme pero la energía inundaba todos mis espacios reservados. Era un mensaje más que una sensación, un mensaje que tañía como una campana: cambia, cambia, cambia.

No sucedió de la noche a la mañana. Sí, la furia estaba en mí; sí, hacía que mi corazón latiera con rapidez todo el santo día; sí, bailaba a mi alrededor mientras caminaba por las calles; sí, me daba el valor para mirar a la cara a los muchachos que se fijaban en mí; sí, hizo que mi risa pasara de tos a una fiebre desenfrenada y larga, pero yo todavía tenía miedo. ¿Cómo no lo iba a tener? Era hija de mi madre. Su poder, su dominio sobre mí era más fuerte que el amor. Y entonces, un día caminaba a casa con Karen Cepeda, que en aquel momento era más o menos amiga mía. Karen era goth,[53] el es-

[53][Los goths son muchachos que siguen modas basadas en la cultura gótica.]

tilo le quedaba realmente bien; tenía el pelo parado como Robert Smith,[54] sólo llevaba ropa negra y tenía la piel del color de un fantasma. Caminar con ella en Paterson era como andar acompañada de la mujer barbuda. Todo el mundo nos miraba y la verdad es que eso asustaba a cualquiera, pero me imagino que por eso mismo es que yo lo hacía.

Caminábamos por la Main Street siendo tremendo espectáculo cuando, de repente, le comenté, Karen, quiero que me cortes el pelo. Tan pronto lo dije, entendí por qué. La sensación en mi sangre, el zangoloteo, todo eso otra vez. Karen alzó una ceja: ¿Y tu mamá? Ven, no era yo sola; todo el mundo le tenía terror a Belicia de León.

Pal carajo con ella, exclamé.

Karen me miró como si me hubiera vuelto loca de repente; en fin, era yo la que ni siquiera decía malas palabras, pero ésa era otra cosa que cambiaría pronto. Nos encerramos el día siguiente en su cuarto de baño mientras su papá y sus tíos, que estaban en el primer piso, voceaban ante un juego de fútbol en la TV. Bien, ¿cómo lo quieres? me preguntó. Miré a la muchacha reflejada en el espejo por mucho rato. Lo único que sabía era que no quería volverla a ver. Puse la maquinilla en manos de Karen, la conecté y la dirigí hasta que no quedó nada.

¿Así que ahora eres punk? me preguntó Karen, con vacilación.

Sí, respondí.

Al otro día, mi mamá me tiró la peluca. Vas a usarla. Vas a usarla todos los días. ¡Y si te veo sin ella te mato!

No dije ni una palabra. Sostuve la peluca sobre la hornilla.

[54][Cantante, guitarrista y compositor de The Cure, uno de los grupos de rock emblemáticos de los años 80, y muy goth.]

No te atrevas, empezó mientras la hornilla se encendía. Que ni se te ocurra…

La peluca ardió enseguida, como la gasolina, como una estúpida esperanza, y si no la hubiera lanzado al fregadero también me hubiera quemado la mano. El olor fue horrible, como el de todos los productos químicos de todas las fábricas de Elizabeth.

Ése fue el momento en que trató de pegarme, y cuando yo le di a ella, retiró la mano como si yo fuera el fuego.

Por supuesto que todos pensaban que yo era la peor hija del mundo. Mi tía y mis vecinos me repetían, Hija, es tu madre, se está muriendo, pero yo no los oía. Cuando le di en la mano, se abrió una puerta y yo no le iba a dar la espalda a esa abertura.

Pero Dios, ¡cómo peleamos! Enferma o no, muriéndose o no, mi mamá no se iba a rendir fácilmente. No era ninguna pendeja. La había visto abofetear hombres, empujar a policías blancos hasta hacerlos caer de culo, maldecir a un grupo entero de bochincheras. Nos había criado a mí y a mi hermano sola, había tenido tres empleos a la vez hasta que pudo comprar la casa en la que vivíamos, había sobrevivido al abandono de mi padre, había venido de Santo Domingo ella sola y contaba que de joven la habían atropellado, quemado y dejado por muerta. No había manera que me soltara sin matarme antes. Figurín de mierda, me llamaba. Te crees que eres alguien, pero no eres nada. Hurgaba, como siempre, buscando el punto flaco, queriendo destruirme como siempre, pero yo no dejé que me debilitara, no había manera de que me pudiera vencer esta vez. Lo que me dio audacia fue la sensación de que mi verdadera vida me esperaba del otro lado de todo esto. Cuando botó mis afiches de los Smiths y Sisters of Mercy —Aquí no quiero maricones— los remplacé. Cuando amenazó con destruir mi ropa nueva, empecé a guardarla en el locker de la escuela y en casa de Karen. Cuando me dijo que tenía que dejar mi trabajo en la cafetería griega, le expliqué a mi jefe que a mi mamá la quimioterapia la había hecho perder el tino, así que cuando llamó para decir que yo no podía seguir trabajando, mi jefe me alcanzó el teléfono y se quedó mirando a sus clientes medio apenado. Cuando cambió las cerraduras de la casa —yo había empezado a llegar tarde, iba al club Limelight porque, aunque sólo tenía catorce años, parecía de veinticinco— le tocaba en la ventana a Óscar y él me dejaba entrar, asustado porque al día siguiente mi mamá andaría corriendo y gritando por toda la casa, ¿Quién carajo dejó entrar a esta hija de la gran puta en la casa? ¿Quién? ¿Quién? Y Óscar, estaría desayunando en la mesa, balbuceando, Yo no sé, Mami, no sé.

Su rabia llenaba la casa como humo rancio. Se impregnaba en todo, en el pelo y la comida, como el polvillo radiactivo que nos dijeron en la escuela que caería un día, suave como la nieve. Mi hermano no sabía qué hacer. Permanecía en su cuarto, aunque de vez en cuando me preguntaba muy angustiado qué pasaba. Nada. Me lo puedes contar, Lola, decía, pero yo sólo me reía. Tienes que bajar de peso, le contestaba.

En esas últimas semanas yo sabía que era mejor que ni me acercara a mi mamá. Casi siempre me miraba atravesado, pero a veces, sin yo esperarlo me agarraba por el cuello y no me soltaba hasta que lograba zafarle los dedos. No me dirigía la palabra a menos que fuera para amenazarme de muerte. ¡Cuando seas grande te encontrarás conmigo en un callejón oscuro cuando menos lo esperes y entonces te mataré y nadie lo sabrá! Se le notaba el deleite al decirlo.

Estás loca, le respondía.

No me digas loca, decía, y entonces se sentaba, jadeando.

Fue terrible, pero nadie imaginó lo que vino después. Y, si se mira bien, era tan obvio.

Me había pasado la vida amenazando con que un día iba a desaparecer y ya.

Y así fue.

Me escapé, dique, por culpa de un muchacho.

¿Qué puedo contar sobre él? Era como todos los muchachos: hermoso e inexperto y, como un insecto, incapaz de estar tranquilo. Era un blanquito de largas piernas velludas al que conocí una noche en el Limelight.

Se llamaba Aldo.

Tenía diecinueve años y vivía en el Jersey Shore con su papá de setenta y cuatro. En el asiento de atrás de su Oldsmobile, parqueado en University, me subí la falda de cuero, me bajé las medias de malla y mi olor lo inundó todo. Ése fue nuestro primer encuentro. Durante la primavera de mi segundo año de la secundaria nos escribimos y llamamos por lo menos una vez al día. Hasta fui a Wildwood con Karen a visitarlo (ella tenía licencia de manejar, yo no). Él vivía y trabajaba cerca del Jersey Shore, era uno de los tres que trabajaban en los carritos chocones, el único sin tatuajes. Quédate, me dijo esa noche mientras Karen caminaba delante de nosotros por la playa. ¿Dónde voy a vivir? le pregunté, y él sonrió. Conmigo. No me digas mentiras, pedí, pero él sólo miraba la resaca. De verdad, quiero que te quedes, insistió, muy serio.

Me lo pidió tres veces. Las conté, por eso lo sé.

Ese verano, mi hermano anunció que iba a dedicarse a diseñar juegos de rol y mi mamá intentaba mantener un segundo empleo por primera vez desde su operación. Pero la verdad es que no le iba bien. Llegaba a casa agotada y, como yo no ayudaba, quedaba todo a medio hacer. Algunos fines de semana, mi tía Rubelka venía a echar una mano en la cocina y la limpieza y nos daba tremendos sermones a Óscar y a mí, pero ella tenía su propia familia que cuidar así que la mayor parte del tiempo estábamos solos. Ven, me pidió Aldo por teléfono. Y entonces, en agosto, Karen se fue para Slippery Rock. Había terminado la secundaria un año antes de tiempo. Si no veo a Paterson otra vez en mi vida, seré feliz, dijo antes de irse. Ése fue el septiembre que falté a la escuela seis veces en las primeras dos semanas. Es que ya no podía más con la escuela. Tenía algo por dentro que no me dejaba. Por supuesto que no ayudaba para nada que estuviera leyendo *The Fountainhead* y hubiera decidido que yo era Dominique y que Aldo era Roark. Estoy segura que habría podido quedarme ahí mismo para siempre, a punto de dar el salto aunque paralizada por el miedo, pero lo que todos habíamos estado esperando por fin sucedió. Mi mamá lo anunció en la cena, con mucha reserva. Quisiera que ambos me escucharan: el doctor tiene que hacerme más pruebas.

Óscar parecía a punto de estallar en lágrimas. Bajó la cabeza. ¿Y mi reacción? La miré y dije: ¿Me pasas la sal, por favor?

Hoy no la culpo por haberme dado aquel pescozón, porque en ese momento era precisamente lo que yo necesitaba. Nos abalanzamos una sobre la otra y la mesa se cayó y el sancocho se derramó por el piso y Óscar, parado en una esquina, nos rogaba, ¡Ya! ¡Ya! ¡No sigan!

Hija de tu maldita madre, chillaba ella. Y yo le contesté: Ojalá que te mueras.

Por un par de días la casa fue zona de guerra y entonces, el viernes, me dejó salir del cuarto y me permitió sentarme a su lado en el sofá a ver la novela. Estaba esperando el resultado de las pruebas, pero no habría quien dijera que sabía que su vida estaba en juego. Miraba la TV como si fuera lo único que importara y cada vez que uno de los personajes hacía algo malvado, alzaba y agitaba los brazos. ¡Alguien tiene que pararla! ¿No pueden ver lo que hace esa puta?

Te odio, dije en una voz muy bajita que ella no oyó. Ve y tráeme un poco de agua, dijo. Ponle hielo.

Fue lo último que hice por ella. A la mañana siguiente me monté en la guagua rumbo a Jersey Shore. Un bolso, doscientos dólares de propinas y el cuchillo viejo de tío Rudolfo. Me moría de miedo. No podía dejar de temblar. Durante todo el viaje, estuve esperando que el cielo se abriera, que mi mamá apareciera y me agarrara. Pero no fue así. Con excepción del hombre sentado del otro lado del pasillo, nadie ni siquiera me notó. Eres bella, dijo. Como una muchacha que conocí una vez.

Ni siquiera les dejé una nota. ¡Cuánto los odiaba! O más bien, cuánto *la* odiaba.

Esa noche, en el cuarto de Aldo, caluroso y con hedor a arenero de gato, le dije: Quiero que me lo hagas.

Comenzó a desabrochar mis pantalones. ¿Estás segura?

Segurísima, dije, en tono severo.

Tenía un ripio finito y largo que me dolió con cojones, pero todo el tiempo le susurré, Oh sí, Aldo, sí, porque eso era lo que imaginaba se debía decir mientras se perdía la "virginidad" con un muchacho que una creía amar.

Fue lo más estúpido que hice en toda mi vida. Estaba depre. Y aburridísima. Pero, por supuesto, no podía admitirlo. Me había fugado, ¡así que era feliz! ¡Feliz! A Aldo se le había olvidado mencionar en todas esas conversaciones en que me pedía que viniera a vivir con él que su papá lo odiaba como yo odiaba a mi mamá. Aldo el Viejo había estado en la Segunda Guerra Mundial y nunca había perdonado a los "japs" por la muerte de tantos amigos. Mi papá es un mentiroso de mierda, dijo Aldo. Nunca dejó la base de Fort Dix. Creo que el viejo no me dijera cuatro palabras en todo el tiempo que viví con ellos. Era un viejito malvado que incluso cerraba la nevera con candado. Que ni se te ocurra tratar de abrirla, me amenazó. Ni siquiera nos dejaba sacar cubitos de hielo. Aldo y su papá vivían en una casita de una sola planta, muy ordinaria, y Aldo y yo dormíamos en un cuarto donde su papá tenía el arenero para sus dos gatos; por la noche nosotros lo trasladábamos al vestíbulo, pero él siempre se despertaba antes que nosotros y nos lo metía de nuevo en el cuarto. Les dije que no me tocaran mi mierda, lo cual era cómico, si uno lo piensa. Pero en ese momento no lo fue. Conseguí un trabajo vendiendo papitas fritas en el malecón y entre el aceite caliente y el pis de los gatos, no podía oler más nada. En mis días libres bebía con Aldo, o me sentaba en la arena vestida toda de negro e intentaba escribir en mi diario, ése que yo estaba segura serviría como base teórica para la fundación de una sociedad utópica después que nos sopláramos y nos convirtiéramos en gránulos radiactivos. De vez en cuando, otros muchachos se me acercaban y me decían cosas como, ¿Quién fokin murió? ¿Qué te pasó en el pelo? Se sentaban a mi lado en la arena. Tú eres una muchacha bonita, deberías estar en bikini. ¿Pa qué? ¿Pa que me violes? ¡Dios santo! exclamó uno de ellos, poniéndose de pie de un tirón. ¿Qué coñazo te pasa a ti?

Hasta el día de hoy no sé cómo sobreviví. A principios de octubre, me despidieron del palacio de las papitas fritas; ya casi todo el malecón estaba cerrado y yo no tenía nada que hacer salvo brujulear por la biblioteca pública, que era más pequeña que la de mi secundaria. Aldo se había puesto a trabajar en el taller con su papá. Ahora peleaban más entre sí y, por extensión, conmigo. Cuando llegaban a la casa, se ponían a beber Schlitz y a quejarse de los Phillies. Me imagino que debería estar agradecida de que un buen día no se les hubiera ocurrido hacer las paces violándome los dos. Yo salía lo más que podía y esperaba recobrar las sensaciones, que me guiaran, pero estaba completamente seca, vacía, sin visión alguna. Comencé a pensar que quizá era como en los libros: tan pronto se pierde la virginidad, se pierde la energía. Me enojé de verdad con Aldo después de eso. Eres un borracho, le dije. Y un idiota. ¿Y qué? me contestó. A ti te apesta el toto. ¡Entonces déjamelo tranquilo! ¡Así lo haré! ¡Pero por supuesto que era feliz! ¡Feliz! Tenía la esperanza de tropezarme con mi familia poniendo volantes con mi foto por todo el malecón: mi mamá, la más alta, la más negra y la más tetona de todas; y Óscar, una enorme bola morena; mi tía Rubelka; quizá incluso mi tío, si lograban alejarlo de la heroína el tiempo suficiente para hacer el viaje. Pero lo que más se acercó fueron unos volantes que alguien había puesto buscando un gato perdido. Así son los blancos. Pierden un gato y hacen sonar la alarma y hay titulares en primera plana, pero nosotros, los dominicanos, perdemos una hija y puede que ni cancelemos la cita en la peluquería.

Cuando llegó noviembre yo estaba liquidada. Me sentaba con Aldo y su padre hediondo a ver las viejas series de TV, las que veíamos mi hermano y yo de niños —*Three's Company, What's Happening, The Jeffersons*— y mi decepción se insinuaba en cierto órgano muy suave y blando. Ya empezaba a hacer frío también y el viento se colaba por toda la casita y se metía debajo de las frazadas y en la ducha. Era tremendo. Empecé a tener visiones estúpidas de mi hermano tratando de hacerse su comida. No me pregunten por qué. Yo era la que siempre había cocinado para los dos, lo único que Óscar sabía hacer era derretidos de queso. Me lo imaginaba flaco como la caña, vagando por la cocina, desesperado, abriendo los estantes. Hasta empecé a soñar con mi mamá, salvo que en mis sueños ella era una niña chiquita, chiquitita de verdad. La podía sostener en la palma de la mano mientras ella intentaba decirme algo. La llevaba hasta la oreja y seguía sin poderla oír.

Siempre he odiado los sueños obvios. Todavía los odio.

Entonces Aldo decidió hacerse el simpático. Yo sabía que

él ya no estaba contento con la relación, pero no supe cuánto hasta una noche que sus amigos vinieron de visita. Su papá había ido a Atlantic City y ellos estaban bebiendo y fumando y haciendo bromas groseras, cuando de repente Aldo dice: ¿Ustedes saben lo que significa Pontiac? Poor Old Nigger Thinks it's a Cadillac.[55] ¿Y a quién miraba al decirlo? A mí, directamente a mí.

Esa noche me deseó, pero le aparté la mano. No me toques.

Vamos, no te pongas brava, dijo, poniendo mi mano en su güevo. No fue nada.

Y entonces se rió.

¿Y qué hice yo a los pocos días? Una verdadera estupidez. Llamé a casa. La primera vez nadie contestó. La segunda vez salió Óscar. Residencia de León, ¿a quién solicita? Así era mi hermano. No en balde todo el mundo lo odiaba.

Soy yo, anormal.

Lola. Guardó un silencio tan profundo que no me di cuenta de inmediato de que estaba llorando. *¿Dónde estás?*

Créeme, es mejor que no lo sepas. Cambié de oído, intentando mantener un tono de voz sereno. ¿Cómo están ustedes?

Lola, Mami te va a *matar.*

Anormal, ¿podrías bajar la voz? Mami no está, ¿verdad?

Está trabajando.

Qué sorpresa, dije. Mami trabajando. En el último minuto de la última hora del último día, mi mamá estaría en el trabajo. Estaría trabajando cuando los misiles cruzaran el cielo.

Lo debo de haber extrañado muchísimo, o quizá simple-

[55] [El pobre negro cree que es un Cadillac.]

mente quería ver a alguien que me conociera, o el pis del gato me había dañado el sentido común porque le di a Óscar la dirección de un café en el malecón y le pedí que me trajera algo de ropa y algunos de mis libros.

Tráeme dinero también.

Hizo una pausa. No sé dónde Mami lo guarda.

Usted sí sabe, Míster. Tráigalo.

¿Cuánto? preguntó con timidez.

Todo lo que haya.

Eso es mucho dinero, Lola.

Tráeme el dinero, Óscar.

OK, OK. Inhaló con fuerza. ¿Me podrías decir por lo menos si estás bien?

Estoy bien, le dije; ése fue el único punto en la conversación donde por poco lloro. Me quedé callada hasta que pude hablar otra vez y entonces le pregunté cómo iba a venir a verme sin que Mami se enterara.

Tú sabes, dijo, su voz débil, puede que sea un nerd, pero soy un nerd con recursos.

La verdad es que me debí haber dado cuenta de que no podía confiar en alguien que de niño consideraba a *Encyclopedia Brown*[56] uno de sus personajes favoritos. Pero no estaba pensando: tenía tantas ganas de verlo.

Concebí un plan. Convencería a mi hermano para que se fugara conmigo. Mi plan era ir a Dublín. Había conocido a unos muchachos irlandeses en el malecón y me habían hablado de su país. Conseguiría trabajo como cantante de reserva de U2, y Bono y el baterista, los dos, se enamorarían de

[56][El héroe de una serie de libros para niños escritos por Donald J. Sobol, en los cuales los lectores son quienes deben resolver el misterio.]

mí. Y Óscar se convertiría en el James Joyce dominicano. De verdad que creí que sucedería así. Así de engañada estaba ya para entonces.

Al día siguiente entré en el café, sintiéndome nuevecita, y él estaba allí, con el bolso. ¡Óscar! dije, riendo, ¡qué gordo estás!

Lo sé, admitió avergonzado. Oye, estaba preocupado por ti.

Estuvimos casi una hora abrazados y entonces él se echó a llorar. Lola, lo siento.

Está bien, dije, pero en ese momento levanté la vista y vi a mi mamá y mi tía Rubelka y mi tío entrando en el café.

¡Óscar! grité, pero era demasiado tarde. Ya había caído en manos de mi mamá. Se veía tan flaca y gastada, casi como una arpía, pero se aferraba a mí como si yo fuera su último níquel, y debajo de la peluca roja sus ojos verdes ardían de *furia.* Noté que se había vestido para la ocasión. Tan típico. Muchacha del Diablo, chillaba. Me las arreglé para que saliéramos del café y, cuando echó atrás la mano para darme un galletazo, me solté y salí disparada. Podía oírla detrás de mí cuando se cayó y se golpeó en el contén, pero no iba a mirar atrás. No… estaba corriendo. En la escuela primaria, cada vez que salíamos a la pista, yo siempre era la más rápida de mi clase, me ganaba todos los premios; decían que no era justo por lo grande que era, pero a mí no me importaba. Incluso les podía ganar a los varones si quería, así que no había forma que mi mamá enferma, mi tío drogado y mi hermano gordo me pudieran alcanzar. Corrí con toda la rapidez que permitían mis largas piernas. Iba a correr por todo el malecón, más allá de la horrorosa casa de Aldo, lejos de Wildwood, más allá de New Jersey, y no iba a parar. Iba a *volar.*

. . .

Bueno, así fue como *debió* haber sido. Pero no. Miré, miré hacia atrás. No pude evitarlo. No es que no conociera la Biblia y toda esa vaina de las estatuas de sal, pero cuando eres la hija de alguien que te ha criado ella solita, sin ayuda de nadie, es muy difícil abandonar los viejos hábitos. Sólo quería asegurarme de que mi mamá no se había fracturado un brazo o rajado el cráneo. En fin, ¿quién coñazo quiere matar a su propia madre por accidente? Fue sólo por eso que miré atrás. Se encontraba tirada en la acera, la peluca se le había caído y estaba fuera de su alcance, y su pobre cabeza calva quedaba expuesta a la luz del día como algo íntimo y vergonzoso y ella lloraba como un becerro perdido, Hija, hija. Y allí estaba yo, deseando con todo mi ser escapar hacia el futuro. Era precisamente en ese momento cuando necesitaba que esa sensación me diera un norte, pero no lo hizo. Estaba sola. En fin, no tuve los ovarios. Allí estaba ella, tirada, calva como un bebé, lagrimeando, quizá a sólo un mes de su muerte y ahí estaba yo, su única hija. No había nada que hacer. Así que regresé. Y cuando me incliné para ayudarla, se aferró a mí con ambas manos. Ése fue el momento que me di cuenta de que ella no había estado llorando. ¡Era una farsante! Su sonrisa era como la de una leona. Ya te tengo, dijo, dando un salto de triunfo. Te tengo.

Y así fue como terminé en Santo Domingo. Pienso que mi mamá calculó que me sería más difícil escapar de una isla donde no conocía a nadie y de cierta manera, tuvo razón. Ya llevo seis meses aquí y estoy tratando de tomar las cosas con mucha filosofía. No fue así al principio, pero con el tiempo tuve que darme por vencida. Es como la pelea entre el huevo y la piedra, dijo mi abuela. Nadie gana. Estoy asistiendo a la escuela. No va a contar para nada cuando regrese a Paterson, pero me mantiene ocupada, lejos de las travesuras y rodeada de gente de mi propia edad. No tienes por qué estar todo el día con nosotros los viejos, dice mi abuela. De la escuela, no sé qué pensar todavía. Lo que sí es cierto es que he mejorado muchísimo mi español. La Academia ______ es una escuela privada que aspira a ser tan exclusiva como el Carol Morgan[57] y está repleta de lo que mi tío Carlos Moya llama hijos de mami y papi. Y, bueno, aquí estoy. Si era dificilísimo ser goth en Paterson, imagínense ser una dominican-york en una de estas escuelas privadas en la RD. No hay muchachas más insoportables que éstas. No dejan de hablar de mí. A cualquiera le daría una crisis nerviosa, pero después de Wildwood, ya no soy tan frágil. Sencillamente, no dejo que me afecte. ¿Y el colmo de las ironías? Estoy en el equipo de campo y pista de la escuela. Me apunté porque mi amiga Rosío, la becada de Los Mina, me dijo que me aceptarían con sólo ver el largo de mis piernas. Son piernas de campeona, profetizó. En fin, parece que sabía de lo que estaba hablando, a pesar de mis dudas, porque resulta que soy la mejor corredora de toda la escuela en los 400 metros y en distancias cortas. El hecho de tener talento para algo tan simple no deja de asombrarme. Si Karen me viera haciendo sprints en el campo detrás de la escuela, con Coach Cortés gritándonos, primero en español y después en catalán, se moriría. ¡Respiren! ¡Respiren! ¡*Respiren*! No tengo una gota de grasa y la musculatura de mis piernas hasta a mí me im-

[57][El Colegio Carol Morgan, fundado en 1933 por misioneros norteamericanos, es una escuela privada y bilingüe, de las más exclusivas en la RD.]

presiona. No puedo ir en shorts sin parar el tráfico y el otro día, cuando a mi abuela y a mí se nos cerró la puerta y nos quedamos fuera de la casa, se volvió, frustrada, y me dijo, Hija, ábrela de una patada. Eso nos mató de la risa a las dos.

Tanto ha cambiado en estos meses, en mi cabeza, en mi corazón. Rosío me hace vestir como una "muchacha dominicana de verdad". Ella es la que me ayuda a arreglarme el pelo y a maquillarme y, algunas veces, cuando me veo en el espejo, ni me conozco. No es que me sienta infeliz ni nada por el estilo. Que conste, si encontrara un globo aerostático que me llevara directamente a la casa de U2, no estoy segura si lo tomaría (aunque todavía no le hablo al traidor de mi hermano). La verdad es que estoy pensando en quedarme un año más. Mi abuela no quiere que me vaya. Te extrañaría, me dice, de forma tan sencilla que no puede dejar de ser cierta, y mi mamá me ha dicho que puedo quedarme si quiero pero que también sería bienvenida en casa. Tía Rubelka me cuenta que mi mamá esta en plena lucha, que ya tiene dos empleos de nuevo. Me mandaron un retrato de toda la familia y mi abuela lo enmarcó, y no puedo mirarlo sin que se me agüen los ojos. En la foto, mi mamá no lleva puestas las tetas postizas; está tan flaca que casi no la reconozco.

Quiero que sepas que moriría por ti, me dijo la última vez que hablamos. Y antes de que pudiera contestarle, colgó.

Pero eso no es lo que quería contar. De lo que quería hablar es de esa sensación loca que comenzó todo este lío, la sensación de bruja que viene cantando dentro de mis huesos, que me absorbe como el algodón la sangre. La sensación que me dice que todo en mi vida está a punto de cambiar. Ha vuelto. Apenas el otro día, me desperté con todos estos sueños y allí estaba, pulsando en mí. Me imagino que esto es lo que se siente cuanto se lleva un niño adentro. Al principio, me asustó porque pensé que me decía que escapara de nuevo, pero cada vez que miraba nuestra casa, cada vez que veía a mi abuela, la sensación se hacía más fuerte, así que supe que esto era diferente. En aquella época yo salía con un muchacho, un morenito dulce llamado Max Sánchez, que conocí en Los Mina cuando visitaba a Rosío. Es bajito, pero su sonrisa y su manera de vestir lo compensan mucho. Porque soy de *Nueba Yol,* él siempre anda hablando de lo rico que va a ser y yo trato de explicarle que a mí no me importa nada de eso, pero él me mira como si no estuviera en mis cabales. Voy a comprarme un Mercedes-Benz blanco, dice. Tú verás. Pero es el trabajo que tiene lo que más me gusta y la razón por la cual nos conocimos. En Santo Domingo, algunas veces dos o tres cines comparten los mismos rollos para pasar una película, así que cuando el primero acaba con el primer rollo, lo ponen en manos de Max y él va en su motocicleta como un bólido para hacerlo llegar al segundo. Entonces regresa al primero, espera, recoge el segundo rollo, y así. Si se atrasa o tiene un accidente, el primer rollo termina y no hay segundo rollo y la gente del público tira botellas. Hasta ahora ha tenido suerte, me asegura, y besa su medalla de San Miguel. Es gracias a mí, se jacta, que una sola película se convierte en tres. Soy el que empata el film. Max no es de "la clase alta", como diría mi abuela, y si alguna de las engreídas de la escuela nos viera, se moriría, pero yo le tengo cariño. Me abre las puertas, me llama su morena; cuando se siente valiente, toca mi brazo con suavidad y se retira.

Así que pensé que la sensación tenía que ver con Max y

un día dejé que me llevara a una cabaña. Estaba tan alborotado que por poco se cae de la cama y lo primero que quiso fue ver mis nalgas. No sabía que mi gran culo podía llamar tanto la atención, pero él lo besó cuatro, cinco veces, me puso la piel de gallina con su respiración y lo declaró un tesoro. Cuando terminamos y él estaba en el baño lavándose, me paré delante del espejo desnuda y miré mi trasero por primera vez. Un tesoro, repetí, un tesoro.

¿Y? Rosío me preguntó en la escuela. Asentí una vez, rápido, y ella me agarró y se rió y todas las muchachas que yo odiaba dieron la vuelta a ver qué pasaba pero, ¿qué podían hacer? La felicidad, cuando viene, es más fuerte que todas las muchachas insoportables de Santo Domingo juntas.

Pero yo seguía confundida porque la sensación se iba haciendo más y más fuerte y no me dejaba dormir, no me daba paz. Comencé a perder carreras, lo que antes nunca me pasaba.

No cres tan especial, ¿verdad, gringa?, decían las muchachas de los otros equipos, y lo único que se me ocurría era bajar la cabeza. Coach Cortés se disgustó tanto que se encerró en el carro y no nos dirigió la palabra a ninguna.

Todo esto me enloquecía y, entonces, una noche regresé a casa después de una salida con Max. Me había llevado a pasear a lo largo del malecón —él jamás tenía un centavo para nada— y habíamos visto a los murciélagos zigzaguear entre las palmas y un barco viejo que se alejaba. Él había hablado sin aspavientos de mudarse a Estados Unidos mientras yo me estiraba los tendones de la corva. Cuando llegué a casa, mi abuela me esperaba en la sala. Aunque aún vestía luto por el marido que perdió de joven, es una de las mujeres más hermosas que he conocido en mi vida. Nos partíamos el pelo en el mismo estilo, como un relámpago, y la primera vez que la vi en el aeropuerto, aunque no quise admitirlo, sabía que todo iba a ir bien entre nosotras. Entonces se puso de pie, consciente de su propia elegancia y, cuando me vio, dijo: Hija, te he esperado desde el día que te fuiste. Y después que me abrazó y me besó, agregó: Soy tu abuela, pero puedes llamarme La Inca.

Esa noche, desde mi estatura, la miraba y vi la raya en su pelo que parecía una grieta, y sentí una oleada de dulzura. La rodeé con mis brazos y entonces noté que ella miraba unas fotos. Fotos viejas, del tipo que nunca había visto en mi casa. Fotos de mi mamá cuando era joven y de otra gente. Tomé una. Mami estaba frente a un restaurante chino. Aun con el delantal puesto, se veía poderosa, como alguien que iba a ser alguien.

Era muy bella, comenté.

Abuela resopló. Bella soy yo. Tu madre era una diosa. Pero tan cabeza dura. Cuando tenía tu edad, no nos llevábamos.

No sabía, dije.

Ella era cabeza dura y yo era... exigente. Pero al final todo salió bien, suspiró. Te tenemos a ti y a tu hermano y eso es más de lo que cualquiera hubiera podido esperar, sobre todo tomando en cuenta lo que hubo antes. Tomó una de las fotos. Éste es el papá de tu madre. Me la mostró. Era mi primo, y...

Estaba a punto de decir algo más pero entonces se detuvo.

Y ése fue el momento que me golpeó la fuerza de un huracán. La *sensación*. Me paré derechita, de la manera que mi mamá siempre quería que me parara. Mi abuela estaba allí, desesperada, tratando de encontrar las palabras exactas y yo no podía moverme o respirar. Me sentía como en los últimos segundos de una carrera, cuando estaba segura de que iba a estallar. Ella estaba a punto de decir algo, y yo esperaba lo que fuera a decirme. Esperaba para comenzar.

03.

LOS TRES DESENGAÑOS DE BELICIA CABRAL

1955–1962

MIREN A LA PRINCESA

Antes de que hubiera una Historia Americana, antes de que Paterson se desplegara frente a Óscar y Lola como un sueño o las trompetas de la isla de nuestro desahucio sonaran siquiera, estaba la madre, Hypatía Belicia Cabral:

una muchacha tan alta que a uno le dolían los huesos de las piernas de sólo mirarla

tan negra como si la Creadora, al hacerla, hubiera pestañeado

que, como su hija aún por nacer, sufriría de un malestar muy particular de New Jersey: el deseo inextinguible de estar siempre en otro lugar.

Bajo el mar

En esos días vivía en Baní. No el Baní frenético de hoy, mantenido por un suministro inagotable de doyos[58] que se han apropiado de la mayor parte de Boston, Providence, New Hampshire. Era el Baní encantador de épocas pasadas, hermoso y respetuoso. Una ciudad famosa por su resistencia a todo lo que fuera negro y, sin embargo fue allí que residió el personaje más prieto de nuestra historia. Y en una de las calles principales cerca del Parque Central. En una casa que ya no está en pie. Fue aquí que Beli vivió con su madre-tía, si no exactamente contenta, sí en un estado de relativa tranquilidad. A partir de 1951, "hija" y "madre" eran dueñas de la famosa panadería situada cerca del Parque Central y mantenían su casa, algo descolorida y mal ventilada, en excelentes condiciones. (Antes de 1951, nuestra huérfana había vivido con otra familia adoptiva, gente monstruosa si se van a creer los cuentos, un período oscuro de su vida al cual ni ella ni su madre hacían referencia jamás; era su propia página en blanco.)

Aquellos fueron Días Hermosos. Cuando La Inca le contaba a Beli la ilustre historia de su familia mientras golpeaban y trabajaban la masa con las manos (¡Tu padre! ¡Tu madre! ¡Tus hermanas! ¡Tu casa!); cuando lo único entre ellas eran las voces de la radio de Carlos Moya y el sonido de la mantequilla al ser untada en la espalda destruida de Beli. Días de mangos, días de pan. No han sobrevivido muchas fotos de ese período, pero no es difícil imaginarlas: paraditas

[58][Doyos son dominicanos neoyorquinos.]

las dos frente a su casa inmaculada en Los Pescadores. Sin tocarse, porque no era su estilo. La respetabilidad tan densa en la grande que habría hecho falta un soplete para cortarla, y en la pequeña una reserva a lo Minas Tirith,[59] tan fuerte que se hubiera requerido todo el poder de Mordor[60] para superarla. Sus vidas eran las de la Buena Gente del Sur. Iban a la iglesia dos veces por semana y el viernes paseaban por el Parque Central de Baní, donde en aquellos nostálgicos días de Trujillo no había niños asaltantes por ninguna parte y tocaban orquestas maravillosas. Compartían una cama que se hundía en el medio y por la mañana, mientras La Inca buscaba a ciegas las chanclas, Beli salía temblando para pararse frente a la casa. La Inca hacía el café y ella se apoyaba en la cerca y miraba fijamente. ¿A qué? ¿A los vecinos? ¿Al polvo que se elevaba en las mañanas? ¿Al mundo?

Hija, llamaba La Inca. ¡Hija, ven acá!

Cuatro, cinco veces, hasta que al fin la iba a buscar, y era sólo entonces que Beli venía.

¿Por qué gritas? Beli quería saber, molesta.

La Inca, mientras la arrastraba a la casa: ¡Mira a esta muchacha! ¡Se cree gente cuando no lo es!

Beli, por supuesto: una de esas hijas de Oyá, siempre dando vueltas, alérgica a la tranquilidad. Casi cualquier otra muchacha del Tercer Mundo le hubiera dado gracias a Dios Santísimo por la vida bendita que llevaba: después de todo, tenía una madre que no le pegaba, que (por culpa o inclinación) la malcriaba más de la cuenta, le compraba ropa de moda y le pagaba un salario en la panadería —una miseria,

[59][Minas Tirith es una ciudad fortalecida en la obra de Tolkien. En un momento, es la capital de Gondor.]

[60][En el universo ficticio de Tolkien, allí vive Sauron, el Señor Oscuro de *The Lord of the Rings*.]

no hay duda, pero más que el noventa y nueve por ciento de lo que ganaban otros chamacos en situaciones similares, que era generalmente nada. Nuestra muchacha no tenía de qué quejarse pero, para sus adentros, no sentía que fuera así. Por razones que ella misma no entendía muy bien, ya en la época de nuestra narración Beli no podía soportar el trabajo en la panadería o ser la "hija" de una de "las mujeres más respetadas de Baní". No lo podía soportar, punto. Todo lo que tenía que ver con su vida actual le molestaba; quería, de todo corazón, algo *más*. No tenía idea de cuándo había anidado en ella por primera vez ese descontento, pero más adelante le diría a su hija que había estado allí *toda la vida,* ¿y quién sabe si sería verdad? Tampoco tenía muy claro qué quería exactamente: una vida propia e increíble, sí; un marido guapo y rico, sí; hijos hermosos, sí; un cuerpo de mujer, sin duda. Aunque si me hubieran preguntado, hubiera dicho que lo que quería, más que cualquier otra cosa, era lo que había querido durante toda su Niñez Perdida: escapar. De qué, era fácil de enumerar: de la panadería, de la escuela, del aburrimiento de Baní, de compartir la cama con su madre, de no poder comprar los vestidos que quería, de tener que esperar hasta cumplir quince años para alisarse el pelo, de las expectativas imposibles de La Inca, del hecho que sus padres hubieran muerto cuando ella tenía sólo un año de vida, de las murmuraciones de que había sido obra de Trujillo, del recuerdo de aquellos primeros años de vida en que había sido huérfana, de las cicatrices horribles de aquel tiempo, de su propia y despreciada piel negra. Pero no sabía decir *adónde* quería escapar. Me imagino que nada hubiera cambiado si hubiera sido una princesa que habitara un alto castillo o si la antigua mansión de sus padres, la gloriosa Casa Hatuey, hubiera sido rescatada milagrosamente del Efecto Omega de Trujillo. Siempre hubiera querido escapar.

Cada mañana la misma rutina. Muchacha del Diablo, ¡ven acá!

Tú ven acá, Beli murmuraba. Tú.

Beli tenía los anhelos incipientes de casi todos los adolescentes escapistas, de una generación completa, pero les pregunto: ¿Y qué? No existía optimismo capaz de obviar el duro hecho de que era una adolescente que vivía en la República Dominicana de Rafael Leónidas Trujillo Molina, el Dictador más Dictador de todas las Dictaduras de la Historia. Era un país, una sociedad, diseñada para que fuera prácticamente imposible escapar. El Alcatraz de las Antillas. No había agujero de Houdini en la Cortina de Plátano. Las posibilidades eran tan escasas como los taínos, y aún más raras para las flacas irascibles de piel morena y modestos recursos. (Si se quisiera proyectar su desasosiego a una luz más amplia: sufría la misma asfixia que ahogaba a una generación entera de jóvenes dominicanos. Veintipico años de trujillato lo habían garantizado. La suya sería la generación que pondría en marcha la revolución, pero que de momento se amorataba por falta de aire. Era la generación que empezaba a tener conciencia en una sociedad que carecía de ella. Una generación que a pesar del consenso que declaraba el cambio una imposibilidad, se *moría* de todos modos porque hubiera un cambio. Al final de su vida, cuando el cáncer se la comía viva, Beli hablaría de lo atrapados que todos se sentían. Era como estar en el fondo del mar, diría. Sin luz y con todo el océano arriba, aplastándonos. Pero la mayoría de la gente se había acostumbrado hasta tal punto que lo veía normal. Había olvidado que arriba había otro mundo.)

¿Pero qué podía hacer? Beli era solo una niña, por amor de Dios; no tenía la energía ni la belleza (todavía) ni el talento ni la familia que la ayudara a ir más allá, sólo a La Inca, y La Inca no iba a ayudar a nuestra muchacha a escapar. Al contrario, mon frère, La Inca, con sus faldas almidonadas y sus aires imperiosos, tenía como meta central afincar a Belicia en el suelo provincial de Baní y en el hecho ineludible del Glorioso Pasado de Oro de su Familia. La familia que Beli nunca había conocido, la que había perdido temprano (Recuerda que tu padre fue médico, *médico,* y tu madre enfermera, *enfermera*). La Inca quería que Beli fuera la última y mejor esperanza de su diezmada familia, que desempeñara el papel central en una misión histórica de rescate, ¿pero qué sabía Beli de su familia, salvo las historias que le contaban hasta la saciedad? Y en fin, ¿qué le importaba? Ella no era una maldita ciguapa, con los pies apuntando al revés, hacia el pasado. Sus pies apuntaban hacia delante, le recordaba una y otra vez a La Inca. Apuntaban al futuro.

Tu padre fue médico, repetía La Inca, impasible. Tu madre fue enfermera. Tenían la casa más grande de La Vega.

Beli no escuchaba, pero de noche, cuando los vientos alisios soplaban, nuestra muchacha gemía en su sueño.

LA CHICA DE MI ESCUELA

Cuando Beli cumplió trece años, La Inca le consiguió una beca en El Redentor, uno de los colegios más exclusivos de Baní. Al parecer, fue una gran jugada. Huérfana o no, Beli era la tercera y última hija de una de las mejores familias del Cibao y una educación apropiada no era sólo algo que mereciera, sino su derecho inalienable. La Inca también tenía la esperanza de que el colegio aligerara un poco el desasosiego de Beli. Una escuela nueva con la mejor gente del valle, pensaba, ¿qué no podría curar? Pero a pesar de su admirable linaje, la chica no se había criado en el ambiente de clase alta de sus padres. No había recibido educación alguna hasta que La Inca, la prima favorita de su padre, al fin habría logrado encontrarla (rescatarla, en realidad) y sacarla de la Oscuridad de aquellos días para llevarla a la luz de Baní. En los siete años que habían pasado juntas, La Inca, meticulosa y puntillosa, había deshecho gran parte del daño que la vida en las Afueras de Azua le había infligido, pero a la muchacha todavía le quedaba mucho por pulir. Tenía toda la arrogancia de la clase alta, pero también la boca de una superestrella del colmado. Acababa con cualquiera por cualquier cosa (por culpa de esos años en las Afueras de Azua). Plantar a esa negrita medio campesina en una escuela exclusiva en que la mayoría de los estudiantes eran los hijos blanquitos de los más grandes ladronazos del régimen resultó ser mejor idea en teoría que en la práctica. Hija de un médico brillante o no, Beli no pegaba nada en El Redentor. Dada la delicadeza de la situación, otra chica habría ajustado la polaridad de su imagen para integrarse, habría mantenido la cabeza baja y habría sobrevivido haciendo caso omiso de las mil y una puyas que le dirigían cada día tanto los estudiantes como los maestros. Pero Beli no. Aunque hubiera sido incapaz de admitirlo (ni siquiera a sí misma), en El Redentor se sentía totalmente expuesta, con todos esos ojos pálidos royendo su piel oscura como una plaga de langostas; no sabía cómo manejar esa vulnerabilidad. Así que hizo lo que siempre la había salvado. Reaccionó de forma desmedida, se tornó defensiva y agresiva. Le decías algo ligeramente fuera de tono sobre sus zapatos, y ella te respondía que eras medio bizco y bailabas como una cabra con una piedra en el culo. ¡Ay! Uno estaba jugando con ella namá y la morenita siempre respondía como si la estuvieran atacando.

Digamos tan solo que para cuando finalizaba su segundo trimestre, Beli podía caminar por el pasillo de la escuela sin miedo a que se metieran con ella. La desventaja, por supuesto, era que estaba totalmente sola (no era como *In the Time of the Butterflies*,[61] en que la amable hermana Mirabal[62] llega y se hace amiga de la pobre becada. Aquí no había ninguna Minerva: todas la evitaban). A pesar de las desmedidas expectativas que Beli había tenido, al principio, de llegar a ser la primera de la clase y la reina del baile del brazo del guapo Jack Pujols, se vio exiliada de inmediato más allá de los muros del macroverso,[63] expulsada como consecuencia del Ritual de Chüd.[64] Ni siquiera tuvo la suerte de ser degradada a ese lamentable subconjunto —los megalosers— a quienes incluso a los losers les gusta joder. Estaba más allá,

[61][Novela de Julia Álvarez.]

[62]Las hermanas Mirabal fueron las Grandes Mártires de la época: Patria Mercedes, María Argentina Minerva y Antonia María Teresa, tres bellas hermanas de Salcedo que opusieron a Trujillo y fueron asesinadas. (Ésta es una de las razones principales por las que las mujeres de Salcedo tienen la reputación de ser tan feroces y de no aguantarle nada a nadie, ni siquiera a Trujillo.) Para muchos, sus asesinatos y la subsiguiente protesta pública señalaron el principio oficial del final del trujillato, el punto de giro, cuando la gente al fin decidió que hasta ahí llegaba.

[63][En la novela *IT* de Stephen King, se le llama 'el macroverso' al universo y el vacío que lo rodea.]

[64][Según la escritora Margaret L. Carter, el ritual de Chüd es una tradición del Himalaya que requiere que el chamán se enfrente al taelus, el formacambiador, cara a cara. Después que el chamán y el monstruo se sacan las lenguas y las traslapan, "ambos muerden hasta que quedan sujetos como con una grapa, mirándose a los ojos" (p. 675, *IT*)... entonces los dos se enganchan en una competencia de la criba. Cuando los niños siguen a IT a su guarida, Bill (uno de ellos) se ata simbólicamente a IT en el ritual de Chüd y lo reta al combate mental... aunque Bill soporta esta dura prueba, autoriza a sus amigos a que hieran a IT y quizá (como ellos suponen en el momento) a que lo maten.]

en el territorio de los Sycorax.[65] Entre sus socios expulsados se contaban: el Muchacho del Pulmón de Hierro, con criados que lo empujaban en su silla de ruedas todas las mañanas hasta el rincón del aula, siempre sonriendo, el muy idiota, y la China hija del dueño de la pulpería más grande del país y a quien se conocía despectivamente como El Chino de Trujillo. En los dos años que estuvo en El Redentor, Wei nunca logró absorber más que un barniz de español, pero a pesar de este claro impedimento, asistía con diligencia a clase todos los días. Al principio, los demás estudiantes la habían flagelado con todas las estupideces antiasiáticas de siempre. Se burlaron de su pelo (¡es tan grasiento!), de sus ojos (¿de verdad que puedes ver con ellos?), de los palitos (¡te conseguí unas ramitas!), de su idioma (con múltiples variaciones del chinchonés). A los muchachos les encantaba sobre todo estirarse la piel de la cara para parecer dientudos y achinados. Encantadores. Ja ja. Qué graciosos.

Pero una vez pasada la novedad (ella nunca respondió), los estudiantes exiliaron a Wei a la Zona Fantasma[66] y hasta los gritos de: ¡China! ¡China! ¡China! desaparecieron con el tiempo.

Fue a su lado que Beli se sentó en sus primeros dos años de la secundaria, pero incluso Wei tuvo para ella algunas palabras muy bien escogidas.

Tú, negra, dijo, tocando con el dedo el fino antebrazo de Beli. *Negro* negro.

[65][Personaje de *The Tempest* de William Shakespeare, mencionado pero jamás visto; también, en el programa británico de televisión *Dr. Who,* una raza de extraterrestres (en un episodio, Dr. Who los menciona ante Shakespeare, a quien le gusta la palabra y decide usarla).]

[66][Concepto de los comics de Superman. Era otra dimensión, una especie de cárcel para los peores criminales.]

Beli hizo todo lo que estuvo a su alcance, pero le fue imposible sacar plutonio para bombas del uranio ligero de sus días. Durante sus Años Perdidos, no había tenido educación alguna y esta ausencia había afectado sus vías neurales de tal manera que no podía concentrarse plenamente en el material a mano. Fueron la terquedad y las expectativas de La Inca las que mantuvieron a Belicia atada al mástil, aunque se sentía desconsoladamente sola y sus notas eran incluso peores que las de Wei. (Sería de esperar, se quejaba La Inca, que por lo menos sacaras mejores notas que una china.) Los demás estudiantes se inclinaban con furia sobre sus exámenes mientras Beli se perdía contemplando el huracán de pelo que se formaba en la nuca de Jack Pujols.

Señorita Cabral, ¿ya terminó?

No, maestra. Y entonces se obligaba a volver a la tarea, como si se sumergiera en contra de su voluntad.

Nadie en el barrio habría imaginado cuánto odiaba la escuela. La Inca no tenía ni idea, por supuesto. El colegio de El Redentor estaba a un millón de millas del modesto vecindario de clase obrera donde vivían. Además, Beli hacía todo lo posible por presentar a su escuela como un paraíso donde se codeaba con otros Inmortales, un intervalo de cuatro años antes de la Apoteosis final. Se hizo aún más arrogante: antes, La Inca había tenido que corregirle la gramática y aconsejarla para que no usara argot, pero ahora tenía la mejor dicción y locución del sur de Baní. (Está comenzando a hablar como Cervantes, se jactaba La Inca con los vecinos. Les dije que ese colegio valdría la pena.) Beli no tenía amigos —sólo Dorca, la hija de la mujer que le limpiaba a La Inca, que no tenía ni un par de zapatos y besaba el suelo que Beli pisaba. Ella le montaba a Dorca tremendos espectáculos. Se quedaba con el uniforme puesto todo el día hasta que La Inca la obligaba a quitárselo (¿qué tú crees, que estas cosas son de gratis?) y hablaba sin parar de sus compañeros de clase, pintando a cada uno como su amigo y confidente más cercano; hasta de las muchachas que se imponían la tarea de no hacerle caso y excluirla de todo, cuatro jevitas a quienes llamaremos el Escuadrón Supremo: se vieron rehabilitadas en los cuentos como espíritus mayores y benévolos que visitaban a Belicia de cuando en cuando para brindarle sus inestimables consejos sobre la escuela y la vida en general. El Escuadrón, resultó, estaba celosísimo de la relación que ella tenía con Jack Pujols (quien, le recordaba a Dorca, es mi novio) y siempre alguna de ellas, como eran débiles, intentaba tumbarle al muchacho pero, por supuesto, él siempre rechazaba sus traicioneras insinuaciones. ¿Cómo te atreves?, decía Jack, echando a un lado a las puticas. Sobre todo teniendo en cuenta lo bien que las ha tratado Belicia Cabral, hija del cirujano de fama mundial. En cada versión, después de un prolongado período de frialdad, la ofensora del Escuadrón se lanzaba a los pies de Beli pidiendo perdón, y ésta, tras una tensa deliberación, invariablemente lo concedía. No es su culpa ser tan débiles, le explicaba a Dorca. Ni que Jack sea tan guapo. ¡Qué mundo inventaba! Beli hablaba de fiestas y piscinas y juegos de polo y cenas donde filetes sangrientos se apilaban en las fuentes y las uvas eran tan comunes como las mandarinas. De hecho, sin saberlo, hablaba de la vida que nunca había conocido: la vida de Casa Hatuey. Sus descripciones eran tan asombrosas que a menudo Dorca le comentaba, Quisiera ir a la escuela contigo algún día.

Beli resoplaba. ¡Debes de estar loca! ¡Eres demasiado estúpida!

Y Dorca bajaba la cabeza. Miraba sus pies anchos, polvorientos en las chanclas.

La Inca hablaba de que Beli iba a ser médico (¡No serás la primera, pero sí la mejor!), e imaginaba a su hija alzando las probetas a la luz, pero Beli se pasaba los días en la escuela soñando con los diversos varones que la rodeaban (había dejado de mirarlos abiertamente después que una de las maestras le escribió una carta a La Inca y ella la regañó: ¿Dónde crees que estás? ¿En un prostíbulo? Ésa es la mejor escuela de Baní, muchacha, ¡vas a acabar con tu reputación!); pero, si no era con los jevitos, soñaba con la casa que estaba convencida tendría algún día, amueblándola mentalmente habitación por habitación por habitación. Su madre quería que ella restaurara la Casa Hatuey, una casa con historia, pero la casa de Beli era nueva y radiante, sin historia alguna. En su fantasía favorita estilo María Montez,[67] un guapo europeo como Jean Pierre Aumont (quien, daba la casualidad, era el vivo retrato de Jack Pujols) la vería en la panadería, se enamoraría perdidamente de ella y se la llevaría a su château en Francia.

(¡Despierta muchacha! ¡Vas a quemar el pan de agua!)

No era la única chica que soñaba así. Esa jeringonza estaba en el aire, era precisamente la vaina que alimentaba a

[67]María Montez, célebre actriz dominicana, fue a Estados Unidos y actuó en más de veinticinco películas de 1940 a 1951, entre otras *Arabian Nights, Ali Baba and the Forty Thieves, Cobra Woman* y, mi favorita, *Siren of Atlantis.* Los fanáticos e historiadores la llamaban "la reina del tecnicolor". Cuando nació el 12 de junio de 1912 en Barahona, le pusieron María África Gracia Vidal, pero su nombre escénico se inspiró en la famosa cortesana del siglo XIX, Lola Montez (Alejandro Dumas, parte haitiano, estuvo entre sus conquistas más notables). María Montez fue la primera J. Lo (o la caribeña del momento que más les guste), la primera verdadera estrella internacional nacida en la RD. Terminó casada con un francés (mala suerte, Anacaona) y mudándose a París después de la Segunda Guerra Mundial. Se ahogó solita en la bañera a los treinta y nueve años. No hubo huellas de lucha ni indicios de juego sucio. De vez en cuando se dejaba sacar fotos que el trujillato utilizaba después, pero nunca nada serio. Debe aclararse que en Francia, María resultó ser tremenda nerd. Escribió tres libros, dos de los cuales fueron publicados. El tercer manuscrito se perdió después de su muerte.

las muchachas noche y día. Era asombroso que Beli pudiera pensar en otras cosas, con toda esa serie de boleros, canciones y versos dándole vueltas en la cabeza y las páginas de sociedad del *Listín Diario* ante ella. A los trece años Beli creía en el amor como una viuda de setenta abandonada por la familia, el marido, los hijos; creía como la fortuna cree en Dios. De ser posible, Belicia era aún más susceptible a la Onda Casanova que muchas de sus compañeras. Nuestra chica era *straight boycrazy* (y que le digan boycrazy a una muchacha en un país como Santo Domingo es una distinción singular; significa que es capaz de enamorarse de una forma tal que haría polvo a una americana). Miraba sin pena a los tígueres en la guagua, besaba en secreto el pan de los buenmozos que frecuentaban la panadería, cantaba para sí todas esas lindas canciones cubanas de amor.

(Que Dios te ampare, rezongaba La Inca en voz baja, si crees que los muchachos te van a resolver algo en esta vida.)

Pero incluso su situación con los chicos dejaba mucho que desear. De haberse interesado en los tígueres del barrio, nuestra Beli no habría tenido problema alguno, pues todos hubieran complacido su espíritu romántico en un santiamén. Pero, por desgracia, la esperanza de La Inca de que los aires enrarecidos del colegio El Redentor tuvieran un efecto saludable en el carácter de la muchacha (como una docena de palizas con la correa mojada o tres meses en un convento sin calefacción), había dado fruto por lo menos en un sentido, pues ya Beli, a los trece años, sólo tenía ojos para los Jack Pujols de este mundo. Pero como ocurre muchas veces en estas situaciones, los muchachos de clase alta que ella tanto deseaba ni se enteraron de su existencia: Beli no tenía lo suficiente de nada como para hacer que esos rubirosas abandonaran sus ensueños con jevitas millonarias.

¡Qué vida! Cada día giraba sobre su eje con mayor lentitud que un año. Con la mandíbula apretada, soportaba la escuela, la panadería, la solicitud sofocante de La Inca. Buscaba con la vista, ansiosa, a visitantes que no fueran del pueblo, abría los brazos al más leve atisbo de viento y al anochecer luchaba como el mismo Jacob contra el peso del océano que amenazaba con aplastarla.

¡Kimota![68]

¿Qué pasó?

Un muchacho.

Su primero.

Número uno

Jack Pujols, por supuesto: el muchacho más guapo (léase: más blanco) de la escuela, un melnibonean[69] delgado y arrogante de pura estirpe europea con mejillas que parecían esculpidas por un artista y piel sin una sola cicatriz, un solo lunar, defecto o vello; sus pequeños pezones eran como los perfectos óvalos rosados de una salchicha rebanada. Su padre era un coronel en la muy anhelada fuerza aérea de Truji-

[68][*Kimota* es atomik —atómico en un inglés callejero— al revés. Como la palabra mágica Shazam, kimota transforma a Mickey Moran en Miracleman.]

[69][Los hechiceros pálidos de las novelas de Elric de Michael Moorcock.]

llo, un personaje importantísimo en Baní (desempeñó un papel decisivo en el bombardeo de la capital durante la revolución, en el que mató a todos aquellos civiles indefensos, entre ellos a mi pobre tío Venicio). Su madre, quien había sido una reina de belleza de proporciones venezolanas, ahora era parte activa de la Iglesia, besando anillos cardenalicios y brindando socorro a los huérfanos. Jack era el Hijo Mayor, La Progenie Privilegiada, El Hijo Bello, El Ungido, el venerado por todas sus parientes femeninas —y ese infinito monzón de alabanzas e indulgencias le había acelerado el sentido de derecho a todo por nacimiento. Tenía la fanfarronería física de un chico que le duplicara la talla y una insoportable arrogancia con la que pinchaba a cualquiera como un espolón de metal. En el futuro se lanzaría con el demonio Balaguer[70] y, en recompensa, terminaría como embajador en Panamá, pero por el momento era el Apolo de la escuela, su Mitra.[71] Los profesores, el personal, las muchachas, los muchachos, todos, lanzaban pétalos de adoración a sus pies fi-

[70]Aunque no sea esencial para nuestro relato en sí, Balaguer es esencial en la historia dominicana, por lo que debemos mencionarlo, aunque preferiría cagarme en él. Los viejos sabios dicen: Todo lo que se menciona por primera vez llama a un demonio, y cuando los dominicanos del siglo XX pronunciaron en masa por primera vez la palabra libertad, el demonio que conjuraron fue Balaguer. (También es conocido como El Ladrón de las Elecciones —véanse las de 1966 en la RD— y como El Homúnculo.) En los días del trujillato, Balaguer era nada menos que uno de los subalternos más eficientes de El Jefe. Mucho se decía de su inteligencia (sin duda impresionó a El Cuatrero Fracasado) y de su ascetismo (cuando violaba a las niñas, se lo guardaba). Después de la muerte de Trujillo, asumiría control del Proyecto Domo y gobernaría el país de 1960 a 1962, de nuevo de 1966 a 1978, y otra vez de 1986 a 1996 (para esa época ya estaba ciego como un murciélago, una verdadera momia viviente). Durante su segundo mandato, conocido entre los locales como los Doce Años, desencadenó una oleada de violencia contra la izquierda dominicana, enviando a escuadrones de la muerte a eliminar a cientos de personas y así alentó a millares a irse del país. Fue él quien supervisó/inició lo que llamamos La Diáspora. Considerado nuestro "genio nacional", Joaquín Balaguer era un negrófobo, un apologista del genocidio, un ladrón electoral y un asesino de la gente que escribía mejor que él; es notorio que ordenó la muerte del periodista Orlando Martínez. Con posterioridad, cuando escribió sus memorias, dijo que sabía quién había cometido el criminal hecho (por supuesto, no él) y dejó una página en blanco en el texto para completarla a su muerte con la verdad. (¿Cabe decir impunidad?) Balaguer murió en 2002. La página sigue en blanco. Apareció como un personaje comprensivo en *La fiesta del chivo* de Vargas Llosa. Como la mayoría de los homúnculos, no se casó ni dejó descendencia.

[71][Mitra, dios persa de la luz y la sabiduría.]

nos y arqueados: él era la prueba fehaciente de que Dios —¡El Dios Todopoderoso, centro y circunferencia de toda democracia!— no ama a todos sus hijos por igual.

¿Y cómo se portó Beli con este objeto de insensata atracción? De manera enteramente acorde con su terca franqueza: fue a millón por el pasillo, los libros contra el pecho pubescente, la mirada fija en los pies y, fingiendo no verlo, chocó con su santificado exterior.

Caramb—, farfulló él, dando la vuelta, y ahí vio que era Belicia, una chica, que ahora se inclinaba para recuperar sus libros. Entonces él también se agachó (era, al menos, todo un caballero), mientras su ira se disipaba, convertida en confusión, irritación. Caramba, Cabral, ¿qué te crees? ¿Un murciélago? Mira. Por. Donde. Caminas.

Una sola línea de preocupación arrugaba su alta frente (su "raya", le decían) y los ojos del azul más profundo. Los ojos de Atlántida. (Una vez Beli lo había oído por casualidad pavonándose con una de sus muchas admiradoras: ¿Oh, these ol' things? Los heredé de mi abuela alemana.)

¡Vamos, Cabral! ¿Qué te pasa?

¡La culpa es tuya! juró, y cabría interpretar la frase de varias maneras.

Quizá viera mejor, dijo con sorna uno de los tenientes de Jack, si ya hubiera anochecido.

Pero hubiera dado lo mismo que fuera de noche. Para todos los efectos prácticos, ella le era invisible.

E invisible hubiera permanecido si en el verano del segundo año de la secundaria Beli no hubiera ganado la lotería bioquímica, no hubiera experimentado El Verano de sus Características Sexuales Secundarias, no se hubiera transformado por entero (*ha nacido una belleza terrible*). Si antes

Beli había sido una ibis desgarbada, bonita de una manera típica, para cuando terminó el verano estaba hecha un mujerón, con ese cuerpo suyo, esas formas que la harían famosa en Baní. Los genes de sus padres difuntos habían desaparecido en una cabronada estilo Roman Polanski: como la hermana mayor a la que nunca conoció, Beli se había transformado de la noche a la mañana en un portento menor de edad, y de no haber estado Trujillo en sus erecciones finales, es probable que se hubiera puesto para ella del mismo modo que se decía se había puesto para su pobre hermana difunta. Que conste, ese verano nuestra muchacha desarrolló un cuerpazo tan enloquecido que sólo un pornógrafo o un dibujante de cómics podía haberlo conjurado con tranquilidad de conciencia. Todos los barrios tienen su tetúa, pero Beli las dejaba chiquitas a todas: Era La Tetúa Suprema. Sus tetas eran globos tan inverosímiles, tan titánicos, que provocaban en las almas generosas compasión por su portadora y hacían que cada varón en su proximidad reevaluara su triste vida. Tenía los Pechos de Luba[72] (35DDD). ¿Y qué hay del culo supersónico que les sacaba a borbotones las palabras a los tipejos del barrio y arrancaba las ventanas de sus fokin marcos? Ese culo jalaba más que una junta de bueyes. ¡Dios mío! Incluso este humilde Vigilante, repasando fotos viejas, se quedó estupefacto al ver lo tigrona que fue en su época. [73]

¡Anda el Diablo! exclamó La Inca. Hija, ¿qué demonios estás *comiendo*?

[72][Personaje del cómic *Love and Rockets* de Los Bros Hernández.]

[73]Aparte de querer mandar un saludo a Jack Kirby, como tercermundista es difícil no sentir cierta afinidad con su personaje, Uatu el Vigilante, quien reside en el Área Azul oculta de la Luna mientras nosotros DarkZoners vivimos (citando a Glissant) en *"la face cachée de la Terre"* (la cara oculta de la Tierra).

Si Beli hubiera sido una muchacha normal, ser la tetúa más prominente del barrio la podría haber llevado a la timidez, incluso a una tremendísima depresión. Y, al principio, Beli experimentó ambas reacciones, junto con aquella sensación que la adolescencia reparte gratis y a toneladas: *Vergüenza. Sharam.*[74] *Vergüenza.* No quiso bañarse más con La Inca, lo que significó un cambio enorme en sus costumbres matutinas. Bueno, supongo que ya tienes edad para bañarte sola, dijo La Inca como a la ligera. Pero se la veía lastimada. En la oscuridad estrecha del baño, Beli daba vueltas desconsoladas en torno a su Novi Orbis,[75] evitando a toda costa sus pezones hipersensibles. Ahora, cada vez que tenía que salir, sentía que entraba en una Zona de Peligro, repleta de ojos de láser masculinos y ácidos susurros femeninos. El bombardeo de los cláxones bastaba para aplastarla. Esta carga recién adquirida la enfurecía con el mundo y también consigo misma.

Pero sólo durante el primer mes. Poco a poco, empezó a ver más allá de los silbidos y los *¡Dios mío, asesina!* y *¡ese tetatorio!* y *¡qué pechonalidad!* hacia los mecanismos ocultos que provocaban esos comentarios. Un día, de regreso de la panadería, La Inca a su lado quejándose de los ingresos del día, a Beli le vino a la mente: ¡Ella les gustaba a los hombres! No sólo les gustaba, sino que les fokin encantaba. La prueba vino un día cuando uno de los clientes, el dentista del barrio, le pasó una nota con su dinero, en que decía: Quiero verte, y ya, tan sencillo como eso. Beli se aterrorizó, se escandalizó y se mareó. El dentista tenía una esposa gorda que le compraba un bizcocho a La Inca casi todos los meses, para uno

[74][Vergüenza en urdu.]

[75][Nuevo mundo.]

de sus siete hijos o cincuenta y tantos primos (pero lo más probable es que fuera para ella solita). Tenía papada y un enorme culo de mediotiempo que desafiaba a cualquier silla. Beli contemplaba la nota como si fuera una propuesta de matrimonio del hijo más guapo de Dios, aunque el dentista era calvo, más panzudo que los tipos que apostaban a los caballos en el barrio y tenía un encaje de venitas rojas por toda la cara. El dentista seguía viniendo como si nada, pero ahora sus ojos la buscaban siempre: Hola, Señorita Beli, su saludo fétido de lujuria y amenaza; el corazón de Beli bombeaba como nunca. Después de dos visitas así, le escribió una breve nota, por puro capricho, en que decía simplemente: Sí, puedes recogerme en el parque a tal y tal hora, y se la dio con su cambio; después se las arregló para pasear por el parque con La Inca a la hora precisa de la cita. Su corazón latía y latía; no sabía qué esperar pero tenía una ilusión desmedida, y en el preciso momento en que estaban a punto de salir del parque, Beli vio al dentista sentado en un carro que no era el suyo, fingiendo leer el periódico pero mirando con tristeza hacia ella. Mira, Madre, dijo Beli en voz alta, es el dentista. La Inca se dio vuelta y el tipo hundió el pie frenéticamente en el acelerador y arrancó antes de que La Inca pudiera saludarlo. ¡Pero qué extraño! comentó La Inca.

No me cae bien, dijo Beli. Me mira.

Y ahora era su esposa quien venía a la panadería a buscar los bizcochos. ¿Y el dentista? preguntaba Beli con inocencia. Ese vago, no sirve pa na, contestaba su esposa un tanto exasperada.

Y Beli, que había estado esperando toda la vida por algo exactamente como su cuerpo, *se sentía en el séptimo cielo* por lo que ahora sabía, por la innegable certeza de su atractivo, que a su vez significaba Poder. Como el descubrimiento accidental de El Anillo.[76] ¡Era como tropezar con la cueva del mago Shazam o encontrar la nave estrellada de la Green Lantern![77] Al fin Hypatía Belicia Cabral tenía poder y se entendía por completo a sí misma. Empezó a echar pa tras los hombros, a vestirse con la ropa más apretada que tenía. ¡Dios mío! decía La Inca cada vez que la veía salir. ¿Cómo es posible que el Señor te diera esa carga y, para colmo, en este país?

Decirle a Beli que no alardeara de esas curvas habría sido como pedirle al gordiflón que todos jodían que no utilizara sus recién descubiertos poderes mutantes. A grandes poderes corresponden grandes responsabilidades... *¡mierda!* Nuestra muchacha corrió hacia ese futuro que su nuevo cuerpo representaba y nunca jamás miró hacia atrás.

Caza al caballero de la luz

Ahora que estaba tan, ¡ejem!, bien dotada, Beli volvió a El Redentor al terminar las vacaciones de verano, provocando alarma tanto en los maestros como en los estudiantes, decidida a cazar a Jack Pujols con la misma dedicación que Ahab a quien tú sabes. (Y teniendo en cuenta todas las cosas que podía simbolizar aquel muchachón albino, ¿les sorprende tan feroz acoso?) Otra muchacha habría sido más sutil, ha-

[76][Tolkien.]

[77][Superhéroe cuyos poderes provienen de una linterna verde mágica.]

bría atraído su presa hacia ella, ¿pero qué sabía Beli de proceso o paciencia? Se le tiró a Jack con todo lo que tenía. Le pestañeaba tanto que por poco se le tuercen los párpados. Ponía sus enormes pechos a la vista de él cada vez que podía. Adoptó un caminao que hizo que las maestras le gritaran, pero que tenía a los muchachos y a los maestros como locos de contentos. Pero Pujols seguía impertérrito: la observaba con sus profundos ojos de delfín y no hacía nada. Después de una semana de esto, Beli estaba fuera de sus cabales: había pensado que él caería de inmediato y por eso, un día, desesperada y sin vergüenza, fingió que la blusa se le había quedado medio desbonotada; llevaba un brasier de encaje que le había robado a Dorca (quien también había desarrollado tremendo pecho). Pero antes de que Beli pudiera poner su colosal escote en función —su propia máquina de oleaje— Wei, toda ruborizada, fue corriendo y la abotonó.

¡Se te ve todo!

Y Jack se alejó, sin interés alguno.

Lo intentó todo, pero sin resultados. Antes de lo que imaginan, estaba de nuevo tropezando con él en el pasillo. Cabral, dijo él con una sonrisa, debes tener más cuidado.

¡Te amo! Quería gritarle ¡Quiero tener todos tus hijos! ¡Quiero ser tu mujer! Pero en cambio, le advirtió: Ten cuidado *tú*.

Estaba taciturna. Septiembre terminó y, para sorpresa de todos, fue su mejor mes en la escuela. Desde el punto de vista académico. El inglés era su mejor asignatura, su número uno (vaya ironía). Aprendió los nombres de los cincuenta estados. Podía pedir café, preguntar dónde quedaba el baño, la hora, dónde estaba el correo. Su profesor de inglés, un depravado, le aseguró que su acento era *superb*,

superb. Las demás muchachas le permitían que las tocara, pero Beli, ahora consciente de las rarezas masculinas y segura de ser digna solamente de un príncipe, esquivaba sus manos tibias.

Un maestro les dijo que debían comenzar a pensar en la nueva década. ¿Cómo querían verse ellos mismos, ver a su país y a su glorioso presidente en los años venideros? Nadie entendió la pregunta así que tuvo que dividirla en dos frases más sencillas.

Uno de sus compañeros de clase, Mauricio Ledesme, se buscó un lío tan serio que su familia tuvo que sacarlo del país con tremendo apuro. Era un muchacho reservado que se sentaba al lado de una del Escuadrón, perdido en su enamoramiento con ella. Quizá pensó que la impresionaría. (No era algo tan inverosímil, porque pronto vendría la generación que, como técnica favorita para levantar jevitas, adoptaría no Ser Como Mike,[78] sino Ser Como El Che.) Quizá simplemente ya no aguantaba más. Escribió con la letra apretada de un futuro poeta revolucionario: Quisiera ver a nuestro país ser una democracia como Estados Unidos. Deseo que ya no haya más dictadores. También creo que fue Trujillo quien mató a Galíndez.[79]

[78][Lema de un anuncio comercial estadounidense muy popular que promueve un cereal.]

[79]Siempre en las noticias en aquellos días, Jesús de Galíndez era un supernerd vasco, estudiante graduado de la Universidad de Columbia, que había escrito una tesis doctoral algo inquietante. ¿El tema? Lamentablemente, desafortunadamente, tristemente: la era de Rafael Leónidas Trujillo Molina. Galíndez, republicano en la guerra civil española, tenía conocimiento de primera mano del régimen: se había refugiado en Santo Domingo en 1939, había ocupado altos puestos allí, y para cuando se fue en 1946, había desarrollado una alergia mortal a El Cuatrero Fracasado. No concebía un deber más noble que exponer el cáncer que era su régimen. Crassweller describe a Galíndez como un "hombre de estudios, un arquetipo que suele encontrarse con frecuencia entre los activistas políticos en América Latina... el ganador de un premio de poesía", lo que quienes nos encontramos en los Planos Más Altos llamamos Nerd Clase 2. Pero el tipo era un izquierdista feroz y, a pesar de los peligros, trabajaba valerosamente en su disertación sobre Trujillo.

Y qué demonios pasa entre los dictadores y los escritores, ¿eh? Desde antes de la guerra de infausta memoria entre César y Ovidio siempre han tenido problemas. Como los Fantastic Four y Galactus, como los X-Men y la Brotherhood of Evil Mutants, como los Teen Titans y Death-

Eso fue todo. Al día siguiente él y el maestro habían desaparecido. Nadie dijo nada.[80]

El ensayo de Beli fue mucho menos polémico. *Me casaré con un hombre guapo y rico. Seré médico también, con hospital propio al que le daré el nombre de Trujillo.*

En la casa, seguía haciéndole cuentos a Dorca sobre su novio y, cuando la foto de Jack Pujols apareció en el periódico de la escuela, lo trajo para la casa como un triunfo.

stroke, Foreman y Ali, Morrison y Crouch, Sammy y Sergio, parecían destinados a estar ligados eternamente en los Anales de las Guerras. Rushdie dice que tiranos y escritorzuelos son antagonistas naturales, pero pienso que eso es demasiado sencillo: se lo pone fácil a los escritores. Los dictadores, en mi opinión, conocen la competencia cuando la ven. Igual que los escritores. Al fin y al cabo, se reconocen los de la misma calaña.

Para abreviar la historia: Cuando El Jefe se enteró de la tesis, primero intentó comprarla pero, cuando eso falló, envió a su Nazgul[a] principal (el sepulcral Félix Bernardino) a Nueva York y, en cuestión de días, Galíndez se vio amordazado, empaquetado y arrastrado a La Capital. Cuenta la leyenda que, cuando despertó de su siesta de cloroformo, se encontró desnudo, colgando de los pies sobre una caldera de aceite hirviente, El Jefe parado al lado con un ejemplar de la tesis ofensiva. (¡Y ustedes pensaban que la defensa de su tesis estuvo difícil!) ¿A quién coñazo se le hubiera ocurrido algo tan fokin horroroso? Supongo que El Jefe quería celebrar una pequeña tertulia con ese pobre condenado nerd. ¡Y qué tertulia ésa, Dios mío! En fin, la desaparición de Galíndez provocó un alboroto en Estados Unidos, con todos los dedos señalando a Trujillo, pero por supuesto él juró su inocencia, y a eso era exactamente a lo que se refería Mauricio. Pero hay por qué tener fe: Por cada falange de nerds que cae, siempre hay un puñadito que sobrevive. Poco después de esa muerte tan terrible, un fracatán de nerds revolucionarios desembarcó en una barra de arena en la costa sureste de Cuba. Sí, Fidel y el Team Revolucionario de regreso, buscando revancha con Batista. De los 82 revolucionarios que llegaron a la playa, sólo 22 celebraron el Año Nuevo, entre ellos un argentino amante de los libros. Fue un baño de sangre: las fuerzas de Batista mataron hasta a los que se rindieron. Pero esos 22, como la historia se encargaría de demostrar, bastaron.

[80]Eso me recuerda el triste caso de Rafael Yépez: Yépez era un hombre que, en los años treinta, dirigía una escuelita preparatoria en la capital, cerca de donde me crié, adonde iban los rateritos del trujillato. Un maldito día, se le ocurrió a Yépez pedirles a los estudiantes que escribieran un ensayo sobre el tema que quisieran —era un tipo abierto, estilo Betances— y, para sorpresa de nadie, un chico decidió alabar a Trujillo y a su señora, Doña María. Y entonces Yépez metió la pata al sugerirle a la clase que otras dominicanas merecían tantas alabanzas como Doña María y que en el futuro, jóvenes como ellos mismos serían los líderes máximos como Trujillo. A mí me parece que Yépez confundió el Santo Domingo donde él vivía con *otro* Santo Domingo. Esa misma noche, el pobre maestro, su señora, su hija y todos los estudiantes fueron levantados a la fuerza de sus camas por la policía militar y llevados en camiones cerrados a la Fortaleza Ozama, donde fueron interrogados. Al poco tiempo, soltaron a los estudiantes pero al pobre maestro, su señora y su hija nadie jamás los volvió a ver.

[a][Según Tolkien, los tenientes más terribles de Sauron.]

Dorca quedó tan impresionada que pasó la noche inconsolable, llorando y llorando. Beli la podía oír claramente.

Y entonces, en los primeros días de octubre, cuando el pueblo se preparaba para celebrar un cumpleaños más de Trujillo, Beli oyó el chisme que Jack Pujols se había peleado con su novia. (Beli siempre había sabido de esa novia, que asistía a otra escuela, ¿pero ustedes creen que le importaba?) Estaba segura que era sólo un rumor y ella no necesitaba más esperanza para torturarse. Pero resultó ser más que rumor, y más que esperanza, porque apenas dos días después Jack Pujols la detuvo en el pasillo como si la viera por primera vez. Cabral, murmuró, *eres bella.* Su colonia de penetrantes especias era embriagadora. Lo sé, contestó ella, su cara ardiendo. Vaya... repuso él, mientras hundía la manaza en su pelo perfectamente lacio.

De un día para otro, estaba paseándola en su Mercedes recién estrenado y comprándole helados con el nudo de dólares que llevaba en el bolsillo. Técnicamente, aún no tenía edad para manejar, ¿pero ustedes creen que alguien en Baní iba a parar al hijo de un coronel por alguna razón? ¿Sobre todo si se decía que ese coronel era uno de los confidentes de Ramfis Trujillo?[81]

[81]Por Ramfis Trujillo por supuesto me refiero a Rafael Leónidas Trujillo Martínez, el primer hijo de El Jefe, nacido cuando su madre todavía estaba casada con otro hombre, un cubano. Fue sólo cuando el cubano se negó a aceptar al muchacho como suyo que Trujillo reconoció a Ramfis. (¡Gracias, Papi!) Fue el "famoso" hijo que El Jefe hizo coronel a los cuatro años y general de brigada a los nueve (lo conocían cariñosamente como Lil' Fuckface). De adulto, Ramfis tenía fama de jugador de polo, de acostarse con actrices americanas (Kim Novak, ¿cómo pudiste?), de estar en batalla constante con el padre y de ser un demonio sin corazón y cero de humanidad. Fue él quien dirigió personalmente la indiscriminada tortura y los asesinatos de 1959 y 1961 (después que asesinaran a su padre, Ramfis se ocupó él mismo de la horrible tortura de los conspiradores). (En un informe secreto del cónsul de Estados Unidos, actualmente disponible en la Biblioteca Presidencial de JFK, Ramfis aparece descrito como "desequilibrado", un hombre que durante su niñez tuvo como diversión soplarles las cabezas a las gallinas con un revólver .44.) Ramfis huyó del país después de la muerte de Trujillo, llevó una vida disoluta con el producto del robo de su padre y murió en un accidente automovilístico que él mismo provocó en 1969; el otro carro llevaba a la Duquesa de Albuquerque, Teresa Beltrán de Lis, quien murió al instante; el muy cabrón se la pasó asesinando hasta el último segundo.

¡AMOR!

El romance no fue nada como ella lo haría parecer después. Un par de charlas, un paseo por la playa mientras el resto de la clase disfrutaba un picnic y, en un dos por tres, se estaba escondiendo en un closet con él después de clase y él se lo estaba metiendo sin compasión. Digamos que por fin ella entendió por qué los otros muchachos lo llamaban Jack el Ripio; tenía lo que incluso ella reconocía como un pene enorme, un lingam[82] tamaño Shivá[83], un destructor de mundos. (Y ella siempre había pensado que lo llamaban Jack the Ripper. ¡Duh!) Más adelante, después de haber estado con El Gángster, se daría cuenta del poco respeto que Pujols le tenía. Pero como en ese entonces no tenía punto de comparación, supuso que lo que debía sentir cuando se lo metieran era como si la atravesaran con un machete. La primera vez le dio más miedo que el carajo y le dolió con cojones *(¡pordió!)*, pero nada podía haber borrado la sensación de que al fin estaba en camino, como en un viaje que comenzaba, un primer paso, el inicio de algo grande.

Luego, ella intentó abrazarlo, tocar la seda de su pelo, pero él esquivó sus caricias. Apúrate y vístete. Si nos descubren, ¡candela!

Lo que le hizo gracia, porque candela era precisamente lo que ella sentía en el culo.

Durante más o menos un mes se devoraron el uno al otro en varios rincones aislados de la escuela hasta el día en que

[82][Falo en hindú.]

[83][Shivá, o Âivá, es el dios destructor de la Tri-Murti ('tres-formas', la Trinidad hindú) junto a Brahmá y a Vishnú.]

un profesor, siguiendo la pista anónima que le había dado un estudiante, sorprendió a la pareja secreta in flagrante delicto en un closet. Imagínenselo: Beli con las nalgas al aire, su amplia cicatriz como nada que nadie hubiera visto jamás, y Jack con los pantalones como un charco alrededor de los tobillos.

¡El escándalo! Recuerden el momento y el lugar: Baní a finales de los años 50. Añadan que Jack Pujols era el hijo número uno del Bendito Clan B——í, una de las familias más venerables (y asquerosamente ricas) de Baní. Añadan que lo habían descubierto no con una de su propia clase (aunque eso también hubiera sido un problema), sino con la becada y, para colmo, una prieta. (Acostarse con prietas pobres se consideraba operación estándar entre las élites siempre que se guardara en secreto, lo que en otros lugares se llama La Maniobra de Strom Thurmond.[84]) Por supuesto Pujols culpó a Beli de todo. Se sentó en la oficina del rector y explicó con lujo de detalles cómo ella lo había seducido. No fui yo, insistió, ¡fue ella! Sin embargo, el verdadero escándalo era que Pujols en realidad estaba comprometido con esa novia suya medio muerta, Rebecca Brito, miembro de la otra familia poderosa de Baní, los R——, y por supuesto el que a Jack lo descubrieran en un closet con una prieta ponía fin a cualquier promesa de matrimonio. (La familia era muy exigente en cuanto a su reputación cristiana.) El viejo Pujols estaba tan enfurecido/humillado que comenzó a entrarle a palos al muchacho tan pronto le puso las manos encima y en menos de una semana lo había zumbado para una escuela militar en

[84][Senador norteamericano sureño conocido por su racismo, a quien en sus últimos años se le descubrió una hija negra ilegítima.]

Puerto Rico donde, en palabras del coronel, aprendería el significado del deber. Beli no lo vio más, salvo una vez en el *Listín Diario,* y para entonces ambos ya habían pasado los 40.

Puede que Pujols se portara como un cobarde de siete suelas, pero fue la reacción de Beli la que no tuvo nombre. Nuestra muchacha no sólo no sintió una gota de vergüenza por lo sucedido, aún después de la sacudida que le habían dado el rector, la monja y el conserje —un Holy Triple Team— ¡sino que se negó por completo a admitir su culpa! Si hubiera girado la cabeza 360 grados y vomitado sopa de guisantes habría causado menos alboroto. En la manera terca típica de Beli, nuestra muchacha insistió en que no había hecho nada malo, que si a eso vamos, estaba en todo su derecho.

Puedo hacer lo que me dé la gana, dijo Beli, obstinada, con mi marido.

Al parecer Pujols le había prometido a Belicia que se casarían tan pronto los dos terminaran la secundaria y Beli se había tragado el anzuelo. Es difícil, sin duda, reconciliar esa ingenuidad con la tipa dura, sensata, la matadora, que llegué a conocer, pero es importante recordar que era joven y estaba enamorada. Y si de fantasía hablamos: la muchacha sinceramente creía que Jack cumpliría su palabra.

Los Buenos Maestros de El Redentor jamás pudieron exprimirle nada que se acercara a un mea culpa. Ella no dejaba de sacudir la cabeza con la misma tozudez de las Leyes del Universo: No No No No No No No No No No No No No No No No No No No No No No No No No No No No No No No No No No No No No No No No No No No No No No No No No No No No No No No

No No No No No No No No No No No No No No No No No No No No No. Pero al final, nada de eso importó. El tiempo de Belicia en la escuela terminó, tal como el sueño de La Inca de reconstruir en Beli el genio de su papá, su magia (su excelencia en todo).

En cualquier otra familia este incidente habría significado una paliza que la dejara a las puertas de la muerte y la mandara de cabeza al hospital y en cuanto se hubiera recuperado, otra que la trajera de regreso, pero La Inca no era esa clase de madre. Ya ven, La Inca era una mujer seria, una mujer íntegra, de las mejores de su clase, incapaz de castigar a la muchacha. Llamémoslo un fallo del universo, una enfermedad mental, pero La Inca simplemente no lo podía hacer. Ni entonces, ni nunca. Todo lo que hacía era agitar los brazos en el aire y lamentarse. ¿Cómo pudo suceder esto? La Inca preguntaba. ¿Cómo? *¿Cómo?*

¡Él se iba a casar conmigo! Gritaba Beli. ¡Íbamos a tener hijos!

¿Estás *loca*? Rugió La Inca. Hija, ¿se te han aguado los sesos?

Tomó un rato que las cosas se calmaran —y cómo lo disfrutaron los vecinos (te dije que esa negrita no servía pa na)— pero al fin las cosas se calmaron y sólo entonces La Inca convocó a una sesión especial para discutir el futuro de nuestra muchacha. Lo primero que hizo fue darle a Beli el sermón número quinientos miliquitanto condenando su falta de juicio, su falta de moral, su falta de todo y sólo cuando había terminado con esos preliminares fue que anunció la nueva ley: Regresarás a la escuela. No a El Redentor sino a otra casi tan buena. A la Padre Billini.

Y Beli, sus ojos todavía hinchados por la pérdida de Jack, se rió. Yo no vuelvo a la escuela. Jamás.

¿Se le había olvidado el sufrimiento durante los Años Perdidos en busca de educación? ¿El costo? ¿Las cicatrices terribles en su espalda? (*La Quemadura.*) Quizá sí, quizá las prerrogativas de esta Nueva Era habían hecho intrascendentes los votos de la Anterior. Sin embargo, durante aquellas tumultuosas semanas posteriores a la expulsión, mientras se retorcía en la cama por la pérdida de su "esposo", una mayúscula turbiedad había estremecido por momentos a nuestra muchacha. Fue su primera lección sobre la fragilidad del amor y la cobardía preternatural de los hombres. Y como fruto de esa desilusión e inquietud, Beli hizo su primera promesa de adulta, la que la acompañaría a través de los años, hasta los Estados Unidos y más lejos. No serviré a nadie. Jamás se volvería a dejar llevar por nadie que no fuera ella misma. Ni el rector, ni las monjas, ni La Inca, ni sus pobres padres difuntos. Sólo yo, susurró. Yo.

La promesa le dio muchísimo ánimo. Poco después del enfrentamiento por lo del regreso a la escuela, Beli se puso uno de los vestidos de La Inca (literalmente parecía que iba a explotar) y buscó que la llevaran al parque central. No era un viaje largo pero, de todos modos, para una muchacha como Beli era un precursor de lo que vendría.

Cuando regresó a la casa a últimas horas de la tarde, anunció: ¡Conseguí un trabajo! La Inca resopló. Supongo que los cabarets siempre necesitan gente.

No era un cabaret. Puede que Beli haya sido una putona en la cosmología de sus vecinos, pero no era un cuero. No: había conseguido empleo como mesera de un restaurante en el parque. El dueño, un chino robusto y bien vestido llamado Juan Then, no necesitaba a nadie exactamente; de hecho, no estaba seguro si se necesitaba a sí mismo. Negocio terrible, se quejó. Demasiada política. La política mala para todos menos para políticos.

No hay dinero de sobra. Y ya muchos empleados imposibles.

Pero Beli no estaba dispuesta a ser rechazada. Hay mucho que puedo hacer. Y juntó los omóplatos, para enfatizar sus "valores".

Para un hombre menos honrado eso habría sido una invitación, pero Juan tan sólo suspiró: No ser sinvergüenza. Hacemos prueba. Período probatorio. No prometer na. Condiciones políticas no para promesa.

¿Cuál es mi sueldo?

¡Sueldo! ¡Ningún sueldo! Tú mesera, tú propina.

¿Cuánto es eso?

De nuevo el desánimo. No es seguro.

No entiendo.

Su hermano José levantó los ojos inyectados de sangre por encima de la sección de deportes del periódico. Lo que mi hermano dice es que todo depende.

Y aquí es cuando La Inca sacude la cabeza: Una mesera. Pero, hija, si eres hija de una panadera, ¡tú no sirves para mesera!

La Inca supuso que porque Beli no había mostrado ningún entusiasmo por la panadería o la escuela o la limpieza en esos días, se había convertido en una zángana. Pero se le había olvidado que nuestra muchacha había sido criada en su primera vida, que durante la mitad de sus años no había conocido nada sino *trabajo*. La Inca predijo que Beli dejaría el empleo en cuestión de meses, pero no fue así. Al contrario, en el restaurante nuestra muchacha demostró su calidad: nunca llegó tarde, nunca se hizo la enferma, trabajó como una bestia. Que conste, le *gustaba* el trabajo. No era exactamente Presidente de la República, pero para una muchacha de catorce años que quería escaparse de la casa, pagaba y le daba un lugar en el mundo mientras esperaba que su Futuro Glorioso se materializara.

Dieciocho meses trabajó en el Palacio Pekín (originalmente El Tesoro de—, en honor al verdadero y nunca alcanzado destino del Almirante, ¡pero los Hermanos Then lo cambiaron cuando descubrieron que el nombre del Almirante era un fukú! Chino no gustar maldiciones, dijo Juan). Ella siempre diría que en ese restaurante se hizo mujer y, en cierto modo, así fue. Aprendió a ganarles a los a hombres en el dominó y resultó ser tan responsable que los Hermanos Then la dejaban a cargo del cocinero y los otros meseros cuando se ausentaban para pescar y visitar a sus novias de piernas gordas. Años después Beli lamentaría haber perdido contacto con sus "chinos". Fueron tan buenos conmigo, le gemía a Óscar y Lola. No como tu padre, ese chupavidas despreciable. Juan, el jugador melancólico, añoraba a Shanghái como si fuera un poema de amor cantado a la mujer que amas, hermosa e inalcanzable. Juan, el romántico miope al que las novias le robaban descaradamente, nunca aprendió bien el español (sin embargo, años después, cuando vivía en Skokie, Illinois, les gritaría a sus nietos americanizados en su español gutural y ellos se reirían de él, pensando que les hablaba en chino). Fue Juan quien le enseñó a Beli a jugar dominó. Su único fundamentalismo era su optimismo a prueba de balas: ¡Si el Almirante hubiera venido a nuestro restaurante primero, imagínate el apuro que se habría evitado! Sudando, el gentil Juan hubiera perdido el restaurante de no haber sido por su hermano mayor. José, el enigmático, se asomaba a la periferia con toda la amenaza de un ciclón; José, el bravo, el guapo, su esposa e hijos asesinados por un jefe militar en los años 30; José protegía al restaurante y las habitaciones de arriba con una ferocidad implacable. José, cuya pena había extraído de su cuerpo toda suavidad, toda palabra ociosa y toda esperanza. Nunca dio la impresión de aprobar a Beli, o a ninguno de los otros empleados, pero como ella era la única que no le tenía miedo (¡si soy casi tan alta como usté!), le correspondió dándole consejos prácticos: ¿Quieres ser una inútil toda tu vida? Aprendió a martillar clavos, fijar enchufes eléctricos, cocinar chofán y manejar un carro, todas cosas que le vendrían muy bien cuando se convirtiera en La Emperatriz de la Diáspora. (José se desenvolvió con coraje en la revolución, luchando —lamento informar— contra el pueblo, y moriría en 1976 en Atlanta, de cáncer de páncreas, vociferando el nombre de su esposa, que las enfermeras confundieron con más jerga china, o como se dice en inglés, gobbledygook, enfatizando mucho el gook.[85])

También estaba Lillian, la otra mesera, rechonchita como una palangana cuyo rencor contra el mundo se convertía en júbilo sólo cuando la humanidad excedía en venalidad, brutalidad y mendacidad sus propias expectativas. Al principio, Beli no le cayó bien —la consideraba su competencia— pero al fin llegó a tratarla más o menos con cortesía. Fue la pri-

[85][Gook, en inglés, es una forma peyorativa de nombrar a los asiáticos, específicamente a los vietnamitas.]

mera mujer que nuestra muchacha conoció que leyera el periódico. (La bibliomanía de su hijo le recordaría siempre a Lillian. ¿Cómo anda el mundo? Beli le preguntaba. Jodío, contestaba siempre.) Y Benny El Indio, un camarero reservado, meticuloso, que tenía el aire triste de un hombre acostumbrado desde hacía mucho a la demolición espectacular de sus sueños. Se rumoraba en el restaurante que Benny El Indio estaba casado con una azuana enorme, lujuriosa, que lo botaba de la casa con frecuencia para poder probar otras carnes, dulces y nuevas. El único momento que se le veía sonreír era cuando le ganaba a José en el dominó —los dos eran consumados maestros tirando fichas y, por supuesto, feroces rivales. Él lucharía también en la revolución, por el equipo local, y se decía que durante ese Verano de Nuestra Liberación Nacional, Benny El Indio nunca dejó de sonreír, ni siquiera después que un francotirador de los marines le regara los sesos sobre todo su comando. ¿Y el cocinero, Marco Antonio, un cojo grotesco y sin orejas que parecía salido de las páginas de *Gormenghast*?[86] (La explicación de su aspecto: Sufrí un accidente.) Tenía una desconfianza casi fanática de los cibaeños, cuyo orgullo regional, según él, enmascaraba ambiciones imperiales en un nivel haitiano. Quieren tomar la república. ¡Te estoy diciendo, cristiano, quieren tener país propio!

El día entero Beli trataba a todo tipo de hombres y fue aquí que perfeccionó su afabilidad, el encanto de su cordialidad sencilla. Como se pueden imaginar, todos se enamoraban de ella. (Incluidos sus compañeros de trabajo. Pero José

[86][*Gormenghast* se refiere a los libros escritos por Mervyn Peake que se desarrollan en los alrededores del castillo del mismo nombre.]

les había advertido: Le saco la tripa por el culo al que la toque. No estarás hablando en serio, dijo Marco Antonio en su propia defensa. No podría subir esa montaña ni con dos piernas.) La atención de los clientes la fascinaba y lo que ella les daba a cambio era algo de lo que la mayoría de los hombres nunca se cansa: el cuidado solícito de una mujer bonita. Todavía hay un fracatán de tígueres en Baní, viejos clientes, que la recuerdan con mucho cariño.

Por supuesto, a La Inca le angustiaba la Caída de Beli, de princesa a mesera... ¿qué sucedía en este mundo? En casa ya las dos apenas se hablaban. La Inca lo intentaba, pero Beli no le ponía atención; por su parte, La Inca llenaba el silencio con rezos, tratando de invocar un milagro que transformara a Beli de nuevo en hija obediente. Pero quiso el destino que una vez que Beli escapara de sus manos, ni Dios mismo tuviera caracaracol suficiente para hacerla volver. De vez en cuando La Inca se aparecía en el restaurante. Se sentaba sola, recta como un atril, toda en negro, y entre sorbos de té miraba a la muchacha con triste intensidad. Quizá esperaba avergonzar a Beli para que regresara a la Operación Restablecimiento de la Casa Cabral, pero ésta seguía en su trabajo con su celo acostumbrado. A La Inca debe de haberle consternado ver el cambio drástico que se producía en su "hija", ya que Beli, la muchacha que nunca hablaba en público, que podía mantener la calma como un actor de Nō,[87] desplegaba en el Palacio Pekín un don para la cháchara que encantaba a la clientela masculina. Quienes se han detenido en la esquina de la 142 y Broadway pueden

[87][El Nō es una de las manifestaciones más destacadas del drama musical japonés, caracterizado por su calma y lentitud.]

imaginarse cómo hablaba: con el canto embotado e irreverente del pueblo que provoca pesadillas a los dominicanos cultos que duermen en sábanas de 400 hilos y que La Inca había supuesto desaparecido junto con la primera vida de Beli en las Afueras de Azua. Sin embargo, allí estaba vivo, como si nunca se hubiera ido: Oye, pariguayo, ¿y qué pasó con esa esposa tuya? Gordo, ¿no me digas que tú todavía tienes hambre?

En algún momento, hacía una pausa en la mesa de La Inca: ¿Quieres algo más?

Sólo que vuelvas a la escuela, mija.

Lo siento. Beli recogía la taza y limpiaba la mesa con un movimiento superficial. Dejamos de servir pendejadas la semana pasada.

Y entonces La Inca pagaba y se iba y a Beli se le quitaba un gran peso, prueba de que había hecho lo correcto.

En esos dieciocho meses aprendió mucho sobre sí misma. Aprendió que a pesar de todos sus sueños de ser la mujer más hermosa del mundo, de tener a los tígueres del barrio tirándose por las ventanas a su paso, cuando Belicia Cabral se enamoraba, permanecía enamorada. A pesar del fracatán de hombres, hermosos, sencillos y feos, que entraban en el restaurante con el propósito de ganar su mano en matrimonio (o por lo menos en fokimonio), ella nunca pensó en nadie más que en Jack Pujols. Resulta que, en su corazón, nuestra muchacha era más Penélope que Puta de Babilonia. (Por supuesto que La Inca, testigo del desfile de hombres que enfangaba la entrada de la casa, no estaba convencida de ello.) A menudo, Beli tenía sueños en los cuales Jack regresaba de la escuela militar, sueños en los cuales la estaba esperando en el trabajo, desparramado en una mesa como el contenido de un bello botín, una sonrisa en su cara magnífica, sus Ojos de Atlantis por fin fijos en ella, sólo en ella. *Regresé por ti, mi amor. Regresé.*

Nuestra muchacha descubrió que era fiel hasta a un zopenco como Jack Pujols.

Pero eso no significó que viviera apartada por completo del mundo de los hombres. (A pesar de su "fidelidad", nunca llegó a ser una de esas mujeres a las que les gusta prescindir de atención masculina.) Aún en ese duro período, Beli tenía sus príncipes en espera, bróders dispuestos a enfrentar las cercas de alambre de púas y campos minados de su afecto con la esperanza de que más allá de ese cruel estercolero les esperara el Elíseo. Pobres zoquetes engañados. El Gángster la tendría como a él le diera la gana, pero estos pobres sapos que vinieron antes de él se podían considerar dichosos si recibían un abrazo. Convoquemos del abismo a dos sapos en particular: el dealer del Fiat, calvo, blanco y sonriente, un verdadero Hipólito Mejía,[88] pero afable, caballeroso y tan enamorao del béisbol americano que arriesgaba la vida escuchando los juegos en un radio de onda corta de contrabando. Creía en el béisbol con el fervor de un adolescente y creía también que en el futuro los dominicanos inundarían las Grandes Ligas y competirían con los Mantle y Maris de este mundo. Marichal era sólo el principio, predijo, de una reconquista. Estás loco, Beli decía, burlándose, imitándolo a él y su "jueguito". En un inspirado golpe de contraprogramación,

[88][Hipólito Mejía (1941–), político dominicano fundador del Movimiento Familiar Cristiano y presidente de la República (2000–2004).]

su otro enamorao era un estudiante de la UASD[89] —uno de esos universitarios de la ciudad que llevan estudiando once años y siempre les faltan cinco créditos para graduarse. Decir estudiante hoy en día no significa na, pero en una América Latina con los ánimos exaltados por la Caída de Arbenz, por el Apedreo de Nixon, por las Guerrillas de la Sierra Maestra, por las cínicas maniobras sin fin de los Yankee Pig Dogs —en una América Latina ya entrada año y medio en la Década de la Guerrilla— ser estudiante era algo, un agente de cambio, una secuencia de quantum vibrante en el universo serio newtoniano. Así era Arquímedes. También escuchaba la onda corta, pero no para saber los resultados de los Dodgers; arriesgaba la vida para conocer las noticias que se filtraban de La Habana, noticias del futuro. Arquímedes era, por lo tanto, un *estudiante;* hijo de un zapatero y una partera, tirapiedras y quemagoma de por vida. Ser estudiante no era broma, no con Trujillo y Johnny Abbes[90] arrestando a cualquiera que seguía los acontecimientos de la frustrada inva-

[89][Universidad Autónoma de Santo Domingo.]

[90]Johnny Abbes García era uno de los queridos Señores Morgul[a] de Trujillo. Jefe de la temida y todopoderosa Policía Secreta (SIM), a Abbes se le consideraba el mayor torturador del pueblo dominicano en toda la historia. Entusiasta de las técnicas chinas de tortura, se decía que tenía en su empleo a un enano que machacaba los testículos de los presos con los dientes. Trazaba planes infinitos contra los enemigos de Trujillo y fue el asesino de muchos revolucionarios jóvenes y estudiantes (entre ellos las hermanas Mirabal). ¡Por orden de Trujillo, organizó el asesinato del presidente elegido democráticamente en Venezuela: Rómulo Betancourt! (Betancourt y T-zillo eran viejos enemigos, desde los años 40, cuando los SIMianos de Trujillo intentaron inyectar a Betancourt veneno en las calles de La Habana.) El segundo intento no salió mejor que el primero. La bomba, escondida en un Oldsmobile verde, lanzó al Cadillac presidencial fuera de Caracas, mató al chofer y a un transeúnte, ¡pero no pudo matar a Betancourt! ¡Eso sí que es un verdadero gángster! (Venezolanos: que no se les ocurra decir jamás que no compartimos una historia. No sólo compartimos telenovelas y el hecho de que tantos de nosotros inundaran sus orillas en busca de trabajo en los años 50, 60, 70 y 80. ¡Nuestro dictador intentó matar a su presidente!) Después de la muerte de Trujillo, Abbes fue nombrado cónsul en Japón (sólo para sacarlo del país) y terminó trabajando para esa otra pesadilla caribeña, el dictador haitiano François "Papá Doc" Duvalier. No fue tan leal a Papá Doc como a Trujillo: cuando Abbes intentó traicionarlo, Papá Doc lo mató a él y a su familia y luego voló su fokin casa. (Creo que Papá D sabía exactamente con qué clase de criatura trataba.) No existe un dominicano que crea que Abbes murió en la explosión. Se dice que todavía anda por el mundo, esperando la próxima llegada de El Jefe, cuando él también emergerá de la Sombra.

[a]Guardianes de Morgul, una ciudad ficticia de Tolkien.

sión de Cuba en 1959. No pasaba un día que su vida no corriera peligro y, como carecía de dirección fija, se le aparecía a Beli sin advertencia. Archie (así lo conocían) tenía cabellos inmaculados, espejuelos como Héctor Lavoe y la intensidad de un fanático de la dieta de South Beach. Vilipendiaba a los americanos por la Invasión Silenciosa de la RD y a los dominicanos por su sumisión anexionista al Norte. ¡Guacanagarix[91] nos ha maldecido a todos! Que sus ideólogos más queridos fueran un par de alemanes que nunca en sus vidas habían conocido a un negro que les cayera bien era algo que no venía al caso.

Beli se lo puso difícil a los dos tipos. Los veía en sus casas y en la concesión del Fiat y le daba a cada uno su dosis diaria de abstinencia. Ninguna salidita podía terminar sin que el del Fiat le rogara por un solo apretoncito. Por favor déjame tocarlas con el dorso de la mano, maullaba, pero casi siempre se lo negaba. Arquímedes, cuando ella lo rechazaba, al menos demostraba cierta clase. No ponía mala cara ni murmuraba: ¿Para qué coñazo estoy gastando mi dinero? Prefería tomárselo con filosofía. La revolución no se hace en un día, decía, compungido, y entonces se relajaba y la entretenía con sus cuentos de cómo burlaba la policía secreta.

Era fiel hasta a un zopenco como Jack Pujols, sí, pero con el tiempo se le pasó. Era una romántica pero no una pendeja. Para cuando por fin volvió en sí, sin embargo, las cosas se habían hecho inciertas, por decirlo de alguna forma. El país estaba alborotado; después de la invasión fracasada de 1959 se había descubierto un complot clandestino de jóvenes que habían sido arrestados, torturados y asesinados. Política, de-

[91][Uno de los caciques más poderosos de la RD, fue el primero en entablar relaciones con Colón en su llegada a la Española el 5 de diciembre de 1492.]

cía Juan, escupiendo y mirando todas las mesas vacías, *política*. José no ofreció comentario; simplemente limpió su Smith & Wesson en la privacidad del cuarto de arriba. No sé si saldré bien de esta, le dijo Arquímedes en un intento transparentemente descarao de aprovecharse de su compasión. Te irá bien, resopló Beli, zafándose del abrazo. Al final, ella tuvo razón, y fue uno de los pocos que logró salir de aquella sin que le tostaran los testes. (Archie todavía vive y, cuando voy de paseo por la capital con mi pana Pedro, siempre veo su cara en los afiches políticos de algún partido radical cuya única plataforma era traer electricidad de nuevo a la República Dominicana. Pedro se burla: Ese ladrón no va pa ningún lao.)

En febrero, Lillian tuvo que dejar el trabajo y volver al campo a cuidar a su mamá enferma, una señora que, según ella, nunca se había interesado en el bienestar de su hija. Pero el destino de las mujeres en todas partes es ser desgraciadas siempre, declaró Lillian y se fue, dejando sólo el calendario barato que a ella le gustaba tachar. Una semana después, los Hermanos Then la remplazaron. Contrataron a una muchacha nueva. Constantina. De unos veinte años, risueña y amable, cuyo cuerpo era todo pipa y na de culo, una "mujer alegre" (como se decía en esos tiempos). Constantina llegó más de una vez a trabajar el almuerzo directa de una noche de pachanga, oliendo a whisky y cigarrillos. Muchacha, no vas a creer el lío en que me metí anoche. Era apacible y suave, aunque podía maldecir hasta que se le cayera el negro al cuervo y, quizá reconociendo una alma gemela sola en el mundo, enseguida se le pegó a nuestra muchacha. Mi hermanita, llamaba a Beli. La muchacha más hermosa. Eres la prueba que Dios es dominicano.

Constantina fue la persona que por fin la ayudó a sacarse a Jack Pujols de adentro.

¿Su consejo? Olvídate de ese hijo de la porra, ese comehuevo. Todo desgraciao que entra aquí se enamora de ti. El maldito mundo entero es tuyo si quieres.

¡El mundo! Era lo que deseaba de todo corazón, ¿pero cómo lo lograría? Miraba el flujo de tráfico en el parque y no entendía.

Un día en una burbuja de impulso femenino terminaron de trabajar temprano, le llevaron sus ganancias a los comerciantes españoles de la cuadra y se compraron un par de vestidos que hacían juego.

¡Candela! dijo Constantina con aprobación.

¿Y ahora qué? preguntó Beli.

Una sonrisa de dientes torcidos. Yo, yo me voy pa El Hollywood a bailar. Tengo un buen amigo que trabaja en la puerta y por lo que he oído habrá una fila de hombres ricos con nada que hacer más que adorarme, ay sí. Sensualmente deslizó sus manos por las curvas de sus caderas. Entonces paró el show. ¿Por qué? ¿La princesa de la escuela privada quiere de verdad ir conmigo?

Beli lo pensó un momento. Se imaginó a La Inca esperándola en la casa. Pensó en la angustia que por fin comenzaba a desvanecerse dentro de ella.

Sí. Quiero ir.

Y ahí estaba: La Decisión Que Cambió Todo. O, como ella le explicó a Lola en sus Últimos Días: Lo único que quería era bailar. Pero lo que me tocó fue esto, dijo, abriendo los brazos para abarcar el hospital, sus hijos, su cáncer, Estados Unidos.

El Hollywood

El Hollywood[92] fue el primer club de verdad al que Beli había ido. Imagínensela: en aquellos días El Hollywood era EL lugar de moda en Baní, era Alexander, Café Atlántico y el Jet Set,[93] todo en uno. Las luces, el opulento decorado, los guapos en su fino ajuar, las mujeres con sus mejores poses de aves del paraíso, la orquesta en el escenario como una aparición del mundo de ritmo, los bailadores tan concentrados en plantar bien el talón que se habría pensado que estaban diciéndole adiós a la misma muerte: no faltaba nada. Puede que Beli estuviera fuera de su liga, que no pudiera pedir un trago o sentarse en las banquetas sin soltar los zapatos, pero una vez que la música comenzó, vaya, nada de eso importaba. Un corpulento contador le tendió la mano y durante las dos horas siguientes Beli olvidó su torpeza, su asombro, su inquietud, y *bailó*. ¡Dios mío, cómo bailó! Hizo llover café del cielo y agotó a pareja tras pareja. Hasta el director de la orquesta, veterano medio canoso de más de una docena de giras por América Latina y Miami, gritaba: ¡La negra está encendida!¡Mira que está encendida! Y al fin, una sonrisa: grábensela en la memoria, porque no la verán mucho. Todos pensaban que era una bailarina cubana de algún show y no podían creer que fuera dominicana como ellos. No puede ser, no lo pareces, etc., etc.

Y fue en ese remolino de pasos, de guapos y de colonia que apareció él. Ella estaba en la barra, esperando que Tina

[92]Unos de los lugares favoritos de Trujillo, mi mamá me contó cuando el manuscrito estaba casi completo.

[93][Bares y discotecas criollas.]

volviera de "fumarse un cigarrillo". Su vestido: arruinao; su permanente: endiablao; los arcos de los pies: como si hubieran pasado un curso preliminar de pies vendados. Él, por su parte, era la esencia del relajamiento. Aquí está, generación futura de León y Cabral: el hombre que le robó el corazón a la Madre Fundadora de ustedes, que la catapultó a la Diáspora. Vestía un conjunto como los del Rat Pack[94]... esmoquin negro y pantalones blancos, sin una gota de sudor, como si se hubiera conservado en una nevera. Era guapo en el estilo dudoso de un productor de Hollywood, barrigón y cuarentón, de ojos grises cansados que habían visto to (y no se habían perdido na). Ojos que habían estado observando a Beli más de una hora y no es que Beli no se hubiera dado cuenta. El tipo tenía cierta clase, todos en el club le rendían tributo y él llevaba oro suficiente como para haber rescatado a Atahualpa.[95]

Digamos tan sólo que el primer encuentro no fue prometedor. ¿Qué te parece si te compro un trago?, le preguntó, y cuando ella le dio la espalda como una ruda, él le agarró el brazo, con fuerza, y le dijo, ¿Y adónde tú vas, morena? Y eso fue todo lo que hizo falta: a Beli le salió el lobo. Primero, no le gustaba que la tocaran. Para nada y nunca. En segundo lugar, no era morena (hasta el dealer del Fiat se había dado cuenta de que era mejor llamarla india). Y, tercero, tenía ese genio suyo. Cuando el tipo le torció el brazo, pasó de cero a la violencia en menos de 0,2 segundos. Chirrió: *No. Me. To-*

[94][Nombre por el que se conocía a unos amigos famosos que incluían a Frank Sinatra, Dean Martin, Sammy Davis, Jr., y otras estrellas de Hollywood y Las Vegas.]

[95][Atahualpa fue el último emperador de los incas. Fue capturado por Francisco Pizarro, que lo usó como títere para controlar el imperio.]

ques. Le lanzó su trago, su vaso y después su cartera —si hubiera habido un bebé cerca, se lo habría lanzado también. Y entonces lo atacó con una pila de servilletas de cóctel y cientos de palillos y, cuando ésos terminaron de bailar en los mosaicos, desencadenó un ataque digno de Street Fighter. Durante esta descarga cerrada de trompones, El Gángster se agachó y no se movió salvo para desviar un manotazo perdido que le venía directo a la cara. Cuando ella acabó, él levantó la cabeza como saliendo de una madriguera y se llevó un dedo a los labios. Te faltó un punto, le dijo solemnemente.

Bueno.

Fue sólo un simple encuentro. La pelea que tuvo con La Inca al regresar a la casa fue mucho más significativa —La Inca la estaba esperando con la correa en la mano— y cuando Beli entró por la puerta, muerta de cansancio después de tanto bailoteo, La Inca, iluminada por la lámpara de kerosene, levantó la correa en el aire y fue entonces que los ojos de diamante de Beli se fijaron en ella. Esa escena primigenia entre madre e hija se ha producido en todos los países del mundo. Dale, Madre, dijo Beli, pero La Inca no podía. Su fuerza la abandonaba. Hija, si vuelves tarde otra vez a esta casa, te tendrás que ir, y Beli le contestó, No se preocupe, me iré bien pronto. Esa noche La Inca se negó a acostarse en la cama con ella y se quedó dormida en el sillón. Al día siguiente tampoco le habló, se fue sola para el trabajo, su decepción flotando sobre ella como una nube atómica. No hay duda de que Beli debía haberse preocupado por su madre, pero durante el resto de la semana pensó sólo en la estupidez del gordo azaroso que (según ella) le había desgraciao la noche entera. Casi a diario se sorprendía contándoles los detalles del enfrentamiento al dealer del Fiat y a Arquímedes, pero con cada narración añadía nuevos ultrajes que, aunque no exactamente ciertos, parecían reflejar el espíritu de lo acontecido. Un bruto, lo llamó. Un animal. ¡Cómo se atrevió a tocarme! ¡Como si fuera alguien, ese poco hombre, ese mamagüevo!

¿Así que te pegó? El dealer del Fiat estaba tratando de bajarle la mano a su pierna, pero sin éxito. Quizá eso es lo que debo hacer.

Y conseguirías exactamente lo mismo que él, dijo ella.

Arquímedes, a quien le había dado por meterse en el closet cuando ella lo visitaba (por si la Policía Secreta irrumpía de repente), declaró a El Gángster el típico burgués. Su voz atravesaba toda la tela que el dealer del Fiat le había comprado (y que Beli guardaba en el apartamento de Arquímedes). (¿Esto es piel de visón? le preguntó él. De conejo, ella le contestó, taciturna.)

Lo debí haber apuñalado, le dijo a Constantina.

Muchacha, yo creo que él te debía haber apuñalado a *ti*.

¿Qué coñazo quieres decir con eso?

Na, que te pasas la vida hablando de él.

No, dijo, rabiosa. No es así, para nada.

Entonces, para de hablar de él. Tina le echó un vistazo a un reloj imaginario. Cinco segundos. Debe de ser un récord.

Trataba de reprimir los comentarios sobre el tipo pero de nada valía. El antebrazo le dolía en los momentos más raros y, en cualquier lugar, sentía que la miraba con ojos avergonzados.

El viernes siguiente fue un gran día en el restaurante; la seccional del Partido Dominicano celebró un evento y el personal del restaurante estuvo reventado de trabajo de primera a última hora. Beli, a quien le encantaba el alboroto, demostró parte de sus dotes laborales en momentos críticos y hasta José tuvo que dejar su oficina para ayudar al cocinero. José le regaló al jefe de la seccional una botella de lo que dijo era "ron chino", pero que de hecho era Johnnie Walker con la etiqueta raspada. Los mayimbes disfrutaron enormemente de su chofán mientras que sus subordinados del campo empujaban abatidos los fideos con el tenedor y preguntaban una y otra vez si no había arroz con habichuelas, que, por supuesto, no había. En fin, el evento fue un éxito. Nadie nunca se hubiera imaginado que había una guerra sucia en el país, pero cuando se logró poner en pie y encaminar a un taxi al último de los borrachos, Beli, que no se sentía nada cansada, le preguntó a Tina: ¿Podemos volver?

¿Adónde?

A El Hollywood.

Pero tenemos que cambiarnos de ropa.

No te preocupes, traje todo.

Y en cuestión de minutos estaba de pie junto a su mesa.

Uno de sus compañeros de cena preguntó: Hey, Dionisio, ¿ésta no es la jevita que te dio una pelá la semana pasá?

El papichulo asintió, sombrío.

Su compinche la miraba de arriba a abajo. Espero por tu bien que no haya regresado buscando revancha. No creo que sobrevivas.

¿Qué tú esperas?, el papichulo preguntó, ¿la campana?

Baila conmigo. Ahora fue ella quien lo agarró y arrastró a la pista.

Puede que él fuera un bloque denso de carne dentro del esmoquin, pero era un encanto moviéndose. Viniste a buscarme, ¿no?

Sí, dijo, y sólo entonces fue que se dio cuenta.

Me alegra que no me mientas. No me gustan los mentirosos. Le llevó el dedo a la barbilla. ¿Cómo te llamas?

Ella sacudió la cabeza con violencia. Mi nombre es Hypatía Belicia Cabral.

No, dijo él con la gravedad de un chulo old school. Tu nombre es Hermosa.

El Gángster que todos buscamos

Nunca sabremos cuánto sabía Beli sobre El Gángster. Jura que sólo le había dicho que era un hombre de negocios. Por supuesto, lo creí. ¿Por qué no iba a creerlo?

Bueno, sin duda era un hombre de negocios, pero también era un lacayo del trujillato, y no uno de menor importancia. No se confundan: nuestro muchacho no era ningún ringwraith,[96] pero tampoco un orc.[97]

Debido en parte al silencio de Beli sobre el tema y la inquietud persistente de la gente al hablar del régimen, lo que se conoce de El Gángster es fragmentario. Les daré lo que he logrado desenterrar y el resto tendrá que esperar al día en que al fin hablen las páginas en blanco.

El Gángster nació en Samaná al despuntar los años 20, el cuarto hijo de un lechero, un malcriado infestado de gusanos que no dejaba de lloriquear y que nadie creía que llegaría a na, opinión que sus padres refrendaron cuando lo botaron de

[96][Según Tolkien, uno de los siete poderosos reyes muertos.]

[97][En la ciencia ficción, uno de tantos soldados menores.]

la casa a los siete años. Pero la gente siempre subestima lo que la promesa de una vida de hambre, impotencia y humillación puede provocar en el carácter de un joven. Para cuando El Gángster cumplió doce años, ya ese chamaco escuálido y ordinario había demostrado recursos y coraje muy por encima de sus años. Su afirmación de que El Cuatrero Fracasado lo había "inspirado" lo llevó a la atención de la Policía Secreta y, antes de que se pudiera decir SIM-salabím, nuestro muchacho se estaba infiltrando en grupos laborales y señalando sindicatos a diestra y siniestra. A los catorce años, mató a su primer "comunista", un favor que le hizo al espantoso Félix Bernardino.[98] Al parecer, el golpe fue tan espectacular, tan fantástico, que la mitad de la izquierda de Baní abandonó de inmediato la RD por la seguridad relativa de Nueva York. Con el dinero que ganó, se compró un traje nuevo y cuatro pares de zapatos.

A partir de ese momento, nadie habría de parar a nuestro joven villano. Durante la siguiente década, viajó a Cuba con frecuencia, tuvo escarceos con la falsificación, el robo, la extorsión y el lavado de dinero, todo en nombre de la Gloria Eterna del Trujillato. Hasta llegó a rumorarse, aunque nunca se ha verificado, que fue nuestro Gángster quien apretó el gatillo en la muerte de Mauricio Báez en La Habana en 1950.

[98]Félix Wenceslao Bernardino, criado en La Romana, era uno de los agentes más siniestros de Trujillo, el Rey Brujo de Angmar. Era cónsul en Cuba cuando el sindicalista exiliado Mauricio Báez fue asesinado misteriosamente en las calles de La Habana. Se decía también que Félix había tenido parte en el fallido intento contra el líder del exilio dominicano Ángel Morales (los asesinos irrumpieron de sopetón, confundieron a su secretario, que se estaba afeitando, con él y lo hicieron trizas). Además, Felix y su hermana, Minerva Bernardino (la primera mujer del mundo nombrada embajadora ante las Naciones Unidas), estaban ambos en Nueva York cuando Jesús de Galíndez desapareció misteriosamente camino a su casa desde la estación de metro de Columbus Circle. Háblese luego de *Con arma viajar.* Dicen que la fuerza de Trujillo nunca lo abandonó; el fokin hijoeputa murió de viejo en Santo Domingo, trujillista hasta el final, ahogando a sus trabajadores haitianos para no pagarles.

¿Quién sabe? Es posible; para entonces, ya tenía contactos serios en la hampa de La Habana y carecía de reparos en matar a cualquier hijoeputa. Pero las pruebas, lo que se dice seguras, son escasas. No puede negarse que era un favorito de Johnny Abbes y Porfirio Rubirosa. Tenía un pasaporte especial del Palacio y el grado de comandante en una rama de la Policía Secreta.

Nuestro Gángster se hizo experto en perfidias, pero en lo que nuestro hombre sobresalió de verdad, donde rompió los récords y se apropió de la medalla de oro, fue en la trata de mujeres. Entonces, como ahora, Santo Domingo era para la popola lo que Suiza es para el chocolate. Y había algo en el atar, vender y degradar a las mujeres que sacaba a la luz lo mejor de El Gángster; tenía para ello un instinto, un talento: llamémoslo El Caracaracol del Culo. Para cuando cumplió los veintidós años, ya tenía una serie de prostíbulos propios en la capital y sus alrededores, y casas y carros en tres países. Siempre fue generoso con El Jefe, ya fuera con dinero, alabanzas o un cacho de culo de primera traído de Colombia, y era tan leal al régimen que una vez mató a un hombre en una barra sólo por pronunciar mal el nombre de la madre de El Jefe. Éste sí es un hombre, se comentaba que El Jefe había dicho, que es capaz.

La devoción de El Gángster tuvo su recompensa. A mediados de los años 40, ya no era un simple operario bien pagado: se estaba convirtiendo en Don Alguien. En las fotos aparece en compañía de los tres reyes brujos del régimen: Johnny Abbes, Joaquín Balaguer y Félix Bernardino, y aunque no hay ninguna de él con El Jefe, no cabe duda de que compartieron y hablaron mucha mierda. Fue el mismo Gran

Ojo quien le concedió autoridad sobre ciertos negocios de la familia Trujillo en Venezuela y Cuba, y fue bajo su administración draconiana que el dólar empezó a rendir tres veces lo que antes por los favores de los trabajadores sexuales dominicanos. En los años 40, El Gángster estaba en su mejor momento; viajó a lo largo y ancho del continente americano, de Rosario a Nueva York, al estilo del chulo supremo, alojándose en los mejores hoteles, rapando con las jevas más sabrosas (aunque jamás perdió el gusto sureño por las morenas), cenando en restaurantes de cuatro estrellas, confabulando con archicriminales del mundo entero.

Oportunista inagotable, levantaba negocios por donde iba. Maletas repletas de dólares lo acompañaban en sus idas y venidas de la capital. Pero la vida no siempre era agradable. Un montón de actos de violencia, un montón de piñas y puñalazos. Él mismo sobrevivió a un sinfín de intentos de robo y después de cada tiroteo, después de cada drive-by,[99] se peinaba y siempre enderezaba su corbata, el reflejo automático del chulo. Era un verdadero gángster, tenía la calle en los huesos y llevaba la vida que todos esos raperos que no saben na de na sólo pueden describir en sus rimas.

Fue también en esta época que se oficializó su largo flirteo con Cuba. Puede que El Gángster haya abrigado amor por Venezuela y sus muchas mulatas zanquilargas, puede que haya ardido por las bellezas altas y heladas de la Argentina, y se haya derretido por las morenas incomparables de México, pero era Cuba la que le partía el alma, era allí donde se sentía como en su casa. Que se pasaba seis de cada doce

[99][Balacera dirigida desde un carro en movimiento.]

meses en La Habana era un estimado conservador y, en honor a sus predilecciones, el nombre en clave que la Policía Secreta le había puesto era MAX GÓMEZ. Iba tan a menudo a La Habana que fue más producto de la inevitabilidad que de la mala suerte que el 31 de diciembre de 1958, la noche que Fulgencio Batista sacó pies de La Habana y toda América Latina cambió, El Gángster estuviera de fiesta con Johnny Abbes en La Habana, chupando whisky de los ombligos de putas menores de edad, cuando los guerrilleros alcanzaron Santa Clara. Sólo los salvó la llegada oportuna de uno de los informantes de El Gángster. ¡Mejor lárgate ahora mismo o terminarás colgao por los huevos! En una de las meteduras de pata más grandes de la historia de la inteligencia dominicana, Johnny Abbes casi no logró salir de La Habana ese Año Nuevo; el grupito de dominicanos se fue literalmente en el último avión que prendió motor. El Gángster con la cara apretada contra la ventanilla, para no volver jamás.

Cuando Beli conoció a El Gángster, ese vuelo ignominioso de medianoche todavía lo perseguía. Más allá de sus lazos económicos, Cuba era un componente importante de su prestigio —en realidad, de su hombría— y nuestro hombre seguía sin aceptar el hecho de que el país hubiera caído ante una chusma de viles estudiantes. Algunos días estaba mejor que otros, pero siempre que oía las últimas noticias de las actividades de la revolución, se halaba el pelo y atacaba la pared más cercana. No pasaba un día que no fulminara contra Batista (¡Ese buey! ¡Ese campesino!) o Castro (¡Ese fokin comunista de mierda!) o Allen Dulles, el jefe de la CIA (¡Ese afeminao!), por no haber podido parar a Batista en su desacertada amnistía del Día de las Madres que liberó a Fidel y a los otros moncadistas para que pudieran luchar otro día. Si Dulles estuviera justo aquí delante de mí, lo acribillaba a balazos, le juraba a Beli, y luego mataría a su madre.

Parecía como si la vida le hubiera asestado a El Gángster un golpe doloroso y no estuviera seguro de cómo responder. El futuro le parecía nublado y no cabía duda de que detectaba su propia mortalidad y la de Trujillo en la caída de Cuba. Lo que pudiera explicar por qué, cuando conoció a Beli, saltó. Lo que quiero decir es, ¿qué bróder viejevo no ha intentado regenerarse con la alquimia de una chocha joven? Y si lo que ella le contaba a menudo a su hija era cierto, entonces Beli tenía una de las cucas más finas del mundo. Sólo el istmo sexy de su cintura podía lanzar mil yolas al mar, y mientras los muchachos de clase alta podían tener sus quejas de ella, El Gángster era un hombre de mundo, había singao con más prietas de las que podía contar. A él no le importaba nada de esa vaina. Lo que quería era chupar los pechos enormes de Beli, metérselo en el toto hasta dejárselo como un pantano de jugo de mango, malcriarla hasta que desaparecieran Cuba y su fracaso. Como dicen los viejos, clavo saca a clavo, y sólo una jevita como Beli podía borrar el descalabro de Cuba de la mente de este bróder.

Al principio, Beli tenía sus dudas sobre El Gángster. Su amor ideal había sido Jack Pujols y ahora aquí estaba este calibán que se teñía el pelo y tenía una mata de rizos en la espalda y los hombros. Parecía más un árbitro de tercera base que el Avatar de su Futuro Glorioso. Pero nunca se debe subestimar lo que puede lograr la constancia, especialmente cuando va acompañada por grandes cantidades de lana y privilegio. El Gángster la enamoró de esa manera particular de los bróders viejevos: fue quebrando poco a poco su reserva con aplomo sereno y un sentido nada cohibido de lo cursi. Le dejó caer una lluvia de flores como para engalanar a Azua, montones de rosas en el trabajo y la casa. (Es romántico, Tina suspiró. Es vulgar, refunfuñó La Inca.) La llevó a los restaurantes más exclusivos de la capital, la llevó a los clubs que antes nunca habían tolerado a un prieto que no fuera músico cruzar la puerta (el tipo era así de poderoso, tanto como para romper la prohibición contra los negros), lugares como el Hamaca, el Tropicalia (aunque en el Country Club ni él podía). La alabó con unos piropos (según tengo entendido, escritos por un par de cyranos de la universidad que él contrató). La llevó al teatro, al cine, a bailes, le compró un amplio vestuario y cofres de pirata llenos de prendas, la presentó a celebridades famosas y, una vez, hasta al mismo Ramfis Trujillo —en otras palabras, la presentó al fokin mundo (por lo menos al circunscrito por la RD). Les sorprendería ver que incluso una muchacha tan testaruda como Beli, tan comprometida con su concepto idealizado del amor, podía encontrar en su corazón la manera de revisar sus opiniones, aunque fuera sólo por El Gángster.

Él era un tipo complicado (algunos dirían cómico), afable (algunos dirían ridículo) que la trataba de manera muy tierna y con gran consideración, y fue bajo él (literal y metafóricamente) que Beli terminó la educación comenzada en el restaurante. Era un hombre bien social, al que le gustaba pachanguear, ver y ser visto, y eso iba muy bien con los propios sueños de Beli. Pero también era un hombre con conflictos sobre su pasado. Por una parte, estaba orgulloso de lo que había logrado. Me hice yo mismo, le decía a Beli, solito. Tengo carros, casas, electricidad, ropa, prendas, pero de niño ni siquiera tenía un par de zapatos. Ni un par. No tenía familia. Era huérfano. ¿Entiendes?

Ella, huérfana también, entendía perfectamente.

Pero, por otra parte, sus crímenes lo atormentaban. Cuando bebía demasiado, y eso pasaba con frecuencia, murmuraba cosas como, Si supieras las diabluras que he cometido, no estarías aquí ahora. Y algunas noches ella se despertaba y lo encontraba llorando. ¡Fue sin querer! ¡Fue sin querer!

Y fue una de esas noches, mientras lo acunaba y le secaba las lágrimas, que de repente se dio cuenta de que quería a este Gángster.

¡Beli enamorada! ¡Segundo asalto! Pero a diferencia de lo que sucedió con Pujols, esto era de verdad: un amor puro, sin cortar ni adulterar, el Santo Grial que tanto fastidiaría a sus hijos toda la vida. Consideren cuánto Beli había deseado, hambrienta, la oportunidad de amar y ser amada (no tanto en tiempo real, pero sí una eternidad en el cronómetro de su adolescencia). Nunca tuvo la oportunidad en su primera niñez perdida; en los años intermedios su deseo se había duplicado como una katana[100] forjada y forjada hasta ser más afilada que la verdad. Con El Gángster nuestra muchacha por fin se realizó. ¿A quién le sorprende saber que en los últimos cuatro meses de su relación con él habría tal corriente de afecto? Como cabría esperar: ella, hija de La Caída, receptora de las radiaciones más fuertes, amaba atómicamente.

En cuanto a El Gángster, normalmente se habría cansado

[100][Una espada japonesa de un sólo filo.]

enseguida de una jevita que lo adorara con tanta intensidad, pero nuestro Gángster, a quien los vientos huracanados de la historia habían hecho encallar, se encontró correspondiéndole. Escribía cheques con la boca que su culo nunca podría cubrir. Le prometió que en cuanto se acabaran los líos con los comunistas la llevaría a Miami y a La Habana. ¡Te compraré una casa en cada lugar para que sepas cuánto te amo!

¿Una casa? ella susurró. El pelo se le erizaba. ¡No me digas mentiras!

Yo no miento. ¿Cuántos cuartos quieres?

¿Diez? preguntó vacilante.

Diez no es nada. ¡Veinte!

Las cosas que le metió en la cabeza. Alguien lo debía haber arrestado sólo por eso. Y créanme, La Inca lo pensó. Es un consentidor, se quejaba. ¡Un ladrón de inocencia! Sería difícil contradecirla: El Gángster era simplemente un chulo viejo que abusaba de la ingenuidad de Beli. Pero si lo miráramos, dique, desde un punto de vista más generoso, se *podría* pensar que El Gángster adoraba a nuestra muchacha y que la adoración era uno de los regalos más grandes que le habían hecho en su vida. Hacía a Beli sentirse requetebién, la sacudía hasta la médula. (*Sentí por primera vez como que era realmente dueña de mi piel, como que yo era ella, y ella era yo.*) Él la hacía sentir guapa y deseada y segura, y nunca nadie había hecho eso por ella. Nadie. En sus noches juntos, le pasaba la mano por el cuerpo desnudo, Narciso acariciando su piscina, murmurando, bella, bella, una y otra vez. (A él no le importaban las cicatrices de la quemadura en su espalda: Parecen una pintura de un ciclón y eso es lo que tú eres, mi negrita, una tormenta en la madrugada.) Aquel caballo viejo podía hacerle el amor del amanecer al anochecer, y fue él quien le enseñó todo sobre su cuerpo, sus orgasmos, sus ritmos, fue él quien le dijo, Tienes que ser audaz, y por eso debe honrársele, sin importar lo que sucedió al final.

Ese fue el affaire que incineró de una vez y por todas la reputación de Beli en Santo Domingo. Nadie en Baní sabía exactamente quién era o qué hacía El Gángster (él mantenía sus cosas calladas), pero bastaba con que fuera un hombre. En las mentes de los vecinos de Beli, esa comparona de prieta al fin había encontrado su verdadera posición en la vida… de cuero. Los viejos del barrio me han dicho que durante sus últimos meses en la RD, Beli pasó más tiempo en las cabañas que en la escuela —una exageración, estoy seguro, pero prueba de lo bajo que había caído nuestra muchacha en la valoración del pueblo. Y Beli tampoco ayudó a la causa. Era una mala ganadora: ahora que había dado el salto a un grado superior de privilegio, se pavoneaba por todo el barrio, alardeando y despreciando a todos y todo lo que no era El Gángster. Rechazaba al barrio como a un "infierno" y a sus vecinos por "brutos" y "cochinos", y se jactaba de que pronto estaría viviendo en Miami y no tendría que tolerar ese subpaís mucho más tiempo. Nuestra muchacha ya no mantenía la apariencia de respetabilidad ni en la casa. Llegaba a la hora que le daba la gana y se hacía la permanente en el pelo siempre que quería. La Inca no sabía ya qué hacer con ella; todos los vecinos le aconsejaron que le diera una paliza que la dejara hecha un guiñapo (es posible que hasta tengas que matarla, le dijeron con pesar), pero La Inca no podía explicar lo que había significado para ella encontrar a esa niña quemada trabada en un gallinero tantos años atrás, cómo había penetrado ese espectáculo en ella y cambiado todo, de modo que ahora no tenía fuerza para alzarle la mano. Sin embargo, nunca dejó de tratar de hacerla entrar en razón.

¿Qué pasó con la universidad?

No quiero ir a la universidad.

¿Entonces qué vas a hacer? ¿Ser novia de un gángster toda la vida? Tus padres, que en paz descansen, querían algo mejor para ti.

Le dije que no me hablara de esa gente. Usté es la única familia que conozco.

Y mira lo bien que me has tratado. Mira qué bien. Quizá la gente tenga razón, decía La Inca, desesperada. Quizá traes una maldición encima.

Beli se rió. Puede que usté traiga una maldición encima, pero yo no.

Hasta los chinos tuvieron que responder al cambio de actitud en Beli.

Te tenemos que dejar ir, dijo Juan.

No entiendo.

Éste se lamió los labios e intentó otra vez. Tenemos que tú ir.

Estás despedida, dijo José. Por favor deja el delantal en la barra.

El Gángster se enteró del asunto y al día siguiente algunos de sus matones les hicieron una visita a los Hermanos Then y, miren eso, nuestra muchacha se reincorporó enseguida al empleo. Pero ya no era lo mismo. Los hermanos no le hablaban, no le hacían cuentos de su juventud en China y Filipinas. Después de un par de días de ese tratamiento silencioso, Beli captó la indirecta y dejó de ir a trabajar.

Y ahora no tienes empleo, precisó La Inca amablemente.

No necesito trabajar. Él me va a comprar una casa.

¿Un hombre que nunca te ha llevado a su casa te está prometiendo que te va a comprar una? ¿Y tú lo crees? Ay, hija.

Sí, señores: nuestra muchacha creía.

Al fin y al cabo, ¡estaba enamorada! El mundo se deshacía: Santo Domingo estaba en medio de un caos total, el trujillato se tambaleaba, había controles policiales en cada esquina e incluso los muchachos con quienes ella había ido a la escuela, los más brillantes y mejores, estaban siendo barridos por el Terror. Una muchacha de El Redentor le dijo que habían encontrado al hermano menor de Jack Pujols conspirando contra El Jefe y ni la influencia del coronel había podido salvarlo: le habían sacado un ojo con descargas eléctricas. Beli no lo quería oír. Al fin y al cabo, ¡estaba enamorada! ¡Enamorada! Flotaba todo el día como una mujer con una contusión. El problema era que no tenía el número telefónico de El Gángster y ni siquiera una dirección (primera mala señal, muchachas), y él tenía el hábito de desaparecer varios días sin advertencia (mala señal número dos), y ahora que la guerra de Trujillo contra el mundo alcanzaba su amargo crescendo (y ahora que él tenía a Beli encerrada con candado), los días podían convertirse en semanas y, cuando reaparecía de "su negocio", olía a cigarrillos y a miedo viejo y lo único que quería hacer era rapar. Después, bebía whisky y murmuraba para sí junto a la ventana de la cabaña. Su pelo, Beli notó, se estaba volviendo canoso.

A ella no le gustaban para nada aquellas desapariciones. La dejaban en mala posición ante La Inca y los vecinos, que siempre le preguntaban con dulzura, ¿Dónde está tu salvador ahora, Moisés? Ella lo defendía contra todas las críticas, por supuesto —ningún bróder ha tenido mejor abogado— pero luego se desquitaba con él cuando regresaba. Ponía mala cara cuando reaparecía con flores; lo hacía llevarla a los restaurantes más caros; se pasaba el día pidiéndole que la sacara del barrio; le preguntaba qué coñazo había estado haciendo esos últimos X días; hablaba de las bodas que habían aparecido en el *Listín* y, para que vean que las dudas de La Inca no habían sido en vano: quería saber cuándo la iba llevar a su casa. ¡Hija de la gran puta, would you stop jodiéndome! ¡Estamos en medio de una guerra! Se le encimaba en su camiseta, agitando una pistola. ¿No sabes lo que hacen los comunistas con muchachas como tú? Te colgarán por tus hermosas tetas. Y entonces te las cortarán, ¡igual que les hicieron a las putas en Cuba!

Durante una de las ausencias más largas de El Gángster, aburrida y desesperada por escapar del gozo que veía en los ojos de sus vecinos, decidió que ya no aguantaba más —en otras palabras, decidió hacerle una última visita a sus antiguos pretendientes. Aparentemente, quería terminar las cosas de manera oficial, pero yo creo que lo único que pasaba era que estaba depre y necesitaba un poco de atención masculina. Lo cual está muy bien. Pero entonces incurrió en la clásica equivocación de contarles a esos hombres dominicanos lo del nuevo amor de su vida y lo feliz que era. Mis hermanas: Jamás hagan eso. Es tan inteligente como decirle al juez que está a punto de juzgarlas que en algún momento de la vida le metieron el dedo a su madre. El dealer del Fiat siempre tan amable, tan decoroso, le lanzó una botella de whisky, gritando, ¡Cómo me va a hacer feliz una mona tan estúpida y apestosa! Estaban en su apartamento en el malecón —por lo menos te enseñó su casa, diría Constantina con sarcasmo— y, de haber sido mejor su brazo derecho, Beli habría terminado en el piso, quizá violada y muerta, pero su fastball sólo la rozó y luego fue su turno en el montículo. Acabó con él con cuatro golpes a la cabeza, todos con la misma botella de whisky que él le había tirado. Cinco minutos más tarde, jadeando y descalza en un taxi, la Policía Secreta la detuvo después de haberla visto corriendo y fue en ese momento que ella se dio cuenta de que todavía tenía en la mano la botella con pelos sanguinolentos en uno de sus bordes: el pelo rubio del dealer del Fiat.

(*Una vez que oyeron lo que había pasado, me dejaron ir.*)

En su haber, Arquímedes se desempeñó de una manera más madura. (Quizá porque ella se lo dijo primero, antes de hacerse arrogante.) Después de su confesión, ella oyó un "ruidito" procedente del closet donde él se ocultaba y nada más. Cinco minutos de silencio y entonces ella susurró, Mejor me voy. (Nunca lo volvió a ver en persona, sólo en la TV, pronunciando discursos. Años después se preguntaría si todavía pensaba a veces en ella, como ella lo hacía en él.)

¿En qué andabas? El Gángster le preguntó la siguiente vez que se apareció.

En nada, le dijo, rodeándole el cuello con los brazos, en nada en absoluto.

Un mes antes de que todo explotara, El Gángster llevó a Beli de vacaciones a sus viejos refugios en Samaná.[101] Su primer viaje juntos, una ofrenda de paz después de una au-

[101]En mi primer borrador Samaná era realmente Jarabacoa, pero mi socia Leonie, experta residente en todas las cosas domo, precisó que en Jarabacoa no hay playas. Ríos hermosos sí, pero playas no. Leonie es también la persona que me informó que el perrito (véanse los primeros párrafos del primer capítulo, "El nerd del ghetto en el fin del mundo") no se popularizó hasta finales de los 80, principios de los 90, pero ése es un detalle que me sería imposible cambiar; me gusta demasiado la imagen. ¡Perdónenme, historiadores del baile popular, perdónenme!

sencia particularmente prolongada, una promesa de futuros viajes. Para esos capitaleños que nunca dejan la 27 de Febrero o que piensan que Gualey es el Centro del Universo: Samaná es una chulería. Uno de los autores de la Biblia del Rey Jaime sin duda viajó por el Caribe y muchas veces pienso que cuando se sentó a escribir los capítulos del Edén lo que tenía en mente era un lugar como Samaná. Porque *era* un Edén, un meridiano bendito donde el mar y el sol y el verde forjaron una unión y produjeron una gente obstinada que ninguna cantidad de prosa rimbombante pudiera describir. El Gángster estaba de buen ánimo: parecía que la guerra contra los subversivos marchaba bien. (Los tenemos corriendo, se regodeaba. Muy pronto todo estará bien.)

En cuanto a Beli, recordaría ese viaje como el momento más agradable que pasó en la RD. Nunca más oiría el nombre *Samaná* sin pensar en aquella última primavera de su juventud, la primavera de su perfección, cuando todavía era joven y bella. Samaná evocaría por siempre memorias de ellos haciendo el amor, de la barbilla áspera de El Gángster contra su cuello, del sonido del Mar Caribe enamorando esas playas sin defectos y sin centros turísticos, de la seguridad que ella experimentó, y la promesa.

Hay tres fotos de ese viaje y en todas ella está sonriendo.

Hicieron todo lo que a nosotros los dominicanos nos gusta hacer en vacaciones. Comieron pescado frito y chapalearon en el río. Caminaron por la playa y bebieron ron hasta que la carne detrás de los ojos les latía con fuerza. Fue la primera vez que Beli tuvo su propio espacio bajo control total, de modo que mientras El Gángster dormitaba en la paz de su hamaca, Beli se entretenía jugando a la esposa, haciendo un plano preliminar del hogar donde pronto vivirían. Por las mañanas sometía la cabaña a la más severa de las limpiezas y colgaba escandalosas cantidades de flores de cada viga y alrededor de cada ventana. Mientras tanto sus trueques de víveres y pescado con los vecinos resultaban en una espectacular comida tras otra, lo que demostraba las habilidades aprendidas durante los Años Perdidos. La satisfacción de El Gángster, las palmaditas que se daba en el estómago, la alabanza inequívoca, la suave emisión de gases mientras estaba tendido en la hamaca, ¡era música en sus oídos! (En su mente, esa semana se convirtió en su esposa en todo sentido salvo el legal.)

Ella y El Gángster hasta lograron hablar con intimidad. El segundo día, después que él le mostrara su viejo hogar, ahora abandonado y destruido por un huracán, ella preguntó: ¿Nunca extrañas no tener familia?

Estaban en el único restaurante agradable de la ciudad, donde El Jefe cenaba durante sus visitas (todavía hacen el cuento). ¿Ves a esa gente? Apuntó hacia la barra. Toda esa gente tiene familia, se les ve en la cara. Tienen familias que dependen de ellos y de quienes ellos dependen y para algunos de ellos eso es bueno, y para otros es malo. Pero al fin y al cabo, todo resulta ser la misma vaina, porque ninguno de ellos es libre. No pueden hacer lo que quieren y no pueden ser quienes deben ser. Puede que yo no tenga a nadie en el mundo, pero por lo menos soy libre.

Ella nunca había oído a nadie decir esas palabras. *Soy libre* no era una frase muy popular en la Era de Trujillo. Pero le llegó al corazón y puso en perspectiva a La Inca y a sus vecinos y a su vida aún por determinar.

Soy libre.

Quiero ser como tú, le dijo a El Gángster unos días más

tarde, cuando comían jaiba que ella había cocinado en una salsa de bija. Él le había estado hablando de las playas nudistas de Cuba. Tú hubieras sido la estrella del show, le dijo, pellizcándole un pezón y riendo.

¿Qué quieres decir con eso de que quieres ser como yo?

Quiero ser libre.

Sonrió y le dio una palmadita en la barbilla. Entonces lo serás, mi negra bella.

Al día siguiente la burbuja protectora del idilio al fin estalló y los problemas del mundo real se colaron a toda prisa. Una motocicleta conducida por un policía gordísimo llegó a la cabaña. Capitán, lo necesitan en el Palacio, dijo por debajo de la correa del casco. Más problemas con los subversivos, parece. Enviaré un carro por ti, prometió El Gángster. Espérame, dijo ella, iré contigo, no queriendo verse abandonada una vez más, pero él no oyó o no le importó. Espera, coño, gritó frustrada. Pero la motocicleta nunca aminoró la marcha. ¡Espera! Y el carro nunca llegó. Por suerte, Beli había desarrollado el hábito de robarle dinero mientras dormía a fin de poder mantenerse durante sus ausencias, de no ser así se hubiera quedado varada en aquella fokin playa. Después de esperar ocho horas como una pariguaya, tomó el bolso (dejó los corotos de él en la cabaña) y se marchó bajo el calor hirviente como una venganza en dos patas; caminó por lo que pareció medio día, hasta que al fin llegó a un colmado donde un par de campesinos insolados compartían una cerveza caliente mientras el colmadero, sentado bajo la única sombra, espantaba las moscas de sus dulces. Cuando se percataron de su presencia, todos se pusieron de pie en un salto. Para entonces la cólera de Beli se había consumido y lo único que quería era no dar un paso más. ¿Conocen a alguien con carro? Y al mediodía ya estaba camino a casa en un Chevy ahogado en polvo. Mejor aguante la puerta, aconsejó el chofer, porque se puede caer.

Pues que se caiga, dijo ella, los brazos cruzados con firmeza.

En algún momento pasaron por una de esas comunidades que, como ampollas dejadas de la mano de Dios, con frecuencia obstruyen las arterias existentes entre las ciudades principales, tristes colecciones de casuchas que parecen depositadas in situ por un huracán o alguna otra calamidad. En el único comercio visible colgaba de una soga un chivo de aspecto poco atrayente, despellejado para dejar ver su musculatura anaranjada y nervuda, salvo la cara, donde la piel, todavía intacta, semejaba una máscara fúnebre. Lo habían hecho hacía muy poco y la carne aún temblaba bajo la nube de moscas. Beli no sabía si había sido el calor o las dos cervezas que se había tomado mientras el colmadero buscaba a su primo, o si había sido el chivo desollado o vagos recuerdos de los Años Perdidos, pero nuestra muchacha juraría haber visto delante de una de las covachas a un hombre *sin cara* sentado en un sillón que la había saludado al pasar, pero antes de que le fuera posible confirmarlo, el pueblito había desaparecido en el polvo. ¿Viste algo? El chofer suspiró. Por favor, si casi no puedo mantener los ojos en el camino.

Dos días después de su regreso, el frío se le había asentado en la boca del estómago como si se hubiera ahogado algo allí dentro. No sabía qué le pasaba; vomitaba todas las mañanas.

Fue La Inca quien lo vio primero. Bueno, al fin lo lograste. Estás embarazada.

No, no lo estoy, dijo Beli con voz ronca mientras se limpiaba un puré fétido de la boca.

Pero sí lo estaba.

Revelación

Cuando el médico confirmó los peores temores de La Inca, Beli gritó de alegría. (Señorita, esto no es un juego, la regañó el médico.) Estaba cagada de miedo y llena de felicidad al mismo tiempo. No podía dormir maravillada por todo y, después de la revelación, se hizo extrañamente respetuosa y flexible. (¿Así que ahora estás contenta? Por Dios, muchacha, ¡mira que eres tonta!) Para Beli: ésta era la magia que había estado esperando. Se llevó la mano a la barriga todavía plana y oyó con toda claridad las campanas de boda, cerró los ojos y vio la casa que se le había prometido, con la que había soñado.

Por favor, no se lo digas a nadie, le rogó La Inca, pero por supuesto, ella se lo susurró a su amiga Dorca quien lo regó por todo el barrio. Al fin y al cabo, al éxito le encanta tener testigos, pero el fracaso no puede existir sin ellos. El bochinche corrió por todo su sector de Baní como un reguero de pólvora.

La siguiente vez que El Gángster apareció, ella se había emperifollado: estrenó un vestido, salpicó jazmín machacado en la ropa interior, fue a la peluquería y hasta se depiló las cejas como guiones de alarma gemelos. Él necesitaba un afeitado y un corte, y los pelos se encrespaban en las orejas y comenzaban a parecer un cultivo particularmente productivo. Hueles tan rico, gruñó, besando la suave inclinación de su cuello.

Adivina, ella le dijo, tímida y coqueta.

¿Que adivine qué?

Tras mayor reflexión

A su entender, él nunca le había dicho que se lo sacara. Pero más tarde, cuando trabajaba sin parar y se congelaba en los sótanos de apartamentos del Bronx, se había puesto a pensar que eso era precisamente lo que le había pedido. Pero como cualquier muchacha enamorada, solo oía lo que quería oír.

El juego de los nombres

Espero que sea varón, dijo ella.

Yo también, medio creyéndoselo.

Estaban en cama en una cabaña. En el techo giraba un ventilador, sus aspas perseguidas por media docena de moscas.

¿Qué segundo nombre le ponemos? se preguntaba emocionada. Tiene que ser algo serio, porque va a ser médico, como mi papá. Antes de que él pudiera responder, dijo: Lo llamaremos Abelard.

Él frunció el entrecejo. ¿Qué nombrete maricón es ése? *Si* el bebé es varón, lo llamaremos Manuel. Así se llamaba mi abuelo.

Creí que no conocías a tu familia.

Se alejó de ella. No me jodas.

Herida, bajó los brazos para sujetarse la barriga.

La verdad y las consecuencias 1

El Gángster le había dicho a Beli muchas cosas en el curso de su relación, pero había un detalle importante que nunca había revelado: que era casado. Estoy seguro de que ustedes ya lo habían adivinado. En fin, el tipo era *dominicano,* por Dios. Pero apostaría a que nunca hubieran imaginado con quién estaba casado.

Con una Trujillo.

La verdad y las consecuencias 2

Es verdad. La esposa de El Gángster era —¡repiqueteo de tambor, por favor!— ¡la fokin hermana de Trujillo! ¿De verdad creyeron que hubiera sido posible que un zángano de las calles de Samaná alcanzara los peldaños superiores del trujillato sólo con su trabajo? ¡Por favor, negro, por favor: éste no es un fokin cómic!

Sí, la hermana de Trujillo; aquella a la que afectuosamente le decían La Fea. Se habían conocido cuando El Gángster andaba de pachanga en Cuba; era una tacaña amargada que le llevaba diecisiete años. Habían trabajado mucho juntos en el negocio de la carne cuando, de repente, ella había quedado prendada de su irresistible joie de vivre. Él la alentó —reconocía una oportunidad fantástica cuando se le presentaba— y antes de que terminara el año ya estaban cortando el bizcocho y poniendo el primer pedazo en el plato de El Jefe. Todavía hay algunos que aseguran que La Fea en realidad había sido una profesional antes del ascenso de su hermano, pero eso parece más calumnia que otra cosa, como decir que Balaguer tuvo una docena de hijos ilegítimos y después usó el dinero del pueblo para callarlo —ay, esperen, eso sí es verdad, pero lo otro probablemente no lo sea— coño, ¿quién puede llevar la cuenta de lo que es verdad y lo que es mentira en un país tan baká[102] como el nuestro? Lo que sí se sabe es que los años anteriores al ascenso de su hermano la habían convertido en una mujer bien fuerte y bien cruel; no era ninguna pendeja y se comía a muchachas como Beli como si fueran pan de agua —si esto fuera Dickens, sería dueña de un burdel— pero no, esperen, ¡si era dueña de burdeles! Bueno, quizá Dickens la hubiera hecho operar un orfelinato. Era uno de esos personajes que sólo una cleptocracia pudo haber engendrado: tenía cientos de miles en el banco y ni un yuan de compasión en el alma; engañó a todos los que tuvieron trato con ella, incluido su hermano, y ya había llevado a dos respetables hombres de negocios a muertes tempranas después de exprimirles la última mota. Se sentaba en su inmensa casa en La Capital como una shelob[103] en su telaraña, manejando cuentas y dando órdenes a sus subordinados todo el día y algunas noches de fin de semana, celebraba tertulias donde sus "amigos" se reunían para soportar horas de poesía declamada por su hijo, carente hasta el ridículo de oído musical (era de su

[102] [Espíritu con quien se hacen pactos faustianos.]

[103] [La shelob es un personaje de Tolkien. Ella aparece al final del segundo volumen de *The Lord of the Rings: The Two Towers.*]

primera unión; ella y El Gángster nunca tuvieron hijos). Bueno, un buen día del mes de mayo un criado se le apareció en la puerta.

Déjalo, dijo ella con un lápiz en la boca.

Una inhalación. Doña, hay noticias.

Siempre hay noticias. Déjalo.

Una exhalación. Noticias sobre su esposo.

A LA SOMBRA DEL JACARANDÁ

Dos días después, Beli vagaba inquieta y aturdida por el parque central. Su pelo había visto mejores días. Estaba en la calle porque la casa con La Inca se le hacía insoportable y ahora que no trabajaba no tenía santuario en que refugiarse. Iba sumida en sus pensamientos, una mano en el vientre y la otra en la cabeza que tanto le dolía. Pensaba en la discusión que había tenido con El Gángster a principios de semana. Él estaba de un humor espantoso y le había gritado, de repente, que no quería traer un niño a un mundo tan terrible y ella le había contestado que el mundo no era tan terrible en Miami y entonces él, agarrándola por la garganta, había dicho que si tan apurada estaba por ir a Miami, que se fuera nadando. No había hecho intento alguno de comunicarse con ella desde entonces, por lo cual ella andaba vagando por las calles con la esperanza de encontrarlo. ¡Como si él anduviera por Baní! Tenía los pies hinchados, la cabeza le lanzaba al cuello su excedente de dolor y ahora dos hombres enormes, con el pelo en el mismo estilo pompadour, la asían por los brazos y la conducían al centro del parque, donde bajo un jacarandá decrépito había una señora mayor muy bien vestida, con guantes blancos y una hilera de perlas al cuello. Escudriñaba a Beli con los ojos inmutables de una iguana.

¿Sabes quién soy?

No sé quién carajo…

Soy Trujillo. Y también la esposa de Dionisio. Ha llegado a mis oídos que andas diciéndole a la gente que te vas a casar con él *y* que vas a tener su hijo. Bueno, estoy aquí para informarte, mi monita, que ninguna de esas dos cosas van a ocurrir. Estos dos oficiales, que como puedes ver son muy grandes y muy capaces, te van a llevar a un médico y, después que él haya limpiado ese toto podrido tuyo, no quedará bebé de que hablar. Y luego sería en tu mejor interés que no volviera a ver tu cara negra de culo otra vez, porque si la veo, yo misma te daré de comer a mis perros. Pero ya, basta de charla. Es la hora de tu cita. Despídete, no quiero que llegues tarde.

Beli pudo haber sentido que aquella vieja arrugada le había lanzado aceite hirviente, pero de todos modos tuvo los ovarios para escupir: Cómeme el culo, vieja repugnante y fea.

Vámonos, dijo el Elvis Número Uno, torciéndole el brazo detrás de la espalda y, con la ayuda de su socio, arrastrándola por todo el parque hasta un carro parqueado al sol como algo siniestro.

Déjame, gritó ella. Cuando levantó la vista, vio que había otro policía más sentado en el carro y, cuando él se volvió hacia ella, se dio cuenta de que no tenía rostro. Toda su fuerza se desvaneció.

Así mismito, ahora tranquila, dijo el más grande.

Qué final tan triste hubiera sido si nuestra muchacha no hubiera tenido la suerte de ver a José Then, que regresaba de una de sus partidas de juego, un periódico enrollado bajo el brazo. Trató de decir su nombre pero, como en esas pesadillas que todos padecemos, no tenía aire en los pulmones. No fue hasta que intentaron meterla a la fuerza en el carro y su mano rozó el cromo ardiente que encontró su voz. José, susurró, por favor sálvame.

Y el hechizo se rompió. ¡Cállate! Los Elvis le pegaron en la cabeza y la espalda pero era demasiado tarde: José Then se acercaba a todo correr y, detrás de él, un milagro, venían su hermano Juan y el resto del personal del Palacio Pekín: Constantina, Marco Antonio y Benny El Indio. Los Elvis intentaron sacar las pistolas, pero Beli les entraba a patadas, y entonces José plantó su hierro en la cabeza del más grande y todo el mundo se congeló, salvo, por supuesto, Beli.

¡Hijoeputas! ¡Estoy embarazada! ¿Entienden? ¡Embarazada! Se volvió hacia donde la vieja arrugada había dictado sentencia, pero ésta había desaparecido inexplicablemente.

Esta muchacha está detenida, dijo uno de los tipos, hosco.

No, no lo está. José arrebató a Beli de sus brazos.

¡Tú deja ella! gritó Juan, un machete en cada mano.

Oye, chino, no tienes idea de lo que estás haciendo.

Este chino sabe exactamente lo que está haciendo. José montó la pistola, un ruido terrible, como una fractura de costilla. Su cara era un rictus muerto y todo lo que había perdido brillaba en ella. Corre, Beli, dijo.

Y ella corrió, las lágrimas brotando de sus ojos, pero no antes de darles una última patada a los tipos.

Mis chinos, le contó a su hija, me salvaron la vida.

Vacilación

Debía haber seguido corriendo, pero fue directo a casa. ¿Lo pueden creer? Como todo el mundo en este maldito cuento, subestimó la profundidad de la mierda en que estaba metida.

¿Qué te pasa, hija? preguntó La Inca, dejando caer la sartén de su mano y aferrándose a la muchacha. Tienes que contármelo.

Beli sacudió la cabeza. No recuperaba el aliento. Cerró con pestillo la puerta y las ventanas y después se agachó en la cama, un cuchillo en la mano, temblando y llorando, el frío en su vientre como un pescado muerto. Quiero ver a Dionisio, lloriqueaba. ¡Quiero verlo ahora mismo!

¿Qué *pasó*?

Les digo que debía haber salido corriendo, pero tenía que ver a su Gángster, necesitaba que le explicara lo que sucedía. A pesar de todo lo que acababa de ocurrir, todavía tenía la esperanza de que él lo arreglaría, que su voz áspera le calmaría el corazón y detendría el miedo animal que le comía las tripas. Pobre Beli. Creía en El Gángster. Era leal hasta el fin. Y por eso fue que, un par de horas después, cuando un vecino gritó, Oye, Inca, el novio está afuera, ella salió dispará de la cama como si la hubieran lanzado, pasó volando junto a La Inca sin precaución alguna, corriendo descalza adonde la esperaba su carro. En la oscuridad no se dio cuenta de que no era en realidad su carro.

¿Nos extrañaste? preguntó uno de los Elvis, poniéndole las esposas en las muñecas.

Beli intentó gritar, pero era demasiado tarde.

La inca divina

Después que la muchacha salió dispará de la casa y después que los vecinos le informaron que la Policía Secreta se la había llevado, La Inca supo en su corazón acorazado que la muchacha estaba funtoosh,[104] que la Maldición de los Cabral al fin había logrado infiltrar su círculo. De pie en el mismo borde del barrio, rígida como un poste, mirando fijamente a la noche con desesperación, se sentía llevada por una fría marea de abatimiento, inagotable como nuestras necesidades. Pudo haber sucedido por mil razones (comenzando por el maldito Gángster), pero ninguna tan importante como el hecho de que había ocurrido. Varada en aquella oscuridad creciente, sin un nombre, una dirección o un pariente en el Palacio, La Inca casi sucumbe, casi se suelta de sus amarras y se deja llevar como una niña, como una maraña de uva de mar más allá del filón brillante de su fe y dentro de las oscuras cuencas. Fue en esa hora de tribulación, sin embargo, que una mano se extendió hacia ella y le recordó quién era. Myotís Altagracia Toribio Cabral. Una de las Poderosas del Sur. *Tienes que salvarla,* dijo el espíritu de su marido, *o nadie más lo hará.*

Sobreponiéndose a la fatiga, hizo lo que muchas mujeres como ella hubieran hecho. Se plantó frente al retrato de La Virgen de Altagracia y rezó. Nosotros, los plátanos postmodernos, tendemos a desechar la devoción católica de nuestras viejas como algo atávico, un retroceso embarazoso a los viejos tiempos, pero es exactamente en esos momentos,

[104][En el argot del sureste asiático, acabada.]

cuando toda esperanza se ha evaporado, cuando el final se acerca, que el rezo cobra dominio.

Permítanme asegurarles, Verdaderos Creyentes: en los anales de la piedad dominicana nunca ha existido un rezo como aquél. Los rosarios cableaban por los dedos de La Inca como sedal volando en manos de un pescador. Y antes de que se pudiera decir ¡Santo! ¡Santo! ¡Santo! tenía a su alrededor una multitud de mujeres, jóvenes y viejas, fieras y mansas, serias y alegres, incluso las que antes habían chismoseado sobre la muchacha y la habían llamado puta. Llegaron sin invitación y se sumaron a la plegaria sin siquiera un murmullo. Dorca estaba allí, y la esposa del dentista, y muchas, muchas más. Enseguida el lugar se llenó de fieles y pulsaba con un espíritu tan denso que se rumoró que el mismo Diablo tuvo que evitar el Sur durante meses. La Inca no se dio cuenta. Un huracán podía haberse llevado la ciudad entera y no habría roto su concentración. Su cara veteada, su cuello nervudo, la sangre que rugía en sus oídos. Estaba demasiado perdida, demasiado entregada a la tarea de extraer a la muchacha del Abismo. Tan furioso y tan implacable era el paso de La Inca, de hecho, que algunas mujeres sufrieron el *shetaat* (el agotamiento espiritual) y se desvanecieron, para jamás sentir de nuevo en su cuello el aliento divino del Todopoderoso. Incluso una perdió la capacidad de distinguir el bien del mal y años después se convirtió en una de las principales diputadas de Balaguer. Para cuando terminaba la noche, sólo quedaban tres del círculo original: La Inca, por supuesto, su amiga y vecina Momona (quien se decía podía curar las verrugas y fertilizar un huevo con una sola mirada), y una niña valerosa de siete años cuya piedad se había visto oscurecida hasta ese momento por una tendencia a soplarse los mocos de la nariz como un hombre.

Rezaron hasta la extenuación y más allá, hasta ese lugar brillante donde la carne muere y renace, donde todo es agonía y, al fin, justo cuando La Inca sentía que su espíritu comenzaba a soltarse de sus piñones terrenales, justo cuando el círculo comenzaba a disolverse...

Opción y consecuencias

Iban hacia el este. En aquellos días las ciudades todavía no se habían metastatizado en kaiju,[105] amenazándose unas a otras con humo e ingentes hileras de casuchas; en aquellos días sus límites eran un sueño corbusiano: lo urbano simplemente desaparecía con la rapidez de un latido. Un segundo estabas en las profundidades del siglo XX (bueno, del siglo XX del Tercer Mundo) y el siguiente te encontrabas sumergido 180 años atrás en ondulantes cañaverales. La transición entre estos estados era como en alguna fokin máquina del tiempo. La luna, se ha dicho, estaba llena y su luz, que llovía entre las hojas de los eucaliptos, creaba una atmósfera espectral.

El mundo afuera era tan hermoso, pero dentro del carro...

La habían estado golpeando y el ojo derecho se le había inflamado hasta convertirse en un tajo maligno, el pecho derecho se le había hinchado tan absurdamente que parecía a punto de estallar, tenía el labio partido y algo andaba mal en

[105][Japonés para "bestia extraña", o monstruo.]

la quijada: no podía tragar sin sentir un dolor atroz. Gritaba cada vez que le pegaban, pero no lloró, ¿entienden? Su ferocidad me asombra. No les iba a dar el gusto. Había tanto miedo, el miedo escalofriante que hiela la sangre cuando se saca una pistola, el miedo de despertarse y encontrar a un hombre de pie junto a la cama, pero era un miedo contenido, una nota sostenida indefinidamente. Tremendo miedo, y sin embargo se negaba a mostrarlo. Cómo odiaba a aquellos hombres. Toda la vida los odiaría y nunca los perdonaría, nunca los perdonaría, y jamás podría pensar en ellos sin sucumbir a un vórtice de rabia. Cualquier otro habría vuelto la cara para evitar los golpes, pero Beli ofrecía la suya. Y entre puñetazos subía las rodillas para proteger su barriga. Estarás bien, susurraba con la boca partida. Vivirás.

Dios mío.

Detuvieron el carro en el borde de un camino y la internaron en el cañaveral. Anduvieron hasta que la caña rugía tanto que sonaba como si estuvieran en medio de una tormenta. Nuestra muchacha movía la cabeza para quitarse el pelo de la cara y sólo podía pensar en su pobre hijito, y ésa fue la única razón por la que comenzó a llorar.

El tipo grande le dio una porra a su socio.

Vamos a apurarnos.

No, dijo Beli.

Cómo sobrevivió nunca lo sabré. La batieron como a una esclava. Como a una perra. Permítanme dejar a un lado la violencia real e informar en su lugar del daño infligido: la clavícula, trizas; el húmero derecho, una triple fractura (nunca más tendría mucha fuerza en ese brazo); cinco costillas, rotas; el riñón izquierdo, contusionado; el hígado, contusionado; el pulmón derecho, colapsado; los dientes delanteros, arrancados. Unos 167 puntos de daños en total y fue sólo por casualidad que aquellos fokin hijoeputas no le cascaran el cráneo como un huevo, aunque la cabeza se le hinchó hasta las proporciones del hombre elefante. ¿Hubo tiempo para una o dos violaciones? Sospecho que sí, pero nunca lo sabremos porque no fue algo de lo que ella habló. Todo lo que se puede decir es que fue el final de la palabra, el final de la esperanza. Fue la clase de paliza que destroza a la gente, que la destroza por completo.

Durante casi todo el trayecto en el carro, y aún en los primeros compases de aquella sinfonía salvaje, mantuvo la tonta esperanza de que su Gángster la salvaría, que saldría de la oscuridad con una arma y un indulto. Y cuando se hizo evidente que no habría rescate, fantaseó que, en caso de desvanecimiento, la visitaría en el hospital y allí se casarían, él de traje y ella enyesada por completo, pero el ruido repugnante de su húmero al partirse reveló que eso también era plepla, y todo lo que quedaba era la agonía y la insensatez. Durante un desmayo, lo volvió a ver desaparecer en aquella motocicleta, sintió que el pecho se le apretaba cuando le gritaba que la esperara, que esperara. Vio por un breve instante a La Inca rezando en su cuarto —el silencio que había ahora entre ellas era más fuerte que el amor— y en el ocaso de su fuerza menguante se abrió una soledad tan completa que estaba más allá de la muerte, una soledad que borraba toda memoria, la soledad de una infancia en que ni siquiera tuvo su propio nombre. Y era en esa soledad que se deslizaba, y era allí que viviría siempre, sola, negra, fea, arañando el polvo con un palillo, simulando que sus garabatos eran letras, palabras, nombres.

Toda esperanza había desaparecido, pero entonces, Verdaderos Creyentes, como la mano de los propios Antepasados: un milagro. Justo cuando nuestra muchacha debía desaparecer por el horizonte, justo cuando el frío de la devastación le subía por las piernas, encontró en sí misma un último depósito de fuerza: su magia Cabral... y todo lo que tuvo que hacer fue comprender que la habían engañado de nuevo, que se la habían *jugado* otra vez, El Gángster, Santo Domingo, sus propias y estúpidas necesidades. Como Superman en *Dark Knight Returns,* que drenó de una selva entera la energía fotónica que necesitaba para sobrevivir a Coldbringer, así extrajo nuestra Beli de su cólera su propia supervivencia. Es decir, fue su coraje lo que le salvó la vida.

Como una luz blanca aquí dentro. Como un sol.

Volvió en sí bajo la feroz luz de la luna. Una muchacha destrozada, sobre cañas destrozadas.

Dolor por todas partes pero viva. Viva.

Y ahora llegamos a la parte más extraña de nuestra historia. No puedo decir si lo que cuento es producto de la imaginación sacudida de Beli o algo enteramente distinto. Hasta El Vigilante tiene sus silencios, sus páginas en blanco. Pocos se han aventurado más allá de la Pared de la Fuente...[106] Pero cualquiera que sea la verdad, recuerden: Los dominicanos son caribeños y, por lo tanto, muestran una tolerancia extraordinaria hacia los fenómenos extremos. ¿Cómo, si no, habríamos podido sobrevivir a lo que hemos sobrevivido? Así que cuando Beli iba y venía entre la vida y la muerte, a su

[106][La Pared de la Fuente es una estructura ficticia en el universo DC. La pared está en el borde del universo conocido. Teóricamente, es pasable. Sin embargo, todos los que intentan cruzarla inevitablemente quedan atrapados en ella.]

lado apareció una criatura que habría sido una mangosta amable de no ser por los ojos dorados de león y el negro absoluto de la piel. Era bastante grande para su especie y colocó sus pequeñas e inteligentes patas en el pecho de Beli y la miró fijamente.

Tienes que levantarte.

Mi bebé, Beli lloró. Mi hijo precioso.

Hypatía, tu bebé está muerto.

No, no, no, no, no.

La mangosta le tiró del brazo que no estaba roto. *Tienes que levantarte ahora o nunca tendrás tu hijo o tu hija.*

¿Qué hijo? se lamentó. ¿Qué hija?

Los que están por llegar.

Todo estaba oscuro y sus piernas temblaban bajo ella como el humo.

Tienes que seguir.

La mangosta se metió entre la caña y Beli, pestañeando para limpiarse las lágrimas, comprendió que no tenía idea alguna de cómo salir de ahí. Como ustedes saben, los cañaverales no son ninguna fokin broma e incluso el más listo de los adultos puede confundirse en sus laberintos infinitos y reaparecer meses después como un camafeo de huesos. Pero antes de que Beli perdiera la esperanza, oyó la voz de la criatura. ¡Ella (porque tenía dejo de hembra) cantaba! Tenía un acento que Beli no podía situar: quizá venezolano, quizá colombiano. *Sueño, sueño, sueño, ¿como tú te llamas?* Beli se aferró con vacilación a la caña, como un anciano que se agarra a una hamaca y, jadeando, dio el primer paso, un largo mareo, luchando para no desmayarse, y luego el siguiente. Fue un avance precario porque sabía que si se caía, nunca se volvería a poner en pie. A veces veía los ojos de chabine de la criatura destellar entre las cañas. *Yo me llamo sueño de la madrugada.* Las cañas no querían que se fuera, por supuesto; le cortaron las palmas de las manos, le pincharon los flancos y le arañaron los muslos, y su dulce hedor le obstruía la garganta.

Cada vez que pensaba que se iba a caer se concentraba en las caras del futuro que le había sido prometido —los hijos prometidos— y así tuvo la fuerza necesaria para continuar. Tomó de la fuerza, de la esperanza, del odio, de su corazón invencible, cada uno un pistón diferente que la llevaba adelante. Al fin, cuando lo había agotado todo, cuando comenzó a caerse de cabeza, cuando cayó como un boxeador con las piernas pesadas, estiró el brazo ileso hacia fuera y lo que la saludó no fue la caña, sino el mundo abierto a la vida. Sintió el asfalto bajo sus pies rotos y desnudos, y el viento. ¡El viento! Pero tuvo sólo un segundo para saborearlo, porque justo en ese momento un camión sin luces salió de la oscuridad con el rugido de sus cambios de velocidad. Qué vida, pensó, toda esa lucha para que me arrollen como a un perro. Pero no la aplastaron. El chofer, que después juró haber visto algo leonado en la oscuridad, con ojos como terribles lámparas de ámbar, dio un frenazo y se detuvo a unas pulgadas de donde se tambaleaba Beli, desnuda y manchada de sangre.

Miren eso: el camión llevaba un conjunto de perico ripiao que acababa de tocar en una boda en Ocoa. Les hizo falta todo el valor que tenían para no dar la vuelta y salir disparaos de allí. Gritaban: ¡Es un baká, una ciguapa; no, una haitiana! Y fueron silenciados por el vocalista, quien gritó: ¡Es una muchacha! Los miembros del conjunto colocaron a Beli entre sus instrumentos, la cubrieron con sus chacabanas y le lavaron la cara con el agua que llevaban para el radiador y para diluir el klerín.[107] La miraban con fijeza, frotándose los labios y pasándose las manos nerviosas por el poco pelo de sus cabezas.

¿Qué creen que pasó?

Pa mí que la atacaron.

Sería un león, ofreció el chofer.

Quizá se cayó de un carro.

Parece que se cayó *debajo* de un carro.

Trujillo, ella susurró.

Horrorizados, los músicos se miraron unos a otros.

Debemos dejarla.

El guitarrista estuvo de acuerdo. Debe de ser una subversiva. Si la encuentran con nosotros, la policía nos mata.

Pónganla en la carretera de nuevo, pidió el chofer. Que el león se la acabe de comer.

Silencio, y entonces el vocalista encendió un fósforo y lo sostuvo en el aire y en esa astilla de luz se reveló una mujer de facciones romas y los ojos dorados de un chabine. No la vamos a dejar, dijo el vocalista con un curioso acento cibaeño, y sólo entonces Beli entendió que estaba salvada.[108]

[107] [Aguardiente haitiano.]

[108] La Mangosta, una de las grandes partículas inestables del Universo, y también una de las grandes viajeras, acompañó a la humanidad cuando salió de África y, después de un largo tiempo en la India saltó a una nave para llegar a la otra India, es decir, el Caribe. Desde su primera aparición escrita —675 a.n.e. en la carta de un escribano anónimo a Esarhaddon (un rey de Asiria que gobernó de 681 a 669 a.n.e.), el padre de Assurbanipal (el gran rey de Asiria, famoso por ser uno de los pocos reyes de la antigüedad que podía leer y escribir, fundador de una de las primeras y más extensas bibliotecas de aquellos tiempos)— la Mangosta se ha demostrado enemiga de carros, de cadenas y de jerarquías. Como se supone aliada del ser humano, muchos Vigilantes sospechan que la Mangosta llegó a nuestro mundo de otro, pero hasta la fecha no se ha desenterrado prueba alguna de tal migración.

FUKÚ VS. ZAFA

Todavía hay muchos, dentro y fuera de la isla, que ofrecen esta paliza casi mortal de Beli como prueba irrefutable de que la Casa Cabral era, de hecho, víctima de un fukú de altísimo nivel, la versión local de la Casa Atreides.[109] ¿Dos trujilíos en el curso de una vida? ¿Qué carajo podía ser si no eso? Pero hay otros que cuestionan esa lógica, sosteniendo que la supervivencia de Beli debe de ser prueba de lo contrario. Al fin y al cabo, la gente maldita tiende a no salir arrastrándose de los cañaverales con una espantosa lista de lesiones, para luego ser rescatada en medio de la noche por un camión lleno de músicos compasivos que la llevan sin demora a la casa de una "madre" con conexiones espectaculares en la comunidad médica. Si estas serendipias significan algo, decía esa gente, es que nuestra Beli está bendecida.

¿Y el hijo muerto?

El mundo tiene suficientes tragedias como para que no sea necesario recurrir a las maldiciones en busca de explicación.

Conclusión que La Inca no habría discutido. Hasta el día de su muerte, creyó que Beli no se había encontrado con una maldición, sino con Dios, en aquel cañaveral.

Vi algo, diría Beli con cautela.

[109][La Casa Atreides es una familia noble del universo de *Dune,* creado por Frank Herbert. Los miembros de esta gran casa, parte del imperio interestelar feudal conocido como el Imperium, desempeñan diversos papeles en cada novela de la serie. Se sugiere que la raíz de la línea de Atreides es la casa mitológica griega de Atreus.]

Otra vez entre los vivos

Estuvo en estado crítico, les digo, hasta el quinto día. Y cuando al fin volvió en sí lo hizo *gritando*. Sentía que le habían cortado el brazo por el codo con una rueda de molino, que le habían coronado la cabeza con un aro ardiente de hojalata, que el pulmón no era más que el cadáver de una piñata rota —¡Jesucristo! Comenzó a llorar casi de inmediato, pero lo que nuestra muchacha no sabía era que durante casi media semana la habían atendido en secreto dos de los mejores médicos de Baní, amigos de La Inca y antitrujillistas hasta la médula. Le fijaron y enyesaron el brazo, cosieron y cerraron los espantosos tajos en su cuero cabelludo (sesenta puntos en total, empaparon sus heridas con mercurocromo suficiente como para desinfectar un ejército, le inyectaron morfina y la vacunaron contra el tétanos). Muchas noches de preocupación en vela, pero lo peor parecía que había pasado. Esos médicos, con la ayuda espiritual del grupo de Biblia de La Inca, habían realizado un milagro, y todo lo que faltaba era que sanase. (Qué bueno que sea tan fuerte, dijeron los médicos, mientras empaquetaban sus estetoscopios. La Mano de Dios está con ella, las líderes del rezo confirmaron, guardando sus Biblias.) Pero bendita no era como nuestra muchacha se sentía. Después de un par de minutos de llanto histérico, de ajustarse al hecho de la cama, al hecho de su vida, pronunció muy bajito el nombre de La Inca.

De junto a la cama llegó la voz reservada de su Benefactora: No hables. A menos que sea para darle gracias al Salvador por tu vida.

Mamá, lloró Beli. *Mamá.* Mataron a mi bebé, trataron de matarme...

Y no pudieron, dijo La Inca. Y no fue por falta de esfuerzo. Le puso la mano en la frente.

Ahora debes callar. Estar tranquila.

Esa noche fue una tortura tardo-medieval. Beli alternaba entre el llanto silencioso y ráfagas de rabia tan feroces que amenazaban con lanzarla de la cama y reabrir sus heridas. Como una mujer poseída, se enterraba en el colchón, rígida como una tabla, agitaba el brazo bueno, batía las piernas, escupía y maldecía. Lloraba —a pesar de su pulmón perforado y sus costillas fraturadas— lloraba inconsolablemente. Mamá, me mataron a mi hijo. Estoy sola, estoy sola.

¿Sola? La Inca se le acercó. ¿Quieres que llame a tu Gángster?

No, murmuró.

La Inca la miró. Yo tampoco lo llamaría.

Esa noche Beli navegó en un gran océano de soledad, zarandeada por chubascos de desesperación, y una de las veces que se quedó dormida, soñó que había muerto de verdad y para siempre y que ella y su hijo compartían un ataúd. Cuando al fin despertó, ya era noche y, afuera en la calle, se desplegaba un grado de pena como nunca antes había conocido, una cacofonía de lamentos que parecía haber sido arrancada del alma resquebrajada de la propia humanidad. Como una canción fúnebre para el planeta entero.

Mamá, jadeó, *mamá.*

¡Mamá!

Tranquilízate, muchacha.

Mamá, ¿eso es por mí? ¿Me estoy muriendo? Dime, mamá.

Ay, hija, no seas ridícula. La Inca puso las manos, como guiones torpes, alrededor de la muchacha. Bajó la boca a su oído: Es Trujillo.

Lo mataron a balazos, susurró, la misma noche que habían secuestrado a Beli.

Nadie sabe nada todavía. Salvo que está muerto.[110]

[110]Dicen que iba rumbo a un culo aquella noche. ¿A alguien le sorprende? Un culócrata consumado hasta el final. Quizá en su última noche, El Jefe, arrellanado en el asiento trasero de su Bel Air, pensaba sólo en el toto rutinario que lo esperaba en la Estancia Fundación. Quizá no pensaba en nada. ¿Quién sabe? En cualquier caso: un Chevrolet negro se aproxima con rapidez, como la misma Muerte, repleto de asesinos de las clases más altas pagados por Estados Unidos, y ahora los dos carros se acercan a los límites de la ciudad, donde terminan los faroles (porque, que conste, la modernidad tiene sus límites en Santo Domingo) y en la distancia oscura se cierne la feria ganadera donde diecisiete meses antes otro joven había intentando asesinarlo. El Jefe le pide a su chofer, Zacarías, que ponga el radio, pero —qué apropiado— hay una lectura de poesía y entonces lo apaga. Puede que la poesía le recuerde a Galíndez.

Puede que no.

El Chevy negro hace, inofensivamente, una señal con sus luces, pidiendo pasar, y Zacarías, pensando que es la Policía Secreta, cumple y baja la velocidad, y cuando los carros están uno al lado del otro, la escopeta en mano de Antonio de la Maza (cuyo hermano —qué sorpresa— fue asesinado cuando se encubrió lo de Galíndez... lo que demuestra que siempre hay que tener cuidado al matar nerds porque nunca se sabe quién vendrá detrás de ti) hace ¡bu-ya! Y ahora (según la leyenda) El Jefe grita, ¡Coño, me hirieron! La segunda ráfaga de la escopeta le da a Zacarías en el hombro y casi detiene el carro, por el dolor y choque y sorpresa. Aquí ahora viene el intercambio famoso: Coge las armas, dice El Jefe. Vamos a pelear. Y Zacarías dice: No, Jefe, son muchos, y El Jefe repite: Vamos a pelear. Podía haberle ordenado a Zacarías que le diera vuelta al carro y regresara a la seguridad de su capital pero, por el contrario, decidió terminar como Tony Montana (el violento protagonista de la película de gángsters *Scar Face* de Brian de Palma). Tambaleándose, Trujillo sale del Bel Air acribillado a balazos, con un .38 en la mano. El resto es, por supuesto, historia, y si esto fuera una película se tendría que filmar en cámara lenta al estilo de John Woo. Le dispararon veintisiete veces —qué número tan dominicano— y se dice que a pesar de sufrir cuatrocientos puntos de daño, Rafael Leónidas Trujillo Molina, herido mortalmente, dio dos pasos hacia el lugar donde nació, San Cristóbal, porque, como sabemos, todos los niños, buenos y malos, al fin encuentran su camino a casa; pero, pensándolo mejor, se volvió a La Capital, su ciudad querida, y cayó por última vez. Zacarías, a quien una ronda de .357 le había arrugado la región centroparietal, cayó en la hierba junto a la carretera; milagro de milagros, sobreviviría para hacer el cuento del ajusticiamiento. De la Maza, quizá pensando en su pobre hermano difunto a quien le habían tendido la trampa, le quitó el .38 de la mano muerta a Trujillo y le disparó a la cara, pronunciando las palabras ahora tan famosas: Este guaraguao ya no comerá más pollito. Y entonces los asesinos escondieron el cadáver de El Jefe... ¿dónde? En el maletero, por supuesto.

Y así murió el viejo Fuckface. Y entonces pasó la Era de Trujillo (*maomeo*).

He ido muchas, muchas veces al tramo de la carretera donde lo mataron. No hay nada que reportar, salvo que la guagua de Haina por poco me arrolla cada vez que cruzo la carretera. Durante algún tiempo oí que esa parte del camino era refugio de la gente que más preocupaba a El Jefe: los maricones.

La Inca, en deterioro

Todo esto es verdad, plataneros. Con la energía espiritual del rezo, La Inca le salvó la vida a la muchacha, le metió un zafa de grado A+ al fukú de la familia Cabral (¿pero a qué precio?). Todos en el barrio les podrán contar que, poco después que la muchacha se escurrió del país, La Inca empezó a degenerar, como Galadriel[111] después de la tentación del anillo… por la tristeza provocada por los fallos de la muchacha, algunos dirán, pero otros señalarán hacia esa noche de rezo hercúleo. No importa qué prefieran, lo que no se puede negar es que después que Beli se fuera, el pelo de La Inca se comenzó a hacer de un blanco nevado y, para cuando Lola vino a vivir con ella, ya no era la Gran Potencia que había sido. Sí, le había salvado la vida a la muchacha, ¿pero para qué? Beli seguía siendo profundamente vulnerable. Al final de *The Return of the King,* "un gran viento" se llevó el mal de Sauron y lo "sopló lejos", sin consecuencias duraderas para nuestros héroes,[112] pero Trujillo era demasiado poderoso, su radiación demasiada tóxica para que se disipara con tanta facilidad. Aún después de su muerte, su mal *persistía.* En cuestión de horas del baile bien pegao de El Jefe con esas veintisiete balas, sus subordinados enloquecieron —satisfaciendo, dique, su última voluntad y venganza. Una gran oscuridad descendió en la isla y por tercera vez después del ascenso de Fidel, el hijo de Trujillo, Ramfis, detuvo a mucha

[111][Galadriel, una duende de la realeza, es un personaje de Tolkien.]

[112]"Y cuando los Capitanes miraron hacia el sur a La Tierra de Mordor, les parecía a ellos que, negro contra el paño mortuorio de la nube, se levantaba la forma gigantesca de una sombra, impenetrable, coronada por un relámpago, y cubría todo el cielo. Enorme, se alzó sobre el mundo y estiró hacia ellos una mano que amenazaba, terrible pero impotente; porque aún mientras se inclinaba sobre ellos, un gran viento lo tomó y lo sopló lejos, y así pasó; entonces cayó un silencio".

gente, y una buena cantidad fue sacrificada de la manera más depravada que cabría imaginar: la orgía de terror como celebración fúnebre, regalo del hijo al padre. Incluso una mujer tan poderosa como La Inca, que con el anillo mágico de su voluntad había forjado en Baní su propio Lothlorien,[113] sabía que no podría proteger a la muchacha contra un asalto directo del Ojo. ¿Qué frenaría a los asesinos de regresar y terminar lo que habían comenzado? Después de todo, habían matado a las famosas Hermanas Mirabal,[114] que tenían renombre; ¿qué los pararía de matar a su pobre negrita huérfana? La Inca sentía el peligro de modo palpable, íntimo. Y quizá fuera la tensión de su último rezo, pero cada vez que le echaba un vistazo a la muchacha, podría jurar que tenía una sombra justo detrás del hombro que desaparecía tan pronto trataba de enfocarla. Una sombra oscura y horrible que le desgarraba el corazón. Y parecía estar creciendo.

La Inca necesitaba hacer *algo,* así que, aunque todavía no recuperada de su gran Ave María, pidió ayuda a sus antepasados y a Jesucristo. Rezó de nuevo. Pero además de eso, para mostrar su devoción, hizo ayuno. Como la Madre Abigail.[115] No comió nada salvo una naranja, no bebió nada que no fuera agua. Después de ese último consumo de piedad, su espíritu quedó alborotado. No sabía qué hacer. Tenía la mente de una mangosta pero, en fin, no era una mujer de mucho mundo. Habló con sus amigos, que estaban a favor

[113][En la ficción de Tolkien, Lothlorien es el reino más justo del bosque de los duendes y desempeña un papel importante como el centro de la resistencia contra Sauron.]

[114]¿Y dónde fueron asesinadas las Hermanas Mirabal? En un cañaveral, por supuesto. ¡Y luego metieron sus cuerpos en un carro y simularon un accidente! Vaya, ¡un dos por uno!

[115][Personaje de la novela *The Stand* de King.]

de enviar a Beli al campo. Estará segura allí. Habló con su sacerdote. Debes rezar por ella.

Al tercer día, le vino. Soñaba que ella y su marido difunto estaban en la playa donde él se había ahogado. Él estaba prieto otra vez como siempre en verano.

Tienes que sacarla de aquí.

Pero la encontrarán en el campo.

Tienes que enviarla a Nueva York. Sé de buena tinta que ésa es la única manera.

Y entonces entró muy ufano en el agua; ella intentó llamarlo, Vuelve por favor, pero él no escuchó.

Su consejo del otro mundo era demasiado terrible para tomarlo en cuenta. ¡Exilio en el norte! A Nueva York, una ciudad tan extraña que ella misma nunca había tenido los ovarios para visitar. Perdería a la muchacha y La Inca habría fracasado en su gran causa: sanar las heridas de la Caída, resucitar la Casa Cabral. ¿Y quién sabía qué le podía suceder a la muchacha entre los yanquis? A su manera de ver, Estados Unidos no era más que un país plagado de gángsters, putas y zánganos. Sus ciudades estaban repletas de máquinas e industria, tan ahogadas en sinvergüencería como Santo Domingo en calor, un cuco calzado en hierro, exhalando humos, con la promesa relumbrante de una moneda enterrada en la profundidad oscura y fría de sus ojos. ¡Cómo luchó La Inca consigo misma esas largas noches! ¿Pero en qué lado estaba Jacob y en qué lado el Ángel? Al fin y al cabo, ¿quién podía decir cuánto tiempo les quedaba a los Trujillo en el poder? Ya la energía necromántica de El Jefe disminuía y en su lugar se podía sentir algo como un viento. Los rumores volaban tan densos como ciguas. Rumores de que los cubanos se preparaban para invadir, que se habían visto a marines en el horizonte. ¿Quién sabía lo que traería el mañana? ¿Por qué enviar fuera a su muchacha querida? ¿Por qué *precipitarse*?

La Inca se encontró prácticamente en el mismo aprieto que el papá de Beli dieciséis años atrás, cuando la Casa Cabral se enfrentó por primera vez al poder de los Trujillo: tratando de decidir si actuar o no.

Incapaz de elegir, rezó por más orientación: otros tres días sin alimento. ¿Quién sabe que hubiera pasado si los Elvis no se hubieran aparecido de nuevo? Nuestra Benefactora podía haber quedado exactamente como la Madre Abigail. Pero, gracias a Dios, los Elvis la sorprendieron barriendo frente de la casa. ¿Usted se llama Myotís Toribio? Sus cabezas estilo pompadour, parecían carapachos de los escarabajos. Músculos africanos recubiertos por pálidos trajes de verano y, debajo de las chaquetas, crujían las fundas engrasadas de sus armas de fuego.

Queremos hablar con su hija, Elvis Uno gruñó.

Ahora mismo, Elvis Dos agregó.

Por supuesto, dijo ella, y cuando salió de la casa con un machete, los Elvis se retiraron al carro, riéndose.

Elvis Uno: Volveremos, vieja.

Elvis Dos: Usté verá.

¿Quiénes eran? Beli preguntó desde su cama, sus manos agarrando su barriga inexistente.

Nadie, dijo La Inca, poniendo el machete al lado de la cama.

La noche siguiente, "nadie" disparó e hizo un agujero en la puerta principal de la casa.

Las otras dos noches ella y la muchacha durmieron debajo de la cama y a los pocos días, le dijo: Pase lo que pase, quiero que recuerdes que tu padre fue un médico, un *médico*. Y tu madre una enfermera.

Y, al fin, las palabras: Debes irte.

Quiero irme. Odio este lugar.

Para entonces, ya la muchacha podía llegar al retrete por su propia cuenta. Había cambiado mucho. De día, se sentaba en la ventana en silencio, muy parecida a La Inca después que su marido se ahogó. No sonreía, no se reía, no hablaba con nadie, ni siquiera con su amiga Dorca. Un velo oscuro había caído sobre ella, como café sobre nata.

No entiendes, hija. Tienes que irte del país. Si no, te matarán.

Beli se rió.

Ay, Beli; no tan a la ligera, no tan a la ligera: ¿Qué sabías tú de estados o diásporas? ¿Qué sabías de Nueba Yol o de las viviendas sin calefacción de la "vieja ley" o de niños con tanto odio a sí mismos que les provocaba cortocircuitos en la cabeza? ¿Qué sabías, madame, de la *inmigración*? No te rías, mi negrita, porque tu mundo está por cambiar. Por completo. Sí: una belleza terrible etc., etc. Créemelo. Ríes porque te han llevado al límite de tu alma, porque tu amante te traicionó casi a la muerte, porque tu primer hijo nunca nació. Ríes porque no tienes dientes delanteros y has jurado que no volverás a sonreír.

Quisiera poder decirte otra cosa, pero lo tengo aquí mismo, grabado en la cinta.

La Inca te dijo que tenías que salir del país y te reíste.

Fin de historia.

LOS ÚLTIMOS DÍAS DE LA REPÚBLICA

Se acordaría de muy poco de los últimos meses más allá de su angustia y su desesperación (y su deseo de ver muerto a El Gángster). Estaba sumida en la Oscuridad, pasaba los días como una sombra pasa por la vida. No se movía de la casa a menos que la obligaran; al fin tenían la relación que La Inca había deseado siempre, salvo que no hablaban. ¿Qué se podía decir? La Inca hablaba sobriamente sobre el viaje al norte, pero Beli sentía que ya buena parte de ella había desembarcado. Santo Domingo se desvanecía. La casa, La Inca, la yuca frita que se llevaba a la boca ya se habían ido... era sólo cuestión de dejar que el resto del mundo la alcanzara. Sólo recuperaba su viejo sentido cuando veía a los Elvis merodeando por el barrio. Gritaría, atacada por un miedo mortal, pero ellos se irían con un par de sonrisas bobas en las caras. Te veremos pronto. Prontísimo. Por la noche tenía pesadillas con la caña, con el Sin Cara, pero cuando despertaba, La Inca siempre estaba allí. Tranquila, hija. Tranquila.

(En cuanto a los Elvis: ¿Qué les ató las manos? Quizá fuera el miedo a la represalia ahora que había caído el trujillato. Quizá fuera la fuerza de La Inca. ¿Quizá fuera el poder del futuro, retrotrayéndose al pasado para proteger a la tercera y última hija? ¿Quién sabe?)

No creo que La Inca durmiera un sola noche durante esos meses. La Inca, que llevaba un machete consigo a todas partes. Estaba pal combate, sin duda. Sabía que cuando cae Gondolin[116] no se espera que los balrogs[117] toquen con sua-

[116][En la obra de Tolkien, Gondolin es la ciudad de los duendes.]

[117][Según Tolkien, demonios.]

vidad la puerta. Hay que moverse. Y moverse fue precisamente lo que hizo. Se consiguieron papeles, se untaron las manos de algunos, se buscaron permisos. En otra época no habría sido posible, pero con la muerte de El Jefe y la Cortina de Plátano destrozada, todo tipo de escapatoria estaba ahora a mano. La Inca le dio fotos y cartas a Beli de la mujer con quien estaría en un lugar llamado El Bronx. Pero nada de esto le llegaba a Beli. Ignoró las fotos, olvidó las cartas, de modo que cuando llegó a Idlewild no tenía idea de a quién debía buscar. La pobrecita.

Justo cuando las tensiones entre El Buen Vecino y lo que quedaba de la Familia Trujillo alcanzaban el punto de ruptura, Beli debió comparecer ante un juez. La Inca le hizo echarse hojas de mamón en los zapatos para que no le hiciera demasiadas preguntas. La muchacha pasó todo el trámite entumecida, divagando. La semana anterior, ella y El Gángster al fin habían logrado encontrarse en una de las primeras cabañas de la capital. La que administraban unos chinos, a la que Luis Díaz cantaba su famosa canción. No fue la reunión que ella había esperado. Ay, mi pobre negrita, gimió él, acariciándole el pelo suavemente. Pero donde una vez hubo relámpagos ahora sólo había unos dedos gruesos en su pelo lacio. Nos traicionaron, a ti y a mí. ¡Horriblemente traicionados! Ella trató de hablar del bebé muerto, pero él despidió el fantasma diminuto con un gesto de la mano y pasó a sacarle los pechos enormes de la vasta armadura de su brasier. Tendremos otro, le prometió. Voy a tener dos, dijo ella en voz baja. Él se rió. Tendremos cincuenta.

El Gángster todavía llevaba mucho en la cabeza. Le preocupaba el destino del trujillato, le preocupaba que los cubanos se preparaban para invadir. Mataron a gente como yo en los simulacros de juicios. Seré la primera persona que buscará el Che.

Estoy pensando en irme a Nueva York.

Le hubiera gustado que dijera, No, no te vayas, o al menos que hubiera dicho que la acompañaría. Pero, por el contrario, le contó sobre uno de sus viajes a Nueba Yol, un trabajo para El Jefe y que le había caído mal el cangrejo que se comió en un restaurante *cubano*. No mencionó a su esposa, por supuesto, y ella no preguntó. Hubiera acabado con ella. Después, cuando él se venía, trató de aferrársele, pero él se liberó y se vino en el llano estropeado y oscuro de su espalda.

Como tiza en una pizarra, El Gángster bromeó.

Dieciocho días después, todavía estaba pensando en él en el aeropuerto.

No tienes que irte, dijo La Inca, de repente, en el preciso momento que la muchacha se unía a la fila. Pero era demasiado tarde.

Quiero irme.

Toda la vida había tratado de ser feliz, pero Santo Domingo… FOKIN SANTO DOMINGO le había frustrado cada paso. No quiero volver a verlo nunca más.

No hables así.

No quiero volver a verlo nunca más.

Sería una nueva persona, juró. Decían que por mucho que viaje una mula, nunca se puede volver caballo, pero ella demostraría lo contrario.

No te vayas así. Toma, para el viaje. Dulce de coco.

En la fila hacia el control de pasaportes ella lo botaría, pero por el momento sostuvo el tarro.

Recuérdame. La Inca la besó y abrazó. Recuerda quién eres. La tercera y última hija de la Familia Cabral. Eres la hija de un médico y una enfermera.

La última imagen de La Inca: despidiéndose, moviendo la mano con todas sus fuerzas, llorando.

Más preguntas en el control de pasaportes y, con una última ráfaga despectiva de sellos, la dejaron pasar. Y entonces el embarque y la charla con el tipo elegante a su derecha, cuatro anillos en la mano —¿Adónde vas? A la Tierra de Nunca-Jamás, respondió, molesta— y al fin, el avión, pulsando con la canción del motor, despegó y Beli, nunca conocida por su devoción, cerró los ojos y le pidió al Señor que la protegiera.

Pobre Beli. Casi hasta los últimos momentos, medio que creyó que El Gángster iba a aparecer y salvarla. Lo siento, mi negrita, lo siento tanto. Jamás te debí haber dejado ir. (Todavía le encantaban los sueños de rescate.) Lo había buscado por todas partes: camino al aeropuerto, en las caras de los funcionarios que controlaban los pasaportes, hasta cuando subía al avión y, al final, en un momento irracional, pensó que saldría de la cabina del piloto, en uniforme de capitán limpio y planchado… Te sorprendí, ¿verdad? Pero El Gángster jamás volvería a aparecer en persona, sólo en sus sueños. En el avión había otros de la Primera Oleada. Muchas aguas que esperan ser río. Aquí está ella, más cerca de ser la madre que necesitamos que sea si Óscar y Lola han de nacer.

Tiene dieciséis años y su piel es la oscuridad antes del anochecer, el ciruelo de la última luz del día, sus pechos como puestas de sol atrapadas bajo su piel, pero a pesar de toda su juventud y belleza, tiene una amarga expresión de desconfianza que sólo se disuelve bajo el peso de un inmenso placer. Sus sueños son sobrios, carecen del impulso de una misión, su ambición no tiene fuerza. ¿Su esperanza más fiera? Encontrar un hombre. Lo que todavía no conoce: el frío, la monotonía agotadora de las factorías, la soledad de la Diáspora, nunca volver a vivir en Santo Domingo, su propio corazón. Lo demás que no conoce: que el hombre de al lado terminará siendo su esposo y el padre de sus dos hijos, que después de dos años juntos la dejará, su tercer y último desengaño, y que nunca volverá a amar.

Se despertó en el momento en que, en su sueño, unos ciegos subían a una guagua pidiendo dinero; era un sueño de sus Días Perdidos. El guapo en el asiento de al lado le tocó el codo.

Señorita, no se lo pierda.

Ya lo he visto, dijo, incómoda. Y luego, calmándose, miró por la ventanilla.

Era noche y las luces de Nueva York lo llenaban todo.

04.

LA EDUCACIÓN SENTIMENTAL
1988–1992

Todo comenzó conmigo. El año antes de la caída de Óscar, sufrí mi propio desequilibrio; fui asaltado volviendo a casa desde el Roxy. Por un lío con unos townies de New Brunswick. Un manojo de fokin morenos. Las dos de la mañana y yo andaba por Joyce Kilmer comiendo mierda. Solo y a pie. ¿Por qué? Porque me creía tremendo tíguere y pensé que no sería problema atravesar el matorral de jóvenes pistoleros que veía en la esquina. Craso error. En la fokin vida olvidaré la sonrisa en la cara de uno de los tipos. Sólo después de ese anillo de graduación que me grabó un impresionante surco en la mejilla (todavía tengo la cicatriz). Ojalá pudiera decir que no caí fácilmente, pero la pura verdad es que esos tipos acabaron conmigo. De no haber sido por un buen samaritano que pasó por allí, es probable que esos hijoeputas me hubieran matado. El viejo quería llevarme al Robert Wood

Johnson, pero como no tenía seguro médico —y, además, desde que mi hermano murió de leucemia los médicos no me caen nada bien— le dije: No, qué va. Para la golpiza que me acababan de dar, me sentía bastante bien. Hasta el día siguiente, en que creí que me había muerto. Tan mareado que no podía levantarme sin vomitar. Tenía la sensación de que me habían sacado las tripas, que me habían batido con mazos y después me habían vuelto a armar prendido con alfileres. Estaba mal, y de todos mis amigos —de todos mis maravillosos amigos—, sólo Lola se preocupó por mí. Se enteró de la paliza por mi pana Melvin y vino corriendo. Nunca tan contento de ver a alguien. Lola, con sus grandes dientes inocentes. Lola, que llegó a llorar cuando vio el estado en que me encontraba.

Ella fue quien se ocupó de mí cuando estaba hecho leña. Cocinó, limpió, me trajo la tarea, me consiguió medicina, hasta se aseguró de que me bañara. Es decir, me coció los granos, y no cualquier mujer hace eso por un hombre. Créanme. Apenas podía pararme de lo mucho que me dolía la cabeza, pero ella me lavaba la espalda y eso es lo que más recuerdo de todo el asunto. Su mano en aquella esponja y esa esponja sobre mí. Aunque yo tenía novia, fue Lola quien pasó esas noches conmigo. Se peinaba una, dos, tres veces antes de doblar su largo cuerpo y meterse en la cama. Ni un paseíto nocturno más pa ti, ¿OK, Kung Fu?

Cuando uno está en la universidad, se supone que nada importa, se supone que todo es una chulería, pero, créanlo o no, Lola me importaba. Y era fácil dejar que me importara. Lola era casi lo opuesto al tipo de jeva que yo solía rapar: aquella mujerona medía como seis pies de estatura y na de tetas y era más prieta que la más negra de las abuelitas. Era como dos muchachas en una: un torso flaquísimo casado con un par de caderas de Cadillac y el caminao de un burro borracho. Era una de esas jevitas que son pura macana: líderes de todas las organizaciones universitarias y de business suit en los mítins. Era la presidenta de su hermandad de mujeres, jefa de S.A.L.S.A. y copresidente de Take Back the Night.[118] Además, hablaba un español perfecto un tanto pedante.

Nos conocimos el fin de semana anterior al comienzo del primer año, pero no fue hasta el segundo que estuvimos juntos, después que su mamá se enfermó otra vez. Lo primero que me dijo fue: Llévame a casa, Yunior, y a la semana ya nos habíamos empatado. Recuerdo que llevaba un par de sudadores que decían Douglass y una camiseta que anunciaba Tribe. Se quitó el anillo que le había dado su novio y me besó. Sus ojos oscuros nunca dejaron los míos.

Tienes unos labios riquísimos, me dijo.

¿Cómo olvidar a una muchacha así?

Sólo tomó tres fokin noches para que se sintiera culpable por lo del novio y le pusiera fin al asunto. Y cuando Lola pone fin a algo, es un *frenazo*. Ni siquiera aquellas noches después que me asaltaron me dejaba acercarme. ¿Así que puedes dormir en mi cama pero no puedes dormir *conmigo*?

Yo soy prieta, Yuni, dijo, pero no soy bruta.

Sabía exactamente el tipo de sucio que era yo. Dos días después que rompiéramos, ella me había visto caerle arriba a una de sus sisters y se volvió, dándome su larga espalda.

[118][Organización, principalmente en Estados Unidos, que realiza protestas contra la violencia contra las mujeres.]

. . .

A lo que vamos: cuando a finales del segundo año su hermano cayó en aquella depresión tan intensa que casi lo mata —se bebió dos botellas de 151 porque una chiquita lo había rechazado— y de paso a su mamá enferma, ¿quién creen ustedes que fue el único que dijo "presente"?

Yo.

A Lola le tomó de fokin sorpresa que le dijera que viviría con él el año siguiente. Te vigilaré al bobín de mierda. Después del drama del suicidio, nadie en Demarest quería ser roommate del socio e iba a tener que pasar el tercer año solo. Lola tampoco podía ayudarlo porque tenía planificado un año de estudios en el extranjero, en España, su jodío sueño por fin se hacía realidad y se cagaba del miedo porque no lo iba a poder cuidar. Se quedó arriba cuando le dije lo que iba a hacer, pero por poco se muere cuando lo hice de verdad. Me mudé con él. A fokin Demarest. Sede de todos los bichos raros y losers y freaks y afeminaos. Yo, un tipo capaz de levantar 340 libras, que como si na llamaba Homo Hall a Demarest, que jamás había conocido a un artista freak y blanquito al que no me hubiera encantado entrarle a galletazos. Mandé mi solicitud para la sección de escritores y ya, pa principios de septiembre, allí estábamos Óscar y yo. Juntos.

Me gustaba hacerlo parecer filantropía total por mi parte, pero no era exactamente así. Claro que quería ayudar a Lola, quería cuidarle a ese hermano loco suyo (sabía que él era lo único que realmente quería en este mundo), pero también estaba protegiendo mis propios jodíos intereses. Ese año, había sacado el número probablemente más bajo en la historia de la lotería de viviendas en la universidad. Oficialmente, era el último en la lista de espera, lo que significaba que mi posibilidad de conseguir un cuarto en un dormitorio era de cero o na, lo que quería decir, como estaba en olla, que iba a tener que vivir en casa de mi familia o en la calle, lo que hacía que Demarest, con toda su friquiería, y Óscar, con toda su tristeza, no parecieran tan mala opción.

Tampoco él era por completo un extraño... en fin, era el hermano de la muchacha que había medio rapado. Lo había visto en el campus los primeros años; difícil creer que él y Lola fueran familia. (Yo Apokalips, bromeaba, ella Nueva Génesis.[119]) A diferencia de lo que hubiera hecho yo —que me hubiera escondido de un calibán así— ella adoraba a ese nerdo. Lo invitaba a las fiestas y a las manifestaciones. Él llevaba los carteles, repartía volantes. Su fokin asistente gordiflón.

Decir que nunca en mi vida había conocido a un dominicano como él sería decir poco.

¡Ave, Perro de Dios! Ésa fue su bienvenida en mi primer día en Demarest.

Me tomó una semana descifrar lo que había querido decir.

Dios. Domini. Perro. Canis.

Ave, dominicanis.

. . .

[119][En el universo ficticio de DC, Apokalips es el planeta gobernado por Darkseid. Se considera lo contrario a la Nueva Génesis.]

Supongo que me debí haber dado fokin cuenta. El tipo siempre decía que estaba asarao, lo decía constantemente, y si yo en realidad hubiera sido un dominicano old school: a) le hubiera hecho caso al muy idiota y b) hubiera salido echando de ahí. Mi familia es sureña, de Azua, y si los sureños de Azua sabemos de algo, es de fokin maldiciones. Por Dios, ¿en sus vidas han visto Azua? Mi mamá ni siquiera lo habría escuchado: hubiera salido corriendo. Ella no jugaba con fukús ni guanguas ni na de eso por na de la vida. Pero yo no era tan old school como ahora, sólo un verdadero tolete, y pensaba que vigilar a alguien como Óscar no sería una tarea hercúlea. Vamos, si yo *levantaba pesas,* levantaba pilas más grandes que él todos los fokin días.

Pueden echar a andar el soundtrack de risas cuando les dé la gana.

A mí él me pareció igual que siempre. Todavía enorme —Biggie Smalls menos los smalls[120]— y todavía perdido. Todavía escribía diez, quince, veinte páginas al día. Todavía estaba obsesionado con sus locuras como fan de los cómics. ¿Saben lo que el muy tonto puso de anuncio de bienvenida en la puerta al cuarto del dormitorio? *Hable, amigo, y entre.* ¡En fokin elvish! (Por favor no pregunten cómo lo sé. Por favor.) Cuando lo vi, le dije: De León, no jodas. ¿Elvish?

Bueno, tosió, en realidad es sindarin.

Bueno, dijo Melvin, en realidad es una mariconería.

A pesar de mis promesas a Lola de cuidarlo, el primer par de semanas no tuve mucho que ver con él. Dique, ¿qué voy a decirles? Estaba ocupado. ¿Qué atleta de escuela pública no

120[Biggie Smalls fue un rapero de proporciones extraordinarias, también conocido como El Notorio B.I.G., que fue asesinado en 1997.]

lo está? Tenía el trabajo y el gimnasio y mis panas y mi novia y, por supuesto, mis puticas.

Salí tanto ese primer mes que lo único que vi del Ó fue una gran loma durmiente debajo de una sábana. Lo único que le atrasaba el sueño a ese nerd eran sus juegos de rol y su animación japonesa, sobre todo *Akira*, que supongo debió ver al menos mil veces aquel año. No puedo decirles cuántas noches volví a casa y lo encontré parqueado frente a esa película. Le ladraba: ¿Tú tá mirando esa mierda otra vez? Y Óscar decía, casi disculpándose por su existencia: Se está acabando. Siempre se está acabando, me quejaba. Para ser sincero, no me molestaba tanto. Hasta me gustaban las vainas como *Akira*, aunque no siempre me podía quedar despierto para verlas. Me tiraba en la cama mientras Kaneda gritaba *Tetsuo*[121] y, acto seguido, me encontraba a Óscar de pie, tímidamente a mi lado, diciéndome, Yunior, la película es finis, y entonces me sentaba y le decía, ¡*Fuck*!

La verdad que nunca fue tan terrible como lo hice parecer después. A pesar de su nerdería, el bróder era un compañero de cuarto bastante considerado. Nunca recibí de él el tipo de noticas que me dejaban los últimos fokin locos con los que había vivido, siempre pagaba su mitad de cualquier cosa y, si yo llegaba a casa mientras estaba enredado en uno de sus juegos de Dungeons and Dragons, se cambiaba de cuarto sin que le dijera una palabra. A *Akira* la podía soportar; *Queen of the Demonweb Pits* ya era otra cosa.

Por supuesto, tuve mis pequeños gestos con él. Lo llevaba

[121][Tetsuo Shima es un protagonista importante en el manga *Akira* y la película adaptada en 1988 del anime de ese trabajo, también titulada *Akira*. En el manga y la película, él funciona como héroe y bandido.]

a comer una vez por semana. Tomaba sus escritos —ya tenía cinco libros en esa fecha— e intentaba leer algunos. No eran de mi gusto —*¡Deja el faser, Arthurus Prime!*— pero incluso en esa época se podía ver que tenía cabeza. Podía escribir diálogo, la exposición era rápida y aguda, la narración fluía. Le mostré algo de mi ficción también —todo tenía que ver con robos y ventas de droga y *Fuck you, Nando* y ¡BLAU! ¡BLAU! ¡BLAU! Me dio cuatro páginas de comentarios sobre un cuento de ocho.

¿Traté de ayudarlo con su situación con las jevitas? ¿Compartí mi sabiduría de papichulo?

Claro que sí. Lo que pasa es que, en cuanto a las mujeres, no había nadie en el planeta como mi roommate. Por una parte, tenía el peor caso de no-toto-itis que había visto en mi vida. La última persona que conocí que se le acercara siquiera era el pobre chamaco salvadoreño de la secundaria que tenía la cara quemada y no podía levantar a nadie nunca por su parecido con el Fantasma de la Ópera. Vaya: Óscar estaba peor que él. Al menos Jeffrey podía decir con honradez que padecía un problema médico. ¿Qué podía decir Óscar? ¿Que la culpa era de Sauron? ¡El tipo pesaba 307 libras, por amor de Dios! ¡Hablaba como una computadora de Star Trek! Pero la verdadera tragedia era que nunca conocí a alguien que tanto hubiera querido estar con una muchacha. A *mí* me gustaban las jevas, pero nadie, y quiero decir *nadie,* estaba tan metío con ellas como Óscar. Para él eran el principio y el fin, el Alfa y Omega, DC y Marvel. El tipo estaba tan enviciado que ni siquiera podía ver una jevita linda sin ponerse a temblar. Se enamoraba por nada —sólo en el primer semestre, estuvo en el nivel de asfixie con al menos 24 jevitas diferentes. Por supuesto que nunca llegó a na. ¿Cómo iba a llegar? ¡La idea de Óscar de cómo se enamoraba a una jevita era hablarle de juegos de rol! ¿Qué locura es ésa? (Mi momento favorito fue un día en el metro de la línea E cuando le dijo a una morena que estaba buenísima, ¡Si estuvieras en mi juego te daría dieciocho puntos de carisma!)

Traté de aconsejarlo, de verdad que sí. Nada muy complicado. Cosas como, Deja de gritarles en la calle a muchachas que no conoces, y, no hables del Beyonder[122] más de lo necesario. ¿Me escuchó? ¡Por supuesto que no! Tratar de que Óscar entendiera a las muchachas era como intentar lanzar rocas a Unus el Intocable.[123] El tipo era impenetrable. Me oía y luego se encogía de hombros como si na. Nunca nada ha funcionado, mejor ser quien soy.

¡Pero si tu *yo* está jodío!

Es, lamentablemente, todo lo que tengo.

Pero mi conversación preferida:

¿Yunior?

¿Qué?

¿Estás despierto?

Si esto tiene que ver con *Star Trek*...

No tiene nada que ver con *Star Trek*. Tosió. Me he enterado por una fuente fiable que ningún varón dominicano jamás ha muerto virgen.

Como tú tienes experiencia en estas cosas... ¿crees que puede ser verdad?

Me incorporé. El tipo me miraba con fijeza en la oscuridad, serio, súper serio.

[122][El Beyonder es un personaje de los cómics publicados por Marvel. El primero apareció en 1984 y fue creado por Jim Shooter y Mike Zeck.]

[123][Unus el Intocable es un personaje de los X-Men.]

Va contra las leyes de la naturaleza que un dominicano muera sin haber rapado por lo menos una vez, Ó.

Eso, suspiró, es lo que me preocupa.

Entonces, ¿qué ocurrió a principios de octubre? Lo que siempre les pasa a los playboys como yo.

Me agarraron.

No fue sorpresa alguna, dada la vida tan disipada que llevaba. Ni tampoco fue una cosa sin importancia. Mi novia, Suriyan, se enteró que andaba con una de sus hermanas. Socios: nunca, nunca, *nunca* se metan con una perra llamada Awilda. Porque cuando se ponga a awildar, van a saber lo que es dolor de verdad. La Awilda de marras me jodió por no sé qué fokin razón, grabó una de mis llamadas y antes de que se pudiera decir *¡mierda!* ya todo el mundo estaba enterado. La tipa debe de haber pasado la grabación como quinientas veces. Era la segunda vez que me pillaban en dos años, un récord incluso para mí. Suriyan se volvió loca y me atacó en la línea E. Los muchachos se reían y corrían y yo me hacía el que no había hecho na. De repente, empecé a pasar cantidad de tiempo en el dormitorio. Probando la mano en uno o dos cuentos. Viendo películas con Óscar. *The Island Earth, Appleseed, Project A.* Estaba desesperado por encontrar algo que me salvara.

Debí haber tratado de ingresar en algún programa de rehabilitación de chochacólicos. Pero si piensan que eso es posible, entonces no saben nada de los hombres dominicanos. En vez de centrarme en algo difícil pero útil, como, digamos, mis propios líos, me centré en algo fácil y redentor.

De la nada, y nada influido por mi propio estado mental

—¡claro que no!— decidí que iba a arreglarle la vida a Óscar. Una noche mientras lamentaba su triste existencia, le pregunté: ¿De verdad quieres cambiar?

Por supuesto que sí, dijo, pero nada que de lo que he intentado ha podido aliviar mi situación.

Te voy a cambiar la vida.

¿De verdad? La mirada que me echó... después de todos estos años, todavía me parte el corazón.

De verdad. Pero me tienes que hacer caso.

Óscar se levantó con dificultad. Se llevó la mano al corazón. Juro obediencia, mi señor. ¿Cuándo comenzamos?

Ya verás.

A las seis de la mañana del día siguiente, le di una patada a su cama.

¿Qué pasa? se quejó.

Na, dije, lanzándole las zapatillas de deporte a la barriga. Sólo que es el primer día del resto de tu vida.

La verdad que debo de haber estado muy jodío por lo de Suriyan... y fue por eso que me lancé con toda seriedad al Proyecto Óscar. Esas primeras semanas, mientras esperaba que Suriyan me perdonara, tenía a ese gordo como el Asesino Principal del Templo Shaolin.[124] Estaba arriba de él día y noche. Lo convencí que dejara la locura de parar a jevitas que no conocía en la calle para decirles te amo. (Lo único que estás logrando es asustar a esas pobres muchachas, Ó.) Lo convencí de que empezara a cuidar su dieta y dejara de hablar de modo tan negativo —*Soy un malhadado, pereceré virgen, carezco de pulcritud*— por lo menos mientras yo estuviera presente. (¡Pensamientos positivos, le grité, pensa-

[124][Uno de los templos budistas principales, asociado con las artes marciales.]

mientos positivos, hijoeputa!) Hasta lo invité a salir conmigo y mis panas. Nada serio: sólo a un trago cuando íbamos en grupete y su monstruosidad no se notaba tanto. (Los panas lo odiaron: ¿Y ahora qué? ¿Vamos a empezar a invitar a los homeless?)

¿Pero mi mayor éxito? Logré que el tipo hiciera ejercicio conmigo. Lo puse a fokin *correr.*

Eso es para que vean: Ó me respetaba de verdad. Ningún otro lo hubiera convencido. La última vez que había intentado correr había sido en el primer año, cuando pesaba cincuenta libras menos. No puedo mentir: las primeras veces casi me río viéndolo jadear por George Street, sus negras y cenicientas rodillas temblando. La cabeza baja, para no tener que oír o ver las reacciones. Casi siempre sólo algunas risitas y algún *Hey, gordo.* ¿Lo mejor que oí? Mira, mamá, ése ha sacado su planeta a correr.

No les pongas atención a esos comemierdas, le dije.

No worry, jadeó, *muriéndose*.

El tipo *no estaba pa esto.* Tan pronto terminábamos, regresaba a su escritorio como un cohete. Casi se aferraba a él. Hacía todo lo que podía para evitar salir a correr conmigo. Empezó a levantarse a las cinco de la mañana para estar ya en la computadora cuando yo me despertara y poder decir que estaba en el medio de un capítulo increíblemente importante. Escríbelo más tarde, bitch. Después de la cuarta vez más o menos, se puso literalmente de rodillas. Por favor, Yunior, dijo, no puedo. Yo resoplé. Ve y busca tus fokin zapatos.

Sabía que nada de esa mierda le era fácil. Yo era cruel, pero no tan cruel. Vi cómo era la cosa. ¿Creen que la gente odia a los gordos? Pues imagínense a un gordo que trata de adelgazar. Provocaba el balrog en cualquiera. Las muchachas más dulces del mundo le decían las cosas más horribles, las señoras mayores farfullaban, Eres repugnante, *repugnante,* e incluso Melvin, que nunca había demostrado ninguna tendencia antiÓscar, empezó a llamarlo Jabba the Hutt, sólo porque le dio la gana. Era pura locura.

OK, bueno, la gente era hijaeputa pero, ¿qué más podía hacer? Óscar tenía que hacer *algo.* Estaba en la computadora las veinticuatro horas del día, escribiendo sus obras maestras (o más bien, monstrescas) de ciencia ficción, escapándose al Centro de Estudiantes de vez en cuando para entretenerse con los video juegos, para hablar de muchachas pero jamás tocar una —¿qué clase de vida era ésa? Por Dios, estábamos en Rutgers y en Rutgers había chicas por todas partes. Pero allí estaba Óscar, desvelándome con cuentos de Green Lantern. Se preguntaba en voz alta, si fuéramos orcs, a nivel racial, ¿no nos imaginaríamos como duendes?

El tipo tenía que hacer *algo.*

Y al fin, lo hizo.

Lo dejó.

Fue una locura, en realidad. Corríamos cuatro días a la semana. Yo corría cinco millas, pero con él la cosa era de sólo un poquito cada día. Tomando en cuenta su situación, yo pensaba que no le iba mal. Que iría incrementando, ¿entienden? Y entonces, en medio de una de nuestras carreras, cuando íbamos por George Street, miré por encima del hombro y vi que se había detenido. El sudor le corría por todo el cuerpo. ¿Te va a dar un ataque al corazón? No, dijo. ¿Entonces por qué no estás corriendo? He decidido no correr más. ¿Por qué coñazo no? No va a funcionar, Yunior. No va a funcionar si tú no quieres que funcione. Sé que no va a funcionar. Vamos, Óscar, levanta tus malditos pies. Pero él sacudió la cabeza. Intentó apretarme la mano y después se dirigió a la parada de Livingston Avenue y tomó la Doble E a casa. A la mañana siguiente lo pinché con el pie, pero ni se movió.

No volveré a correr, dijo desde debajo de la almohada.

Supongo que no debí haberme enojado. Debí haber sido más paciente con el novato. Pero estaba *encabronao*. En fin, yo me había molestado en tratar de ayudar a este fokin idiota de mierda y él me estaba echando en cara. Me afectó de una manera verdaderamente personal.

Estuve tres días seguidos jodiéndolo con que saliera a correr y él decía, Mejor no, mejor no. Por su parte, trataba de suavizar las cosas. Intentó seguir compartiendo sus películas, cómics y conversaciones nerdosas, trató de volver al punto en que estábamos antes de que yo comenzara el Programa de Redención de Óscar. Pero yo no estaba para eso. Al fin, dejé caer el ultimátum. O corres o se acaba todo.

¡No quiero seguir haciéndolo! ¡No quiero! Levantando la voz.

Terco. Como su hermana.

Tu última oportunidad, le dije. Yo tenía ya puestos los tenis y estaba listo para rodar, y él estaba en su escritorio, haciéndose el que no se daba cuenta.

No se movió. Le puse las manos encima.

¡Levántate!

Y ahí fue que gritó. ¡Déjame tranquilo!

Y, de hecho, me empujó. No creo que fuera su intención, pero así fue. Los dos nos quedamos atónitos. Él temblando, muerto del miedo, yo con los puños apretados, listo para matar. Por un segundo casi lo dejo pasar, un error, un error, pero entonces me acordé de quién era.

Lo empujé. Con las dos manos. Y voló contra la pared. Con fuerza.

Una estupidez, una estúpida estupidez por mi parte. A los dos días, Lola llamó de España, a las cinco de la mañana.

¿Cuál coñazo es tu *problema,* Yunior?

Estaba harto del asunto. Dije, sin pensarlo: Vete pal carajo, Lola.

¿Que me vaya pal carajo? Silencio sepulcral. Fuck *you,* Yunior. Jamás me dirijas la palabra otra vez.

Saluda a tu fiancé de mi parte, dije, tratando de burlarme de ella, pero ya había colgado.

El coño de su madre, grité, lanzando el teléfono.

Y así fue y fue así. El fin de nuestro gran experimento. En realidad él trató de disculparse un par de veces, en el estilo típico de Óscar, pero no correspondí. Antes había sido abierto con él, pero ahora no le daba entrada. Se acabaron las invitaciones a comer y a darnos un trago. Actuábamos como compañeros de cuarto enojados. Éramos corteses y formales y, mientras antes hablábamos de lo que escribíamos o de cualquier otra vaina, ahora no tenía nada que decirle. Regresé a mi propia vida, a ser el sucio de siempre. Tuve una explosión loca de energía pro-toto. Supongo que era puro rencor de mi parte. Él volvió a comerse ocho pedazos de pizza de una sentada y a lanzarse sobre las muchachas estilo kamikaze.

Mis panas, por supuesto, se llevaron lo que pasaba, que yo ya no estaba protegiendo al gordo, y se le tiraron encima.

Me gustaría pensar que no le fue *tan* mal. Los muchachos no le entraron a galletazos ni na por el estilo. No le robaron na. Pero la verdad es que, de cualquier modo que se mire, fueron bien despiadados. Oye, ¿alguna vez en la vida has probado chocha? le preguntaba Melvin, y Óscar sacudía la cabeza y le contestaba con decencia, sin importar cuántas veces Mel repitiera la pregunta. Debe ser lo único que no has comido, ¿no? Harold comentaba, Tú no eres na dominicano, pero Óscar insistía con tristeza, Soy dominicano, dominicano soy. No importaba lo que dijera. ¿Quién coñazo, les pregunto, había visto un domo como él? Para Halloween, cometió el error de vestirse de Doctor Who y, de contra, estaba de lo más orgulloso de su disfraz. Cuando lo vi en Easton Street, con otros dos payasos de la sección de escritores, no podía creer cuánto se parecía a Oscar Wilde, el homo gordo, y se lo dije. Te ves igualito a él, lo que fue una desgracia para Óscar, porque entonces Melvin preguntó, ¿Óscar Wao? ¿Quién es Óscar Wao? Y ahí mismo fue: todos comenzamos a llamarlo así: Hey, Wao, ¿qué tú hace? Wao, ¿vas a quitar los pies de mi silla?

¿Y el colmo de la tragedia? Después de un par de semanas, el tipo comenzó a contestar.

Al muy tonto nunca le molestó que lo jodiéramos de ese modo. Se quedaba sentado allí, como si na, con una sonrisa de confusión en la cara. Como para hacer a cualquier bróder sentirse mal. Un par de veces, después que los otros se fueron, le dije, Sabes que estábamos bromeando namá, ¿eh, Wao? Lo sé, contestó, cansado. To ta, dije, golpeándole con fuerza el hombro. Ta to.

Los días que su hermana llamaba y yo contestaba el teléfono, trataba de mostrarme jovial, pero ella no se lo tragaba. ¿Está mi hermano?, era todo lo que decía. Fría como Saturno.

. . .

Hoy en día me tengo que preguntar: ¿Qué me encabronó más? ¿Que Óscar, el gordo loser, parara, o que Óscar, el gordo loser, me desafiara? Y me pregunto: ¿Qué lo lastimó más? ¿Que nunca fui su amigo de verdad, o que fingí serlo?

Esto es todo lo que debía haber sido: un gordiflón con quien compartí el cuarto del dormitorio en el tercer año. Nada más, más nada. Pero entonces Óscar, ese estúpido anormal, decidió enamorarse. Y en lugar de tocarme un año namá, me tocó el resto de mi fokin vida.

¿Alguna vez han visto el retrato de Sargent, *Madame X*? Claro que sí. Óscar lo tenía en la pared… junto a un afiche de Robotech y el original de *Akira,* en el que aparecen Tetsuo y las palabras NEO TOKIO ESTÁ A PUNTO DE ESTALLAR.

Ella estaba tan buena como eso. Pero también era una fokin loca.

Si hubieran vivido en Demarest aquel año, la habrían conocido: Jenni Muñoz. Era una jevita boricua de East Brick City que vivía en el barrio hispano. La primera goth de verdad que había visto en mi vida —en 1990, a los bróders no nos entraba na de los goths, punto— y una goth puertorriqueña era para nosotros algo tan raro como un nazi negro. Su verdadero nombre era Jenni, pero todos sus compinches goth la llamaban La Jablesse. Esa diabla les hacía cortocircuito a todas las movidas de un tipo como yo. La muchacha era *luminosa*. Hermosa piel jíbara, facciones tan finas como un diamante, cabellos súper negros en corte egipcio, ojos cargados de delineador, labios pintados de negro, y las tetas más redondas y grandes que había visto jamás. Para esa niña, todos los días eran Halloween y cuando de verdad era Halloween, se vestía —adivinaron— de dominatrix, y llevaba a uno de los tipos gay de la sección de música atado a una traílla. Pero nunca había visto un cuerpo como aquél. Hasta yo estaba loco con Jenni el primer semestre, pero la única vez que traté de levantarla en la Biblioteca Douglass, se rió de mí y cuando le dije, No te rías de mí, me preguntó: ¿Por qué no?

Fokin puta.

Bueno, a lo que vamos, ¿adivinen quién decidió que ella era el amor de su vida? ¿Quién perdió la cabeza porque la oyó escuchando a Joy Division en su cuarto y —qué sorpresa— a él también le encantaba Joy Division? Óscar, por supuesto. Al principio, el tipo sólo la miraba de lejos y gimoteaba sobre su "perfección inefable". Fuera de tu liga, le dije con crueldad, pero él se encogió de hombros y le habló a la pantalla de la computadora: Todas están fuera de mi liga. No le di caco al asunto hasta la semana siguiente, ¡cuando lo vi en una movida hacia ella en Brower Commons! Yo estaba con mis panas, que se quejaban de los Knicks. Observaba a Óscar y La Jablesse en la fila para la comida caliente de la cafetería, esperando el momento en que ella lo mandara pal carajo, imaginándome que si me había quemado, a él lo iba a *vaporizar*. Por supuesto, él andaba a millón, con su rutina de

War of the Worlds, hablando como un loro, el sudor corriéndole por la cara. La jevita sostenía su bandeja y lo miraba con cierto recelo —no son muchas las que pueden mirar con recelo sin que se les caigan de la bandeja las papitas fritas con queso, pero era por eso que La Jablesse enloquecía a los bróders. Cuando ella ya se iba, Óscar le gritó ¡Nosotros hablaremos anon! Y ella le contestó, con una tonelada de sarcasmo, Claro que sí.

Le hice señas para que se acercara. ¿Cómo te fue, Romeo?

Él se miró las manos. Creo que tal vez estoy enamorao.

¿Cómo vas a estar enamorao? Acabas de conocer a la puta ésa.

No la llames puta, me dijo, molesto.

Sí, lo imitó Melvin, no la llames puta.

Había que quitarse el sombrero ante Óscar. No se dio por vencido. Siguió dándole muela, sin importarle las consecuencias para su persona. En los pasillos, delante de la puerta del baño, en la cafetería, en las guaguas, el tipo se hizo *ubicuo.* Le dejaba cómics fijados a la puerta, por amor de Dios.

En mi universo, cuando un comemierda como Óscar se tira con una muchacha como Jenni, generalmente el rechazo es tal que rebota más rápido que los cheques del alquiler de mi tía Margarita, pero Jenni debe de haber sufrido algún daño cerebral o le deben de haber gustado de veras los losers gordos y nerdosos, porque para finales de febrero lo estaba tratando bien y todo. Antes de que me llegara a cuadrar eso en la cabeza, ¡los vi andando juntos! ¡En público! No podía creer mis fokin ojos. Y entonces llegó el día en que regresé de mi taller de escritura creativa y me encontré a La Jablesse y Óscar sentados en nuestro cuarto. Estaban sólo hablando, y sobre Alice Walker, pero de todos modos... A Óscar parecía que lo acababan de invitar a unirse a la Orden de Jedi; Jenni le sonreía divinamente. ¿Y yo? Estaba boquiabierto. Jenni se acordaba de mí, de eso estaba seguro. Me miró, un toque de sarcasmo en sus lindos ojos, y dijo, ¿Quieres que me levante de tu cama? Su acento de Jersey era tan impresionante que me dejó estupefacto.

Na, dije. Agarré mi bolso del gimnasio y salí disparao.

Cuando volví de levantar pesas, Óscar estaba en su computadora... en la billonésima página de su nueva novela.

Le pregunté, ¿Qué hay contigo y La Bruja?

Na.

¿De qué coñazo hablan ustedes dos?

Asuntos de poca monta. Algo en su tono me hizo dar cuenta que él sabía de mi quemazón en la biblioteca. Fokin puta. Le dije, Vaya, entonces buena suerte, Wao. Espero que no te sacrifique a Belcebú o algo así.

Todo marzo anduvieron juntos. Traté de no prestarles atención, pero estábamos todos en el mismo dormitorio así que era difícil no hacerlo. Más adelante, Lola me diría que incluso comenzaron a ir juntos al cine. Vieron *Ghost* y esa otra mierda llamada *Hardware*. Iban a la cafetería Franklin después, en donde Óscar hacía el mayor esfuerzo para no comer por tres. Yo no estuve presente durante la mayor parte de esta tontería: estaba a la caza de cuca y entregando mesas de billar y saliendo con mis panas los fines de semana. ¿Me mató que él anduviera con tremenda mamasota? Por supuesto que sí. Siempre me imaginé como el Kaneda[125] de nuestra díada, pero ahora estaba haciendo de Tetsuo.

Jenni montaba tremenda comedia con Óscar. Iba del brazo con él y lo abrazaba en cuanto tenía la oportunidad. La adoración de Óscar era como la luz de un nuevo sol. Y ser el centro del universo era algo que a ella le caía muy bien. Ella le leía toda su poesía (Usted es la musa de las musas, lo oí decir) y le mostró sus estúpidos bosquejitos (los que él colgó en nuestra puerta) y le contó todo sobre su vida (él lo anotó en su diario con gran diligencia). Había vivido con una tía desde los siete años porque su mamá se había ido a Puerto Rico con su nuevo marido. De los once años en adelante estuvo haciendo mandados en el Village. El año antes de venir a la universidad, vivió como okupa[126] en un lugar llamado El Palacio de Cristal.

¿Que leía el diario de mi compañero de cuarto a escondidas? Claro que sí.

Ay, pero debieran haber visto al Ó. Estaba como nunca; había que admirar la transformación. Comenzó a vestirse mejor. Se planchaba las camisas todas las mañanas. Desenterró del closet una espada de samurai de madera y casi al amanecer salía al césped de Demarest, con el pecho al aire, haciendo trizas a un billón de enemigos imaginarios. ¡Hasta volvió a correr de nuevo! Bueno, en realidad hacía jogging. Oh, así que *ahora* puedes correr, me quejé malhumorado, y él me saludó con un gesto enérgico de la mano mientras se esforzaba en pasarme.

[125][Shotaro Kaneda es el protagonista del manga y la película *Akira*. Es guapo y muy inteligente.]

[126][Ocupante ilegal.]

Debí haberme alegrado por el Wao. Quiero decir, con toda honradez, ¿quién era yo para envidiarle a Óscar un poquito de acción? Yo, que estaba rapando no a una, ni a dos, sino a tres jevitas de las más sabrosas *a la misma vez,* y eso sin contar a las puticas adicionales que levantaba en los bonches y los clubs; ¿yo, que tenía la chocha hasta en la sopa? Pero por supuesto que le tenía envidia al hijoeputa. Un corazón como el mío, que nunca conoció ningún tipo de afecto de niño, es ante todo terrible. Así era, así es. En vez de animarlo, ponía mala cara cuando lo veía con La Jablesse; en vez de compartir mi sabiduría de las mujeres, le dije que tuviera cuidao… en otras palabras, me convertí en un antipapichulo.

Yo, el mayor papichulo de todos.

No debí haber gastado mi energía. Jenni siempre tenía muchachos detrás. Óscar era sólo una pausa en la acción. Un día la vi en el césped de Demarest hablando con el punk alto que siempre andaba por allí; aunque no era residente se alojaba con cualquier muchacha que lo dejara. Flaquito como Lou Reed,[127] e igual de arrogante. Le estaba mostrando una posición de yoga y ella se reía. A los dos días de eso, me encontré a Óscar lloriqueando en la cama. Oye, bro, le dije, manoseando mi cinturón de levantar pesas. ¿Qué coñazo te pasa?

Déjame tranquilo, contestó bajito.

¿Te botó? Ella te botó, ¿no es así?

Déjame tranquilo, gritó. DÉJAME. TRANQUILO.

Pensé que sería como siempre. Una semana mirando las musarañas y, luego a escribir de nuevo. Ésa siempre era su

[127][Cantante principal de Velvet Underground, uno de los grupos más importantes de la historia de rock; después tuvo carrera propia. Bisexual, ex drogadicto, figura enigmática y polémica.]

salvación. Pero esta vez no fue igual que siempre. Me di cuenta de que algo andaba muy mal cuando dejó de escribir —Óscar nunca dejaba de escribir, le gustaba escribir tanto como a mí engañar— pero permanecía tirado en la cama con los ojos clavados en el SDF-1.[128] Diez días seguidos todo jodío en que lo único que hacía era hablar mierda como, Yo sueño con el olvido como otros sueñan con buen sexo; esa vaina me tenía un poco preocupado. Así que copié el número de su hermana en Madrid y la llamé a escondidas. Para dar con ella, hicieron falta una media docena de llamadas y unos dos millones de *vales*.

¿Qué quieres?

No cuelgues, Lola. Es sobre Óscar.

Lo llamó esa misma noche y le preguntó qué le pasaba y claro que él se lo contó. A pesar de que yo estaba sentado ahí mismo.

Míster, le ordenó, olvida y tumba.

No puedo, lloriqueó. Me destrozó el corazón.

Tienes que dejar eso, y así siguió hasta que, dos horas más tarde, él le prometió que iba a hacer un esfuerzo.

Vamos, Óscar, le dije después de darle veinte minutos para que disfrutara su miseria. Vamos a meterle mano a los video juegos.

Sacudió la cabeza, impasible. No jugaré más al Street Fighter.

¿Y? le pregunté a Lola después por teléfono.

No sé, me dijo. Él se pone así a veces.

¿Qué quieres que haga?

[128][El SDF-1 Macross es una nave espacial interestelar de la *Super Dimension Fortress Macross,* una serie del anime que se transmitió en Japón de 1982 a 1983. Su adaptación norteamericana, *Robotech,* apareció en 1985.]

Cuídamelo, ¿OK?

Nunca tuve la oportunidad. A las dos semanas, La Jablesse le dio el golpe final a su amistad con Óscar: él irrumpió en su cuarto mientras ella "entretenía" al punk, los encontró a los dos desnudos, es probable que cubiertos de sangre o algo parecido, y antes de que a ella le fuera siquiera posible decirle que se largara, él se puso como un demente. La llamó puta y atacó sus paredes, arrancando los afiches y lanzando los libros por todas partes. Me enteré porque una cierta blanquita vino corriendo y me dijo, Discúlpame, pero el estúpido de tu compañero de cuarto se ha vuelto loco, y tuve que subir las escaleras como un cohete y ponerle una llave de cabeza. Óscar, grité, cálmate, *cálmate*. Déjame tranquilo, chillaba, mientras trataba de pisotearme los pies.

Fue horrible. En cuanto al punk, al parecer el tipo saltó por la ventana y corrió hasta George Street. Con el culo al aire.

Así era Demarest. Nunca un momento aburrido.

Para no cansar el cuento, a fin de no perder el cuarto en el dormitorio tuvo que asistir a unas sesiones con un consejero y no podía ir al segundo piso para nada. Ahora todos en el dormitorio lo consideraban un grave psicópata. Las muchachas sobre todo no se le acercaban. En cuanto a La Jablesse, ese año se graduaba, así que un mes más tarde la mudaron a los dormitorios del río y declararon caso cerrado. No la volví a ver salvo una vez que yo iba en la guagua y ella por la calle, caminando a Scott Hall con aquellas botas de dominatrix.

Y así terminó el año. Él completamente vacío de esperanza, tecleando en la computadora; yo, con la gente constantemente preguntándome qué se sentía siendo el compañero de cuarto del Crazyman y yo preguntándoles a ellos si les gustaría que su culo chocara con la punta de mi pie... Un par de semanas nada agradables. Cuando llegó el momento de solicitar vivienda para el año siguiente, Ó y yo ni hablamos de eso. Mis panas seguían estancados en casa de sus familias, así que tuve que probar suerte en la lotería de nuevo y esta vez gané el premio gordo: me dieron un cuarto para mí solo en Frelinghuysen. Cuando le dije a Óscar que me iba de Demarest, salió de su depresión lo suficiente como para parecer asombrado, como si hubiera esperado otro resultado. Pensé... la verdad es que balbuceaba, pero antes de que yo pudiera decir otra palabra, dijo, Está bien, y entonces, cuando yo me daba vuelta, me agarró la mano y la estrechó con toda formalidad: Señor, ha sido un honor.

Óscar... le dije.

La gente me preguntaba, ¿Viste los indicios? ¿Los viste? Quizá sí y sencillamente no quería pensar en eso. Y quizá no. ¿Qué coñazo importa en realidad? Todo lo que sabía era que nunca lo había visto más infeliz, pero había una parte de mí a la que no le importaba. Que quería salir de allí de la misma manera que había querido salir de mi ciudad natal.

Para nuestra última noche como compañeros de cuarto, Óscar sacó dos botellas de Cisco naranja que yo le había comprado. ¿Recuerdan el Cisco? Crack líquido, le decían. Así que ya saben lo *fokin jumo* que estaba Míster Flojo.

¡A mi virginidad! gritó Óscar.

Óscar, tranqui, bro. La gente no quiere oír hablar de eso.

Tienes razón. Nada más quieren *verme*.

Vamos, tranquilízate.

Se dejó caer. Estoy copacético.

No eres patético.

Dije *copacético*. Todos, sacudió la cabeza, me malinterpretan.

Todos los afiches y los libros estaban empaquetados y podría haber sido el primer día otra vez de no ser por lo infeliz que se veía. El primer día había estado tan entusiasmado que no hacía más que llamarme por mi nombre completo hasta que le dije, Es Yunior, Óscar. Sólo Yunior.

Supongo que sabía que debía quedarme con él. Me debí haber sentado en esa silla y dicho que toda esa vaina iba a pasar, pero era nuestra última noche y yo estaba harto de él. Lo que quería era rapar a esa india que tenía esperándome en Douglass, fumarme un fino e irme directo a la cama.

Que Dios lo acompañe, amigo, dijo cuando me marchaba. ¡Que Dios lo acompañe!

Lo que él hizo fue esto: se bebió una tercera botella de Cisco y luego se dirigió a tropezones a la estación de trenes de New Brunswick. Con su fachada medio derruida y su larga curva de rieles que pasan por encima del Raritan. Aún en medio de la noche, no es muy difícil entrar en la estación o salir hacia los rieles, y eso fue precisamente lo que él hizo. Fue dando tumbos hacia el río, hacia la Ruta 18. New Brunswick desaparecía debajo de él hasta que estuvo setenta y siete pies en el aire. Setenta y siete pies exactos. Según recordaría después, estuvo en aquel puente un buen tiempo. Mirando los rayos de luz del tráfico zigzaguear debajo. Repasando su desgraciada vida. Deseando haber nacido en otro cuerpo. Lamentando todos los libros que nunca escribiría. Tal vez tratando de obligarse a recapacitar. Y en ese momento el express de las 4:12 a Washington chirrió en la distancia. Para entonces él ya apenas podía sostenerse en pie. Cerró los ojos (o quizá no) y cuando los abrió de nuevo había a su lado algo sacado directamente de los cuentos de Ursula Le Guin. Después, al describirlo, lo llamaría La Mangosta Dorada, pero incluso él sabía que no era eso lo que era. Era algo muy apacible, muy hermoso. Ojos dorados llenos de brillo que lo atravesaban, no tanto enjuiciándolo o reprobándolo, sino con algo que daba mucho más miedo. Se miraron fijamente —la criatura serena como un budista, él totalmente incrédulo— y entonces el silbido se escuchó otra vez y sus ojos se abrieron (o cerraron) y había desaparecido.

El tipo había estado esperando toda la vida que le ocurriera algo así, siempre había querido vivir en un mundo de magia y misterio, pero en vez de tomar nota de la visión y cambiar sus maneras, el comemierda sólo sacudió su cabeza hinchada. El tren estaba ahora más cerca y, por eso, antes de que pudiera perder el valor, se lanzó a la oscuridad.

Me había dejado una nota, por supuesto. (Y también otras a su hermana, a su mamá y a Jenni.) Me agradecía por todo. Me decía que podía quedarme con sus libros, sus juegos, sus películas, sus Dios especiales. Me dijo que había sido un placer haber sido amigos. Y firmó así: Tu Compañero, Óscar Wao.

De haber aterrizado en la Ruta 18, como había previsto, el cuento habría terminado ahí mismo. Pero en su confusión etílica, debe de haber calculado mal, o quizá, como afirma su mamá, lo estaban cuidando desde arriba, porque el tipo no cayó en la 18 en sí, ¡sino en la isla! Y no hubiera habido problema. Esas islas de la 18 son guillotinas de cemento. Hubieran acabado con él encantadas de la vida. Lo hubieran convertido en confeti intestinal. Salvo que ésta era una de esas islas que en el centro tienen arbustos y cayó en la marga recién labrada y no en el cemento. En lugar de encontrarse en el cielo nerdoso —donde a cada nerd le tocan cincuenta y ocho vírgenes con quienes jugar a Dungeons and Dragons— despertó en el Robert Wood Johnson con las dos piernas fracturadas y un hombro dislocado, sintiéndose como si, dique, hubiera saltado del puente de trenes de New Brunswick.

Estuve allí, por supuesto, con su mamá y su tío el matón, que iba al baño con regularidad para poder meterse unos pases.

Cuando nos vio, ¿qué hizo aquel idiota? Volvió la cabeza y lloró.

La mamá le dio un toquecito en el hombro sano. Vas a llorar mucho más cuando yo termine contigo.

Lola llegó al día siguiente de Madrid. No tuvo la oportunidad de decir una palabra antes que su mamá le lanzara la típica bienvenida dominicana . Ahora es que vienes, ahora que tu hermano se está muriendo. Si hubiera sabido que eso era lo que hacía falta, me hubiera matado hace mucho tiempo.

No le hizo caso, ni a mí tampoco. Se sentó al lado de su hermano y le tomó la mano.

Míster, le dijo, ¿estás OK?

Sacudió la cabeza: *No.*

De eso hace ya mucho tiempo, pero cuando pienso en ella, todavía la veo en el hospital aquel primer día, directo del aeropuerto de Newark, con ojeras, el pelo enredado como una ménade, aunque había hecho tiempo antes de aparecer para ponerse un poco de maquillaje y pintalabios.

Yo tenía la esperanza de recibir algo de buena energía hasta en el hospital, tratando de cazar cuca —pero en lugar de ello explotó conmigo. ¿Por qué no cuidaste a Óscar? me exigió. ¿Por qué?

A los cuatro días lo llevaron para la casa. Y yo también regresé a mi vida. Fui a casa, con mi madre solitaria en el desbaratado London Terrace. Creo que si hubiera sido amigo suyo de verdad lo habría visitado en Paterson más o menos una vez por semana, pero no lo hice. ¿Qué puedo decirles? Era verano, andaba detrás de dos jevitas nuevas y, además, estaba trabajando. No había tiempo, aunque la verdad es que lo que no había eran ganas. Sí, lo llamé un par de veces para ver cómo seguía. Y hasta eso fue un esfuerzo porque estaba seguro de que su mamá o su hermana me iban a decir que ya no estaba con nosotros. Pero, al contrario, él decía estar "regenerado". No habría más intentos de suicidio. Estaba escribiendo muchísimo, lo que siempre era buena señal. Voy a ser el Tolkien dominicano, me dijo.

Sólo lo fui a ver una vez y eso porque estaba en Paterson haciéndole la visita a una de mis sucias. No era parte del plan, pero sin pensarlo le di vuelta al timón, paré en una gasolinera, hice una llamada y de sopetón estaba en la casa donde se había criado. Su mamá estaba demasiado enferma como para salir del cuarto, y él estaba más flaco de lo que lo había visto jamás. Me sienta el suicidio, bromeó. Su cuarto era aún más nerdoso que él, de ser esto posible. Alas X y combatientes TIE colgaban del techo. Las firmas mía y de su hermana eran las únicas verdaderas en el último yeso que le habían puesto (la pierna derecha se le había roto peor que la izquierda); el resto eran amables consuelos de Robert Heinlein, Isaac Asimov, Frank Herbert y Samuel Delany. Dado que su hermana no reconocía mi presencia, me reí cuando pasó por la puerta abierta y pregunté en alta voz: ¿Cómo le va a la muda?

No soporta estar aquí, dijo Óscar.

¿Qué tiene de malo Paterson? pregunté, altísimo. Hey, muda, ¿qué tiene de malo Paterson?

Todo, gritó desde el pasillo. Llevaba unos de esos shorts cortísimos que se usan para correr... sólo por ver el movimiento de los músculos de sus piernas valió la pena el viaje.

Óscar y yo estuvimos un rato en su cuarto, sin hablar mucho. Yo tenía los ojos clavados en todos sus libros y juegos. Esperaba que me dijera algo; tenía que haber sabido que yo no iba a dejar las cosas así.

Fue absurdo, dijo al fin. Desacertado.

De acuerdo. ¿Qué coñazo estabas pensando, Ó?

Encogió los hombros con tristeza. No sabía qué más hacer.

Bro, tú no te quieres morir. Créeme. Cero-toto es malo. Pero morir es como diez veces cero-toto.

Seguimos así como media hora. Sólo hubo algo que sobresalió. Cuando me dirigía a la calle, dijo: Tú sabe, fue la maldición la que me hizo hacerlo.

Yo no creo en esa vaina, Óscar. Eso es porquería de nuestros padres.

Nuestra también, dijo.

. . .

¿Va a ponerse bien? le pregunté a Lola a la salida.

Creo que sí, dijo. Llenaba las bandejas de hielo con agua de la llave. Dice que regresará a Demarest en la primavera.

¿Te parece buena idea?

Lo pensó un segundo. Así era Lola. Sí, creo que sí, dijo.

Tú sabrás. Saqué las llaves del carro del bolsillo. ¿Y cómo está el fiancé?

Está muy bien, dijo sin mucha expresión. ¿Tú sigues con Suriyan?

Sólo el oír su nombre me mataba. Hace mucho que no.

Y entonces nos quedamos allí y nos miramos el uno al otro.

En un mundo mejor, la habría besado por encima de las bandejas de hielo y ahí hubieran terminado todos nuestros problemas. Pero ya saben en qué clase de mundo vivimos. No es la fokin Tierra-Media. Asentí y le dije, Te veo, Lola, y me fui pa mi casa.

Ése debía haber sido el final de todo, ¿verdad? Sólo el recuerdo de un nerd que conocí y que intentó matarse, nada más. Pero resultó que los de León no eran un clan del que fuera tan fácil librarse.

¡A las dos semanas del cuarto año se me apareció en el dormitorio! ¡Con sus escritos y preguntando por los míos! No podía creerlo. Lo último que había sabido de él era que planeaba trabajar como maestro suplente en su antigua secundaria y estudiar en la BCC,[129] pero de buenas a primeras... ahí estaba, parado en mi puerta, medio apenado, con una

[129][Brooklyn Community College.]

carpeta azul en la mano. Ave y albricias, Yunior, me dijo. Óscar, exclamé, incrédulo. Había perdido aún más peso y hacía un esfuerzo mayor por mantenerse afeitado y con buen corte de pelo. Se veía, si lo pueden creer, bien. Seguía hablando de la Space Opera... acababa de terminar la primera novela de la tetralogía que proyectaba, y ahora estaba completamente obsesionado con ella. Puede que sea mi muerte, suspiró, y entonces recapacitó. Disculpa. Por supuesto que nadie en Demarest quería compartir el cuarto con él —qué sorpresa (todos sabemos lo tolerante que son los tolerantes)— así que cuando regresara en la primavera tendría un cuarto doble sólo para él, lo que no le serviría de mucho, bromeó.

Demarest no será el mismo sin tu severidad mesomórfica, dijo con toda naturalidad.

Ja, dije.

Deberías visitarme en Paterson cuando se produzca una suspensión temporal de tus obligaciones. Tengo una plétora de Japanimation nueva para tu placer visual.

Por supuesto, bro, dije. Por supuesto.

Pero nunca fui. Estaba ocupado, se los juro: entregando mesas de billar, mejorando las notas, tratando de prepararme para la graduación. Y además, en el otoño sucedió un milagro: Suriyan apareció en mi puerta. Estaba más linda que nunca. Quisiera que probáramos otra vez. Por supuesto que dije que sí, y esa misma noche salí y le pegué un cuerno. ¡Dios mío! Hay bróders que no tropezarán con una chocha ni el día del Juicio Final; yo no podía evitarlas ni aunque quisiera.

Mi negligencia no hizo que Ó dejara de visitarme de vez en cuando con un nuevo capítulo y una historia nueva sobre una muchacha que había visto en la guagua, en la calle o en una clase.

El mismo Óscar de siempre, dije.

Sí, dijo débilmente, el mismo de siempre.

Rutgers siempre había sido un lugar enloquecido, pero ese otoño parecía estar de remate. En octubre, un grupo de muchachas de primer año a las que conocía de Livingston fueron arrestadas por vender perico, cuatro de las gorditas más calladitas del lugar. Como dice el dicho: el que no corre, vuela. En Bush Street, los Lambdas tuvieron una pelea con los Alfas por alguna idiotez y durante varias semanas se hablaba de que habría una guerra negro-latina, pero nunca se dio; estaban todos demasiado ocupados con los bonches y rapando.

Ese invierno incluso logré sentarme en mi cuarto el tiempo suficiente para escribir un cuento que no estaba na mal, sobre la mujer que vivía en el patio detrás de mi casa en la RD, una mujer que todos decían era una prostituta, pero que nos cuidaba a mí y a mi hermano mientras mi mamá y mi abuelo estaban en el trabajo. Mi profesor no lo podía creer. Me impresionaste. No hay un sólo tiroteo o puñalada en todo el cuento. No es que sirviera pa na. No gané ninguno de los premios de escritura creativa ese año. Había tenido algo de esperanza.

Y entonces llegaron los exámenes finales y, de toda la gente del mundo, ¿con quién me encontré? ¡Con Lola! Casi no la reconozco porque tenía el pelo larguísimo y llevaba puestos unos espejuelos cuadrados baratos, del tipo que usaban las blanquitas alternativas. Llevaba tanta plata en las muñecas como para rescatar a la familia real y se le salía tanta pierna de la falda que era pura avaricia. En cuanto me vio, se bajó la falda, aunque esto no cambió mucho las cosas. Estábamos en la línea E; yo regresaba de ver a una jevita de poca importancia y ella iba a la estúpida fiesta de despedida de uno de sus amigos. Me dejé caer a su lado y ella dijo, ¿Qué pasa? Con sus ojos tan increíblemente grandes y exentos de toda malicia. O de expectativa, si a eso vamos.

¿Cómo has estado? pregunté.

Bien. ¿Y tú?

Preparándome para las vacaciones

Feliz Navidad. Y entonces, como era de esperar de una de León, ¡volvió a la lectura de su libro!

Le eché una mirada al libro. Introducción al japonés. ¿Qué coñazo estás estudiando ahora? ¿No te han botado de aquí todavía?

Voy a enseñar inglés en Japón el año entrante, dijo en tono muy práctico. Va a ser *increíble*.

No es que lo *esté pensando* o que *haya solicitado ir* sino que *voy*. ¿A Japón? Reí, con un poco de crueldad. ¿A qué coñazo va una dominicana a Japón?

Tienes razón, dijo, volviendo la página, irritada. ¿Para qué va a querer ir *uno* a *ningún lugar* teniendo *New Jersey*?

Dejamos el tema un segundo.

Eso estuvo duro, le dije.

My apologies.

Como dije antes: era diciembre. Mi jevita india, Lily, me esperaba en College Avenue y también me esperaba Suriyan. Pero no pensaba en ninguna de las dos. Pensaba en la única vez que había visto a Lola ese año; estaba leyendo un libro de frente a la Capilla Henderson con una concentración tal que temí que se pudiera lastimar. Había sabido por Óscar que vivía en Edison con unas amigas, que trabajaba en una oficina u otra, y que estaba ahorrando dinero para su próxima gran aventura. El día que la vi, quise saludarla pero no tuve los cojones. Me imaginé que me iba a hacer el fo.

Vi Commercial Avenue pasar y en la distancia, las luces de la Ruta 18. Ése sería uno de esos momentos que siempre me recordarían a Rutgers. Las muchachas que estaban delante de nosotros se reían nerviosamente de algún tipo. Ella tenía las manos sobre las páginas, las uñas color arándano. Mis manos parecían enormes cangrejos. Si no tenía cuidado, en un par de meses estaría de nuevo en London Terrace y ella estaría en Tokio o Kyoto o donde coñazo fuera. De todas las muchachas con que había estado en Rutgers, de todas las muchachas con que había estado, Lola era la que nunca había logrado entender. Entonces, ¿por qué sentía que era la que mejor me conocía a mí? Pensé en Suriyan y en que nunca me volvería a hablar. Pensé en mis propios miedos a ser bueno de verdad, porque Lola no era Suriyan; con ella tendría que ser alguien que ni siquiera había intentado ser. Nos acercábamos a College. Última oportunidad, así que hice como Óscar y dije, Ven a cenar conmigo, Lola. Prometo que no trataré de quitarte los pantis.

Sí, claro, dijo, casi arrancando la página al pasarla.

Cubrí su mano con la mía y ella me echó una desgarradora mirada de frustración, como si ya estuviera cayendo en el hueco negro conmigo y, aunque le costara la vida, no entendiera por qué.

Está bien, le dije.

No, no está nada fokin bien. Eres demasiado *bajito*. Pero en ningún momento quitó la mano.

. . .

Fuimos a su apartamento en Handy Street y antes de que pudiera hacérselo, lo detuvo todo: me sacó del toto por las orejas. ¿Por qué es ésta la cara que no puedo olvidar, incluso ahora, después de todos estos años? Cansada por el trabajo, hinchada por falta de sueño, esa mezcla loca de ferocidad y vulnerabilidad que era y siempre será Lola.

Me miró hasta que no pude suportar más y entonces me dijo: No me mientas, Yunior.

No lo haré, le prometí.

No se rían. Mis intenciones eran puras.

No hay mucho más que contar. Salvo esto:

Esa primavera me volví a mudar con él. Lo había estado pensando todo el invierno. Incluso en el último minuto por poco decido no hacerlo. Lo estuve esperando en la puerta del cuarto en Demarest, y a pesar de que había estado allí toda la mañana, estuve a punto de salir corriendo en el último minuto, pero en eso oí sus voces en la escalera, subiendo las cosas.

No sé quién se sorprendió más, si Óscar, Lola o yo.

En la versión de Óscar, levanté la mano y dije, *Mellon.*[130] Le tomó un segundo reconocer la palabra.

Mellon, dijo finalmente.

. . .

[130][Amigo en elvish, idioma inventado por Tolkien.]

El otoño después de La Caída fue oscuro (lo leí en su diario): oscuro. Seguía pensando en hacerlo, pero tenía miedo. De su hermana sobre todo, pero también de sí mismo. De la posibilidad de un milagro, de un verano invencible. Leyendo y escribiendo y mirando la TV con su mamá. Si intentas cualquier estupidez, su mamá le juró, no te dejaré tranquilo en lo que me queda de vida. Es mejor que me creas.

La creo, señora, informó haber dicho. La creo.

Durante aquellos meses no pudo dormir, y así es como terminó sacando el carro de su mamá a dar vueltas a medianoche. Cada vez que salía de la casa pensaba que sería la última. Iba a todas partes. Se perdió en Camden. Encontró el barrio donde me críe. Atravesó New Brunswick en el momento en que los clubs cerraban, mirando a todo el mundo, mientras el estómago lo mataba. Llegó incluso hasta Wildwood. Buscó la cafetería donde había salvado a Lola, pero había cerrado y no se había abierto nada en su lugar. Una noche recogió a una muchacha que pedía que la llevaran. Una muchacha inmensamente embarazada. Apenas hablaba inglés. Era una guatemalteca indocumentada de mejillas hundidas. Necesitaba ir a Perth Amboy y Óscar, nuestro héroe, le dijo: No te preocupes. Te llevo.

Que Dios te bendiga, dijo ella. Pero parecía lista para saltar por la ventanilla de ser necesario.

Le dio su número de teléfono, por si las moscas, pero ella nunca llamó. No le sorprendió.

Algunas noches manejó tanto tiempo y tan lejos que llegó a quedarse dormido al timón. Un segundo estaba pensando en sus personajes y el siguiente iba a la deriva, una toxicidad embriagante, a punto de caer rendido, cuando de repente sonaba una última alarma.

Lola.

Nada más excitante (escribió) que salvarse a uno mismo con el simple acto de despertar.

II

Los hombres no son imprescindibles. Pero Trujillo es irremplazable. Porque Trujillo no es un hombre. Es... una fuerza cósmica.... Quienes tratan de compararlo con sus contemporáneos comunes y corrientes se equivocan. Pertenece a... la categoría de aquellos nacidos con un destino especial.

La Nación

Por supuesto que lo intenté una vez más. Fue aún mayor estupidez que la primera. Catorce meses y Abuela anunció que era hora de que regresara a Paterson, a mi mamá. No podía creer lo que me estaba diciendo. Me parecía la más profunda de las traiciones. No volví a sentirme así otra vez hasta que rompí contigo.

¡Pero si no me quiero ir! protesté. ¡Me quiero quedar aquí!

Pero ella no escuchaba. Levantó las manos en el aire como si no hubiera nada que ella pudiera hacer. Es lo que quiere tu mamá y lo que quiero yo y lo correcto.

¿Y lo que quiero yo?

Lo siento, hija.

Así es la vida. Toda la felicidad de la que te rodeas, te la barre como si nada. Si me preguntan, diría que no creo que las maldiciones existan. Pienso que sólo existe la vida. Y eso basta.

Yo no era madura. Dejé el equipo. Dejé de ir a clases y de hablarles a todas mis amigas, hasta a Rosío. Le dije a Max que habíamos terminado y me miró como si le hubiera disparado entre los ojos. Trató de impedir que me marchara, pero le grité, como grita mi mamá, y él dejó caer la mano como si estuviera muerta. Pensé que le estaba haciendo un favor. No quería lastimarlo más de lo necesario.

Me porté como una verdadera estúpida las últimas semanas. Creo que lo que realmente quería era desaparecer, por lo que estaba haciendo todo lo posible para que así fuera. Estuve con otro, tan confundida me encontraba. Era el padre de una de mis compañeras de clases. Siempre había estado detrás de mí, aun en presencia de su hija, así que lo llamé. Hay algo con que siempre se puede contar en Santo Domingo. No con las luces, no con la ley.

Con el sexo.

Eso nunca falla.

No me molesté en que hubiera un romance. Dejé que me llevara a una cabaña en la primera "cita". Era uno de esos políticos vanidosos, un peledeísta.[131] Tenía su propia jeepeta grande con aire acondicionado. Nunca había visto a nadie tan feliz como cuando me bajé los pantalones.

Hasta que le pedí dos mil dólares. Americanos, le recalqué.

Es lo que Abuela dice: Toda serpiente siempre piensa que está mordiendo un ratón hasta el día que muerde una mangosta.

[131] [Un peledeísta es un seguidor del Partido de la Liberación Dominicana, fundado por Juan Bosch (figura intelectual muy respetada en vida, ex presidente de la República derrocado en 1963 con ayuda de los Estados Unidos). Lo fundó tras abandonar el Partido Revolucionario Dominicano (los perredeístas).]

Ése fue mi gran momento como puta. Sabía que él tenía dinero, de no ser así no se lo hubiera pedido y, al fin y al cabo, tampoco se lo estaba robando. Creo que lo hicimos unas nueve veces en total, de modo que, en mi opinión, sacó más del asunto de lo que dio. Después, me senté en la cabaña y bebí un poco de ron mientras él esnifaba de unas bolsitas de yayo. No hablaba mucho, lo que era bueno. Siempre se mostraba bastante avergonzado después de rapar, y eso me hacía sentir muy bien. Se quejó que ése era el dinero para la escuela de su hija. Bla bla bla. Róbaselo al gobierno, le dije con una sonrisa. Cuando me dejó en casa, lo besé sólo para poder verlo echarse atrás acobardado.

No le hablé mucho a La Inca en esas últimas semanas, pero ella nunca dejó de hablarme. Quiero que te vaya bien en la escuela. Quiero que me visites cuando puedas. Quiero que recuerdes de dónde eres. Lo preparó todo para mi partida. Yo estaba demasiado enojada como para pensar en ella, en lo triste que estaría cuando me fuera. Después de mi mamá, yo era la única persona con la que había compartido su vida. Comenzó a cerrar la casa como si fuera ella quien se marchaba.

¿Qué? pregunté. ¿Vienes conmigo?

No, hija. Me voy al campo un rato.

¡Pero si odias el campo!

Tengo que ir, explicó, cansada. Aunque sea sólo un tiempito.

Y entonces Óscar llamó, de la nada. Tratando de arreglar las cosas ahora que yo regresaba. Así que vuelves a casa.

No lo des por hecho, le dije.

No hagas nada con premura.

No hagas nada con premura. Me reí. ¿Alguna vez te oyes hablar, Óscar?

Suspiró. Todo el tiempo.

Todas las mañanas al despertar me aseguraba de que el dinero todavía estuviera debajo de la cama. Dos mil dólares en aquellos días lo podían llevar a una donde quisiera y, por supuesto, yo pensaba en Japón o en Goa, porque una de las muchachas de la escuela me había hablado de esos lugares. Otras playas, muy hermosas, nos aseguró. Para nada como Santo Domingo.

Y entonces, al fin, llegó. Nunca ha hecho nada de modo discreto, mi mamá. Arribó en un carro negro grande, no en un taxi normal, y todos los carajitos del barrio vinieron a ver el show. Mi mamá hacía como si no se diera cuenta del gentío. El chofer, por supuesto, estaba tratando de levantársela. Ella se veía flaca y desgastada y no podía creer al taxista.

Déjela en paz, le dije. ¿No le da vergüenza?

Mi madre sacudió la cabeza tristemente y miró a La Inca. No le enseñaste nada.

La Inca ni pestañeó. Le enseñé todo lo que pude.

Y entonces el gran momento, el que toda hija teme. Mi mamá me examinaba de arriba abajo. Nunca había estado en mejor forma, nunca me había sentido más hermosa y deseada en mi vida, ¿y qué dijo la desgraciada ésa?

Coño, pero tú sí eres fea.

Y esos catorce meses... desaparecidos. Como si nunca hubieran existido.

Ahora que también soy madre, me doy cuenta que no pudo haber sido diferente. Así era ella. Como dicen: Plátano maduro no vuelve a verde. Incluso al final se negaba a demostrarme nada que se pudiera reconocer como cariño. Nunca lloró por mí ni por sí misma, sólo por Óscar. Mi pobre hijo, sollozaba. Mi pobre hijo. Con los padres uno siempre piensa que, por lo menos al final, algo va a cambiar, a mejorar. Pero entre nosotras no.

Es probable que hubiera escapado. Que hubiera esperado a que regresáramos a Estados Unidos, que hubiera esperado como paja de arroz, ardiendo poco a poco, hasta que bajaran la guardia y entonces, una mañana, hubiera desaparecido. Del mismo modo que mi papá dejó a mi mamá y nunca se le volvió a ver. Desapareció como todo desaparece. Sin rastro. Hubiera vivido lejos. Hubiera sido feliz, de eso estoy segura, y nunca hubiera tenido hijos. Me hubiera puesto prieta al sol, sin evitarlo, y me hubiera soltado el pelo con todos sus rizos y ella me hubiera pasado por al lado en la calle y nunca me hubiera reconocido. Ése era el sueño que tenía. Pero si estos años me han enseñado algo, es esto: nunca sc puede escapar. Jamás. La única salida está por dentro.

Y creo que de eso es que tratan estos cuentos.

Sí, sin duda: Me hubiera escapado. Con o sin La Inca, me hubiera escapado.

Y entonces murió Max.

No lo había vuelto a ver. Nunca desde el día que rompimos. Mi pobre Max, quien me amó más allá de las palabras. Quien al rapar decía, *Soy tan dichoso.* No andábamos en los mismos círculos o en el mismo barrio. A veces, cuando el peledeísta me llevaba a las cabañas, podía haber jurado que lo veía a toda mecha por el horrendo tráfico del mediodía, un rollo de película bajo el brazo (traté de convencerlo para que comprara una mochila, pero me dijo que le gustaba así). Mi valiente Max, capaz de deslizarse entre dos guardafangos igual que una mentira entre los dientes de cualquiera.

Lo que sucedió fue que un día calculó mal —desconsolado, estoy segura— y acabó aplastado entre una guagua camino al Cibao y otra que iba a Baní. Su cráneo estalló en un millón de pedacitos, la película se desenredó por toda la calle.

Me enteré después del entierro. Su hermana me llamó.

Fuiste a la que más amó, sollozó. A la que más amó.

La maldición, dirán algunos de ustedes.

La vida, es lo que digo yo. La vida.

Nunca verán a nadie irse tan calladita. Le di a su mamá el dinero que había recibido del peledeísta. Maxim, su hermano menor, lo usó para comprar una yola que lo llevó a Puerto Rico y, según lo último que oí, le va bien allá. Tiene una tiendecita y su mamá ya no vive en Los Tres Brazos. Mi toto sirvió para algo bueno después de todo.

Te querré siempre, dijo mi abuela en el aeropuerto. Y se alejó.

Fue sólo cuando monté en el avión que comencé a llorar. Sé que parece ridículo, pero creo que en realidad no dejé de llorar hasta que te conocí. Sé que nunca dejé de expiar mi culpa. Los otros pasajeros deben de haber pensado que estaba loca. Estuve esperando a que mi mamá me pegara, me llamara idiota, bruta, fea, malcriada, que quisiera cambiar asientos, pero no fue así.

Puso su mano en la mía y no la movió. Cuando la mujer que estaba delante se volvió y dijo: Dígale a esa hija suya que se calle, ella le contestó, Dígale a ese culo suyo que deje de apestar.

Quien más pena me daba era el viejito a nuestro lado. Se

notaba que había estado visitando a su familia. Llevaba un pequeño sombrero de ala y su mejor chacabana muy bien planchada. Ya está bien, muchacha, dijo, dándome palmitas en la espalda. Santo Domingo estará siempre allí. Estaba allí al principio y estará allí al final.

Por amor de Dios, murmuró mi mamá, y entonces cerró los ojos y se durmió.

05.
POBRE ABELARD
1944–1946

El médico famoso

Cuando la familia habla del asunto —que sería más o menos nunca— comienza siempre en el mismo punto: con Abelard y The Bad Thing que dijo sobre Trujillo.[132]

Abelard Luis Cabral era el abuelo de Óscar y Lola, un cirujano que había estudiado en Ciudad México en los años de Lázaro Cárdenas y a mediados de los cuarenta, antes de que ninguno de nosotros hubiera nacido, un hombre de apreciable reputación en La Vega. Un hombre muy serio, muy educado y muy bien plantado. Considerado uno de los hombres más inteligentes del Cibao.

[132]Hay otros comienzos, sin duda, seguro que mejores —si me hubieran preguntado a mí, habría empezado cuando los españoles "descubrieron" el Nuevo Mundo, o cuando Estados Unidos invadió Santo Domingo en 1916— pero si éste es el principio que los de León eligieron para sí, pues, ¿quién soy yo para dudar de su historiografía?

(Ya pueden ver a dónde va a parar esto.)

En aquellos días de antaño —antes de la delincuencia y los bancos en quiebra, antes de la Diáspora— los Cabral se contaban entre los High del País. No eran tan asquerosamente ricos o históricamente importantes como los Ral Cabral de Santiago, pero tampoco eran los primos pobres. En La Vega, donde la familia había vivido desde 1791, eran prácticamente la realeza, un hito de tanta importancia como La Casa Amarilla y el río Camú; los vecinos hablaban de la residencia de catorce cuartos que el padre de Abelard había construido, Casa Hatuey,[133] un chalet ecléctico lleno de recovecos que se había ido ampliando con frecuencia, cuyo centro original de piedra había pasado a ser el estudio de Abelard. Una casa rodeada por arboledas de almendros y mangos enanos. También tenían un apartamento moderno art decó en Santiago, donde Abelard solía pasar los fines de semana atendiendo los negocios de la familia. Estaban además los establos recién restaurados que habrían podido alojar cómodamente una docena de caballos; los caballos mismos: seis de Berbería, de piel como vitela. Y, por supuesto, cinco criados a tiempo completo (de la variedad rayana). Mientras el resto del país subsistía a base de piedras y bagazos de yuca y era hospedero de espirales sin fin de lombrices intestinales, los Cabral cenaban con pastas y dulces salchichas italianas, comían con cubiertos de plata de Jalisco

[133]Hatuey, en caso que lo hayan olvidado, era el Ho Chi Minh taíno. Cuando los españoles cometían el Primer Genocidio en la República Dominicana, Hatuey dejó la isla y fue en canoa a Cuba en busca de refuerzos, un viaje precursor al de Máximo Gómez casi trescientos años más tarde. A la Casa Hatuey se le dio ese nombre porque, en Tiempos Idos, supuestamente había sido propiedad de un descendiente del sacerdote que intentó bautizar a Hatuey antes de que los españoles lo quemaran en la hoguera. (Lo que Hatuey dijo en esa pira es una leyenda en sí: ¿Hay blancos en el Cielo? Entonces prefiero ir al Infierno.) Sin embargo, la Historia no ha tratado bien a Hatuey. A menos que algo cambie CUANTO ANTES, seguirá como su camarada, Crazy Horse, atado a una cerveza, en un país que no es el suyo.

en platos Belleek. Los ingresos de un cirujano podían ser muy buenos, pero la cartera de negocios de Abelard (de haber existido esas cosas en aquellos días) era la verdadera fuente de la abundancia familiar: de su padre odioso y avinagrado (ahora difunto) Abelard había heredado un par de prósperos supermercados en Santiago, una fábrica de cemento y los títulos de una cadena de fincas en las Septentrionales.

Los Cabral eran, como pueden haber imaginado, miembros de la Clase Afortunada. En los veranos "pedían prestada" la cabaña de un primo en Puerto Plata y acampaban allí por un período nunca inferior a tres semanas. Las dos hijas de Abelard, Jacquelyn y Astrid, nadaban y jugaban con las olas (sufriendo muchas veces del Desorden de la Degradación del Pigmento del Mulato, también conocido como bronceado) bajo la mirada vigilante de su mamá que, incapaz de arriesgarse a una oscuridad adicional, permanecía encadenada a la sombra de su sombrilla, mientras su padre, cuando no estaba escuchando las noticias de la Guerra, vagaba por la costa, su rostro en tensa concentración. Caminaba descalzo, sólo con la camisa blanca y el chaleco, los pantalones remangados, el demi-afro como una paternal antorcha y algo rellenito en la madurez. A veces el fragmento de una concha de mar o de un cangrejo bayoneta le llamaba la atención y Abelard se ponía en cuatro patas y lo examinaba con un lente de joyero, de modo que, para deleite de sus dos hijas y consternación de su esposa, parecía un perro oliendo un mojón.

Todavía hay en el Cibao quienes recuerdan a Abelard y todos les dirán que, además de ser un médico brillante, poseía una de las mentes más notables del país: era infatigablemente curioso, alarmantemente prodigioso y estaba especialmente dotado para la complejidad lingüística y computacional. El viejo era bien leído en español, inglés, francés, latín y griego; coleccionaba libros raros, abogaba por abstracciones extrañas, colaboraba con el *Diario de Medicina Tropical* y era etnógrafo aficionado a la manera de Fernando Ortiz. En resumen, Abelard era un Cerebro —no enteramente inusual en México, donde había estudiado, pero una especie extremadamente rara en la Isla del General Supremo Rafael Leónidas Trujillo Molina. Animó a sus hijas a leer y las preparó para que lo siguieran en la profesión (hablaban francés y leían latín antes de los nueve años). Tenía un interés tal en la educación que cualquier conocimiento nuevo, por arcano o trivial que fuera, lo llevaba a la Luna. La sala de su casa, con el empapelado de tan buen gusto que había escogido la segunda esposa de su papá, era el lugar más frecuentado, el número uno, de los todólogos locales. Allí se celebraban encarnizados debates que duraban noches enteras y, aunque a Abelard muchas veces le frustraba su baja calidad —en modo alguno como en la UNAM—, no habría renunciado a ellos por nada del mundo. A veces sus hijas le daban las buenas noches al padre y, al amanecer, se lo encontraban todavía enfrascado en alguna oscura conversación con sus amigos, los ojos rojos, el pelo alborotado, aturdido pero cuerdo. Se le acercaban y besaba a cada una, llamándolas sus Lumbreras. Estas inteligencias jóvenes, se jactaba con frecuencia ante sus amigos, nos superarán a todos.

El Reinado de Trujillo no era la mejor época para ser amante de las Ideas, no era la mejor época para entregarse a debates de salón, para celebrar tertulias, para hacer cualquier cosa fuera de lo común, pero Abelard no era nada si no meticuloso. Nunca permitía que se manejara política actual (es decir, Trujillo), se aseguraba de mantener toda esa vaina en un plano abstracto, permitía a quien quisiera (incluso a miembros de la Policía Secreta) asistir a sus reuniones. Dado que era posible quemarse por algo tan sencillo como no pronunciar bien el nombre del Cuatrero Fracasado, en realidad no se requería mucho seso para ello. Como práctica general, Abelard trataba de no pensar en El Jefe, seguía una especie de Tao para Evitar Dictadores, lo que era irónico teniendo en cuenta que mantenía una incomparable apariencia de trujillista entusiasta.[134] Como individuo y funcionario ejecutivo de la asociación médica, donaba con largueza al Partido Dominicano; él y su esposa, que era su enfermera número uno y mejor asistente, se unían a cada misión médica que Trujillo organizaba, por lejos que fuera en el campo. Y nadie pudo reprimir mejor que Abelard la carcajada cuando El Jefe ganó unas elecciones, ¡con el 103 por ciento! ¡Qué entusiasmo tenía el pueblo! Cuando se celebraban banquetes en honor a Trujillo, Abelard siempre viajaba a Santiago para asistir. Llegaba temprano, se iba tarde, sonreía sin fin y no decía ni pío. Desconectaba su motor intelectual y funcionaba estrictamente por inercia. Llegado el momento, Abelard le estrechaba la mano a El Jefe, lo cubría en la cálida efusión de su idolatría (si piensan que el trujillato no fue homoerótico, entonces, para citar al Sacerdote, *no entienden na*) y, sin más,

[134]Pero lo aún más irónico era que Abelard tenía la reputación de poder *bajar* la cabeza durante las peores locuras del régimen… de no ver, por decirlo así. Por ejemplo, en 1937, mientras Los Amigos de la República Dominicana estaban perejiliando hasta la muerte a los haitianos y a los haitiano-dominicanos y a los dominicanos que parecían haitianos, mientras se gestaba, de hecho, el genocidio, Abelard mantuvo la cabeza, los ojos y la nariz bien metidos en los libros (dejó que su esposa se ocupara de esconder a sus criados y no le preguntó nada sobre el asunto) y cuando los sobrevivientes llegaban tambaleándose a su clínica con atroces machetazos, los trataba como mejor podía sin hacer ningún comentario sobre lo espantoso de las heridas. Actuaba como si se tratara de un día cualquiera.

desaparecía de nuevo en las sombras (como en la película preferida de Óscar, *Point Blank*). Se mantenía todo lo alejado de El Jefe que le era posible —no tenía la falsa ilusión de ser un igual de Trujillo, su compinche o alguien a quien por alguna causa necesitara— al fin y al cabo, los bróders que se metían con él tendían a terminar con casos fatales de mortitis. A Abelard no le hacía daño alguno que su familia no estuviera toda en el bolsillo de El Jefe, que su papá no hubiera cultivado tierras o tuviera negocios en proximidad geográfica o competitiva con los de El Jefe. Su contacto con Fuckface era felizmente limitado.[135]

Abelard y el Cuatrero Fracasado pudieron haber flotado uno al lado del otro en los Pasillos de la Historia de no haber sido por el hecho de que, a partir de 1944, en lugar de llevar a su esposa e hijas a los eventos de El Jefe, según dictaba la costumbre, Abelard comenzó a dejarlas en casa de modo reiterado. Les explicó a los amigos que su esposa se había puesto "nerviosa" y que Jacquelyn la cuidaba, pero la verdadera razón de las repetidas ausencias era la notoria rapacidad de Trujillo y el que su hija Jacquelyn se había convertido en un monumento de mujer. La hija mayor de Abelard —seria, intelectual— ya no era aquella niña torpe, alta y flaquita; la adolescencia le había pegado con furia, transformándola en una señorita de gran belleza. Había padecido un caso serio de cadera-culo-pechos, condición que en los años 40 era un

[135]Él habría deseado que así también hubiera sido su contacto con Balaguer. En aquellos días el Demonio Balaguer todavía no se había convertido en el Ladrón de las Elecciones; era sólo el Ministro de Educación de Trujillo —pueden ver sus logros en *ese* campo— y aprovechaba toda oportunidad que se le presentaba para arrinconar a Abelard. Deseaba hablar con Abelard sobre sus *teorías* —que eran cuatro partes Gobineau, cuatro partes Goddard y dos partes eugenesia racial alemana. Las teorías alemanas, le aseguraba a Abelard, estaban muy de moda en el continente. Abelard asentía. Ya veo. (Y, bueno, ustedes se preguntarán, ¿quién era el más inteligente? No había comparación alguna. En un encuentro de tablas y escaleras, Abelard, El Cerebro del Cibao, hubiera acabado con el "Genio del Genocidio" en un dos por tres.)

problema con T mayúscula seguida por una R, una U y una J hasta el illo.

Pregúntenle a cualquiera de los mayores y les dirán: Trujillo pudo haber sido un Dictador, pero era además un Dictador Dominicano, lo que es otra manera de decir que era el Bellaco Número Uno del País. Creía que todo el toto en la RD era, literalmente, suyo. Es un hecho bien documentado que en la RD de Trujillo, si uno era de una clase dada y dejaba a su hija linda cerca de El Jefe, a la semana estaría mamándole el ripio como una profesional, ¡y uno no podía hacer nada para evitarlo! Era parte del precio de vivir en Santo Domingo, uno de los secretos mejor conocidos de la isla. Era tan común la práctica, tan insaciables los apetitos de Trujillo, que existía un fracatán de hombres en la nación, hombres de calidad y posición, créanlo o no, que le ofrecían sus hijas *libremente* al Cuatrero Fracasado. En su haber, Abelard no era uno de ellos; en cuanto se dio cuenta de lo que había —después que su hija comenzara a parar el tráfico en la calle El Sol, después que uno de sus pacientes vio a su hija y le dijo, Debe tener cuidado con ésa— la convirtió en Rapunzel y la encerró en la casa. Fue un Gesto Valiente, no acorde con su carácter, pero sólo había necesitado ver a Jacquelyn prepararse para la escuela una mañana, grande de cuerpo pero aún una niña, por Dios, una niña, y el Gesto Valiente se le hizo fácil.

Sin embargo, ocultar de Trujillo a su hija de ojos de gamo y pechos grandes no era nada fácil. (Como negarle el anillo a Sauron.) Si ustedes creen que el dominicano promedio es malo, Trujillo era cinco mil veces peor. El tipo tenía centenares de espías cuyo único trabajo era rastrear las provincias en busca de la próxima. Si procurar cuca hubiera sido más central al trujillato, el régimen hubiera sido la primera culocracia del mundo (y quizá, de hecho, lo fue). En este clima, esconder a las mujeres de uno equivalía a traición; los infractores que no aflojaban a las muchachas podían encontrarse fácilmente disfrutando del tonificante encanto de un baño con ocho tiburones. Vamos a estar claros: Abelard asumía un enorme riesgo. No importaba que fuera de clase alta o que hubiera preparado bien el terreno, llegando hasta a hacer que un amigo diagnosticara a su esposa como maníaca y luego dejando correr el rumor en los círculos de élite que frecuentaba. Si Trujillo y Compañía se enteraban de su duplicidad, lo tendrían en cadenas (y a Jacquelyn bocarriba) en cuestión de segundos. Y era por ello que cada vez que El Jefe iba arrastrando los pies por la línea de recepción para darles la mano a todos, Abelard esperaba que, con esa voz alta y chillona suya, exclamara, ¡Dr. Abelard Cabral!, ¿dónde está esa hija suya tan deliciosa? He oído tanto de ella de sus *vecinos*. Esto bastaba para ponerlo febril.

Su hija Jacquelyn, por supuesto, no tenía la menor idea de lo que estaba en juego. Eran tiempos más inocentes y ella era una muchacha inocente; ser violada por su Ilustre Presidente era lo que más lejos estaba de su excelsa mente. De las dos hijas, era la que había heredado el cerebro de su padre. Estudiaba francés religiosamente porque había decidido imitar a su papá e ir al extranjero a estudiar medicina en la Faculté de Médecine de París. ¡A Francia! ¡Para ser la próxima Madame Curie! Se devoraba los libros noche y día y practicaba el francés con su padre y con el criado Esteban El Gallo, que había nacido en Haití y aún lo hablaba bastante bien.[136] Ninguna de sus hijas tenía idea de lo que pasaba. Vivían tan despreocupadas como hobbits y ni se imaginaron la sombra que asomaba en el horizonte. En sus días libres, cuando no estaba en la clínica o escribiendo en su estudio, Abelard se paraba en la ventana de atrás de su estudio y miraba a sus hijas en sus juegos tontos de niñas hasta que su corazón no podía aguantar más el dolor.

Cada mañana, antes de comenzar sus estudios, Jackie escribía en una hoja de papel en blanco: *Tarde venientibus ossa.*

A los rezagados les quedan los huesos.

Abelard hablaba de estos asuntos sólo con tres personas. La primera, por supuesto, era su esposa Socorro. Socorro (se debe decir) era un Talento por derecho propio. Una belleza famosa del este (Higüey) y fuente de la hermosura de sus dos hijas. En su juventud, había parecido una Dejah Thoris prieta (una de las principales razones por las que Abelard había perseguido a una muchacha tan por debajo de su clase) y también había sido unas de las mejores enfermeras clínicas con las que había tenido el honor de trabajar en México o en la República Dominicana, lo cual, dada la valoración de sus colegas mexicanos, no era poco elogio. (Segunda razón por la que la había perseguido.) Su dedicación al trabajo y su conocimiento enciclopédico de las curaciones y remedios tradicionales la hacían imprescindible en su consultorio. Sin embargo, la reacción de ella a sus preocupaciones por lo de Trujillo fue típica; era una mujer inteligente, hábil, trabajadora, que no pestañeba al enfrentarse al spray arterial que

[136]Después que Trujillo lanzó el genocidio de los haitianos y los haitiano-dominicanos en 1937, en la RD no se vio trabajando a mucha gente que pareciera haitiana por lo menos hasta finales de los años 50. Esteban era la excepción porque a) tenía un aspecto cabronamente dominicano y b) durante el genocidio, Socorro lo había ocultado dentro de la casa de muñecas de su hija Astrid. Estuvo cuatro días allí, apretujado como una Alicia mulata.

silbaba de un muñón tajado por un machete, pero cuando había amenazas más abstractas como, por ejemplo, Trujillo, se obstinaba y encaprichaba en no reconocer que pudiera existir un problema, mientras no dejaba de vestir a Jackie en la ropa más sofocante. ¿Por qué le andas diciendo a la gente que estoy loca? preguntaba, molesta.

Abelard también se lo comentó a su querida, la señora Lydia Abenader, una de las tres mujeres que habían rechazado su propuesta de matrimonio cuando regresó de sus estudios en México... ahora viuda y su amante número uno. Era la mujer que su padre había querido que él enganchara y, cuando no pudo cerrar el trato, éste se estuvo burlando de él, llamándolo medio hombre, hasta los últimos días de su biliosa vida (tercera razón por la que había perseguido a Socorro).

Por último habló con su vecino y amigo de muchos años, Marcus Applegate Román, a quien llevaba y traía a menudo de los eventos presidenciales porque no tenía carro. Con Marcus había sido un arrebato espontáneo; el peso del problema en realidad lo aplastaba; iban de regreso a La Vega por una de las antiguas vías de la Ocupación Militar en medio de una noche de agosto y cruzaban las tierras de labrantío, oscuras, oscuras, del Cibao, con tanto calor que iban con las ventanillas del carro completamente abiertas, lo que provocaba que una corriente constante de mosquitos les entrara por la nariz y, de la nada, Abelard comenzó a hablar. Las jóvenes no tienen ninguna oportunidad de desarrollarse en este país sin que las molesten, se quejó. Entonces, como ejemplo, dio el nombre de una joven a la que El Jefe había desflorado hacía poco, una muchacha de la que los dos sabían, graduada de la Universidad de la Florida e hija de un conocido. Al principio, Marcus no dijo nada; en la oscuridad del interior del Packard, su cara era una ausencia, una laguna de sombras. Un silencio preocupante. Marcus no era para nada admirador de El Jefe y en más de una ocasión en presencia de Abelard lo había llamado "bruto" e "imbécil", pero no por eso Abelard dejó de percibir de repente su indiscreción colosal (así era la vida en esos días de la Policía Secreta). Al fin, Abelard le preguntó, ¿No te incomoda?

Marcus se inclinó para encender un cigarrillo y al fin su cara reapareció, demacrada pero familiar. No podemos hacer nada en ese sentido, Abelard.

Pero imagina que estuvieras en una situación parecida, ¿cómo *te protegerías*?

Me aseguraría de tener hijas feas.

Lydia era mucho más práctica. Estaba sentada en la cómoda, cepillando su pelo de mora. Él en la cama, desnudo también, halándose el ripio mientras su mente vagaba. Lydia le había dicho, Mándala con las monjas. Mándala a Cuba. Mi familia la cuidará.

Cuba era el sueño de Lydia; era su México. Siempre hablaba de regresar a vivir allí.

¡Pero necesitaría permiso del Estado!

Entonces, pídelo.

Pero, ¿y si El Jefe se entera de la petición?

Lydia dejó caer el cepillo con un tecleo agudo. ¿Cómo se va a enterar?

Nunca se sabe, dijo Abelard, defensivo. En este país nunca se sabe.

Su querida estaba a favor de Cuba, su esposa a favor del arresto domiciliario y su mejor amigo no hablaba. Su propia cautela le dijo que esperara más instrucciones. Y, al fin del año, las tuvo.

En uno de los interminables eventos presidenciales, El Jefe le estrechó la mano a Abelard, pero en vez de continuar, se detuvo brevemente —una pesadilla que se hacía realidad—, le agarró los dedos y, en su voz chillona, dijo: ¿Eres el Dr. Abelard Cabral? Abelard se inclinó. A su servicio, Excelencia. En menos de un nanosegundo, Abelard estaba empapado en sudor; sabía lo que venía; el Cuatrero Fracasado no le había dirigido más de tres palabras en toda la vida, ¿qué otra cosa podía ser? No se atrevió a desviar la mirada de la cara pesadamente entalcada de Trujillo, pero con el rabillo del ojo alcanzó a ver a los lambesacos, inmóviles, que empezaban a comprender que se producía un intercambio.

Te he visto aquí a menudo, doctor, pero últimamente sin tu esposa. ¿Te has divorciado de ella?

Sigo casado, Su Grandeza. Con Socorro Hernández Batista.

Me alegra saberlo, dijo El Jefe, tenía miedo que te hubieras metido a *maricón*. Entonces se volvió a los lambesacos y rió. Oh, Jefe, chirriaron, usted es *increíble*.

Era en este momento que otro bróder, encojonado, hubiera dicho algo para defender su honor, pero Abelard no era ese bróder. No dijo nada.

Por supuesto, continuó El Jefe, quitándose una lágrima del ojo con el nudillo, no eres ningún maricón, porque he oído que tienes hijas, Dr. Cabral, una de ellas muy bella y elegante, ¿no?

Abelard había ensayado una docena de respuestas a esta pregunta, pero la que ofreció fue puro reflejo, brotó de la nada: Sí, Jefe, tiene razón, tengo dos hijas. Pero, para decirle la verdad, sólo quienes gustan de las mujeres con bigotes las encuentran hermosas.

Por un instante, El Jefe no dijo nada y en ese silencio retorcido Abelard pudo ver a su hija violada ante sus ojos, mientras a él lo bajaban con una lentitud atroz a la infame piscina de tiburones de Trujillo. Pero entonces, milagro de milagros, El Jefe arrugó su cara porcina y rió, Abelard rió también y El Jefe siguió de largo. Cuando Abelard llegó a la casa en La Vega más tarde esa misma noche, despertó a su esposa de un sueño profundo para que pudieran rezar y agradecerle a los cielos la salvación de su familia. Abelard nunca había sido rápido de palabra. La inspiración sólo pudo haber venido de los espacios ocultos de mi alma, le dijo a su esposa. De un Ser Numinoso.

¿Quieres decir de Dios? preguntó su esposa.

Quiero decir de alguien, dijo Abelard, misterioso.

¿Y ENTONCES?

Tres meses seguidos estuvo Abelard esperando el Fin. Esperó que su nombre empezara a aparecer en la sección del "Foro Popular" del periódico, críticas veladas a cierto médico de huesos de La Vega —así era como el régimen comenzaba la destrucción de un ciudadano respetado como él— cosas pequeñas como que sus medias y camisas no hacían juego; esperó la llegada de una carta exigiendo una reunión privada con El Jefe; esperó que su hija desapareciera en un viaje a la escuela. Bajó casi veinte libras en su terrible vigilia. Comenzó a beber copiosamente. Estuvo a punto de matar a un paciente por un resbalón de la mano. Si su esposa no se hubiera dado cuenta del error antes de que lo cosieran, ¿quién sabe qué podía haber sucedido? Les gritaba a sus hijas y esposa casi todos los días. No se le paraba mucho con la amante. Pero la temporada de lluvias se convirtió en la temporada de calor y la clínica se llenó de desaventurados, heridos, enfermos y, cuando a los cuatro meses no había sucedido nada, Abelard casi deja escapar un suspiro de alivio.

Quizá, escribió en el dorso de su mano velluda. Quizá.

Santo Domingo confidencial

En cierto modo, la vida en Santo Domingo durante el trujillato se parecía mucho al famoso episodio de *The Twilight Zone*[137] que a Óscar tanto le gustaba, en que un blanquito monstruoso, dotado de energías divinas, gobierna una ciudad completamente aislada del resto del mundo, una ciudad llamada Peaksville. El blanquito es cruel e impredecible y toda la gente de la "comunidad" vive aterrorizada, se denuncian o traicionan unos a otros por cualquier razón con tal de no ser mutilados o, más siniestramente, enviados a los maizales. (Después de cada atrocidad —ya sea ponerle tres cabezas a un topo, desterrar al maizal a un amigo que ya no le interesa o hacer que la nieve caiga en los últimos cultivos— el pueblo horrorizado de Peaksville siempre tiene que decir, Estuvo bien lo que hiciste, Anthony, estuvo *bien.*)

Entre 1930 (cuando el Cuatrero Fracasado tomó el poder) y 1961 (el año en que lo acribillaron) Santo Domingo era el Peaksville del Caribe, con Trujillo en el papel de Anthony y nosotros en el del hombre al que transforma en un Jack-in-

[137][*The Twilight Zone* fue una serie de la televisión estadounidense especializada en los géneros de ciencia ficción, fantasía y terror. Fue creada (y a menudo escrita) por su narrador y anfitrión, Rod Serling. Terminó en 1964 después de 156 episodios.]

the-Box. La comparación tal vez les haga voltear los ojos pero, amigos: sería difícil exagerar el poder que ejercía Trujillo sobre el pueblo dominicano y la sombra de miedo que cubría la región. El Tipo dominaba Santo Domingo como si fuera su Mordor privado;[138] no sólo encerró al país bien lejos del resto del mundo y lo aisló detrás de la Cortina de Plátano, sino que actuó como si se tratara de su propia plantación, como si él fuera el dueño de todo y de todos, matando a quien quisiera matar, a hijos, hermanos, padres, madres. Les arrancaba las mujeres a sus maridos la misma noche de bodas y después se jactaba en público sobre "la gran luna de miel" que había tenido la noche antes. Su Ojo estaba en todas partes; tenía una Policía Secreta que dejaba chiquita a la Stasi[139] y vigilaba a todo el mundo, incluso a los que vivían en Estados Unidos; tenía un aparato de seguridad tan ridículamente mangosta que si decías algo malo sobre El Jefe a las 8:48 de la mañana, antes que el reloj diera las diez, ya estabas en la Cuarenta con una pica en el culo. (¿Quién dice que nosotros los tercermundistas somos incompetentes?)

[138]Puede que Anthony haya aislado a Peaksville con el poder de su mente, ¡pero Trujillo hacía lo mismo con el poder de su oficina! Casi desde el momento en que asumió la presidencia, el Cuatrero Fracasado selló al país del resto de mundo —un aislamiento forzado que llamaremos La Cortina de Plátano. Y en cuanto a la frontera con Haití, que había sido fluida durante toda la historia —y siempre había sido más baká que frontera— el Cuatrero Fracasado se convirtió en una especie de Dr. Gull de *From Hell* (Jack the Ripper); adoptó el credo de los arquitectos dionisios, aspiraba a ser un arquitecto de la historia, y mediante un espantoso ritual de silencio y sangre, machete y perejil, oscuridad y negación, impuso una verdadera frontera entre los dos países, una frontera que existe más allá de los mapas, que está grabada en la historia y la imaginación del pueblo. Para mediados de la segunda década del "período presidencial" de T—illo, la Cortina de Plátano se había hecho tan eficaz que cuando los Aliados ganaron la Segunda Guerra Mundial, la mayoría de la gente ni se enteró de lo ocurrido. Y aquellos que lo sabían, creían la propaganda que Trujillo había tenido un papel importante en la derrota de los japoneses y los alemanes. El Tipo no podía haber tenido un reino más privado si hubiera tirado un forcefield alrededor de la isla. (En fin, ¿para qué generadores futurísticos si se tiene el poder del machete?) La mayoría de la gente asegura que El Jefe quería mantener al mundo alejado; sin embargo, otros señalan que parecía por lo menos tan dedicado a guardar algo adentro.

[139][La Stasi (Ministerium für Staatssicherheit, Ministerio para la Seguridad del Estado), era la policía secreta e inteligencia de la República Democrática Alemana.]

No era sólo del Señor Viernes Trece que uno se tenía que cuidar, sino de la Nación Chivata entera que había ayudado a crear porque, como todos los Señores Oscuros dignos de su Sombra, tenía la devoción de su pueblo.[140] Se creía que, en cualquier momento, entre el cuarenta y dos y el ochenta y siete por ciento de la población dominicana estaba en la nómina de la Policía Secreta. Tus propios fokin vecinos podían acabar contigo simplemente porque tuvieras algo que quisieran o porque te les adelantaste en la fila del colmado. Cantidad de gente se jodió de esa manera, traicionada por aquellos a los que consideraban sus panas, por miembros de sus propias familias, por boberías que se le iban a cualquiera. Un buen día eras un ciudadano respetuoso de la ley, masticando maní en tu galería, y al día siguiente estabas en la Cuarenta, donde te masticaban los granos. ¡La mierda era tan extrema que mucha gente creía de verdad que Trujillo tenía poderes sobrenaturales! Se rumoraba que no dormía, que no sudaba, que podía ver, oler, sentir succsos que se producían a cientos de millas, que el fukú más terrible de la isla lo protegía. (Se preguntan por qué, dos generaciones después, nuestros padres siguen siendo tan cabronamente reservados, por qué uno descubre que su hermano no es su hermano sólo por casualidad.)

Pero no hay que exagerar: Trujillo era sin duda imponente y el régimen era en muchos sentidos como un Mordor caribeño, pero había un montón de gente que menospreciaba a

[140]Su pueblo le tenía tanta devoción, como escribe Galíndez en *La era de Trujillo,* que de hecho, durante unos exámenes finales, a un estudiante graduado se le pidió que hablara sobre las culturas precolombinas de las Américas, y él contestó sin pausa que la cultura precolombina más importante de las Américas era "la República Dominicana durante la era de Trujillo". Ay mi madre... Pero lo que es aún más absurdo es que los examinadores se negaron a ponchar al estudiante, por el hecho de que "había mencionado a El Jefe".

El Jefe, que comunicaba su desprecio en formas no tan veladas, que resistía. Sencillamente, Abelard no era uno de ellos. El tipo no era como sus colegas mexicanos que siempre estaban al tanto de lo que sucedía en otras partes del mundo, que creían que el cambio era posible. Él no soñaba con revolución, no le importaba que Trotski hubiera vivido y muerto a menos de diez cuadras de su pensión de estudiante en Coyoacán. Lo único que quería era atender a sus pacientes ricos y enfermos y luego regresar a su estudio sin preocuparse de que le metieran un tiro en la cabeza o lo echaran a los tiburones. De vez en cuando alguno de sus conocidos —casi siempre Marcus— le describía la última Atrocidad de Trujillo: un clan acomodado al que hubieran despojado de sus propiedades y enviado al exilio, una familia entera alimentando pedazo a pedazo a los tiburones porque un hijo se hubiera atrevido a comparar a Trujillo con Adolf Hitler ante sus compañeros de aula, el sospechoso asesinato en Bonao de un conocido sindicalista. Abelard escuchaba estos horrores con tensión y, después de un silencio incómodo, cambiaba el tema. Simplemente no quería darle caco a los sinos de la Gente Desafortunada en los tejemanejes de Peaksville. No quería esos cuentos en su casa. A la manera de ver de Abelard —su filosofía trujillesca, si se quiere— la cosa era no levantar la cabeza, cerrar la boca, abrir los bolsillos y esconder a sus hijas una o dos décadas. Para entonces, profetizaba, ya Trujillo habría muerto y la República Dominicana sería una verdadera democracia.

Pero resultó que Abelard necesitaba ayuda en lo relativo a profecías. Santo Domingo nunca se convirtió en una democracia. Y a él tampoco le quedaban un par de décadas. Su suerte terminó mucho antes de lo que todos habían imaginado.

The Bad Thing

Mil novecientos cuarenta y cinco debió haber sido un año estupendo para Abelard y Familia. Aparecieron publicados dos artículos de Abelard y recibieron cierta aclamación, uno en el prestigioso — — y el otro en una pequeña revista de Caracas, y hasta recibió respuestas elogiosas de un par de médicos del continente, lo que sin duda fue muy halagüeño. Al negocio de los supermercados no le podía ir mejor; la Isla seguía en el auge económico que la guerra había creado y a sus administradores se les dificultaba mantener llenos los estantes. Las fincas producían y obtenían ganancias; todavía faltaban años para que se produjera el desplome mundial de los precios de los productos agrícolas. Abelard tenía una gran clientela y realizaba un número elevado de difíciles intervenciones quirúrgicas con habilidad impecable; sus hijas prosperaban (Jacquelyn había sido aceptada en un prestigioso internado en Le Havre en que comenzaría al año siguiente: su oportunidad de escapar); su esposa y su querida lo cubrían de afecto; hasta los criados parecían estar contentos (aunque él, en verdad, ni les hablaba). En términos generales, el buen doctor debía de haber estado inmensamente satisfecho consigo mismo. Debía haber terminado cada día con los pies alzados, un cigarro en la boca y una amplia sonrisa arrugando sus facciones osunas.

Era —¿nos atrevemos a decirlo?— una buena vida.

Salvo que no lo era.

En febrero hubo otra celebración presidencial (¡por el Día de la Independencia!) y esta vez la invitación fue explícita. Para el Dr. Abelard Luis Cabral *y* esposa *e* hija Jacquelyn. La parte que decía e hija Jacquelyn había sido subrayada por el anfitrión. No una ni dos, sino tres veces. Abelard estuvo a punto del desmayo cuando vio el maldito papel. Se dejó caer en su escritorio, el corazón empujando contra el esófago. Se quedó mirando fijamente durante casi una hora el trozo de vitela antes de doblarlo y guardárselo en el bolsillo de la camisa. A la mañana siguiente visitó al anfitrión, un vecino. Éste se encontraba en su corral, mirando torvamente cómo algunos de sus criados intentaban obligar a uno de sus sementales a montar. Cuando vio a Abelard su cara se ensombreció. ¿Qué coñazo quieres que haga? La orden vino directo del Palacio. Cuando se dirigía de regreso a su carro, Abelard trató de disimular que temblaba.

Consultó de nuevo con Marcus y Lydia. (No le dijo nada de la invitación a su esposa, no queriendo asustarla, ni tampoco a su hija. No quería siquiera pronunciar palabra en su propia casa.)

A pesar de que la última vez se había comportado de forma bastante racional, ahora estaba fuera de serie despotricando como un demente. Con indignación creciente, estuvo lamentándose con Marcus durante casi una hora de la injusticia, de la desesperanza de todo lo que los rodeaba (un asombroso circunloquio, porque ni una vez nombró directamente a la persona de quien se quejaba). Alternaba entre la rabia impotente y la autocompasión patética. Al fin, su amigo tuvo que taparle la boca al buen doctor para poder decir una palabra, pero Abelard siguió hablando. ¡Es una locura! ¡Una absoluta locura! ¡Soy el padre de familia! ¡Soy quien dice lo que va!

¿Qué puedes hacer? preguntó Marcus, con no poco fatalismo. Trujillo es el presidente y tú apenas un médico. Si quiere a tu hija en la fiesta, no puedes hacer nada salvo obedecer.

¡Pero es inhumano!

¿Cuándo ha sido humano este país, Abelard? Eres historiador. Si alguien debe saberlo, eres tú.

Lydia fue aún menos compasiva. Leyó la invitación, murmuró un coño y entonces le cayó encima. Te lo advertí, Abelard. ¿No te dije que mandaras a tu hija al extranjero cuando todavía era posible? Podía haber estado con mi familia en Cuba, sana y salva, pero ahora estás jodío. Ahora te tiene el Ojo encima.

Lo sé, lo sé, Lydia, ¿pero qué debo hacer? Jesucristo, Abelard, dijo con voz trémula. ¿Qué opciones hay? Estás hablando de Trujillo.

En la casa, el retrato de Trujillo que colgaba de la pared de todo buen ciudadano lo miraba desde arriba con benevolencia insípida, viperina.

Quizá si el doctor hubiera agarrado de inmediato a sus hijas y esposa y las hubiera sacado del país clandestinamente en un barco de Puerto Plata, o si hubiera logrado que se escabulleran por la frontera con Haití, hubiera habido alguna oportunidad. La Cortina de Plátano era fuerte, pero no tan fuerte. Pero, ¡ay!, en vez de hacer lo que debía, Abelard se preocupó y trató de ganar tiempo y se desesperó. No podía comer, no podía dormir, andaba de un lado a otro por los pasillos de la casa toda la noche y perdió de inmediato todo el peso que había recuperado en los meses anteriores. (Bien pensado, quizá debía haber prestado atención a la filosofía de su hija: *Tarde venientibus ossa.*) Pasaba con sus hijas todo el tiempo que le era posible. Jackie, que era la Niña de los Ojos de sus Padres, que se sabía ya de memoria todas las calles del barrio latino y que, en el último año, había recibido no cuatro ni cinco, sino doce propuestas de matrimonio, por supuesto, todas comunicadas directamente a Abelard y su esposa. Jackie no estaba enterada. Pero, bueno, de todos modos… Y Astrid, de diez años, que se parecía más a su padre en aspecto y disposición; era más sencilla, la bromista, la creyente, la que mejor tocaba el piano en todo el Cibao y la aliada de su hermana mayor en todo. A las hermanas les sorprendía la atención repentina de su papá: ¿Estás de vacaciones, Papi? Él sacudía la cabeza muy triste. No, es sólo que me gusta estar con ustedes.

¿Qué te pasa? su esposa le preguntó, pero él se negó a hablarle. Déjame en paz, mujer.

Las cosas se le pusieron tan negras que fue a la iglesia. Era la primera vez que iba (y pudo haber sido una verdadera equivocación, porque todos sabían que la Iglesia en aquel momento estaba en el bolsillo de Trujillo). Iba a confesarse casi a diario y hablaba con el sacerdote, pero lo único que éste le decía era que rezara y esperara y encendiera unas fokin velas de mierda. Se estaba metiendo tres botellas de whisky al día.

Sus amigos en México hubieran agarrado los rifles y desaparecido al interior (al menos eso pensaba él), pero él era hijo de su padre por más causas de las que le hubiera gustado admitir. Su padre, un hombre educado que se había opuesto a enviar a su hijo a México pero que siempre le había seguido la corriente a Truijllo. Cuando en 1937 el ejército había comenzado a asesinar a todos los haitianos, su padre les había permitido usar sus caballos, y cuando no le devolvieron ni uno, no le dijo nada a Trujillo. Lo asumió como costo del negocio. Abelard siguió bebiendo y preocupándose, dejó de ver a Lydia, se aisló en su estudio y al fin se convenció a sí mismo que nada iba a pasar. Era sólo una prueba. Les dijo a su esposa y a su hija que se prepararan para la fiesta sin mencionar que era una fiesta de Trujillo. Lo hizo parecer como que no fuera nada. Se odiaba hasta la médula por su mendacidad, ¿pero qué otra cosa habría podido hacer?

Tarde venientibus ossa.

Es probable que todo hubiera salido bien, pero Jackie estaba tan emocionada. Dado que era su primera fiesta, ¿a quién le sorprende que para ella fuera un acontecimiento? Fue con su mamá a comprarse un vestido, fue a la peluquería, se compró zapatos nuevos y una de sus parientes femeninas incluso le regaló un par de aretes de perla. Socorro ayudó a su hija en cada aspecto de la preparación, sin suspicacia ninguna, pero a una semana de la fiesta empezó a tener unos sueños terribles. Estaba en su pueblo natal, donde se había criado hasta que la tía la adoptara y matriculara en la escuela de enfermería, antes de que descubriera que tenía el don de Curar. De pie en el camino polvoriento bordeado de frangipani, que todos decían llegaba hasta la capital, y en la distancia que el calor hacía ondular, veía que un hombre se acercaba, una figura distante que le inspiró tanto pavor que se despertó gritando. Abelard saltó de la cama aterrado, las muchachas lloraban en sus cuartos. Tuvo aquel sueño casi todas las malditas noches de esa última semana, un reloj en conteo regresivo.

Lydia le rogó a Abelard que se fuera con ella a Cuba. Ella conocía al capitán, los escondería, le juró que era posible. Volveremos por tus hijas después, te lo prometo.

No puedo, le dijo, muy abatido. No puedo dejar a mi familia.

Ella siguió peinándose. No se dijeron una palabra más.

La tarde de la fiesta, cuando con aire lúgubre Abelard se ocupaba del carro, vio a su hija ya vestida, de pie en la sala, inclinada sobre otro de sus libros franceses. Se veía absolutamente divina, absolutamente joven, y ahí mismo le dio una de esas epifanías de las que nosotros, los estudiantes de literatura, siempre nos vemos obligados a hablar. No le llegó como una explosión de luz, un color nuevo o una sensación en el corazón. Simplemente lo supo. Supo que no podía hacerlo. Le dijo a su esposa que se olvidara de la fiesta. Le dijo lo mismo a la hija. No hizo caso de sus protestas horrorizadas. Montó en el carro, recogió a Marcus y se dirigió a la fiesta.

¿Y Jacquelyn? preguntó Marcus.

No viene.

Marcus sacudió la cabeza. No dijo nada más.

En la línea de recepción, Trujillo se detuvo de nuevo ante Abelard. Olió el aire como un gato. ¿Y tu esposa e hija?

Abelard temblaba, pero se contenía de alguna manera. Ya detectaba que todo iba a cambiar. Mis disculpas, Excelencia. Les ha sido imposible asistir.

Sus ojos porcinos se estrecharon. Ya veo, dijo fríamente, y despidió a Abelard con un gesto rápido de muñeca.

Ni siquiera Marcus lo miraba.

CHISTE APOCALYPTUS

Menos de cuatro semanas después de la fiesta, el Dr. Abelard Luis Cabral fue detenido por la Policía Secreta. ¿El cargo? "Difamación y grave calumnia a la Persona del Presidente".

Si se van a creer los cuentos, todo tuvo que ver con un chiste.

Una tarde, se cuenta, poco después de la fatídica fiesta, Abelard, que —para aclarar— era un hombre bajito, barbudo, corpulento, pero con una fuerza física asombrosa y ojos curiosos, muy juntos, fue a Santiago en su viejo Packard a comprar un buró para su esposa (y, por supuesto, a ver a su querida). Seguía desequilibrado y todos los que lo vieron aquel día recuerdan su aspecto desmelenado. Su distracción. Compró el buró sin contratiempos y lo amarró como pudo al techo del carro pero, antes de que le fuera posible echar a correr a la cama de Lydia, unos "compinches" lo acorralaron en la calle e invitaron a tomar un trago en el Club Santiago. ¿Quién sabe por qué fue? Quizá para mantener las apariencias, o porque cada invitación le parecía un asunto de vida o muerte. Aquella tarde en el Club Santiago, intentó sacudirse de encima la sensación de inminente condena hablando con entusiasmo sobre historia, medicina, Aristófanes, emborrachándose como pocas veces y, cuando anocheció, les pidió a los "compinches" ayuda para cambiar el buró al maletero del Packard. No confiaba en los mozos del hotel, explicó, porque tenían manos estúpidas. Los muchachos se brindaron con afabilidad. Pero mientras Abelard trataba a tientas de abrir el maletero del carro, dijo en voz alta: Espero que no hayan muertos aquí dentro. Que hizo el comentario precedente no se discute. Abelard lo reconoció en su "confesión". El chiste del maletero en sí provocó malestar entre los "compinches", demasiado conscientes de la sombra que el Packard lanza sobre la historia dominicana. Había sido el carro en que Trujillo, en sus años iniciales, le había robado al pueblo mediante el terror sus dos primeras elecciones. Durante el Huracán de 1931 los esbirros de El Jefe llegaban en sus Packards a las hogueras donde los voluntarios quemaban a los muertos y sacaban de los maleteros a las "víctimas del huracán", todas ellas curiosamente secas y, en sus manos, materiales del partido de oposición. El viento, los esbirros bromeaban, sopló una bala directo a la cabeza de éste. ¡Jar jar!

Todavía hoy se discute con vehemencia lo que ocurrió después. Hay quienes juran por su madre que cuando Abelard al fin abrió el maletero, metió la cabeza y dijo, No, no hay ningún muerto aquí. Esto es lo que el propio Abelard afirmó haber dicho. Una broma pesada, sin dudas, pero no una "difamación" o una "grave calumnia". En la versión de Abelard de los acontecimientos, sus amigos rieron, aseguraron el buró y él siguió a su apartamento en Santiago, donde Lydia lo esperaba (cuarenta y dos y aún encantadora, y todavía muriéndose de miedo por la hija de él). Sin embargo, los funcionarios del tribunal y sus "testigos" ocultos sostuvieron que había sucedido algo muy diferente, que cuando el Dr. Abelard Luis Cabral abrió el maletero del Packard, dijo, No, no hay ningún muerto aquí, *Trujillo me los debe haber limpiado*.

Fin de cita.

En mi humilde opinión

Me parece la jerigonza más inverosímil de este lado de la Sierra Maestra. Pero la jeringonza de un hombre es la vida de otro.

La Caída

Pasó su última noche con Lydia. Había sido para ellos una época extraña. No hacía ni diez días que Lydia le había anunciado que estaba embarazada: Voy a tener un hijo tuyo, cantó feliz. Pero a los dos días el hijo resultó ser una falsa alarma, tal vez sólo una indigestión. Hubo alivio —como si necesitara una preocupación más, ¿y si hubiera sido otra hembra?— pero también decepción, porque a Abelard no le hubiera desagradado haber tenido un varón, incluso si el carajito hubiera sido hijo de una amante y nacido en su momento de mayor oscuridad. Sabía que a Lydia hacía rato le faltaba algo, algo verdadero que le fuera posible decir que era de ellos dos, y sólo de los dos. Siempre andaba pidiéndole que dejara a su esposa y se fuera a vivir con ella y, aunque eso era algo que podría parecerle atractivo cuando estaban juntos en Santiago, la posibilidad desaparecía tan pronto ponía pie en su casa y sus hermosas hijas corrían a abrazarlo. Era un hombre previsible y le gustaban las comodidades previsibles, pero Lydia, en su estilo de baja intensidad nunca dejó de tratar de convencerlo de que el amor era el amor y por tanto debía ser obedecido. Al ver que por fin no tendrían un hijo, Lydia fingió optimismo —¿Para qué estropear estos pechos? bromeaba— pero él podía percibir su desaliento. Se sentía igual. En los últimos días, Abelard había tenido sueños inciertos, preocupantes, repletos de niños que lloraban en la noche y en los que veía la primera casa de su padre. Manchaban de modo inquietante sus horas despiertas. Sin premeditación alguna, no había ido a ver a Lydia desde la noche en que supo la mala noticia de que no iban a tener el hijo, y había salido a tomar en parte, creo yo, porque temía que esto les hubiera dañado. Pero, por el contrario, sintió por ella el deseo de otros tiempos, el que lo golpeó la primera vez que se conocieron en el cumpleaños de su primo Amílcar, cuando los dos eran tan delgados, tan jóvenes y estaban tan llenos de posibilidades.

Esa vez no hablaron de Trujillo.

¿Puedes creer cuánto tiempo ha pasado? le preguntó asombrado la noche de sábado de su último encuentro.

Sí, claro, dijo ella con tristeza, halándose la piel de la barriga. Somos relojes, Abelard. Nada más.

Abelard movió la cabeza. Somos más que eso. Somos maravillas, mi amor.

Quisiera poder permanecer en este momento, quisiera poder extender los días felices de Abelard, pero es imposible. A la semana siguiente, dos ojos atómicos se abrieron sobre centros civiles en Japón y en ese momento, aunque nadie lo sabía entonces, el mundo fue otro. Dos días después que las bombas atómicas marcaran para siempre a Japón, Socorro soñó que el hombre sin rostro se cernía sobre la cama de su esposo y ella no podía gritar, no podía decir nada, y la noche siguiente soñó que se cernía también sobre sus hijas. He estado soñando, le dijo a su esposo, pero él agitó las manos, sin hacerle caso. Ella comenzó a vigilar el camino delante de su hogar y a poner velas en su cuarto. En Santiago, Abelard está besando las manos de Lydia y ella suspira de placer y ya vamos rumbo a la Victoria en el Pacífico y tres oficiales de la Policía Secreta en su brillante Chevrolet se dirigen a la casa de Abelard. Ya llegó La Caída.

Abelard encadenado

No sería una exageración decir que el shock más grande de la vida de Abelard se produjo cuando los oficiales de la Policía Secreta (es demasiado pronto para que sea el SIM, pero la llamaremos SIM de todos modos) lo esposaron y condujeron al carro, de no haber sido por el hecho de que iba a pasar los nueve años siguientes recibiendo el shock más grande de su vida, uno tras otro. Por favor, pidió Abelard cuando recuperó la voz, debo dejarle una nota a mi esposa. Manuel se ocupará de eso, explicó SIMio Número Uno, indicando al más grande de los SIMios, que ya estaba echándole una mirada a la casa. Lo último que Abelard vio de su hogar fue a Manuel rastreando su escritorio con practicado descuido.

Abelard siempre había imaginado al SIM lleno de delincuentes y execrables analfabetos, pero los dos oficiales que lo encerraron en el carro eran, dique, corteses, más vendedores de aspiradoras que torturadores sádicos. SIMio Número Uno le aseguró durante el camino que sus "dificultades" sin dudas se aclararían. Hemos visto antes casos así, explicó Número Uno. Alguien ha hablado mal de usted, pero pronto se verá que era un mentiroso. Espero que sea así, dijo Abelard, medio indignado, medio aterrado. No se preocupe, dijo SIMio Número Uno. El Jefe no se dedica a encarcelar a inocentes. El Número Dos permaneció en silencio. Su traje era lamentable y los dos, observó Abelard, apestaban a whisky. Trató de mantener la calma —el miedo, como enseña *Dune*, es lo que aniquila la mente—, pero no podía. Vio a sus hijas y a su esposa violadas una y otra vez. Vio su casa en llamas. De no haber vaciado la vejiga justo antes de que aparecieran estos animales, se hubiera hecho pis allí mismo.

Fue conducido con toda rapidez a Santiago (todos aquellos a los que pasaron por el camino se cuidaron de desviar la mirada al paso del Chevrolet) y llevado a la Fortaleza San Luis. El filo de su miedo se convirtió en cuchillo cuando entraron en tan notorio lugar. ¿Está seguro que es aquí? Abelard tenía tanto miedo que la voz se le quebraba. No se preocupe, Doctor, contestó Número Dos, está donde debe estar. Había permanecido callado tanto tiempo que a Abelard se le había olvidado que hablaba. Ahora era Número Dos quien sonreía y Número Uno quien centraba su atención al otro lado de la ventanilla.

Una vez adentro de aquellas paredes de piedra, los corteses oficiales del SIM lo entregaron a un par de guardias no tan corteses que le pelaron los zapatos, la cartera, la correa, el anillo de boda, y después lo sentaron en una oficina atestada y calurosa para que llenara unos formularios. Había en el aire un penetrante olor a culo maduro. En ningún momento apareció un oficial que le explicara el caso, nadie escuchó sus peticiones y, cuando comenzó a levantar la voz para quejarse de cómo lo trataban, el guardia que mecanografiaba los formularios se inclinó y le dio un puñetazo en la cara. Como si extendiera el brazo para alcanzar un cigarrillo. El hombre llevaba un anillo con el que le reventó el labio de un modo terrible. El dolor fue tan repentino, su incredulidad tan enorme, que a través de los dedos con que se cubría la boca, Abelard llegó a preguntar: ¿Por qué? El guardia le pegó de nuevo, duro, y esta vez le hizo un surco en la frente. Así es como contestamos aquí las preguntas, dijo en tono práctico, al tiempo que se inclinaba para asegurarse de haber colocado el formulario alineado correctamente en la máquina de escribir. Abelard comenzó a sollozar, mientras la sangre le brotaba entre los dedos. Eso le encantó al guardia mecanógrafo, que llamó a sus amigos de las otras oficinas. ¡Miren a éste! ¡Miren cómo le gusta llorar!

Antes de que Abelard supiera lo que pasaba, lo metieron en una celda común que apestaba a sudor de malaria y diarrea y estaba repleta de representantes impropios de lo que Broca pudo haber llamado la "clase delictiva". Entonces los guardias le informaron a los otros presos que Abelard era un homosexual y un comunista —¡Eso es *mentira*! protestó Abelard— ¿pero quién le iba a hacer caso a un comunista maricón? En las dos horas siguientes, lo acosaron de linda manera y le robaron casi toda la ropa. Un cibaeño corpulento le exigió hasta los calzoncillos y cuando Abelard se los dio, el hombre se los puso por encima de los pantalones. Son muy cómodos, anunció a sus amigos. Obligaron a Abelard a agacharse, desnudo, cerca de los botes de mierda; si intentaba arrastrarse a las zonas secas, los otros presos le gritaban: Quédate ahí con la mierda, maricón. Y así fue que tuvo que dormir, en medio de la orina, las heces y las moscas. Más de una vez lo despertó alguien haciéndole cosquillas en los labios con un mojón seco. El saneamiento ambiental no era una preocupación primordial entre los fortalezanos. Los muy depravados tampoco lo dejaban comer, durante tres días seguidos le robaron las magras porciones que le asignaban. Al cuarto día un carterista manco se compadeció y lo dejó comerse un plátano entero sin interrupción: del hambre que tenía, Abelard intentó masticar hasta la cáscara.

Pobre Abelard. También fue ese cuarto día cuando alguien del mundo exterior le prestó atención al fin. Tarde en la noche, cuando todos estaban dormidos, un destacamento de guardias lo arrastró a una celda más pequeña, apenas iluminada. Lo amarraron, no con crueldad, a una mesa. A partir del momento que lo habían sacado de su celda, no había dejado de hablar. Esto es todo un malentendido por favor yo soy de una familia muy respetable tienen que comunicarse con mi esposa y mis abogados que podrán aclarar todo esto no puedo creer que me hayan tratado de modo tan infame exijo que el oficial responsable escuche mis quejas. Las palabras no le salían de la boca con rapidez suficiente. No se calló hasta que se dio cuenta del aparato eléctrico con que los guardias estaban jugueteando en un rincón. Abelard lo miró con un pavor terrible y después, dado que sufría de un impulso taxonómico insaciable, les preguntó, ¿Por Dios, qué es eso?

Le decimos el pulpo, dijo uno de los guardias.

Estuvieron toda la noche demostrándole cómo funcionaba.

Pasaron tres días antes de que Socorro localizara a su marido y otros cinco antes de que recibiera permiso de la capital para visitarlo. El cuarto de visita en que Socorro esperó a su esposo daba la impresión de haber sido hecho de una letrina. Había sólo una lámpara de kerosene que chisporroteaba y parecía que un sinnúmero de gente había cagado una montaña en un rincón, humillación intencional que Socorro ni notó: estaba demasiado alterada para darse cuenta. Después de lo que pareció una hora de espera (de nuevo, otra señora hubiera protestado, pero Socorro soportó con estoicismo el olor a mierda y la oscuridad y la falta de una silla), trajeron a Abelard esposado. Le habían dado una camisa y un par de pantalones que le quedaban chiquitos, arrastraba los pies como si temiera que se le cayera algo de las manos o los bolsillos. Sólo había estado adentro una semana y ya se veía espantoso. Tenía los ojos ennegrecidos; las manos y el cuello contusionados y el labio partido se le había hinchado monstruosamente: se veía del color de la carne de adentro del ojo. La noche anterior, los guardias lo habían interrogado y lo habían batido sin piedad con porras de cuero; uno de sus testículos se le secaría para siempre por los golpes.

Pobre Socorro. Era una mujer a quien toda la vida le había perseguido la calamidad. Su madre había sido muda; el borracho de su padre había despilfarrado el patrimonio de clase media de la familia, de tarea en tarea, hasta que sus propiedades se vieron reducidas a una choza y algunos pollos y el viejo se vio obligado a trabajar las tierras de otros, condenado a una vida de movimiento constante, mala salud y manos rotas. Se decía que Papá Socorro nunca se había recuperado de haber visto a su propio padre morir a golpes a mano de un vecino, que también resultó ser sargento de la policía. La niñez de Socorro había transcurrido entre falta de comida y ropa de primos, viendo al padre tres o cuatro veces al año, visitas en que no hablaba con nadie, sólo se tiraba en su cuarto, bebido. Socorro se convirtió en una muchacha "nerviosa"; en una época se arrancaba los cabellos para hacerlos menos coposos. Tenía diecisiete años cuando llamó por primera vez la atención de Abelard en un hospital docente, pero no comenzó a menstruar hasta un año después que estuvieran casados. Incluso de adulta, Socorro acostumbraba a despertar en medio de la noche, aterrada, convencida de que la casa se quemaba, e iba corriendo de habitación en habitación, temiendo enfrentarse a un carnaval de llamas. Cuando Abelard le leía del periódico, los terremotos e incendios e inundaciones y estampidas de ganado y hundimientos de naves le producían un interés especial. Fue la primera catastrofista de la familia; Cuvier hubiera estado orgulloso.

¿Qué esperaba, mientras jugueteaba nerviosamente con los botones del vestido, mientras intentaba acomodarse la cartera en el hombro y trataba de mantener en su lugar el sombrero de Macy's? Una calamidad, un toyo sin dudas, pero no un esposo que se viera prácticamente destruido, arrastrándose como un viejo, con ojos que brillaban con la clase de miedo que no se pierde con facilidad. Era peor de lo que ella, con todo su fervor apocalíptico, había imaginado. Era La Caída.

Cuando tocó a Abelard con sus manos, él se echó a llorar con mucha fuerza, de manera muy vergonzosa. Las lágrimas le corrían por el rostro cuando trataba de explicarle todo lo que le había sucedido.

Poco después de esa visita, Socorro se dio cuenta de que estaba embarazada. Con la tercera y última hija de Abelard.

¿Zafa o Fukú?

Sabrá Dios.

Siempre habría especulación. En el nivel más básico, ¿lo dijo o no lo dijo? (Lo cual es otra forma de preguntar: ¿Tuvo algo que ver en su propia destrucción?) Hasta su propia familia estaba dividida. La Inca mantuvo con firmeza que su primo no había dicho nada; que todo había sido una trampa, orquestada por los enemigos de Abelard para quitarle a la familia su fortuna, sus propiedades y sus negocios. Otros no estaban tan seguros. *Es probable* que hubiera dicho algo aquella noche en el club y, para su desgracia, los agentes de El Jefe lo habían oído por casualidad. Ninguna compleja trampa, sólo la estupidez de un borracho. En cuanto a la carnicería que siguió: qué sé yo... mucha mala suerte.

La mayoría de la gente prefiere darle un giro sobrenatural al cuento. Creen que Trujillo no sólo quería a la hija de Abelard, sino que cuando no pudo tenerla, por puro rencor le metió un fukú por el culo a la familia. Y de ahí que sucediera toda la mierda terrible que sucedió.

¿Entonces qué fue? Se preguntarán ustedes. ¿Un accidente, una conspiración o un fukú? La única respuesta que puedo darles es la menos satisfactoria: tendrán que decidirlo ustedes mismos. Lo único seguro es que nada es seguro. Aquí estamos rastreando entre silencios. Trujillo y Compañía no dejaron ni un pedacito de papel; no compartían las ansias de documentación de sus contemporáneos alemanes. Y no es como si el fukú mismo fuera a dejar a una memoria o algo por el estilo. Los Cabral que sobreviven tampoco son de mucha ayuda; en torno todos los asuntos relacionados con el encarcelamiento de Abelard y la posterior destrucción del clan, se produce en la familia un silencio que se yergue como un monumento a las generaciones, que hace inescrutables todos los intentos de reconstrucción narrativa. Un susurro aquí y allá, pero nada más.

Lo que quiere decir que, si están buscando una historia completa, no la tengo. Óscar la buscó también, en sus últimos días, y no es seguro que la encontrara tampoco.

· · ·

Pero vamos a ser honrados. El rap sobre La Chiquita que Trujillo Deseaba es bastante conocido en la Isla.[141] Tan común como el camarón. (No que el camarón sea tan común en la Isla, pero ustedes me entienden.) Tan común que Mario Vargas Llosa no tuvo que hacer mucho más que abrir la boca para cogerle el gusto. Hay uno de estos cuentos de bellaco en casi todos los pueblos. Es una de esas historias fáciles porque, en esencia, *lo explica todo.* ¿Trujillo te robó tus casas, tus propiedades, zumbaron a tu mamá y papá a la cárcel? Bueno, ¡es porque quería rapar a la hija hermosa de la casa! ¡Y tu familia no lo dejó!

La verdad es que esa vaina es perfecta. Divierte mucho leerla.

Pero hay otra variante, menos conocida, del relato de Abelard vs. Trujillo. Una historia secreta según la cual Abelard

[141]Anacaona, conocida como la Flor de Oro. Una de las Madres Fundadoras del Nuevo Mundo y la India más Bella del Mundo. (Puede que los mexicanos tengan a su Malinche, pero nosotros los dominicanos tenemos a nuestra Anacaona.) Anacaona era la esposa de Caonabo, uno de los cinco caciques que gobernaban nuestra Isla en el momento del "descubrimiento". En sus crónicas, Bartolomé de las Casas la describió como "una mujer de gran prudencia y autoridad, muy cortés y elegante en su manera de hablar y en sus gestos". Otros testigos hablan de modo más sucinto: la jeva estaba buenísima y resulta que también era guerrera valiente. Cuando los euros empezaron a comportarse como Hannibal Lecter con los taínos, mataron al marido de Anacaona (lo que es otra historia). Y como toda buena mujer guerrera, trató de reunir a su gente, de oponerse, pero los europeos eran el fukú original y no había manera de pararlos. Matanza tras matanza tras matanza. Cuando la capturaron, Anacaona intentó parlamentar, diciendo: "La violencia no es honorable, y tampoco la violencia repara nuestro honor. Construyamos un puente de amor que nuestros enemigos puedan cruzar, dejando sus huellas a la vista de todos". Pero los españoles no estaban tratando de construir ningún puente. Después de un simulacro de juicio, ahorcaron a la valiente Anacaona. En Santo Domingo, a la sombra de una de nuestras primeras iglesias. Fin.

Una historia corriente de Anacaona que se oye en la RD es que, en vísperas de su ejecución, le ofrecieron la oportunidad de salvarse: todo lo que tenía que hacer era casarse con un español que estaba obsesionado con ella. (¿Ven el patrón? Trujillo deseaba a las hermanas Mirabal, y el español deseaba a Anacaona.) Ofrézcanle la misma opción a una muchacha contemporánea de la Isla y ya verán lo rápido que llena la solicitud de pasaporte. Sin embargo, se dice que Anacaona, trágicamente old school, contestó: Oye, blanquito, ¡me le puedes dar un beso a este culo de huracán! Y ése fue el fin de Anacaona. La Flor de Oro. Una de las Madres Fundadoras del Nuevo Mundo y la India más Bella del Mundo.

no se buscó el lío por culpa del culo de la hija o por una broma imprudente.

Esta versión afirma que metió la pata por culpa de un libro. (Theremin,[142] maestro, por fa.)

En un momento en 1944 (según cuenta la historia), aunque a Abelard todavía le preocupaba tener problemas con Trujillo, comenzó a escribir un libro sobre —¿qué va a ser?— Trujillo. Para 1945 ya había una tradición de ex funcionarios que escribían libros reveladores sobre el régimen de Trujillo. Pero, al parecer, ése no era el tipo de libro que Abelard estaba escribiendo. ¡Su propósito, si se va a creer lo que la gente murmuraba, era exponer las raíces sobrenaturales del régimen de Trujillo! Un libro sobre los Poderes Oscuros del Presidente, un libro en que Abelard sostenía que los cuentos que corrían en el pueblo sobre el presidente —que era sobrenatural, que no era humano— podían, en cierto modo, haber sido *verdad*. ¡Que era posible que Trujillo, si no de hecho, entonces en principio, fuera una criatura de otro mundo!

Ojalá hubiera podido leerlo. (Sé que Óscar deseaba lo mismo.) Tiene que haber sido algo fokin increíble. Ay, pero ese manual de magia negra del que hablamos (según cuenta la historia) fue convenientemente destruido después del arresto de Abelard. No sobrevivieron copias. Tampoco su esposa y sus hijas sabían de su existencia. Sólo uno de los criados que lo ayudó a recolectar a escondidas los cuentos del pueblo, etc., etc. ¿Qué puedo decirles? En Santo Domingo, un cuento no es un cuento a menos que tenga una sombra

[142][El theremin, también conocido como el aeterfón, fue inventado por el ruso Léon Theremin en 1919 y es el primer instrumento musical diseñado para ser tocado sin uso del tacto. Posee dos antenas de metal que detectan la posición relativa de las manos. Las señales eléctricas se amplifican y envían a un altavoz.]

sobrenatural. Era una de esas ficciones con muchos divulgadores pero cero creyentes. Como cabría imaginar, Óscar encontraba muy muy atractiva esta versión de La Caída. Atraía a las profundidades de su cerebro de nerd. Libros misteriosos, un dictador sobrenatural, o quizá extraterrestre, que se había instalado en la primera Isla del Nuevo Mundo y entonces la apartó de todo, que podía enviar una maldición que destruyera a sus enemigos: eso sí que era algo Nueva Era, algo estilo Lovecraft.

El Último Libro Perdido del Dr. Abelard Luis Cabral. Estoy seguro que es un producto de la hipertrofiada imaginación vudú de nuestra Isla nada más. Y nada menos. Puede que *La Muchacha que Trujillo Deseaba* sea trivial como mito fundacional, pero por lo menos es algo en lo que de verdad se puede creer ¿no es así? Algo verdadero.

Curioso, sin embargo, que a fin de cuentas Trujillo nunca se tirara a Jackie, aunque tenía a Abelard en sus manos. Se sabía que era imprevisible, pero no deja de ser raro, ¿verdad?

También es extraño que ninguno de los libros de Abelard, ni los cuatro que escribió ni los cientos que tenía, sobrevivieran. Ni en un archivo, ni en una colección privada. Ni uno. Todos perdidos o destruidos. Cada papel que tenía en la casa fue confiscado y se dice que quemado. Espeluznante, ¿no? No queda una sola muestra de su letra. Dique, OK, Trujillo era riguroso. ¿Pero ni un pedacito de papel escrito por su mano? Eso se pasa de riguroso. Hay que tenerle mucho miedo al hijoeputa o a lo que está escribiendo para hacer algo así.

Pero, hey, es sólo un cuento, sin evidencia sólida, el tipo de vaina que sólo le encanta a un nerd.

La sentencia

Crean ustedes lo que crean, en febrero de 1946 Abelard fue oficialmente declarado culpable de todos los cargos y condenado a dieciocho años de cárcel. ¡Dieciocho años! A Abelard, ahora demacrado, lo arrastraron de la sala del tribunal antes de que pudiera pronunciar palabra. Tuvieron que contener a Socorro, inmensamente embarazada, para que no atacara al juez. Quizá ustedes se pregunten por qué no hubo protesta en los periódicos, no hubo acciones de los grupos de derechos civiles, no se unieron los partidos de oposición a la causa. Negro, por favor: no había periódicos ni grupos de derechos civiles ni partidos de oposición: solamente había Trujillo. Y háblese luego de la jurisprudencia: El abogado de Abelard recibió una llamada telefónica del Palacio y abandonó de inmediato la apelación. Es mejor que no digamos nada, le aconsejó a Socorro. Vivirá más tiempo. No decir nada, decir todo... lo mismo daba. Era La Caída. La casa de catorce cuartos en La Vega, el apartamento lujoso en Santiago, los establos que habían alojado cómodamente una docena de caballos, los dos prósperos supermercados y la cadena de fincas desaparecieron en la detonación, todo confiscado por el trujillato, disperso entre el Jefe y sus subalternos, dos de los cuales habían estado con Abelard la noche que dijo The Bad Thing. (Podría revelar sus nombres, pero creo que ustedes ya conocen a uno de ellos: era cierto vecino muy de confianza.) Pero ninguna desaparición fue más total, más final, que la de Abelard.

Perder la casa y todas las propiedades era normal en el trujillato, pero la detención (o, por si les gusta más lo fantástico: ese libro) precipitó un descenso sin precedentes en la fortuna de la familia. En algún nivel cósmico, alguien le había puesto una zancadilla a la familia. Llámenlo una gran descarga de mala suerte, una deuda kármica pendiente u otra cosa. (¿Fukú?) Fuera lo que fuera, la mierda empezó a lloverle encima a la familia de un modo espantoso y hay quienes dicen que nunca ha parado.

La secuela

La familia afirma que la primera señal fue que la tercera y última hija de Abelard, traída a luz a principios del encarcelamiento de su padre, nació negra. Y no de un negro cualquiera. O sea, *negro* negro —negrocongo, negrochangó, negrokalí, negrozapote, negrorekha— y ningún tipo de prestidigitación racial dominicana podía taparlo. A ese tipo de cultura pertenezco: una cultura en que la gente toma la tez negra de su hija como mal augurio.

¿Quieren una auténtica primera señal?

A los dos meses de dar a luz a la tercera y última (a quien se puso por nombre Hypatía Belicia Cabral), Socorro, tal vez ciega por su pena, por la desaparición de su esposo, por el hecho de que la familia de éste hubiera empezado a evitarla como, bueno, como a un fukú, por la depresión posparto, cruzó frente a un camión de transporte de municiones que pasaba a toda velocidad y fue arrastrada casi hasta el frente de la Casa Amarilla antes que el chofer se diera cuenta que algo pasaba. Si no murió del impacto, sin duda estaba muerta en el momento en que sacaron su cadáver de los ejes del carro.

Fue la peor de las suertes, ¿pero qué se podía hacer? Con

la mamá muerta y el papá en la cárcel, con el resto de la familia escasa (truji-escasa quiero decir) hubo que repartir a las hijas entre quienes las tomaran. Jackie se fue a vivir con sus padrinos adinerados en La Capital, mientras que Astrid terminó con unos parientes en San Juan de la Maguana.

Nunca volvieron a verse, ni volvieron a ver a su papá.

Aún aquellos de ustedes que no crean en fukús de ninguna clase pueden haberse preguntado qué estaba pasando, por amor de Dios. Poco después del horrible accidente de Socorro, Esteban el Gallo, el criado número uno de la familia, fue muerto a puñaladas fuera de un cabaret; nunca se encontró a los atacantes. Lydia falleció poco después, algunos dicen que de pena, otros que de un cáncer femenino. Tardaron meses en encontrarla. Al fin y al cabo, vivía sola.

En 1948, encontraron a Jackie, la Niña de los Ojos de sus Padres, ahogada en la piscina de sus padrinos. En la piscina sólo había unos dos pies de agua. Hasta ese momento, había sido siempre alegre, la clase de muchacha parlanchina capaz de encontrarle aspectos positivos a un ataque de gas de mostaza. A pesar de sus traumas, a pesar de las circunstancias de la separación de sus padres, no decepcionó a nadie, excedió todas las expectativas. Desde el punto de vista académico, era número uno en su clase, sobrepasando incluso a los muchachos de la escuela privada de la Colonia Americana: era tan cabronamente inteligente que tenía la costumbre de corregirles los errores a sus profesores en los exámenes. Era capitana del equipo de debate, capitana del equipo de natación y en tenis no tenía igual, era de fokin oro. Pero, según la gente, nunca se había recuperado de La Caída ni de su papel en ella. (Pero qué raro que la hubieran aceptado en la facultad de medicina en Francia tres días antes de que "se suicidara" y que diera la impresión de estar loca por acabar de irse de Santo Domingo.)

Su hermana, Astrid —apenas te conocimos, niña— no fue mucho más afortunada. En 1951, mientras rezaba en una iglesia en San Juan, donde vivía con sus tíos, una bala extraviada voló por la nave y le dio en la nuca, matándola al instante. Nadie supo de dónde había venido la bala. Nadie siquiera recordaba haber oído un disparo.

Del cuarteto original de la familia, Abelard fue el que más vivió. Lo que es irónico, porque casi todos sus conocidos, incluida La Inca, creyeron al gobierno cuando anunció su muerte en 1953. ¿(Por qué me hicieron esto? Porque sí.) Sólo después que muriera de verdad se reveló que había estado en la cárcel de Nigua todos esos años. Sirvió catorce años seguidos según la justicia de Trujillo. Tremenda pesadilla.[143] Mil historias podría contarles del encarcelamiento de Abelard —mil cuentos para exprimirle la sal de sus fokin *ojos*— pero les voy a ahorrar la angustia, tortura, soledad y enfermedad de aquellos catorce años perdidos, ahorrarles, de hecho, los sucesos y dejarles sólo las consecuencias (y deben preguntarse, con razón, si al final les he ahorrado algo).

En 1960, en el apogeo del movimiento de resistencia clandestino contra Trujillo, Abelard fue sometido a un procedimiento particularmente horripilante. Lo esposaron a una

[143]Nigua y El Pozo de Nagua eran campos de exterminio —Ultamos, como en los libros de Frank Espinosa— considerados las peores cárceles del Nuevo Mundo. La mayoría de quienes estuvieron en Nigua durante el trujillato no salió viva y los que sí probablemente hubieran deseado no hacerlo. El padre de un amigo mío pasó ocho años en Nigua por no haber demostrado deferencia adecuada hacia el padre de El Jefe y nos contó una vez de un compañero que cometió el error de quejarse con sus carceleros de un dolor de muelas. Los guardias le metieron un arma en la boca y le pusieron los sesos en órbita. Seguro que no te duele ahora, dijeron a carcajadas. (Después de eso, al que cometió el asesinato se le conoció como El Dentista.) Nigua tenía muchos "graduados" famosos, entre ellos el escritor Juan Bosch, que pasaría a ser el Antitrujillista Exiliado Número Uno y después presidente de la República Dominicana. Como dijo Juan Isidro Jiménez Grullón en su libro *Una Gestapo en América*: "es mejor tener cien niguas en un pie que un pie en Nigua".

silla, lo colocaron bajo el sol ardiente y entonces cruelmente le amarraron una soga mojada por la frente. La llamaban La Corona, una tortura sencilla pero terriblemente eficaz. Al principio, la soga apenas aprieta el cráneo pero en cuanto el sol la seca, el dolor llega a ser insoportable, vuelve loco a cualquiera. Entre los presos del trujillato pocas torturas eran más temidas. Ni te mataba ni te dejaba vivo. Abelard sobrevivió, pero no volvió a ser el mismo. Se convirtió en un vegetal. La llama orgullosa de su intelecto se extinguió. Durante el resto de su corta vida, existió en un estupor imbécil, pero había presos que recordaban momentos en que parecía casi lúcido, se paraba en los campos, se miraba las manos y lloraba, como si recordara que en una época había sido más que eso. Los otros presos, por cuestión de respeto, continuaban llamándolo El Doctor. Se dice que murió unos días antes de que Trujillo fuera asesinado. Lo enterraron en una tumba sin marcar fuera de Nigua. Óscar visitó el lugar en sus últimos días. Nada que informar. Era como cualquier otro campo descuidado de Santo Domingo. Encendió velas, dejó flores, rezó y regresó a su hotel. Se suponía que el gobierno iba a erguir una placa en memoria a los muertos de la cárcel de Nigua pero jamás lo hizo.

La tercera y última hija

¿Y qué hay de la tercera y última hija, Hypatía Belicia Cabral, que tenía sólo dos meses cuando su madre murió, que nunca conoció a su padre, a la que sus hermanas sólo cargaron un par de veces antes de que ellas también desaparecieran, que no pasó ni una hora en la Casa Hatuey, que era literalmente la Hija del Apocalipsis? ¿Qué hay de ella? Encontrarle lugar no era tan fácil como en el caso de Astrid o Jackie; en fin, era una recién nacida y según el chismoteo sobre la familia, nadie del lado de Abelard la quería por lo prieta que era. Para complicar las cosas, nació bakiní: falta de peso, enfermiza. Tenía problemas al llorar, al mamar y nadie fuera de la familia quería que esa niña prieta sobreviviera. Sé que es tabú decir esto, pero dudo que nadie de la familia tampoco la quisiese. Durante un par de semanas no hubo nada seguro, y de no haber sido por una bondadosa mujer de piel morena llamada Zoila, que le dio algo de la leche materna de su propio bebé y la tuvo cargada durante horas todos los días, es probable que no hubiera sobrevivido. Ya para fines del cuarto mes, parecía haberse estabilizado. Seguía bakiní de mala manera, pero empezaba a ganar peso y su llanto, que antes parecía un murmullo de la ultratumba, se hacía cada vez más penetrante. Zoila (que se había convertido en una especie de ángel de la guarda) le acariciaba la cabecita moteada y decía: Seis meses más, mijita, y estarás más fuerte que Lilís.[144]

Pero Beli no podía esperar seis meses. (La estabilidad no estaba en las estrellas de nuestra muchacha, sólo el Cambio.) Sin advertencia alguna, un grupo de parientes lejanos de Socorro apareció y reclamó la niña, arrebatándosela de los brazos a Zoila (precisamente los mismos parientes que Socorro se había quitado de encima con toda felicidad cuando se casó con Abelard). Sospecho que en realidad esta gente no pretendía criar a la niña durante mucho tiempo, sino que lo hacían porque esperaban cierta recompensa monetaria de

[144][Ulises Heureaux, uno de los dictadores más fuertes de la RD.]

los Cabral y, cuando no vieron plata, La Caída fue total. Los brutos le pasaron la niña a unos parientes aún más lejanos que vivían en las afueras de Azua. Y aquí es donde el rastro se hace borroso. Los de Azua parecen haber sido medio dementes, lo que mi mamá llamaría unos salvajes. Después de cuidar a la infeliz niña durante sólo un mes, la mamá de la familia desapareció una tarde con ella y, cuando regresó a su aldea, estaba sola. Les dijo a los vecinos que había muerto. Alguna gente le creyó. Al fin y al cabo, Beli llevaba enferma bastante tiempo. La negrita más pequeñita del mundo. Fukú, tercera parte. Pero la mayoría de la gente pensó que la había vendido a otra familia. Ayer igual que hoy, la compra y venta de niños era bastante común.

Y eso mismo fue lo que ocurrió. Como un personaje de uno de los libros de fantasía de Óscar, vendieron a la huérfana (quien podía o no haber sido blanco de una venganza sobrenatural) a unos perfectos desconocidos de otra parte de Azua. Eso mismo: la vendieron. Se convirtió en una criada, en una restavek.[145] Vivió anónimamente entre los sectores más pobres de la Isla, sin nunca saber quiénes eran los suyos, y así se perdió de vista durante mucho, mucho tiempo.[146]

[145][Un sistema con raíces en Haití en virtud del cual los padres que no pueden mantener a sus hijos los venden como criados, casi esclavos.]

[146]Yo sólo viví en Santo Domingo hasta los nueve años y aún así conocí criadas. Dos vivían en el callejón detrás de la casa. Estas muchachas eran las personas más destruidas, más maltratadas que yo había conocido en mi vida. Una de ellas, Sobeida, cocinaba, limpiaba, traía el agua y cuidaba a dos bebés de una familia de *ocho* personas —¡y sólo tenía siete años! Nunca fue a la escuela y si la primera novia de mi hermano no se hubiera molestado en enseñarle el alfabeto (en horas robadas, escondidas de esa gente), no hubiera sabido nada. Cada año cuando yo iba de visita de Estados Unidos, era lo mismo: Sobeida, calladita y trabajadora, pasaba por la casa un segundo a saludar a mi abuelo y a mi mamá (y también a ver unos minutos de la novela) antes de salir corriendo a terminar su siguiente tarea. (Mi mamá siempre le regalaba dinero en efectivo; la única vez que le trajo un vestido, se lo vio puesto a "su gente" al día siguiente.) Por supuesto, yo trataba de hablar con ella —El Gran Activista Comunitario— pero ella me esquivaba y evitaba mis preguntas estúpidas. ¿De qué van a hablar tú y ella? mi mamá me preguntaba. La pobrecita ni sabe escribir su propio nombre. Y entonces, cuando cumplió los quince, uno de los idiotas del callejón la embarazó, y mi mamá me dice que ahora tienen al chiquillo trabajando también, trayéndole el agua a la madre.

La quemadura

La siguiente vez que aparece es en 1955. Como un murmullo en el oído de La Inca.

Creo que debemos ser muy claros y muy honestos en lo relativo al estado de ánimo de La Inca en el período que hemos estado llamando La Caída. A pesar de algunas afirmaciones de que durante La Caída vivía en exilio en Puerto Rico, en realidad La Inca estaba en Baní, lejos de su familia, de luto por la muerte de su esposo tres años antes. (Aclaración para aquellos que tienden a ver conspiraciones por todas partes: su muerte se produjo antes de La Caída, de modo que es seguro que no fue su víctima.) Los primeros años de luto habían sido difíciles; su marido había sido la única persona a quien ella había amado en la vida, que la había amado a ella de verdad, y se habían casado pocos meses antes de su muerte. Estaba perdida en el yermo de su pena, así que cuando le llegó la noticia de que su primo Abelard tenía grandes problemas con Trujillo, La Inca, para su imperecedera vergüenza, no hizo nada. Estaba demasiado dolida. ¿Y qué podía haber hecho? Cuando le llegaron las noticias de la muerte de Socorro y la distribución de las hijas, para su eterna vergüenza, no hizo nada. Que el resto de la familia lo resolviera. Sólo cuando supo de la muerte de Jackie y Astrid dejó al fin a un lado su largo malestar el tiempo suficiente para comprender que, marido difunto o no, luto o no, había fallado por entero en sus responsabilidades hacia su primo, que siempre había sido tan bueno con ella y que había apoyado su matrimonio a pesar de la oposición del resto de la familia. Esta revelación la avergonzaba y mortificaba. Se arregló y fue a buscar a la tercera y última hija, pero cuando llegó a la familia en Azua que había comprado a la niña, le mostraron una pequeña tumba, y eso fue todo. Tenía fuertes sospechas sobre esta familia malvada y sobre lo ocurrido con la niña, pero como no era vidente o CSI, no podía hacer nada más. Tenía que aceptar que la muchacha había muerto y que era, en parte, culpa suya. Un resultado positivo de toda esa vergüenza y culpa fue que la sacó de sopetón del luto. Volvió a la vida. Abrió una cadena de panaderías. Se dedicó a servir a su clientela. De vez en cuando soñaba con la negrita, la última de la simiente de su primo difunto. Hola tía, le saludaba la niña y La Inca despertaba con un nudo en el pecho.

Y entonces llegó 1955. El Año de la Benefactora. Las panaderías de La Inca eran un fenómeno, se había establecido de nuevo como una presencia en el pueblo cuando un día oyó un cuento asombroso. Resulta que una muchachita campesina que vivía en las afueras de Azua había tratado de asistir a la nueva escuela de campo que el trujillato había construido por allá, pero sus padres, que no eran sus padres, no la habían dejado. La muchachita era inmensamente terca y cuando sus padres, que no eran sus padres, se enteraron de que ella dejaba el trabajo para ir a la escuela, perdieron la chaveta. Y en medio del pleito por todo eso, la muchachita sufrió una horrible quemadura; el padre, que no era su padre, le había echado un sartén de aceite hirviendo en la espalda desnuda. La quemadura casi la mata. (En Santo Domingo, las buenas noticias viajan como un trueno, pero las malas, como la luz.) ¿Y la parte más increíble de la historia? ¡Se rumoraba que esta muchachita quemada era pariente de La Inca!

¿Cómo va a ser posible? preguntaba La Inca.

¿Recuerdas a tu primo que era médico allá en La Vega?

¿El que fue a la cárcel por haber dicho The Bad Thing sobre Trujillo? Bueno, fulano, que conoce a fulano, que conoce a fulano, ¡dijo que esa niñita es su hija!

Estuvo dos días sin quererlo creer. En Santo Domingo la gente siempre estaba en el bochinche. No quería creer que la niña hubiera podido sobrevivir, que estuviera viva, ¡y nada menos que en las afueras de Azua![147] Durmió mal dos noches seguidas, tuvo que medicarse con mamajuana y al fin, después de soñar con su marido difunto, y tanto para aliviar su propia conciencia como cualquier otra cosa, La Inca le pidió a su vecino y amasador número uno, Carlos Moya (el hombre que una vez también había amasado su masa, antes de salir corriendo a casarse), que la llevara adonde se suponía que vivía esta niña. Si es hija de mi primo, la reconoceré con sólo mirarla, anunció. A las veinticuatro horas, La Inca había regresado con la Beli —imposiblemente alta, imposi-

[147]Aquellos de ustedes que conocen la Isla (o están familiarizados con la obra de Kinito Méndez) saben exactamente de qué paisaje estoy hablando. No son los campos de los que hablan nuestros padres. No son los campos de guanábana de nuestros sueños. Las afueras de Azua es una de las zonas más pobres de la RD; es un páramo, nuestro propio sertão, como esas tierras irradiadas de los escenarios de fin del mundo que a Óscar tanto le gustaban: las afueras de Azua eran La Casaelcarajo the dominican way, Los Badlands, La Tierra Maldita, La Zona Prohibida, Los Grandes Desechos, El Desierto de Cristal, La Tierra en Llamas, El Doben-al, Salusa Secundus. Era Ceti Alfa Seis: era Tatooine. Incluso los residentes habrían podido pasar por sobrevivientes de algún holocausto no tan distante. Los pobres —y fue con estos infelices que había vivido Beli— andaban en harapos, descalzos y vivían en chozas que parecían construidas con el detrito de un mundo anterior. De haberse lanzado al Astronauta Taylor entre esta gente, hubiera caído al suelo y gritado: ¡Por fin lo hiciste! (No, Charlton, no es el fin del mundo, son sólo las afueras de Azua.) Las únicas formas de vida que no eran espinas, que no eran insectos, que no eran lagartos y que prosperaban en estas latitudes eran las operaciones mineras Alcoa y las famosas cabras de la región (las que brincan el Himalaya y cagan en la bandera de España).

Las afueras de Azua, dique, era un calamitoso páramo. Mi mamá, contemporánea de Belicia, estuvo quince años, tiempo récord, en las afueras de Azua. Y aunque su niñez fue mucho más agradable que la de Beli, dice que a principios de los años 50, estos centros se caracterizaban por el humo, la endogamia, las lombrices intestinales, las novias de doce años y unas palizas asombrosas. Las familias eran tan grandes como las de los ghettos de Glasgow porque, dice ella, no había nada que hacer después que anochecía y porque la tasa de mortalidad infantil era tan extrema y las calamidades tan extensas, que quien pretendiera continuar la línea familiar necesitaba un suministro importante de refuerzos. Se sospechaba de cualquier niño que no hubiera estado al borde de la muerte. (Mi mamá sobrevivió a una fiebre reumática que mató a su primo favorito; para cuando su propia fiebre se debilitó y ella recuperó el sentido, mis abuelos ya habían comprado el ataúd en que pensaban enterrarla.)

blemente flaca y medio muerta— a remolque y La Inca firme y permanentemente en contra del campo y sus habitantes. Esos salvajes no sólo habían quemado a la muchacha sino que, para castigarla, ¡por la noche la encerraban en un gallinero! Al principio, ni la querían sacar para que la viera. No puede ser familia tuya, es una prieta. Pero La Inca insistió, usó la Voz cuando les habló y, cuando la muchacha salió del gallinero, incapaz de enderezar el cuerpo debido a la quemadura, La Inca había mirado fijamente sus furiosos ojos salvajes y visto a Abelard y a Socorro devolviéndole la mirada. Olviden la tez negra: era ella. La tercera y última hija. Antes perdida, ahora encontrada.

Soy tu verdadera familia, le dijo La Inca con fuerza. Estoy aquí para salvarte.

Y así, en un latido, por un rumor, dos vidas cambiaron irrevocablemente. La Inca instaló a Beli en el cuarto de su casa en que su esposo había dormido la siesta y trabajado en sus esculturas. Se ocupó del papeleo para dar identidad a la muchacha, llamó a los médicos. La quemadura era increíblemente salvaje. (Ciento diez puntos de daño, como mínimo.) Una monstruosidad de destrucción enconada que se extendía de la nuca a la base de la columna vertebral. Un cráter de bomba, una cicatriz mundial como la de una hibakusha.[148] En cuanto pudo volver a usar ropa de verdad, La Inca la vistió e hizo que le tomaran su primera foto delante de la casa.

Aquí está: Hypatía Belicia Cabral, la tercera y última hija. Suspicaz, irritada, con el ceño fruncido, poco comunicativa, una campesina herida y hambrienta, pero con expre-

[148][Término en japonés para referirse a los sobrevivientes de los bombardeos atómicos en Hiroshima y Nagasaki.]

sión y postura que gritaban con letras góticas en negrilla: REBELDE. De piel morena pero claramente hija de su familia. De esto no cabía duda. Ya era más alta que Jackie en su mejor momento. Los ojos del mismo color exacto que los del padre del que nada sabía.

FORGET-ME-NAUT

De aquellos nueve años (y de la Quemadura) Beli jamás habló. Parece que tan pronto terminaron sus días en las afueras de Azua, tan pronto llegó a Baní, echó ese capítulo entero de su vida en uno de esos envases en que los gobiernos almacenan los desechos nucleares, triplemente sellado por láseres industriales y depositado en las zanjas oscuras, desconocidas de su alma. Dice mucho de Beli que durante *cuarenta años* nunca se le escapara una sola palabra sobre aquel período de su vida: ni con su madre, ni con sus amigos, ni con sus amantes, ni con El Gángster, ni con su esposo. Y por supuesto que tampoco con sus hijos queridos, Lola y Óscar. *Cuarenta años.* Lo poco que se sabe de los días de Beli en Azua viene exclusivamente de lo que La Inca oyó el día que rescató a Beli de sus supuestos padres. Todavía hoy La Inca raramente dice algo más que *Casi acaban con ella.*

De hecho, a mi entender, con excepción de unos momentos clave, no creo que Beli volviera a pensar de nuevo en esa vida. Se entregó a la amnesia que es tan común en las Islas, cinco partes negación, cinco partes alucinación negativa. Se entregó a la energía de las Antillas. Y con ella se forjó de nuevo.

REFUGIO

Pero basta. Lo que importa es que en Baní, en casa de La Inca, Belicia Cabral encontró refugio. Y en La Inca, la madre que nunca había tenido. Le enseñó a la muchacha a leer, a escribir, a vestirse, a comer, a comportarse normalmente. La Inca era una acelerada escuela de educación social para señoritas, porque era una mujer con una *misión civilizadora,* una mujer impulsada por sus propias sensaciones de culpa, traición y fracaso. Y Beli, a pesar de todo lo que había soportado (o quizá debido a ello), resultó ser una alumna muy capaz. Su apetito por los procedimientos de civilización de La Inca era como el de la mangosta por el pollo. Casi al final del primer año del Refugio, las líneas ásperas de Beli estaban pulidas; puede que maldijera más, que tuviera un poco más de genio, que sus movimientos fueran más agresivos y desenvueltos, que tuviera los ojos inmisericordes de un halcón, pero tenía la postura y el discurso (y la arrogancia) de una muchacha respetable. Y, cuando llevaba mangas largas, la cicatriz sólo se le veía en la nuca (por supuesto, el borde de una destrucción mucho mayor, pero muy reducida por el corte de la tela). Ésta fue la muchacha que viajaría a Estados Unidos en 1962, la que Óscar y Lola nunca conocerían. La Inca sería la única que había visto a Beli en sus inicios, cuando dormía vestida por completo y gritaba en medio de la noche, fue quien la vio antes de que se fabricara un ser mejor, con modales de mesa victorianos y repugnancia hacia la inmundicia y la gente pobre.

La relación entre ellas, como pueden imaginar, era rara. La Inca nunca buscó hablar del tiempo que Beli había estado en las afueras de Azua; nunca hizo referencia a él, ni a la Quemadura. Hizo como si nunca hubiera existido (de la misma manera que hacía como si no existieran los pobres infelices de su barrio cuando, de hecho, el barrio estaba plagado de ellos). Hasta cuando le echaba crema en la espalda a la muchacha, cada mañana y cada noche, sólo decía, Siéntese aquí, señorita. Era un silencio, una ausencia de curiosidad, que a Beli le sentaba muy bien. (Si sólo hubieran sido así de fáciles de olvidar aquellas oleadas de sentimiento que a veces le lamían la espalda.) En lugar de hablar de la Quemadura, o de las afueras de Azua, La Inca le hablaba a Beli de su pasado perdido y olvidado, de su papá, el famoso médico, de su mamá la hermosa enfermera, de sus hermanas Jackie y Astrid, y de aquel maravilloso castillo en el Cibao, la Casa Hatuey.

Puede que nunca llegaran a ser amigas íntimas —Beli demasiado furiosa, La Inca demasiado correcta—, pero La Inca sí le dio a Beli el mayor de los regalos, lo que ella sólo apreciaría mucho después: Una noche, La Inca sacó un periódico viejo, señaló una fotografía y dijo, Estos son tu padre y tu madre. Esto, dijo, es quien eres.

Era el día que abrieron la clínica: tan jóvenes, los dos tan serios.

Para Beli, esos meses fueron de verdad su único Refugio, un mundo de seguridad que nunca creyó posible. Tenía ropa, tenía comida, tenía tiempo y La Inca nunca jamás le gritaba. No le gritaba por nada y tampoco dejaba que nadie le gritara. Antes de que La Inca la matriculara en el Colegio El Redentor con los niños ricos, Beli había asistido a una escuela pública polvorienta, infestada de moscas, con niños tres años menores que ella, donde no hizo un solo amigo (jamás lo hubiera imaginado de otro modo) y, por primera vez en la vida, comenzó a recordar sus sueños. Era un lujo que nunca se había atrevido disfrutar y al principio le parecían tan poderosos como tormentas. Tenía toda una variedad de ellos, desde volar hasta perderse, e incluso soñó con la Quemadura, con cómo el rostro de su "padre" había perdido toda expresión en el momento que agarró la sartén. En sus sueños nunca tenía miedo. Sólo sacudía la cabeza. Te has ido, decía. Nunca más.

Sin embargo, había un sueño que sí la perseguía: caminaba sola por una casa grande y vacía mientras la lluvia tatuaba la azotea. ¿De quién era la casa? No tenía idea. Pero podía oír en ella voces de niños.

Al terminar el primer año, el maestro le pidió que fuera a la pizarra y escribiera la fecha, privilegio que recibían sólo los "mejores" de la clase. Es una gigante en la pizarra y, en sus mentes, los niños la llamaban como hacían afuera: variaciones de La Prieta Quemada o La Fea Quemada. Cuando Beli se sentó, el maestro echó un vistazo a sus garabatos y dijo, ¡Bien hecho, Señorita Cabral! Jamás olvidaría ese día, ni siquiera cuando llegó a ser la Reina de la Diáspora.

¡Bien hecho, Señorita Cabral!

Jamás lo olvidaría. Tenía nueve años, once meses. En la Era de Trujillo.

06.

LA TIERRA DE LOS PERDIDOS

1992–1995

La edad de las tinieblas

Después de graduarse, Óscar volvió a casa de nuevo. Se fue virgen, volvió virgen. Bajó los afiches de su niñez —*Star Blazers, Captain Harlock*— y puso los de la universidad —*Akira* y *Terminator* 2. Ahora que Reagan y el Imperio del Mal se habían ido a la Tierra de Nunca Jamás, Óscar ya no soñaba con el fin. Sólo con La Caída. Guardó su juego de ¡Aftermath! y empezó con la Space Opera.

Era en los inicios del gobierno de Clinton, pero la economía todavía andaba mamándoselo a los años ochenta, así que anduvo por ahí, haciendo nada durante casi siete meses, sólo suplencias en el Don Bosco cuando algún maestro se enfermaba (¡vaya ironía!). Comenzó a enviar sus cuentos y novelas a casas editoriales, pero nadie parecía interesado. De todos modos, siguió intentándolo y siguió escribiendo. Al año, las suplencias pasaron a convertirse en una plaza de tiempo completo. La pudo haber rechazado, pudo haber intentado un "lanzamiento de rescate" contra la Tortura, pero en lugar de ello se dejó llevar por la corriente. Vio cómo sus horizontes se derrumbaban y se dijo que le daba igual.

¿Había el espíritu de la fraternidad cristiana transformado milagrosamente al Don Bosco desde nuestra última visita? ¿Había la benevolencia eterna del Señor limpiado a aquellos estudiantes de su vileza? Negro, por favor. Por supuesto que ahora la escuela le parecía a Óscar más pequeña y, en los últimos cinco años, los hermanos de mayor edad parecían haber adquirido el look de Innsmouth[149] y había un poco más gente de color —pero algunas cosas (como la supremacía blanca y el odio de la gente de color a sí misma) nunca cambian: la misma carga de jubiloso sadismo que recordaba de su juventud todavía chispeaba por los pasillos. Y si de joven había pensado que Don Bosco era el infierno morónico... imagínense ahora que tenía unos años más y enseñaba inglés e historia. Jesúmaríasantísima. Una pesadilla. Él no era tan bueno como maestro. Su corazón no estaba en eso y muchachos de todos los cursos y temperamentos se cagaban en él a sus anchas. Los estudiantes se reían cuando lo divisaban por los pasillos. Hacían como que ocultaban sus sánguches del almuerzo. Le preguntaban en medio de sus conferencias si había rapado alguna vez, y contestara lo que contestara, se echaban a reír a carcajadas sin piedad alguna. Sabía que los estudiantes se burlaban tanto de su vergüenza como de la imagen que tenían de él aplastando a una pobre muchacha.

[149][Pueblo ficticio de *Lovecraft,* en el cual no hay vida que se pueda discernir.]

Dibujaban historietas sobre estos aplastes y Óscar los encontraba en el piso después de clase, con burbujas de diálogo y todo. *¡No, Sr. Óscar, no!* ¿Había algo más desmoralizante? Veía todos los días a los muchachos "cool" torturar a gordos, feos, inteligentes, pobres, prietos, negros, nerds, africanos, indios, árabes, inmigrantes, extraños, afeminaos, gays... y en todos y cada uno de estos choques se veía a sí mismo. En otros tiempos, los principales torturadores habían sido blanquitos, pero ahora eran los chamacos de color los que administraban la cuota de dolor. A veces trató de acercarse a los perseguidos de la escuela, de ofrecerles alguna palabra de consuelo, No estás solo en este universo, tú sabes, pero lo último que un freak quiere es la mano amiga de otro freak. Estos muchachos huían de él aterrados. En un arrebato de entusiasmo, trató de organizar un club de ciencia ficción y fantasía, fijó letreros por todos los pasillos y permaneció sentado en el aula después de clase dos jueves seguidos, sus libros preferidos atractivamente expuestos, escuchando el rugir de los pasos en retirada por los pasillos, el grito ocasional de ¡Beam me up! y ¡Nanoo-Nanoo! del otro lado de la puerta; luego, después de treinta minutos de nada, recogió sus libros, cerró el aula con pestillo y, desandando por esos mismos pasillos, solo, oyó sus propios pasos que sonaban curiosamente delicados.

Su única amiga en la facultad era una alter-latina laica, de veintinueve años, que se llamaba Nataly (sí, le recordaba a Jenni, quitando la escandalosa hermosura, quitando el ardor). Nataly había estado ingresada cuatro años en un hospital psiquiátrico (los nervios, decía) y era una Wiccan[150] confesa. Su novio, Stan the Can, a quien había conocido en

150[Bruja.]

el manicomio ("nuestra luna de miel"), trabajaba como técnico de EMS con los paramédicos y, Nataly le dijo a Óscar, por alguna razón, los cadáveres que veía tirados por las calles lo dejaban recho. Stan, dijo Óscar, parece un individuo muy curioso. Dímelo a mí, suspiró Nataly. A pesar de su fealdad y de la niebla medicinal en que Nataly habitaba, Óscar tuvo con ella fantasías bastante extrañas, estilo Harold Lauder.[151] Puesto que no era lo suficientemente atractiva como para salir con ella abiertamente, imaginaba una de esas relaciones retorcidas que existían sólo en la cama. Imaginaba que entraba en su apartamento y le ordenaba desnudarse y que, encuera, le cocinara harina de maíz. Dos segundos después, estaría arrodillándose en los mosaicos de la cocina sólo con un delantal, mientras que él permanecía completamente vestido.

A partir de ahí las cosas se hacían aún más extrañas.

Al final de su primer año, a Nataly, que se metía un trago de whisky entre clase y clase, que lo había introducido a *Sandman* y a *Eightball* y que le pedía prestado un montón de dinero y nunca se lo devolvía, la trasladaron a Ridgewood. Yahoo, dijo con el mismo tono inexpresivo de siempre, los suburbios. Y ahí terminó su amistad. Trató de llamarla un par de veces, pero el novio paranoico parecía vivir con el teléfono soldado a la cabeza y nunca le daba sus mensajes, así que dejó que se desvaneciera, que se desvaneciera.

¿Vida social? En aquel primer par de años después de su regreso no tuvo ninguna. Una vez por semana iba al centro comercial de Woodbridge y chequeaba los RPG en Game Room, los cómics en Heroe's World y las novelas de fantasía

[151][Personaje de *The Stand,* con actitud de protector hacia su primer amor, Fran.]

en Waldenbooks. El circuito de los nerds. Miraba fijamente a la negrita, flaca como un palillo, que trabajaba en Friendly's, de quien estaba enamorao pero con quien nunca hablaría.

A Al y a Miggs no los había visto en mucho tiempo. Los dos habían dejado la universidad, Monmouth y Jersey City State, respectivamente, y ambos tenían empleo en el mismo Blockbuster del otro lado de la ciudad. Es probable que los dos terminaran en la misma tumba.

A Maritza tampoco la vio más. Se enteró que se había casado con un cubano, que vivía en Teaneck y tenía un chichí y todo eso.

¿Y Olga? Nadie sabía nada. Se decía que había tratado de robar el Safeway local, estilo Dana Plato:[152] ni se molestó en taparse la cara aunque allí todos la conocían. Se rumoraba que todavía estaba en Middlesex y que no la soltarían hasta que todos tuvieran más de cincuenta años.

¿Ninguna muchacha lo amaba? ¿Ni una muchacha en su vida?

Ni una. Por lo menos en Rutgers había multitudes y una cierta presencia institucional que permitía a un mutante como él acercarse sin causar pánico. En el mundo real no era tan sencillo. En el mundo real las muchachas se volvían con repugnancia a su paso. Cambiaban de asiento en el cine y en la guagua Crosstown una mujer una vez le dijo que ¡dejara de pensar en ella! Sé lo que tienes en mente, le dijo, entre dientes. Así que no sigas.

Soy el eterno soltero, escribió en una carta a su hermana, que había abandonado Japón para venir a Nueva York a estar

[152][Actriz juvenil de la comedia televisiva estadounidense *Diff'rent Strokes* que, de adulta, intentó un robo en una bodega. El incidente se convirtió en tema popular de sátira. Cuando murió a los 35 años por una sobredosis de pastillas, se consideró suicidio.]

conmigo. No hay nada permanente en el mundo, su hermana contestó. Se apretó el ojo con el puño y escribió: En mí, sí.

¿La vida doméstica? No lo mataba, pero tampoco lo nutría. Su mamá, más flaca, más reservada, menos aquejada por la locura de su juventud, aún la golem[153] trabajadora, todavía permitía que sus huéspedes peruanos metieran a cuanto pariente quisieran en el primer piso. Y el tío Rudolfo, Fofo para sus amigos, había recaído en algunos de los hábitos duros de su vida anterior al presidio. Estaba a caballo otra vez, tenía sudores repentinos a la hora de comer, se había trasladado al cuarto de Lola y ahora a Óscar le tocaba oír el méteselo con las novias strippers casi cada santa noche. Tío, le gritó una vez, un poquito menos bajo a la cabecera, si no es molestia. En las paredes de su cuarto, tío Rudolfo colgó fotos de sus primeros tiempos en el Bronx, cuando tenía dieciséis años y vestía toda esa vaina de chulo al estilo fly de Willie Colón, antes de haber ido a Vietnam, el único dominicano, juraba, en todas las jodías fuerzas armadas. Y había fotos de la mamá y el papá de Óscar. Jóvenes. Sacadas en los dos años que duró su relación.

Lo amaste, le dijo a ella.

Ella rió. No hables de lo que no sabes.

A la vista, Óscar simplemente parecía cansado, ni más alto ni más gordo, sólo la piel bajo sus ojos, inflamada por años de callada desesperación, había cambiado. Por dentro, habitaba en un mundo de dolor. Veía flashes negros ante los ojos. Se veía a sí mismo caer por el aire. Sabía en lo que se estaba convirtiendo. Se estaba transformando en la peor clase de ser humano del planeta: un nerdote amargado y

[153][Un golem, en el folklore medieval y la mitología judía, es un ser animado fabricado a partir de materia inanimada.]

viejo. Se veía en el Game Room, escogiendo miniaturas el resto de su vida. No quería ese futuro, pero no podía ver cómo evitarlo, no sabía cómo salir de él.

Fukú.

Las Tinieblas. Algunas mañanas despertaba y no podía salir de la cama. Como si tuviera un peso de diez toneladas en el pecho. Como si estuviera bajo fuerzas de aceleración. Hubiera sido divertido si el corazón no le hubiera dolido tanto. Tenía sueños en que vagaba por el malvado planeta Gordo, buscando piezas de su nave espacial estrellada, pero todo lo que encontraba eran ruinas quemadas, todas bullendo con nuevas y debilitantes formas de radiación. No sé lo que me pasa, le dijo a su hermana por teléfono. Creo que la palabra apropiada es *crisis,* pero cada vez que abro los ojos lo único que veo es *desaparición.* Ésta fue la época en que echaba a los estudiantes de clase por respirar, en que le decía fuck off a su mamá, en que no podía escribir una palabra, en que registró el closet del tío y se llevó el Colt a la sien, en que pensaba en el puente del tren. Se pasaba días en cama y pensaba que su mamá iba a estar toda la vida haciéndole la comida, pensaba en lo que la había oído decirle a su tío un día cuando creyó que él no estaba, *No me importa, me alegra que esté aquí.*

Después —cuando dejaba de sentirse por dentro como un perro apaleado, cuando por fin le era posible levantar la pluma sin que le entraran ganas de llorar— sufría una abrumadora sensación de culpa. Le pedía perdón. Si hubo una parte buena en mi cerebro, es como si alguien se hubiera largado con ella. Está bien, hijo, dijo su mamá. Tomaba el carro e iba a visitar a Lola, que después de un año en Brooklyn, ahora estaba en Washington Heights, se estaba dejando crecer el pelo, había estado embarazada una vez, un momento de verdadero entusiasmo, pero abortó al enterarse que yo la engañaba. He regresado, anunció cuando entró por la puerta. Está bien, le dijo ella a su vez, y entonces le cocinaba y él se sentaba con ella a fumar un porro tentativamente, sin entender por qué era incapaz de mantener aquella sensación de amor en su corazón para siempre.

Comenzó a planear una tetralogía de fantasías ciencia ficciosas que sería su logro supremo. J.R.R. Tolkien mezclado con E.E. "Doc" Smith. Daba largos paseos. Iba hasta la comunidad amish,[154] comía sólo en una cafetería de la carretera, les echaba el ojo a las jevitas amish, se imaginaba vestido de predicador, dormía en el asiento trasero del carro y después iba de regreso a casa.

Algunas noches soñaba con la Mangosta.

(Y por si piensan que su vida no podía empeorar: una tarde llegó al Game Room y se quedó estupefacto al descubrir que, de un día para otro, la nueva generación de nerds ya no compraba juegos de rol. ¡Estaban obsesionados con las barajas de Magic! Nadie había previsto el cambio. Se acabaron los personajes y las campañas, sólo interminables batallas entre mazos de cartas. Toda la narrativa exprimida del juego, todo el performance, sólo pura mecánica sin ornamento alguno. ¡Y cómo les encantaba esa vaina a los chiquillos! Trató de dar una oportunidad a *Magic,* trató de juntar un mazo que valiera la pena, pero sencillamente no era lo suyo. Lo perdió todo contra un punk de once años y se dio cuenta de que en realidad le daba igual. Primera señal de que

[154][Los amish son una agrupación religiosa cristiana de doctrina anabaptista, notable por sus restricciones al uso de algunas tecnologías modernas, como los carros o la electricidad. Son unas 200.000 personas que viven principalmente en Estados Unidos y Canadá.]

su Era se cerraba. Cuando lo último en nerdería ya no le llamaba la atención, cuando prefería lo viejo a lo nuevo.)

ÓSCAR VA DE VACACIONES

Óscar llevaba casi tres años en el Don Bosco el día que su mamá le preguntó qué planes tenía para el verano. El último par de años su tío se había pasado casi todo julio y agosto en Santo Domingo y este año su mamá había decidido ir con él. No veo a mi madre hace mucho, mucho tiempo, dijo en voz baja. Tengo muchas promesas que cumplir, así que mejor ahora que muerta. Hacía años que Óscar no iba, desde que el criado número uno de su abuela, postrado en cama hacía meses, convencido de que la frontera estaba a punto de ser invadida de nuevo, había gritado, ¡*haitianos*! y se había muerto, y todos habían ido al entierro.

Es extraño. Si hubiera dicho que no, es probable que ese negro todavía estuviera entero. (Si se le puede llamar entero a alguien que tiene un tremendísimo fukú encima.) Pero esto sí que no es un *What If* de Marvel —la especulación tendrá que esperar—, el tiempo, como dicen, se está acabando. En mayo, Óscar estaba por primera vez de mejor ánimo. Un par de meses antes, tras un combate especialmente horrible con las Tinieblas, había comenzado otra de sus dietas combinada con largas caminatas por el barrio, ¿y adivinen qué? ¡Ese negro mantuvo la disciplina y bajó casi veinte libras! ¡Milagro! Por fin pudo reparar su propulsión iónica; el planeta malvado Gordo lo halaba, pero su cohete estilo años 50, el *Hijo del Sacrificio,* no lo abandonaba. Contemplen a nuestro explorador cósmico: los ojos de par en par, amarrado al sofá de aceleración, la mano sobre su corazón de mutante.

Ni por asomo podría habérsele considerado esbelto, pero tampoco era ya la esposa de Joseph Conrad. A principios de mes, incluso le había hablado en la guagua a una negrita con espejuelos, le había dicho, De modo que te interesa la fotosíntesis, y ella incluso había bajado su ejemplar de *Cell* y contestado, Sí, así es. ¿Y qué si no había pasado de las Ciencias Terrestres y no pudo convertir esa leve comunicación en un número de teléfono o una cita? ¿Y qué si se bajó en la parada siguiente y ella no, como él había esperado? El Homeboy estaba, por primera vez en diez años, sintiéndose renacer; nada parecía incomodarlo, ni sus estudiantes, ni que PBS hubiera cancelado *Doctor Who,* ni su soledad, ni la corriente sin fin de cartas de rechazo; se sentía insuperable, y los veranos en Santo Domingo… bueno, los veranos en Santo Domingo tienen su encanto propio, incluso para un nerd como Óscar.

Cada verano Santo Domingo pone el motor de la Diáspora en marcha atrás y hala a todos los hijos expelidos que puede. Los aeropuertos se traban con gente demasiado arreglada; los cuellos y los portaequipajes gimen bajo el peso acumulado de las cadenas y paquetes de ese año, y los pilotos temen por sus aviones —sobrecargados más allá de lo concebible— y por sí mismos. Los restaurantes, bares, clubs, teatros, malecones, playas, centros turísticos, hoteles, cabañas, habitaciones adicionales, barrios, colonias, campos e ingenios repletos de quisqueyanos del mundo entero. Como si alguien hubiera dado una orden general de evacuación al revés: ¡Todo el mundo a casa! ¡A sus hogares! De Washington Heights a Roma, de Perth Amboy a Tokio, de

Brijeporr a Amsterdam, de Lawrence a San Juan; aquí es cuando el principio termodinámico básico consigue ser modificado de modo que la realidad pueda reflejar un aspecto final: el levantamiento de jevitas de culo grande y la conducción de éstas a las cabañas. Es un pari grande; un bonche grande para todos salvo los pobres, los prietos, los desempleados, los enfermos, los haitianos, sus niños, los bateyes y los carajitos que a ciertos turistas canadienses, americanos, alemanes e italianos les encanta violar… sí, señor, no hay nada como un verano en Santo Domingo. Así que, por primera vez en años, Óscar dijo, Mis espíritus ancestrales me han estado hablando, Ma. Creo que pudiera acompañarte. Se imaginaba en medio de toda esa caza de cuca, se imaginaba enamorao de una isleña. (Un bróder no puede estar siempre equivocao, ¿verdá?)

Fue tan precipitado el cambio de política que hasta Lola lo sometió a un interrogatorio. Pero si tú *nunca* vas a Santo Domingo.

Se encogió de hombros. Bueno, tal vez quiero probar algo nuevo.

Compendio de notas de un regreso a la tierra natal

La Familia de León voló a la Isla el quince de junio. Óscar estaba cagado del miedo, pero emocionado; sin embargo, nadie estaba más hilarante que su mamá, que se había arreglado como si tuviera audiencia con el mismísimo Rey Juan Carlos de España. De haber tenido un abrigo de piel, lo hubiera llevado, cualquier cosa para hacer ver desde cuán lejos venía, para acentuar cuán diferente era del resto de dominicanos. Óscar, al menos, nunca la había visto tan arreglada y elegante. Ni actuando tan comparona. Belicia mortificaba a *todo el mundo,* desde la gente del check-in hasta los asistentes de vuelo y, cuando se sentaron en sus asientos de primera clase (ella pagaba) miró a su alrededor como escandalizada: ¡Ésta no es gente de calidad!

Se decía también que Óscar se babeó y no despertó para la comida ni para la película, sino sólo cuando el avión aterrizó y todos aplaudieron.

¿Qué está pasando? preguntó alarmado.

Relájese, señor. Sólo significa que hemos llegado.

El calor apabullante era el mismo, y también el olor tropical fecundo que nunca había olvidado, que le era más evocador que cualquier madeleine. Además la contaminación atmosférica y los millares de motos y carros y camiones destartalados en las carreteras y los racimos de vendedores ambulantes en cada semáforo (tan prietos, observó él, mientras su mamá decía con desprecio, Malditos haitianos) y la gente caminando lánguidamente sin nada que la protegiera del sol y las guaguas que pasaban tan desbordadas de pasajeros que desde afuera parecía que hicieran una entrega especial de extremidades de repuesto para una guerra lejana y la destrucción general de tantos edificios, como si Santo Domingo fuera adonde los caparazones de cemento, lisiados y abollados, vinieran a morir... y el hambre en las caras de algunos de los carajitos no se podía olvidar. Pero en muchos lugares también parecía como si un país nuevo por entero resurgiera de las ruinas del viejo: había mejores calles y vehículos más agradables y guaguas nuevas de lujo y con aire acondicionado que cubrían el largo trayecto hasta el Cibao y más allá, y restaurantes de fast food americanos (Dunkin' Donuts y Burger King) y locales cuyos nombres y logotipos no reconoció (Pollos Victorina y El Provocón No. 4) y semáforos por todas partes a los que nadie parecía prestar atención. ¿El mayor cambio de todos? Hacía unos años La Inca había movido su operación entera a La Capital— nos estamos haciendo demasiado grandes para Baní— y ahora la familia tenía una casa nueva en Mirador Norte y seis panaderías a las afueras de la ciudad. Somos capitaleños, anunció con orgullo su primo, Pedro Pablo (que los fue a buscar al aeropuerto).

La Inca también había cambiado desde la última visita de Óscar. Siempre había parecido eterna, la Galadriel de la familia, pero ahora él podía ver que no era así. Tenía casi todo el pelo blanco y, a pesar de su porte severo, finas arrugas entrecruzadas marcaban su piel y debía ponerse espejuelos para leer cualquier cosa. Seguía dinámica y orgullosa, y al verlo por primera vez en casi siete años, le puso las manos en los hombros y dijo, Mi hijo, al fin has vuelto con nosotros.

Hola, Abuela. Y después, con torpeza: Bendición.

(Nada más conmovedor, sin embargo, que La Inca y su mamá. Al principio no dijeron nada y después su mamá se cubrió la cara, perdió el control y dijo con voz de niña chiquita: Madre, he vuelto. Y entonces las dos se abrazaron y lloraron, y Lola se unió y Óscar, como no sabía qué hacer, fue con su primo Pedro Pablo a trasladar el equipaje de la camioneta al patio.)

En realidad era asombroso cuánto había olvidado de la RD: las lagartijas que había por todas partes y los gallos por la mañana, seguidos de inmediato por los gritos de los plataneros y del tipo que vendía bacalao y su tío Carlos Moya, que lo emborrachó la primera noche con chatas de Brugal y a quien los recuerdos que guardaba de él y su hermana le humedecieron los ojos.

Pero, sobre todo, había olvidado lo increíblemente bellas que eran las mujeres dominicanas.

Duh, dijo Lola.

Casi se le tuerce el cuello en los paseos que dio los primeros días.

Estoy en el cielo, escribió en su diario.

¿En el cielo? Su primo Pedro Pablo sorbió el aire con un desdén exagerado. Esto aquí es un maldito *infierno*.

Las pruebas del pasado de un bróder

En las fotos que Lola trajo a casa hay algunas de Óscar en el patio leyendo a Octavia Butler, otras de Óscar en el Malecón con una botella de Presidente en la mano, fotos de Óscar en el Faro a Colón, donde antes se alzaba la mitad de Villa Duarte, fotos de Óscar con Pedro Pablo comprando bujías en Villa Juana, de Óscar probándose un sombrero en El Conde, de Óscar al lado de un burro en Baní, de Óscar junto su hermana (ella en una tanga, capaz de hacerle explotar las córneas a cualquiera). Se ve que está haciendo un esfuerzo. Sonríe mucho, a pesar del desconcierto que se le nota en los ojos.

También, como se puede ver, no lleva su abrigo de gordo.

ÓSCAR APLATANADO

Después de la primera semana de su regreso, después que sus primos lo hubieran llevado a ver un fracatán de cosas, después que se hubiera acostumbrado más o menos al clima abrumante y a la sorpresa de despertar con el canto de los gallos y a que todo el mundo lo llamara Huáscar (ése era su nombre dominicano, algo más que había olvidado), después que se negara a sucumbir a ese susurro que todos los inmigrantes de mucho tiempo llevan dentro de sí, el susurro que dice *No Perteneces Aquí,* después que hubiera ido a unos cincuenta clubs y, como no podía bailar salsa, merengue ni bachata, se hubiera puesto a tomar Presidentes mientras Lola y sus primos incendiaban la pista de baile, después que hubiera explicado cien veces que lo habían separado de su hermana al nacer, después de pasar un par de mañanas tranquilo, escribiendo, después de haberle dado todo el dinero para taxis a los mendigos y haber tenido que llamar a su primo Pedro Pablo para que lo fuera a buscar, después de haber visto a un manojo de niños de siete años descalzos y descamisados fajarse por las sobras que él había dejado en el plato en un café al aire libre, después que su mamá los llevara a todos a comer en la zona colonial y los camareros los miraran con recelo (Cuidao, Mami, dijo Lola, seguro que se creen que tú eres haitiana... y ella contestara, La única haitiana aquí eres tú, mi amor), después que una vieja esquelética le agarrara ambas manos y le pidiera un peso, después que su hermana le hubiera dicho, Si te parece malo, debieras ir a los bateyes, y después de haber pasado un día en Baní (el campo donde se había criado La Inca) y haber cagado en una letrina y haberse limpiado el culo con una tusa de maíz —*eso* sí que es divertido, escribió en su diario— después de haberse acostumbrado más o menos al corre corre surrealista de la vida en la Capital —las guaguas, la poli, la pobreza inconcebible, los Dunkin' Donuts, los mendigos, los haitianos vendiendo maní tostado en las intersecciones, la pobreza inconcebible, los turistas comemierdas monopolizando las playas, las novelas de Xica da Silva que les gustaban tanto a Lola y a sus primas en las que la jevita se quita la ropa cada cinco segundos, los paseos de la tarde por el Conde, la pobreza inconcebible, el gruñido de las calles y las chozas de zinc de los barrios populares, las oleadas de gente que vadeaba a diario porque si no se movía lo ahogaban, los guardias flacos delante de las tiendas con sus escopetas que no funcionaban, la música, las bromas lascivas que se oían en las calles, la pobreza inconcebible, ser aplastado en el rincón de un concho por el peso combinado de otros cuatro clientes, la música, los nuevos túneles que se excavaban en la tierra de bauxita, los carteles que prohibían las carretas de burros en esos mismos túneles, después de haber ido a Boca Chica y a Villa Mella y comido tanto chicharrón que tuvo que vomitar a la orilla del camino —vaya, dijo su tío Rudolfo, *eso* si que es divertido—, después que su tío Carlos Moya le reprochara el no haber venido en tanto tiempo, después que su abuela le reprochara el no haber venido en tanto tiempo, después que sus primos le reprocharan el no haber venido en tanto tiempo, después que viera de nuevo la belleza inolvidable del Cibao, después que oyera las historias sobre su mamá, después que dejara de asombrarse por la cantidad de propaganda política en cada pared —ladrones, anunció su mamá, todos ellos— después que el tío un poco tocado de la cabeza por haber sido torturado durante el reinado de Balaguer viniera de visita e iniciara un acalorado pleito con Carlos Moya por la política (después del cual ambos se emborracharon), después que se quemara en el sol en Boca Chica, después que nadara en el Caribe, después que el tío Rudolfo acabara con él con mamajuana de marisco, después que viera por primera vez cómo botaban de la guagua a unos haitianos porque los bróders decían que apestaban, después que casi enloqueciera con todas las bellezas que veía, después que ayudara a su mamá a instalar dos aire acondicionados nuevos y se machacara el dedo de tal forma que tenía sangre oscura debajo de la uña, después que todos los regalos que habían traído habían sido distribuidos como correspondía, después que Lola le presentara el novio que había tenido de adolescente, ahora capitaleño también, después que hubiera visto las fotos de Lola en su uniforme del colegio privado, una muchacha alta con ojos angustiados, después que le llevara flores a la tumba del criado número uno de su abuela que lo había cuidado de niño, después que sufriera una diarrea tan horrible que la boca se le aguaba antes de cada detonación, después que hubiera visitado con su hermana todos los museos de mala muerte de la capital, después que se le pasara la consternación porque todos lo llamaran gordo (y, peor, gringo), después que le cobraran de más por casi todo lo que había comprado, después que La Inca rezara por él casi todas las mañanas, después que le diera catarro porque su abuela hubiera puesto el aire acondicionado demasiado frío, decidió de repente y sin advertencia previa quedarse en la Isla el resto del verano con su mamá y su tío. No regresar a casa con Lola. Fue una decisión que le vino una noche en el Malecón, mientras miraba el mar. ¿Qué me espera en Paterson? quería saber. No estaba dando clases ese verano y había traído todas sus libretas. Me parece buena idea, dijo su hermana. Necesitas estar un tiempito en la patria. Puede que hasta te encuentres una campesina agradable. Le pareció que era algo que debía hacer. Ayudaría a sacarle de la cabeza y el corazón el pesimismo que los había llenado estos meses. A su mamá le entusiasmaba menos la idea, pero La Inca la hizo callar con un gesto de la mano. Hijo, te puedes quedar aquí toda tu vida. (Aunque a él le pareció extraño que ella le hiciera llevar un crucifijo inmediatamente después.)

Así que cuando Lola volvió a Estados Unidos (Cuídate mucho, Míster) y el terror y la alegría de su regreso se apaciguaron, después de acomodarse en casa de su abuela, la casa que la Diáspora había construido, e intentar pensar en lo que iba a hacer con el resto del verano ahora que Lola se había ido, después que su fantasía de una novia isleña pareciera un broma lejana —¿a quién coñazo había estado tratando de engañar? No sabía bailar, no tenía plata, no vestía bien, no tenía seguridad en sí mismo, no era buenmozo, no era europeo, no estaba rapando con ninguna isleña. Después de haber pasado una semana entera escribiendo y (vaya ironía) haber rechazado como cincuenta veces la oferta de sus primos de llevarlo a una casa de putas, Óscar se enamoró de todos modos de una puta semijubilada.

Se llamaba Ybón Pimentel. Óscar la consideró el comienzo de su *verdadera* vida.

La beba

Vivía a dos casas y era, como los de León, recién llegada a Mirador Norte. (La mamá de Óscar había comprado la casa con turnos dobles en sus dos trabajos. Ybón compró la suya con turnos dobles también, pero en una vidriera en Amsterdam.) Ella era una de esas mulatas doradas que los caribeños francófonos llaman chabines, las que mis panas llaman chicas de oro; tenía el pelo trabado, apocalíptico, ojos de cobre, y estaba a un pariente blanco de ser jabá.

Al principio, Óscar pensó que estaba sólo de visita, esta jevita minúscula, un chin gordita, que siempre iba taconeando hasta su Pathfinder. (No intentaba aparentar Americana, al contrario que la mayoría de sus vecinos del Nuevo Mundo.) Las dos veces que Óscar se topó con ella —en las pausas en su escritura iba a caminar por los cul-de-sacs, calurosos y aburridos, o a sentarse en el café del barrio— ella le había sonreído. Y la tercera vez que se vieron —aquí, mi gente, es que comienzan los milagros— se sentó a su mesa y le preguntó: ¿Qué estás leyendo? Al principio él no supo qué sucedía y entonces se dio cuenta: ¡Holy Shit! Una hembra le hablaba. (Era un cambio de fortuna sin precedentes, como si la madeja raída de su destino se hubiera enredado accidentalmente con la de un bróder que sí se daba la talla, mucho más afortunado.) Resultó que Ybón conocía a su abuela, siempre la llevaba en su carro cuando Carlos Moya salía a hacer entregas. Tú eres el muchacho de las fotos, dijo con una sonrisa traviesa. Era pequeño, dijo defensivo. Además, eso fue antes que la guerra me cambiara. Ella no rió. Puede que sea eso. Bueno, me tengo que ir. Se puso los espejuelos, levantó el culo y la belleza desapareció. La erección de Óscar la siguió como la varita de un zahorí.

Ybón había asistido a la UASD hacía mucho tiempo, pero no era universitaria: tenía líneas alrededor de los ojos y parecía, o al menos le parecía a Óscar, abierta, conocedora del mundo, tenía la clase de intensidad que las mujeres buenotas de mediana edad exudan sin esfuerzo. La siguiente vez que dio con ella delante de su casa (había estado vigilándola), ella le dijo, Good morning, Mr. de León, en inglés. ¿How are you? I am well, contestó. ¿And you? Ella sonrió. I am well, thank you. Él no sabía qué hacer con las manos, así que las cruzó detrás de sí como un clérigo melancólico. Y durante un minuto no pasó nada más y ella estaba abriendo su verja y él dijo, desesperadamente, Hace mucho calor. Ay, sí, dijo ella. Y yo que pensaba que era sólo mi menopausia. Y entonces, mirándolo sobre el hombro, curiosa quizá por este personaje tan extraño que hacía tanto esfuerzo por no mirarla, o quizá reconociendo lo metío que estaba con ella y sintiéndose caritativa, le dijo, Ven, entra. Te daré algo de tomar.

La casa estaba casi vacía —la de su abuela también, pero ésta la verdad que se pasaba—, Todavía no he tenido tiempo de mudarme, dijo casualmente —y como los únicos muebles eran una mesa de cocina, una silla, un buró, una cama y una TV, tuvieron que sentarse en la cama. (Óscar le echó una mirada a los libros de astrología que había bajo la cama y a una colección de novelas de Paulo Coelho. Ella le siguió la mirada y dijo con una sonrisa, Paulo Coelho me salvó la vida.) Le dio una cerveza, se sirvió un whisky doble y durante seis horas le estuvo obsequiando con anécdotas de su vida. Se notaba que no había tenido a nadie con quien hablar desde hacía mucho. Óscar se vio reducido a asentir con la cabeza y tratar de reír cuando ella reía. Estuvo todo el tiempo sudando como una bestia. Preguntándose si ése era el momento de intentar algo. No fue hasta a medio camino en la conversación que a Óscar se le ocurrió que el trabajo del que Ybón hablaba con tanta soltura era la prostitución. ¡Holy Shit!, la Secuela. Aunque las putas eran una de las principales exportaciones de Santo Domingo, Óscar nunca había estado en casa de una prostituta.

Mirando por la ventana del cuarto, vio a su abuela en el césped, buscándolo. Quería abrir la ventana y llamarla, pero Ybón no permitía interrupciones.

Ybón era un bicho raro. Puede que haya sido habladora, la clase de mujer sin complicaciones con la que un bróder se podía relajar, pero también había en ella algo distante: como si (ahora en palabras de Óscar) se tratara de una princesa alienígena abandonada que existiera parcialmente en otra dimensión; el tipo de mujer que, con todo lo fly que era, se le va a uno de la mente con demasiada rapidez, cualidad que ella reconocía y agradecía, como si disfrutara de las breves explosiones de atención que provocaba en los hombres, pero nada sostenido. No parecía que le molestara ser la muchacha a la que se llamaba cada par de meses a las once de la noche sólo para ver en que "andaba". Era toda la relación que era capaz de mantener. Me recordaba a las matas de moriviví con que jugábamos de niños, excepto que al revés.

Sus jueguitos mentales estilo Jedi, sin embargo, no funcionaban con Óscar. En cuestiones de hembras, el bróder tenía la mente de un yogui. Cuando agarraba la onda, seguía agarrado. Para cuando salió de su casa aquella noche y se dirigió a la suya bajo el ataque del millón de mosquitos de la Isla, ya estaba perdido.

(¿Le importó que Ybón comenzara a mezclar italiano con español después de su cuarto trago o que casi se cae de picada cuando lo acompañó a la puerta? ¡Para nada!)

Estaba enamorao.

Su mamá y su abuela estaban esperándolo en la puerta; discúlpenme el estereotipo, pero las dos tenían el pelo en rolos y no podían creer su sinvergüencería. ¿Sabes que esa mujer es una PUTA? ¿Sabes que compró esa casa CULEANDO?

Por un momento su rabia lo abrumó, pero se recuperó enseguida: ¿Sabían que su tía era una JUEZA? ¿Sabían que su padre trabajó para la COMPAÑÍA TELEFÓNICA?

Si quieres una mujer, te conseguiré una buena mujer, dijo su mamá, mirando airadamente por la ventana. Pero lo único que va a hacer esa puta es robarte el dinero.

No necesito tu ayuda. Y ella no es una puta.

La Inca le echó una de sus Miradas de Increíble Poder. Hijo, obedece a tu madre.

Casi estuvo a punto de hacerlo. Las dos centraban todas sus energías en él, pero entonces saboreó la cerveza en sus labios y sacudió la cabeza.

Su tío Rudolfo, que estaba mirando el partido en la TV, aprovechó ese momento para gritar, con su mejor voz de Abuelo Simpson: Las prostitutas fueron la desgracia de mi vida.

Más milagros. A la mañana siguiente Óscar despertó y, a pesar de las estupendas sensaciones de su corazón, a pesar de que quería salir corriendo a casa de Ybón y amarrase a su cama, no lo hizo. Sabía que tenía que cogerlo suave, sabía que tenía que contener su bárbaro corazón o la iba a cagar.

Fuera lo que fuera. Por supuesto que el bróder abrigaba fantasías salvajes en su cabeza. ¿Qué esperaban? Era un gordo ya-no-tan-gordo que nunca había besado a una muchacha, nunca se había acostado siquiera al lado de una y ahora el mundo había puesto a una hermosa puta debajo de sus narices. Ybón, estaba seguro, era el último esfuerzo del Poder Supremo de ponerlo de nuevo en la trayectoria apropiada de la masculinidad dominicana. Si cagaba esto, bien, significaría volver a jugar Villanos y Vigilantes. Mi último chance, dijo. Su oportunidad de ganar. Decidió jugarse la última baraja. La espera. Así que estuvo el día entero brujuleando por la casa, tratando de escribir pero sin poder hacerlo, viendo una comedia en la TV en que dominicanos negros caníbales con faldas de hierba metían a dominicanos blancos con trajes de safari en unas ollas grandes y todos se preguntaban en voz alta dónde estaba el bizcocho. De espanto. Al mediodía, ya había vuelto loca a Dolores, la "muchacha" de treinta y ocho años marcada de cicatrices que le cocinaba y limpiaba a la familia.

El día siguiente a la una se puso una chacabana limpia y caminó hasta casa de Ybón como si estuviera de paseo. (Bueno, más bien trotó.) Afuera había un jeep rojo parqueado, pegado al Pathfinder. Con placa de la Policía Nacional. Se detuvo ante la puerta con el sol pisoteándolo. Se sintió como un comemierda. Por supuesto que estaba casada. Por supuesto que tenía novios. Su optimismo, ese gigante rojo hinchado, fue desapareciendo hasta convertirse en un punto casi imperceptible de depresión del que no había escapatoria posible. Eso no le impidió regresar al día siguiente, pero no había nadie en casa y para cuando la volvió a ver otra vez, tres días después, empezaba a pensar que había regresado al mundo Precursor. ¿Dónde estabas? preguntó, tratando de no parecer tan desgraciado como se sentía. Pensé que te habías caído en la tina o algo. Ella sonrió y movió el culo como en un temblorcito. Fortaleciendo a la patria, mi amor.

La había visto delante de la TV, haciendo aerobics en un par de sudadores y lo que pudiera llamarse un top halter. Le resultaba dificilísimo no mirarle el cuerpo. En cuanto lo dejó entrar la primera vez, gritó: ¡Óscar, querido! ¡Ven, pasa! ¡Pasa!

Una nota del autor

Yo sé lo que van a decir ustedes. Miren eso, ahora está escribiendo Suburban Tropical. ¿Una puta y no es una cocainómana menor de edad? No es verosímil. ¿Quieren que vaya a la Feria y busque un modelo más representativo? ¿Sería mejor si convierto a Ybón en esa otra puta que conozco, Jahyra, una amiga y vecina de Villa Juana, que todavía vive en una de esas casas de madera rosadas antiguas con techo de zinc? Jahyra —la quintaesencia de la puta caribeña, medio linda, medio no— que se fue de la casa a los quince y ha vivido en Curazao, Madrid, Amsterdam y Roma, que también tiene dos chiquillos, que a los dieciséis años, cuando vivía en Madrid, se hizo los senos, y los tiene más grandes casi que la Luba de *Love and Rockets* (pero no tan grandes como Beli), que declaraba con orgullo que su aparato había pavimentado la mitad de las calles en la ciudad natal de su mamá? ¿Sería mejor que Ybón y Óscar se conocieran en el Lavacarros de Fama Mundial, donde Jahyra trabaja seis días a la semana y un bróder puede pulirse las defensas y *la* defensa a la misma vez mientras espera, háblese después de conveniencia? ¿Sería mejor? ¿Sí?

Pero por otra parte, estaría mintiendo. Sé que he metido mucha fantasía y ciencia ficción en esta mezcla, pero se supone que es la historia *verdadera* de la Breve y Maravillosa Vida de Óscar Wao. ¿No podemos creer que pueda existir una Ybón y que a un bróder como Óscar le haya llegado un poquito de suerte después de veintitrés años?

Ahora les toca ustedes. Pastilla azul, continúan. Pastilla roja, regresan a Matrix.

La muchacha de Sabana Iglesia

En las fotos, Ybón se ve joven. Es su sonrisa y la manera que anima su cuerpo en cada foto, como si se estuviera presentando al mundo, como si estuviera diciendo, ta-dá, aquí estoy, lo tomas o lo dejas. También vestía de joven, pero tenía unos treinta y seis macizos, la edad perfecta para cualquiera salvo una stripper. En los close-ups se pueden ver las patas de gallina y se quejaba todo el tiempo de su barriguita y de que sus tetas y su culo comenzaban a perder firmeza, razón por la cual, explicaba, tenía que ir al gimnasio cinco días a la semana. Cuando uno tiene dieciséis años un cuerpo como éste es gratis, pero cuando tiene cuarenta —pffft!— es un trabajo de tiempo completo. La tercera vez que Óscar fue de visita, Ybón se tomó los dobles whisky otra vez y después bajó del closet sus álbumes y le mostró todas las fotos de cuando tenía dieciséis, diecisiete, dieciocho años, siempre en la playa, siempre en un bikini de esos de aquellos años ochenta, siempre con mucho pelo, siempre sonriendo, siempre con los brazos alrededor de algún yakoub[155] maduro estilo años ochenta. Al ver a todos esos viejos blancos y velludos, Óscar no podía evitar sentir cierta esperanza. (Déjame adivinar, dijo, ¿son tíos tuyos?) Cada foto tenía una fecha y un lugar escrito en la parte inferior y esto le permitió seguir la trayectoria de Ybón como puta por Italia, Portugal y España. Era tan linda en aquellos tiempos, dijo con nostalgia. Era verdad, su sonrisa habría podido apagar un sol, pero a Óscar no le parecía menos linda ahora; el leve declive de su aspecto sólo parecía agregar a su lustre (el brillo final antes del ocaso) y se lo dijo.

Eres tan dulce, mi amor. Se metió otro trago y dijo en voz ronca, ¿Qué signo astrológico eres?

¡Qué enamorao estaba! Dejó de escribir y empezó a ir casi todos los días a su casa, incluso cuando sabía que estaba trabajando, sólo por si se había enfermado o había decidido dejar la profesión para casarse con él. Las puertas de su corazón se habían abierto y se sentía ligero, se sentía ingrávido, se sentía ágil. Su abuela lo jodía constantemente, diciéndole que ni siquiera Dios quiere a una puta. Sí, dijo su tío, riendo, pero todos saben que Dios sí *ama* a un puto. Al tío parecía que le emocionaba saber que ya no tenía un pájaro por sobrino. No lo puedo creer, dijo con orgullo. El palomo es un hombre al fin. Le hizo a Óscar un niggerkiller, la

[155][Blanco, según la jerga de Five Per Cent Nation, también conocida como La nación de dioses y tierras. Fue fundada en Harlem en 1964 por Clarence 13X, a quien sus discípulos jóvenes conocían como Alá o el padre. La nación de dioses y tierras encolerizó a muchos líderes religiosos y políticos porque lo veían como vástago de la Nación del Islam, que los musulmanes tradicionales ya habían considerado como herético.]

llave de lucha libre patentada de la Policía Estatal de New Jersey. ¿Cuándo fue? Quiero jugar esa fecha en cuanto llegue a casa.

Retomemos la escena: Óscar e Ybón en casa de ella, Óscar e Ybón en el cine, Óscar e Ybón en la playa. Ybón hablaba, voluminosamente, y de vez en cuando Óscar colaba unas palabritas en la conversación. Ybón le habló de sus dos hijos, Sterling y Perfecto, que vivían con sus abuelos en Puerto Rico y a quienes sólo veía en vacaciones. (Mientras estuvo en Europa, conocieron su foto y su dinero nada más y cuando ella al fin regresó a la Isla, ya eran unos hombrecitos y no tuvo el corazón de separarlos de la única familia que habían conocido. A mí me hubiera hecho voltear los ojos, pero Óscar se tragó el anzuelo, el sedal y el plomo.) Le contó de los dos abortos que se había hecho, de la vez que la habían encarcelado en Madrid, se quejó de lo difícil que era vender el culo, preguntó: ¿Puede algo ser imposible y no imposible a la misma vez? Le dijo que de no haber estudiado inglés en la UASD es probable que le hubiera ido mucho peor. Le habló de un viaje que hizo a Berlín acompañada por una amiga, una trani brasileña reconstruida, y que algunas veces los trenes iban tan despacio que se podía tomar una flor al pasar sin molestar a nadie. Le habló de su novio dominicano, el capitán, y de sus novios extranjeros: el italiano, el alemán y el canadiense, los tres benditos, y que cada uno la visitaba en un mes diferente. Es una suerte que todos tengan familias, le dijo. O habría estado trabajando todo el verano. (Él quería pedirle que no hablara de ninguno de esos tipos, pero sólo la hubiera hecho reír. Todo lo que dijo fue: Podría haberlos llevado a Zurza; tú sabes cómo quieren a los turistas por allá, y ella rió y le dijo que se portara bien.) Por su parte, él le contó de la vez que él y sus panas nerdosos de la universidad habían ido hasta Wisconsin a una convención de juegos, su único viaje largo, que habían acampado en una reserva de winnebago y tomado Pabst con algunos de los indios del lugar. Le habló de su amor por su hermana Lola y de lo que le había pasado. Le habló de cuando trató de quitarse la vida. Fue la única vez que Ybón no dijo nada. En vez de comentar, llenó los vasos y levantó el suyo en un brindis. ¡A la vida!

Nunca hablaron de la cantidad de tiempo que pasaban juntos. Quizá nos debiéramos casar, le dijo una vez, no en broma, y ella dijo, Yo sería una esposa terrible. Óscar estaba presente tan a menudo que hasta le tocó experimentar un par de veces sus "notorios" gorriones, cuando la parte de ella que era una princesa alienígena pasaba a primer plano y se volvía fría y poco comunicativa, cuando lo llamaba un American idiot por derramar su cerveza. En esos días ella abría la puerta y se tiraba en la cama y no hacía nada. Era difícil estar allí con ella, pero él le decía, Hey, me enteré que Jesús está en la Plaza Central repartiendo condones; la convencía de ir al cine —salir y sentarse en el teatro parecía calmar un poco a la princesa. Después siempre estaba un chin más suave; lo llevaba a un restaurante italiano y, por mucho que hubiera mejorado su estado de ánimo, siempre insistía en emborracharse hasta el ridículo. Tan así era, que tenía que meterla en el carro y regresar a casa manejando por una ciudad que apenas conocía. (Al principio, se le ocurrió tremenda estrategia: llamaba a Clives, el taxista evangélico que su familia siempre usaba, que los venía a buscar sin problema y los guiaba a casa.) Cuando él manejaba, ella siempre le ponía la cabeza en el regazo y le hablaba, a veces en italiano, a veces en español, a veces de las palizas que las mujeres se daban unas a otras en la cárcel, a veces le decía cosas lindas, y que su boca estuviera tan cerca de sus bolsas era lo mejor que cabría imaginar.

La Inca habla

No la había conocido en la calle como les dijo. Sus primos, esos idiotas, lo llevaron a un cabaret y ahí fue donde la vio por primera vez. Y ahí fue que ella se le metió por los ojos.

Ybón, según apuntes de Óscar

Nunca quise volver a Santo Domingo. Pero después de salir de la cárcel, tuve problemas con el pago de mis deudas y mi mamá estaba enferma, y así es que volví.

Fue duro al principio. Una vez que has estado fuera, Santo Domingo es el lugar más pequeño del mundo. Pero si he aprendido algo en mis recorridos es que uno puede acostumbrarse a cualquier cosa. Incluso a Santo Domingo.

Lo que nunca cambia

Oh, claro que intimaron, pero debemos volver a hacer las preguntas difíciles: ¿Alguna vez se besaron en el Pathfinder? ¿Alguna vez le metió la mano por debajo de la falda supercorta? ¿Alguna vez se restregó contra él y dijo su nombre en un gutural susurro? ¿Le acarició ese enredo de fin del mundo que era su pelo mientras ella lo mamaba? ¿Alguna vez raparon?

Claro que no. Hasta los milagros tienen sus límites. La miraba en busca de indicios, de indicios que le dijeran que ella lo amaba. Comenzó a sospechar que tal vez no sucediera este verano, pero ya tenía planes de regresar para Thanksgiving y después para Navidad. Cuando se lo dijo, ella lo miró de manera extraña y con algo de tristeza dijo su nombre, Óscar.

Le caía bien, eso se veía, le gustaba cuando le contaba sus locuras, cuando miraba fijamente algo nuevo como si hubiese sido de otro planeta (como la vez que lo sorprendió en el baño mirando su piedra pómez —¿Qué *coñazo* es este material tan peculiar? preguntó). Le parecía a Óscar que él era uno de sus pocos amigos verdaderos. Fuera de los novios, nacionales y extranjeros, fuera de su hermana psiquiatra en San Cristóbal y su mamá enferma en Sabana Iglesia, su vida parecía tan vacía como su casa.

Travel light, eso era todo lo que decía sobre la casa cuando él proponía comprarle una lámpara o cualquier otra cosa, y él sospechaba que hubiera dicho lo mismo sobre lo de tener más amigos. Pero él sabía que no era su único visitante. Un día encontró tres paquetitos de condones abiertos en el piso junto a la cama y preguntó, ¿Estás teniendo problemas con los íncubos? Ella sonrió sin vergüenza. Ése es un tipo que no sabe lo que significa parar.

Pobre Óscar. De noche soñaba que su cohete espacial, el *Hijo del Sacrificio,* subía y subía, pero iba directo pa la Barrera Ana Obregón a la velocidad de la luz.

Óscar en el Rubicón

A principios de agosto, Ybón empezó a mencionar a su novio, el capitán, mucho más. Al parecer, éste había oído hablar de Óscar y quería conocerlo. Es muy celoso, le dijo Ybón con voz algo débil. Dile que nos podemos conocer, dijo Óscar. Todos los novios se sienten mejor cuando me conocen. No sé, dijo Ybón. Quizá no debiéramos pasar tanto tiempo juntos. ¿No debieras estar buscando novia?

Tengo novia, explicó. Es la novia de mi mente.

¿Un novio poli celoso y del Tercer Mundo? ¿Quizá no debiéramos pasar tanto tiempo juntos? Cualquier otro tipo habría reaccionado aunque tardíamente estilo Scooby-Doo —¿Eeuoooorr?— y no hubiera pensado dos veces permanecer un día más en Santo Domingo. Oír del capitán sólo sirvió para deprimirlo, al igual que el comentario sobre pasar menos tiempo juntos. Nunca se detuvo a considerar que cuando un poli dominicano dice que quiere conocerlo a uno, no está hablando exactamente de traerle flores.

Una noche poco después del incidente con los condones, Óscar despertó en su cuarto excesivamente frío por el aire acondicionado y comprendió con claridad inusual que iba por el mismo camino de siempre. El camino por el cual una jevita lo enloquecía hasta que dejaba de pensar. El camino por el cual sucedían cosas muy malas. Debes parar ahora mismo, se dijo. Pero sabía, con claridad lapidaria, que no iba a parar. Amaba a Ybón. (Y el amor, para este muchacho, era el geas,[156] algo que no era posible sacudirse de encima o ne-

[156][En el juego Dungeons & Dragons, una especie de hechizo.]

gar.) La noche antes, había estado tan borracha que había tenido que ayudarla a meterse en la cama mientras no dejaba de repetir, Dios, tenemos que tener cuidao, Óscar, pero tan pronto dio con el colchón, comenzó a retorcerse para quitarse la ropa, sin importarle que él estuviera allí; él trató de no mirar hasta que ella estuvo debajo de las sábanas, pero lo que vio le quemó el borde de los ojos. Cuando se volvió para marcharse, ella se sentó, su pecho completa y maravillosamente desnudo. No te vayas todavía. Espera que me duerma. Óscar se tendió junto a ella, encima de las sábanas, y no se fue a su casa hasta que comenzó a salir el sol. Había visto sus hermosos pechos y ahora sabía que era demasiado tarde para recoger sus cosas y largarse, como le decían esas vocecitas, era demasiado, demasiado tarde.

ÚLTIMA OPORTUNIDAD

Dos días después, Óscar se encontró a su tío examinando la puerta de la calle. ¿Qué pasó? El tío le mostró la puerta y señaló la pared de bloques de concreto del otro lado del vestíbulo. Me parece que alguien le disparó a la casa anoche. Estaba enfurecido. Fokin dominicanos. Es probable que ametrallaran el barrio entero. Tenemos suerte de estar vivos.

Su mamá metió el dedo por el agujero que había dejado la bala. No creo que esto sea tener suerte.

Yo tampoco, dijo La Inca, mirando directamente a Óscar.

Por un instante Óscar sintió un tirón extraño en la nuca, algo que otro podría haber llamado Instinto, pero en vez de bajar la cabeza y ponerse a pensar, dijo, Puede que no lo hayamos oído por culpa de los aires acondicionados, y entonces se dirigió a casa de Ybón. Se suponía que aquel día iban a ir al Duarte.

ÓSCAR APALEADO

A mediados de agosto, Óscar al fin conoció al capitán. Pero también recibió su primer beso. Así que se podría decir que ese día su vida cambió.

Ybón se había desmayado otra vez (después de echarle un tremendo discurso sobre que tenían que darse "espacio" el uno al otro, lo que él había escuchado con la cabeza baja y se había preguntado por qué ella entonces había insistido en estar de manos durante la cena). Era super tarde ya y estaba siguiendo a Clives en el Pathfinder, la rutina normal, cuando unos polis dejaron pasar a Clives y entonces le pidieron a Óscar que por favor saliera del vehículo. El carro no es mío, explicó, es de ella. Y señaló a Ybón, que estaba dormida. Entendemos, si pudiera acercarse a la acera un segundo. Lo hizo pues, aunque un poco preocupado, y entonces Ybón se incorporó y lo miró con sus ojos claros. ¿Sabes lo que quiero, Óscar?

Tengo, dijo, demasiado miedo como para preguntar.

Quiero, dijo, poniéndose en posición, un beso.

Y antes que Óscar pudiera hablar, se le tiró encima.

La primera sensación del cuerpo de una mujer presionando contra el de uno —¿quién puede olvidarla? Y ese primer beso —bueno, con toda sinceridad, a mí se me han olvidado estas dos primeras veces, pero a Óscar nunca se le olvidarían.

Durante un segundo no daba crédito. ¡Esto es, esto mismo es! Los labios suaves y flexibles y la lengua intentando entrar en su boca. Y, de pronto, todo se iluminó alrededor de ellos y pensó, ¡voy a trascender! ¡La trascendencia es mííííía! Pero entonces se dio cuenta de que los dos policías paisanos que los habían parado —ambos parecían criados en mundos de mucho game, de mucha calle y, para simplificar las cosas, los llamaremos Solomon Grundy y el Gorila Grod— estaban iluminando el interior del carro con sus linternas. ¿Y quién estaba detrás de ellos, mirando la escena del carro con expresión de puras ganas de matar? Vaya, el capitán por supuesto. ¡El novio de Ybón!

Grod y Grundy lo sacaron del carro de un tirón. ¿Acaso Ybón luchó para mantenerlo en sus brazos? ¿Protestó por la grosera interrupción de la lengua que se estaban dando? Por supuesto que no. La socia se desmayó de un palo otra vez.

El capitán. Un jabao cuarentón, flaco, de pie junto a un jeep rojo impecable, bien vestido, con pantalones deportivos y una bien planchada camisa blanca, los zapatos brillantes como escarabajos. Uno de esos tipos altos, arrogantes, mordazmente guapos que hacen a la mayor parte del planeta sentirse inferior. También uno de esos hombres muy malos que ni siquiera el postmodernismo puede explicar. Había sido joven durante el trujillato, así que nunca tuvo la oportunidad de ejercer verdadero poder y no fue hasta la invasión norteamericana que alcanzó sus galones. Al igual que mi papá, apoyó a los invasores estadounidenses y como era metódico y no demostró ni una gota de misericordia hacia los izquierdistas, ascendió —más bien, se abalanzó— a los rangos superiores de la policía militar. Estuvo muy ocupado bajo el Demonio Balaguer. Disparándoles a los sindicalistas desde el asiento trasero de los carros. Quemando casas de organizadores. Destrozándoles las caras a la gente a palancazos. Para los hombres como él, Los Doce Años fue una fiesta. En 1974, le sostuvo la cabeza bajo el agua a una viejita hasta que murió (había intentado organizar a unos campesinos para que reclamaran sus derechos sobre unas tierras en San Juan); en 1977, bailó un zapateo en la garganta de un muchacho de quince años con el talón de su Florsheim (otro comunista revoltoso, adiós y fokin buen viaje). Conozco a este tipo. Tiene familia en Queens y cada Navidad les trae a sus primos botellas de Johnny Walker etiqueta negra. Sus panas lo llaman Fito y de joven quería ser abogado, pero cuando las cosas se pusieron cali, le gustó y se olvidó de toda esa vaina del derecho.

Así que tú eres el neoyorquino. Cuando Óscar vio los ojos del capitán supo que estaba embarcado. El capitán, pa que sepan, también tenía los ojos juntos; pero éstos eran azules y terribles. (¡Los ojos de Lee Van Cleef![157]) De no haber sido por la fuerza del esfínter de Óscar, el almuerzo y la cena y el desayuno le hubieran salido disparados ahí mismo.

No hice nada, dijo Óscar, temblando. Y entonces soltó: Soy ciudadano americano.

El capitán espantó un mosquito. Yo también soy ciudadano americano. Me naturalizaron en la ciudad de Buffalo, en el estado de Nueva York.

Yo compré la mía en Miami, dijo el Gorila Grod. Yo no, se lamentó Solomon Grundy. Sólo tengo la residencia.

Por favor, tienen que creerme, yo no he hecho *nada*.

[157][Lee Van Cleef era un actor de cine norteamericano que apareció principalmente en películas de vaqueros y de acción. Sus características —facciones angulares y ojos lacerantes— lo hacían el villano ideal.]

El capitán sonrió. El hijoeputa hasta tenía dientes del Primer Mundo. ¿Sabes quién soy?

Óscar asintió. Era inexperto pero no idiota. Eres el ex novio de Ybón.

¡No soy su ex novio, maldito pariguayo! gritó el capitán, con las cuerdas del cuello sobresaliendo como un dibujo de Krikfalusi.

Ella dijo que eras su ex, Óscar insistió.

El capitán lo agarró por la garganta.

Es lo que dijo, lloriqueó.

Óscar tuvo suerte; si se hubiera parecido a mi pana Pedro, el Superman Dominicano, o a mi socio Benny, que era modelo, es probable que le hubieran pegado un tiro ahí mismo. Pero porque se veía chabacano y feo, porque de verdad se parecía a un maldito pariguayo sin suerte en la vida, el capitán sintió por él la compasión de Gollum[158] y sólo lo golpeó un par de veces. Óscar, que nunca había sido "golpeado un par de veces" por un adulto con entrenamiento militar, se sintió como si lo acabara de arrollar la línea entera de defensa de los Steelers circa 1977. Le faltó el aire de tal manera que realmente pensó que iba a morir de asfixia. La cara del capitán apareció sobre la suya: Si tocas a mi mujer una vez más, te mato, pariguayo, y Óscar logró susurrar, Eres el ex, antes que los Señores Grundy y Grod lo levantaran (con cierta dificultad), lo metieran en su Camry, y se marcharan. ¿La última imagen que tuvo Óscar de Ybón? El capitán sacándola del Pathfinder por el pelo.

Óscar intentó saltar del carro, pero el Gorila Grod le dio

[158][Uno de los dos aspectos de un personaje de Tolkien: como Sméagol tenía recuerdos de la amistad y el amor pero, como Gollum, era esclavo del Anillo y mataba a cualquiera que amenazaba la posesión que tenía de él.]

un codazo tan fuerte que todos sus deseos de pelear se esfumaron.

Noche en Santo Domingo. Apagón, por supuesto. Hasta el Faro apagado toda la noche.

¿Adónde lo llevaron? Adónde va a ser. A los cañaverales.

¿Cómo les cae eso como regreso eterno? Óscar estaba tan desconcertado y asustado que se meó.

¿Tú no te criaste por aquí? preguntó Grundy a su amigo más prieto.

Mamaguevo estúpido, me críe en Puerto Plata.

¿Estás seguro? Me parece que hablas un poco de francés.

Durante el viaje, Óscar trató de encontrar su voz, pero no pudo. Estaba demasiado trastornado. (En situaciones como ésta, siempre había supuesto que su héroe secreto se presentaría y se pondría a partir pescuezos, à la Jim Kelly,[159] pero era evidente que su héroe secreto había salido a comerse una empanada.) Todo parecía moverse con tanta rapidez. ¿Cómo había sucedido esto? ¿Dónde había metido la pata? No lo podía creer. Iba a morir. Trató de imaginarse a Ybón en el entierro, en su vestido negro casi transparente, pero no pudo. Vio a su mamá y a La Inca en el cementerio. ¿No te lo advertimos? ¿No te lo advertimos? Veía como Santo Domingo se deslizaba y se sentía imposiblemente solo. ¿Cómo podía suceder esto? ¿A él? Era aburrido, gordo y tenía tanto miedo. Pensó en su mamá, en su hermana, en todas las miniaturas que no había pintado todavía, y se echó a llorar. Tranquilízate, le dijo Grundy, pero Óscar no podía parar, ni siquiera cuando se llevó las manos a la boca.

[159][Jim Kelly es un atleta norteamericano, actor y experto en artes marciales que se hizo famoso a principios de los años 70. Como actor, su personaje más conocido fue el que interpretó junto a Bruce Lee en *Enter the Dragon*.]

Viajaron mucho tiempo y entonces, al fin, se detuvieron de repente. En los cañaverales, los Señores Grod y Grundy sacaron a Óscar del carro. Abrieron el maletero, pero las baterías de la linterna se habían gastado, así que tuvieron que ir a un colmado, comprar baterías y regresar. Mientras discutían el precio con el dueño del colmado, Óscar pensó escapar, saltar del carro y salir corriendo por la calle, gritando, pero no pudo hacerlo. El miedo es lo que aniquila la mente, cantó en su cabeza, pero no podía obligarse a actuar. ¡Estaban armados! Miró hacia la noche, esperando que quizá hubiera algunos marines americanos de paseo, pero la única alma era un hombre solitario que se mecía en un sillón delante de una casa en ruinas y, por un instante, Óscar pudo haber jurado que el tipo no tenía rostro, pero entonces los asesinos se volvieron a montar en el carro y arrancaron. Con la linterna funcionando de nuevo, lo metieron en el cañaveral —nunca en su vida había oído nada tan ruidoso y ajeno, el susurro, el crujido, los movimientos relampagueantes entre sus pies (¿serpiente? ¿mangosta?), en el cielo incluso las estrellas, todas reunidas en vanaglorioso congreso. Y, sin embargo, este mundo le parecía extrañamente familiar, tenía la abrumadora sensación de haber estado en este mismo lugar, mucho tiempo atrás. Era peor que un déjà vu, pero antes que pudiera centrarse, el momento desapareció, ahogado por su miedo, y entonces los dos hombres le dijeron que se levantara y se diera vuelta. Tenemos algo que darte, dijeron con amabilidad. Lo que trajo a Óscar de nuevo a lo Real. ¡Por favor, no! chilló. Pero en lugar del flash del arma y la oscuridad eterna, Grod le pegó una vez, duro, en la cabeza. Hubo un instante en que el dolor rompió el yugo de su miedo y Óscar encontró la fuerza para mover las piernas; estaba a punto de darse vuelta y correr cuando los dos lo empezaron a golpear con sus pistolas.

No está claro si pretendían asustarlo o matarlo. Puede que el capitán hubiera ordenado una cosa e hicieran otra. Puede que hicieran exactamente lo que se les pidió o puede que Óscar simplemente tuviera suerte. No puedo decir. Todo lo que sí sé es que fue la madre de todas las pateaduras. Fue el Götterdämmerung de las pateaduras, una golpiza tan cruel e implacable que incluso Camden, la ciudad de La Pateadura Final, habría estado orgullosa. (Sí señor, no hay nada como que le partan la cara a uno con esas empuñaduras Pachmayr.) *Chilló,* pero esto no detuvo la paliza; rogó, pero tampoco la paró; se desmayó, pero no hubo alivio; ¡los tipos le dieron una patada en los granos y se despertó de sopetón! ¡Trató de arrastrarse entre las cañas, pero lo halaron de vuelta! Era como uno de esos paneles pesadillescos que la convención de la MLA[160] celebra a las ocho de la mañana: interminable. Coño, dijo el Gorila Grod, este chamaco me ha hecho sudar. Casi todo el tiempo se turnaron dando golpes, pero a veces lo hacían juntos y hubo momentos en que Óscar estaba seguro que tres hombres, y no dos, lo golpeaban, que el hombre sin rostro de frente al colmado se les había unido. Hacia el final, cuando la vida comenzó a esfumársele, Óscar se encontró cara a cara con su abuela: estaba meciéndose en su sillón y, al verlo, gruñó, ¿Qué te dije de las putas? ¿No te dije que te iban a matar?

Y entonces al fin Grod brincó sobre su cabeza con ambas botas y, en ese mismo momento, Óscar hubiera podido jurar que había un tercer hombre parado detrás de unas cañas,

[160][Modern Language Association, la asociación norteamericana de profesores de ingles.]

pero antes de que Óscar pudiera ver su cara vinieron las Buenas Noches, Dulce Príncipe, y sintió que caía otra vez, que caía directo en la Ruta 18 y no había nada que pudiera hacer, nada en absoluto que lo detuviera.

Clives al rescate

Lo único que impidió que pasara el resto de su vida en aquella crujiente caña sin fin fue que Clives, el taxista evangélico, había tenido la valentía y la inteligencia y, sí, la bondad, de seguir a los polis a escondidas y, cuando se marcharon, encendió las luces del carro y fue adonde habían estado. No tenía linterna. Después de casi media hora de andar en la oscuridad, estaba a punto de abandonar la búsqueda hasta la mañana siguiente, cuando oyó a alguien cantar. Una voz agradable, que conste, y Clives, que cantaba en su congregación, sabía la diferencia. Se dirigió a todo correr al lugar de donde procedía y, cuando apenas había apartado los últimos tallos, un enorme viento rasgó el cañaveral y por poco lo tumba, como si se tratara del primer golpe de un huracán, como la ráfaga de un ángel en despegue y entonces, con la misma rapidez con que se había alzado, desapareció, dejando atrás sólo olor a canela quemada y, apenas detrás de un par de tallos, estaba Óscar. Inconsciente y sangrando por ambas orejas, a un dedito de la muerte. Clives hizo todo lo que pudo, pero no podía arrastrar a Óscar al carro él sólo —¡Aguanta!— y fue a un batey cercano y reclutó a unos braceros haitianos para que lo ayudaran, lo que le tomó algo de tiempo, porque los braceros temían que, si dejaban el batey, sus supervisores les dieran una paliza tan terrible como la que le acababan de dar a Óscar. Al fin, Clives se impuso y corrieron a la escena del crimen. Éste es un grandote, comentó uno de los braceros. Muchos plátanos, bromeó otro. Muchos, muchos plátanos, dijo un tercero, y entonces lo levantaron y lo pusieron en el asiento trasero del carro. Tan pronto cerraron la puerta, Clives arrancó y partió. Iba a millón en el nombre del Señor. Los haitianos le tiraron piedras, porque había prometido llevarlos de regreso al batey.

Encuentros cercanos al estilo caribeño

Óscar recuerda haber tenido un sueño donde una mangosta conversaba con él. Salvo que la mangosta era la Mangosta.

¿Qué hubo, muchacho? preguntó. ¿Más o menos?

Y por un instante casi dice menos. ¡Tan cansado y tanto dolor! —¡Menos! ¡Menos! ¡Menos!— pero entonces, en las profundidades de su mente, recordó a su familia. Lola y su mamá y Nena Inca. Recordó cuando era más joven y más optimista. La lonchera al lado de la cama lo primero que veía por la mañana. *Planet of the Apes.*

Más, dijo con voz ronca.

—— —— ——, dijo la Mangosta, y entonces el viento la barrió nuevamente a la oscuridad.

Vivo o muerto

La nariz rota, el arco cigomático destrozado, el séptimo nervio craneal machacado, tres dientes partidos de raíz, conmoción cerebral.

¿Pero todavía está vivo, no? preguntó su mamá.

Sí, reconocieron los médicos.

Roguemos, dijo La Inca en tono severo. Tomó las manos de Beli y bajó la cabeza.

Si notaron similitudes entre Pasado y Presente no hablaron de ellas.

Informe para un descenso al infierno

Estuvo inconsciente tres días.

En ese tiempo, su impresión fue de haber tenido una serie de sueños fantásticos, aunque para cuando comió por primera vez, un caldo de pollo, ay, ya no los recordaba. Lo único que le quedaba era la imagen de una figura como un Aslan de ojos dorados que intentaba hablarle, pero Óscar no podía oír una palabra por encima del estruendo del merengue que le llegaba de casa del vecino.

Sólo después, en sus últimos días, recordaría uno de esos sueños. Un viejo estaba de pie ante él en un patio en ruinas y le brindaba un libro para que lo leyera. El viejo llevaba una máscara puesta. A Óscar le tomó un rato enfocar la vista, pero entonces vio que el libro estaba en blanco.

El libro está en blanco. Ésas fueron las palabras que el criado de La Inca lo oyó decir momentos antes que rompiera el plano de la inconsciencia y entrara en el universo de lo Real.

Vivo

Así terminó. Tan pronto los médicos le dieron luz verde a Mamá de León, ella llamó a las líneas aéreas. No era nada tonta; tenía experiencia propia con este tipo de asuntos. Se lo dijo en los términos más sencillos de modo que, incluso en su aturdimiento, pudiera entender: Desgraciado hijo de la gran puta, te estás yendo a casa.

No, respondió a través de sus labios demolidos. Tampoco estaba jugando. En cuanto despertó y se dio cuenta de que todavía estaba vivo, preguntó por Ybón. La amo, susurró, y su mamá dijo, ¡Cállate, tú! ¡Cállate!

¿Por qué le estás gritando al muchacho? preguntó La Inca.

Porque es un idiota.

La médico de la familia eliminó el hematoma epidural, pero no podía garantizar que Óscar no tuviera trauma cerebral. (¿Ella era novia de un poli? silbó Tío Rudolfo. Confirmo el daño cerebral.) Mándenlo a la casa ahora mismo, dijo la doctora, pero durante cuatro días Óscar resistió todo intento de subirlo en un avión, lo que dice mucho de la fortaleza de ánimo de ese gordito; estaba tragando morfina a puñados y tenía las mandíbulas en un grito, jaqueca cuádruple noche y día y no podía ver por el ojo derecho; la cabeza del cabrón hijoeputa estaba tan hinchada que parecía John Merrick Junior y, cada vez que intentaba pararse, la tierra bajo sus pies desaparecía. ¡Ofrézcome! pensó. De modo que esto es lo que uno siente cuando le entran a palo. El dolor no paraba y, por mucho que tratara, no podía contenerlo. Juró que jamás volvería a escribir una escena de lucha en lo que le quedaba de vida. Y no todo fue malo, sin embargo: la golpiza lo llevó a extrañas revelaciones Se dio cuenta, de modo más bien inútil, de que de no haber sido serio lo suyo y de Ybón, es probable que el capitán jamás la hubiera cogido con él. Prueba positiva que él e Ybón tenían una relación. ¿Debo celebrarlo, le preguntó a la cómoda, o llorar? ¿Otras revelaciones? Un día mientras observaba a su mamá cambiar las sábanas a tirones, se le ocurrió que la maldición de la familia de la que había oído hablar toda la vida tal vez fuera *verdad*.

Fukú.

Saboreó, experimentó, la palabra en la boca. *Fuck you*.

Su mamá levantó el puño con furia, pero La Inca lo interceptó y sus manos chocaron en el aire. ¿Estás mal? preguntó La Inca, y Óscar no pudo dilucidar si hablaba con su mamá o con él.

En cuanto a Ybón, no contestaba su cel y las pocas veces que logró ir cojeando hasta la ventana vio que el Pathfinder no estaba allí. Te amo, gritó a la calle. ¡Te amo! Una vez llegó hasta la puerta de su casa y tocó el timbre antes de que el tío se diera cuenta de que se había escapado y lo arrastrara de regreso. De noche todo lo que hacía era estar acostado en la cama y sufrir, imaginando para Ybón toda suerte de conclusiones horribles al estilo *Sucesos*. Cuando sentía que su cabeza estaba a punto de estallar, intentaba llegar a ella con sus energías telepáticas.

Y al tercer día ella vino. Mientras que se sentaba en el borde de la cama, su mamá le daba a las cazuelas en la cocina y decía puta lo suficientemente alto como para que ellos la oyeran.

Perdóname si no me levanto, Óscar susurró. Experimento leves dificultades con el cráneo.

Vestía de blanco y tenía el pelo, un tumulto de rizos parduscos, todavía mojados de la ducha. Por supuesto que el capitán le había dado tremenda paliza a ella también, por supuesto que tenía los ojos morados (también le había puesto la Magnum .44 en la vagina y preguntado a quién amaba *de verdad*). Sin embargo, no había nada en ella que Óscar no hubiera besado felizmente. Ella le puso los dedos en la mano y le dijo que nunca podía estar otra vez con él. Por alguna razón, Óscar no podía ver su cara, estaba borrosa, se había retirado por entero a ese otro plano suyo. Oyó sólo la tristeza de su respiración. ¿Dónde estaba la muchacha que lo había visto vacilando a una flaquita la semana antes y había dicho, medio en broma, Sólo a un perro le gustan los huesos, Óscar. ¿Dónde estaba la muchacha que se tenía que probar cinco ajuares diferentes antes de salir de la casa? Intentó enfocar la mirada pero lo único que veía era su amor por ella.

Le alcanzó las páginas que había escrito. Tengo tanto que hablar contigo…

——— y yo nos vamos a casar, dijo de manera cortante.

Ybón, dijo él, tratando de formar las palabras, pero ya se había marchado.

Se acabó. Su mamá y su abuela y su tío le dieron el ultimátum y eso fue todo. Óscar no miró ni al mar ni al paisaje camino al aeropuerto. Estaba tratando de descifrar algo que había escrito la noche antes, pronunciando las palabras lentamente. Es un día lindo, comentó Clives. Óscar levantó la mirada con lágrimas en los ojos. Sí, lo es.

En el vuelo, se sentó entre su tío y su mamá. Jesús, Óscar, dijo Rudolfo, nervioso. Pareces un mojón con camisa.

Su hermana los fue a buscar a JFK y cuando le vio la cara, se echó a llorar y no paró ni cuando regresó a mi apartamento. Debes ver a Míster, sollozó. Intentaron *matarlo*.

What the fuck, Óscar, le dije por teléfono. ¿Te dejo solo un par de días y por poco te matan?

Su voz parecía amortiguada. Besé a una muchacha, Yunior. Al fin besé a una muchacha.

Pero Ó, casi te matan.

No fue tan atroz, dijo. Todavía me quedaron algunos puntos sin golpear.

Pero entonces, dos días después, vi su cara y balbuceé: Holy shit, Óscar. Holy fokin shit.

Sacudió la cabeza. Hay más en juego que mi apariencia.

Escribió la palabra para que yo la viera: *fukú*.

Un consejo

Travel Light. Ella abrió los brazos para abrazar su casa, quizá el mundo entero.

Paterson, otra vez

Regresó a su casa. Estuvo en cama, se curó. Su mamá seguía tan enfurecida que ni lo miraba.

Era un total y completo desastre. Sabía que la amaba como nunca había amado a nadie. Sabía lo que debía hacer: hacer como Lola y regresar. Al carajo con el capitán. Al carajo con Grundy y Grod. Al carajo con todo. Fácil decirlo a la luz racional del día, pero de noche los granos se le hacían agua fría y le corrían por las fokin piernas como pis. Soñó repetidas veces con la caña, la terrible caña, salvo que ahora no era él quien recibía la golpiza, sino su hermana, su mamá, las oía chillar, rogando que no siguieran, por el amor de Dios, que *pararan,* ¡pero en vez de correr hacia las voces, huía! Despertó *gritando. A mí no. A mí no.*

Vio *Virus* por milésima vez y por milésima vez se le aguaron los ojos cuando el científico japonés al fin llega a Tierra del Fuego y al amor de su vida. Leyó *The Lord of the Rings* por la que calculo fue millonésima vez, uno de sus grandes amores y grandes consuelos desde que lo descubrió a los nueve años, perdido y solo, cuando una de sus bibliotecarias favoritas le dijo, A ver, prueba con esto, y esa sola sugerencia cambió su vida. Casi terminó la trilogía entera pero entonces llegó a la línea que decía, "y de Harad Lejos vinieron hombres negros medio gnomos" y tuvo que parar: la cabeza y el corazón le dolían demasiado.

Seis semanas después de la Pateadura Colosal soñó con la caña otra vez. Pero en lugar de salir corriendo cuando empezaron los gritos, cuando los huesos comenzaron a romperse, hizo acopio de todo el valor que había tenido en su vida, que jamás volvería a tener, y se obligó a lo único que no quería hacer, que no podía soportar hacer.

Escuchó.

III

Esto sucedió en enero. Lola y yo vivíamos en los Heights, en diferentes apartamentos… esto fue antes de la invasión de los blanquitos, cuando se podía caminar a todo largo de Upper Manhattan sin ver un sola esterilla de yoga. A Lola y a mí no nos iba nada bien. Hay cuentos que contar, pero ninguno viene al caso. Todo lo que necesitan saber es que si hablábamos una vez por semana era mucho, aunque se suponía que éramos novios. Culpa mía, por supuesto. No podía mantener el rabo en los pantalones, aunque ella era la muchacha más hermosa del fokin mundo.

De todas formas, yo estaba en casa esa semana, la agencia de trabajo temporal no me había llamado, cuando Óscar tocó el timbre de la calle. Hacía semanas que no lo veía, desde los primeros días de su regreso. Coño, Óscar, dije. Sube, sube. Lo esperé en el pasillo y, cuando salió del elevador, lo agarré y lo abracé. ¿Cómo estás, bro? Estoy copacético, dijo. Nos sentamos y prendí un fino mientras me contaba. Pronto voy a regresar a Don Bosco. ¿Sí? pregunté. Palabra, dijo. Tenía la cara jodía todavía, el lado izquierdo un poco caído.

¿Quieres darte un toque?

Puede que sí. Pero sólo un poco. No quisiera nublar mis facultades.

Ese último día en el sofá parecía un hombre en paz consigo mismo. Un poco distraído, pero en paz. Le diría a Lola esa misma noche que era porque al fin había decidido vivir, pero la verdad resultó ser un poco más complicada. Debieran haberlo visto. Estaba flaquísimo, había perdido todo el peso y se le veía mansito, manzana.

¿Qué había estado haciendo? Escribiendo, por supuesto, y leyendo. También preparándose para mudarse de Paterson. Queriendo dejar atrás el pasado, comenzar una nueva vida. Estaba tratando de decidir lo que se quería llevar. Se iba a permitir sólo diez de sus libros, el meollo de su canon (palabras suyas), estaba tratando de reducirlo todo a lo esencial. Sólo lo que pueda llevar conmigo. Parecía una rareza más de Óscar, hasta que después nos dimos cuenta de que no lo era.

Y entonces, tras un hit, dijo: Perdóname por favor, Yunior, pero me trae aquí un motivo ulterior. Quisiera saber si pudieras hacerme un favor.

Cualquier cosa, bro. Dale, pídelo.

Necesitaba dinero para un depósito de seguridad, tenía una posibilidad de un apartamento en Brooklyn. Debí haberme dado cuenta —Óscar nunca le pedía dinero a nadie— pero no fue así, y me desviví por dárselo. Mi conciencia culpable.

Fumamos y hablamos de mis problemas con Lola. Nunca

debías haber tenido relaciones carnales con esa paraguaya, precisó. Lo sé, dije, lo sé.

Ella te quiere.

Lo sé.

¿Entonces por qué la engañas?

Si lo supiera, no sería un problema.

Quizá debieras intentar descubrirlo.

Se puso en pie.

¿No vas a esperar a Lola?

Debo ir a Paterson. Tengo una cita.

¡No me jodas!

Sacudió la cabeza, el muy cabrón.

Pregunté: ¿Es linda?

Sonrió. Sí, lo es.

El sábado ya había desaparecido.

07.

EL VIAJE FINAL

La última vez que voló a Santo Domingo se había asustado cuando estalló el aplauso, pero esta vez estaba preparado y, cuando el avión aterrizó, aplaudió hasta que le ardieron las manos.

Tan pronto llegó a la salida del aeropuerto, llamó a Clives y el homeboy lo vino a buscar una hora más tarde y lo encontró rodeado de taxistas que trataban de meterlo en sus taxis. Cristiano, dijo Clives, ¿qué haces aquí?

Los Poderes Ancestrales, le dijo Óscar en tono grave, no me dejan tranquilo.

Parquearon delante de la casa de ella y esperaron casi siete horas su regreso. Clives trató de disuadirlo, pero él no escuchaba. Entonces llegó en el Pathfinder. Se veía más delgada. A Óscar el corazón se le trabó como una pata coja y, por un instante, pensó en dejar las cosas como estaban, regresar a Bosco y continuar su triste vida, pero entonces ella se inclinó, como si el mundo entero la mirara, y él no necesitó más. Bajó la ventanilla. Ybón, dijo. Ella se detuvo, se llevó la mano a los ojos para protegerlos de la luz, y entonces lo reconoció. Dijo su nombre también. *Óscar.* Él abrió la puerta y fue donde ella estaba y la abrazó.

¿Las primeras palabras de ella? Mi amor, te tienes que ir ahora mismo.

En medio de la calle él le explicó la situación. Le dijo que estaba enamorao de ella y que se había sentido lastimado pero que ya estaba bien y si pudiera tener aunque fuera una semana a solas con ella, una semanita nada más, entonces todo estaría bien dentro de él y podría enfrentarse a lo que fuera y ella dijo, No entiendo, y por lo tanto él tuvo que repetírselo, que la amaba más que al Universo y que no era algo que podía sacudirse tan fácilmente así que, por favor, ven conmigo por un ratico, préstame tu fuerza y luego todo terminaría si ella así lo deseaba.

Quizá ella sí lo amaba un poquito. Quizá muy dentro de su corazón de corazones hubiera dejado el bolso del gimnasio en la calle y montado en el taxi con él. Pero toda la vida había conocido hombres como el capitán, un tipo como ése la había forzado a trabajar en Europa un año entero antes de que le fuera posible empezar a ganar su propio dinero. Sabía también que en la RD un balazo y el divorcio de un militar eran sinónimos. El bolso del gimnasio no quedó en la calle.

Lo voy a llamar, Óscar, dijo, los ojos un poco humedecidos. Así que por favor vete antes que llegue.

No me voy a ningún lao, dijo.

Lárgate, dijo ella.

No, contestó él.

Entró en la casa de su abuela (todavía tenía la llave). El capitán se apareció una hora más tarde, tocó el claxon largo rato, pero Óscar no se molestó en salir. Había sacado las fotografías de La Inca y examinaba todas y cada una de ellas. Cuando La Inca regresó de la panadería, se lo encontró garabateando en la mesa de la cocina.

¿Óscar?

Sí, Abuela, dijo sin levantar la mirada. Soy yo.

Es difícil de explicar, le escribió a su hermana más tarde.

Me imagino que sí.

La maldición del Caribe

Durante veintisiete días se dedicó a dos cosas: a investigar y escribir y a perseguirla. Se sentó frente a su casa, la llamó al bíper, fue al World Famous Riverside donde ella trabajaba, caminó hasta el supermercado cada vez que la vio salir en el carro, por si acaso iba allí. Nueve de cada diez veces no era así. Los vecinos, cuando lo veían en el contén, sacudían la cabeza y decían, Miren al loco.

Al principio, estaba aterrada. No quería nada que ver con él; no le hablaba, no reconocía su presencia y, la primera vez que lo vio en el contén, se asustó tanto que las piernas se le aflojaron. Él sabía que la tenía muriéndose del miedo, pero no podía evitar hacer lo que hacía. Pero para el décimo día, incluso el terror suponía demasiado esfuerzo, y cuando él la seguía por un pasillo o le sonreía en el trabajo, ella le silbaba entre dientes, Por favor, vete pa tu casa, Óscar.

Se sentía desgraciada cuando lo veía y desgraciada, le diría después, cuando no lo veía, convencida de que lo habían matado. Él le pasaba largas cartas apasionadas por debajo de la puerta, escritas en inglés, y la única respuesta que tuvo fue cuando el capitán y sus amigos lo llamaron y amenazaron con hacerlo picadillo. Después de cada amenaza anotaba la hora y llamaba a la embajada e informaba que el Oficial ——— había amenazado con matarlo, ¿Podrían ayudarme por favor?

Tenía esperanzas porque si ella en realidad hubiera querido que desapareciera, hubiera podido atraerlo a un lugar abierto para que el capitán acabara con él. Porque si ella hubiera querido, podía haber hecho que le prohibieran la entrada en el Riverside. Pero no había sido así.

Boy, you can dance *good,* le escribió en una carta. En otras le contaba sus planes para casarse con ella y llevársela a Estados Unidos.

Ella comenzó a contestarle las notas y a pasárselas en el club o enviárselas a su casa. Por favor, Óscar, llevo una semana sin dormir. No quisiera que terminaras herido o muerto. Regresa a tu casa.

But beautiful girl above all beautiful girls, le respondió, this is my home.

Tu verdadero hogar, mi amor.

¿No se pueden tener dos?

Decimonovena noche: Ybón tocó el claxon en la entrada y él dejó la pluma, pues sabía que era ella. Ella se inclinó para abrir la puerta del carro, y al entrar, intentó besarla pero ella dijo, Por fa, para. Fueron hacia La Romana, donde se suponía que el capitán no tenía amigos. No hablaron de nada nuevo pero él le dijo, Me gusta tu nuevo corte de pelo y ella se echó a reír y a llorar y preguntó, ¿De verdad? ¿No crees que me hace parecer barata?

Tú y barata no van juntas, Ybón.

¿Qué podíamos hacer? Lola fue a verlo, le rogó que volviera a casa, le dijo que lo único que iba a lograr era que los mataran a Ybón y a él; la escuchó y luego le dijo con mucha calma que ella no entendía lo que estaba en juego. Entiendo perfectamente, gritó ella. No, le dijo con tristeza, no lo entiendes. Su abuela trató de ejercer su poder, trató de usar la Voz, pero él ya no era el niño que había conocido. Algo había cambiado en él. Había logrado cierto poder propio.

A las dos semanas de su Viaje Final, llegó su mamá y venía lista para el ataque. Vuelves a casa ahora mismo. Él sacudió la cabeza. No puedo, Mami.

Ella lo agarró e intentó halarlo, pero él era como Unus el Intocable. Mami, le dijo suavemente. Te vas a lastimar.

Y tú te vas a matar.

Eso no es lo que estoy tratando de hacer.

¿Fui allá a verlo? Claro que sí. Con Lola. Nada une a una pareja como una catástrofe.

¿Et tu, Yunior? dijo al verme.

Nada funcionó.

Los últimos días de Óscar Wao

¡Qué increíblemente breves son veintisiete días! Una tarde el capitán y sus amigos entraron con paso majestuoso en Riverside: Óscar estuvo mirándolo unos buenos diez segundos y, después, con el cuerpo entero temblando, se marchó. Ni se molestó en llamar a Clives y se montó en el primer taxi que encontró. Una vez en el parqueo del Riverside, trató de besarla de nuevo y ella volteó la cabeza, no el cuerpo. Por fa, no. Nos va a matar.

Veintisiete días. Escribió en cada uno de ellos, escribió casi trescientas páginas si se han de creer sus cartas. Casi lo logro, me dijo una noche por teléfono, una de las pocas llamadas que nos hizo. ¿Qué? Quería saber.

¿Qué?

Ya verás, fue todo lo que contestó.

Y entonces sucedió lo que se esperaba. Una noche él y Clives regresaban del World Famous Riverside y tuvieron que detenerse en un semáforo y ahí fue que dos hombres se colaron en el taxi con ellos. Eran, por supuesto, el Gorila Grod y Solomon Grundy. Qué bien verte otra vez, dijo Grod, y entonces lo golpearon lo mejor que pudieron, dada la limitación de espacio en el taxi.

Esta vez Óscar no lloró cuando lo llevaron de nuevo a los cañaverales. La zafra sería pronto y la caña había crecido bien y densa y en algunos lugares se podía oír el clac clac de los tallos chocando unos con otros como triffids[161] y las voces en krïyol[162] perdidas en la noche. El olor de la caña madura era inolvidable y había una luna, una hermosa luna llena, y Clives les pidió a los hombres que perdonaran a Óscar, pero ellos se rieron. Debieras preocuparte, dijo Grod, por ti mismo. Óscar se rió un poco también a través de la boca partida. No te preocupes, Clives, le dijo. Llegaron demasiado tarde. Grod discrepó. Más bien diría que llegamos

[161][El triffid es una especie ficticia de planta muy venenosa que aparenta tener instintos de inteligencia y supervivencia muy limitados. Es la antagonista nominal de la novela de 1951, *The Day of the Triffids* de John Wyndham, y también aparece más adelante en la novela de Simon Clark *The Night of the Triffids,* en la cual el triffid se desarrolla en una forma más amenazante.]

[162][Idioma criollo basado en el portugués.]

justo a tiempo. Pasaron una parada de guagua y, por un segundo, Óscar imaginó ver a toda su familia montar en la guagua, incluso a su pobre abuelo muerto y a su pobre abuela muerta, y quién iba al timón de la guagua sino la Mangosta, y quién era el cobrador sino el Hombre Sin Rostro, pero no fue más que una última fantasía que desapareció en cuanto pestañeó y, cuando el carro se detuvo, Óscar le envió mensajes telepáticos a su mamá (la quiero, señora), a su tío (déjalo, tío, y vive), a Lola (lamento tanto lo que ocurrió; te querré siempre), a todas las mujeres que había amado —Olga, Maritza, Ana, Jenni, Nataly y todas las demás cuyos nombres nunca supo— y, por supuesto, a Ybón.[163]

Lo hicieron entrar en la caña y luego le dieron la vuelta. Él trató de permanecer valientemente de pie. (A Clives lo dejaron amarrado en el taxi y cuando le dieron la espalda, se esfumó por el cañaveral; sería él quien le entregaría a Óscar a la familia.) Miraron a Óscar y él los miró a ellos y entonces comenzó a hablar. Las palabras que le salieron parecían pertenecer a otro, eran en buen español, por primera vez. Les dijo que lo que hacían estaba mal, que borraban del mundo un gran amor. Que el amor era algo raro, fácilmente confundido con otro millón de cosas y si alguien sabía que eso era verdad, ése era él. Les habló de Ybón y de la forma en que la amaba y cuánto habían arriesgado y que habían comenzado a soñar los mismos sueños y a decir las mismas palabras. Les dijo que era sólo por ese amor que él había podido hacer lo que había hecho, lo que ellos ya no podían detener, les dijo que si lo mataban era probable que no sintieran nada y era probable que sus hijos no sintieran nada tampoco, que no lo

[163]"No importa cuánto viajes... a qué extremo del universo sin fin... nunca estarás... ¡SOLO!" (The Watcher, *Fantastic Four #13, mayo 1963*).

sintieran hasta que fueran viejos y débiles o estuvieran a punto de ser atropellados por un carro, y entonces sentirían que él estaba esperando por ellos del otro lado y allá no sería ningún gordo, ningún comemierda, ningún chiquillo a quien ninguna muchacha jamás amó; allí sería un héroe, un vengador. Porque todo lo que uno puede soñar (subió la mano) lo puede ser.

Esperaron con respeto que terminara y entonces le dijeron, sus caras desapareciendo lentamente en la penumbra, Mira, te soltamos si nos dices qué significa *fire.*

Fuego, soltó, incapaz de contenerse.

Óscar—

08.
EL FIN DEL CUENTO

Eso es todo, más o menos.

Regresamos a reclamar el cadáver. Tomamos las disposiciones para el entierro. No fue nadie fuera de nosotros, ni siquiera Al y Miggs. Lola lloraba y lloraba. Al año, el cáncer de su mamá regresó y esta vez se atrincheró y se asentó. La visité en el hospital con Lola. Seis veces en total. Viviría otros diez meses, pero para entonces ya se había dado más o menos por vencida.

Hice todo lo que pude.

Hiciste bastante, Mami, dijo Lola, pero ella no quería oírlo. Nos dio su espalda deshecha.

Hice todo lo que pude y de todos modos no bastó.

La enterraron junto a su hijo y Lola leyó un poema que había escrito, y eso fue todo. Polvo eres y en polvo te convertirás.

Cuatro veces la familia contrató abogados pero nunca se presentaron cargos. La embajada no ayudó y el gobierno tampoco. Tengo entendido que Ybón todavía vive en Mirador Norte, todavía baila en Riverside, pero La Inca vendió la casa al año y regresó a Baní.

Lola juró que nunca volvería a ese país tan terrible. En una de nuestras últimas noches de novios, dijo, Diez millones de trujillos, eso es todo lo que somos.

Y NOSOTROS

Quisiera poder decir que todo se resolvió, que la muerte de Óscar nos unió. Yo estaba hecho un desastre y, después de medio año cuidando a su mamá, Lola experimentó lo que muchas hembras llaman el Regreso de Saturno. Un buen día me llamó, me preguntó donde había estado la noche antes y, cuando no tuve una buena excusa, me dijo, Adiós, Yunior, cuídate mucho, por fa, y durante más o menos un año me mantuve a base de jevitas extrañas y alternaba entre Fuck Lola y unas esperanzas de reconciliación increíblemente narcisistas que no hacía nada por hacerlo realidad. Y entonces en agosto, a mi regreso de un viaje a Santo Domingo, supe por mi mamá que Lola había conocido a alguien en Miami, adonde se había mudado, que estaba embarazada y se iba a casar.

La llamé. What the fuck, Lola…

Pero me colgó.

Como nota super final

Han pasado años y años, y todavía pienso en él. El increíble Óscar Wao. Tengo sueños en los que se sienta en el borde de mi cama. Estamos de nuevo en Rutgers, en Demarest, que es donde siempre estaremos, al parecer. En este sueño en particular, nunca es delgado como al final, siempre es enorme. Quiere hablar conmigo, está ansioso por charlar, pero la mayor parte del tiempo no puedo decir ni una palabra ni él tampoco. Así que nos quedamos sentados allí, calladitos.

A los cinco años de su muerte comencé a tener otro tipo de sueño. Sobre él o sobre alguien que se parece a él. Estamos en una especie de patio interior en ruinas repletas hasta el borde de libros viejos y polvorientos. Está de pie en uno de los pasillos, haciéndose el misterioso, con una máscara colérica que le oculta la cara pero por los huequitos veo un par de ojos juntos bien conocidos. El tipo tiene un libro en la mano y hace un gesto para que yo me fije bien, y reconozco esta escena de una de sus películas locas. Quiero alejarme de él a todo correr y durante mucho tiempo es lo que hago. Me toma un rato darme cuenta de que las manos de Óscar son inconsútiles y las páginas del libro están en blanco.

Y que detrás de la máscara, sus ojos sonríen.

Zafa.

Pero a veces, lo miro y no tiene cara y me despierto gritando.

Los sueños

Me tomó diez años completos, soporté la peor cantidad de mierda que se pueda imaginar, estuve perdido buen tiempo

—sin Lola, sin mí mismo, sin na— hasta que un día me desperté al lado de alguien que me importaba un carajo, mis labios cubiertos de mocos de coca y sangre de coca, y dije, OK, Wao, OK. Ganaste.

En cuanto a mí

En estos momentos vivo en Perth Amboy, New Jersey, doy clases de composición y escritura creativa en Middlesex Community College y hasta soy dueño de una casa en las alturas de Elm Street, cerca de la fábrica de acero. No una de las grandes como las que compran con sus ganancias los dueños de bodegas, pero tampoco está nada mal. La mayoría de mis colegas consideran a Perth Amboy una mierda, pero yo discrepo.

No es exactamente lo que soñaba cuando era un muchacho, lo de dar clases, lo de vivir en New Jersey, pero hago que me funcione lo mejor que puedo. Tengo una esposa que adoro y que me adora, una negrita de Salcedo que no merezco, y algunas veces hasta hablamos vainas de tener hijos algún día. De vez en cuando la posibilidad me parece bien. Ya no ando atrás de las jevitas. Bueno, no tanto. Cuando no estoy dando clases o de coach de béisbol o en el gimnasio o con mi mujer, estoy en casa, escribiendo. En estos días escribo muchísimo. Desde que abro los ojos por la mañana hasta que los cierro por la noche. Aprendí eso de Óscar. Soy un hombre nuevo, ven, un hombre nuevo, nuevo.

Y NOSOTROS

Aunque no lo crean, ella y yo todavía nos vemos. Ella, Rubén el cubano y su hija se mudaron a Paterson hace un par de años, vendieron la casa vieja, compraron una nueva y viajan juntos a todas partes (por lo menos eso es lo que me dice mi mamá —Lola, siendo Lola, todavía la visita). A veces, cuando las estrellas están alineadas, me topo con ella en manifestaciones, en librerías donde antes pasábamos tiempo juntos, en las calles de NYC. A veces Rubén el cubano está con ella, a veces no. Pero su hija siempre está presente. Los ojos de Óscar. El pelo de Hypatía. Su mirada lo ve todo. También es lectora, si se le va a creer a Lola. Saluda a Yunior, le ordena Lola. Era el mejor amigo de tu tío.

Hola tío, dice ella de mala gana.

Amigo de tu tío, ella le corrige.

Hola, *amigo* de tío.

Lola lleva el pelo largo ahora y no se lo alisa; pesa un poco más y ya es menos inocente, pero sigue siendo la ciguapa de mis sueños. Siempre se alegra al verme, no hay mala leche alguna, entiendan. Ninguna.

Yunior, ¿cómo estás?

Muy bien. ¿Cómo estás tú?

Antes de que toda la esperanza muriera, tenía el sueño estúpido de que nuestra vaina se podría rescatar, que estaríamos en la cama juntos como en los viejos tiempos, con el abanico puesto, el humo de la hierba mandilando sobre nosotros y que al fin yo intentaría decir las palabras que nos podían salvar.

——— ——— ———.

Pero antes de poder formar las vocales, me despierto.

Tengo la cara húmeda y así es como sé que nunca será verdad.

Nunca, jamás.

No es tan malo, sin embargo. Cuando nos encontramos, sonreímos, reímos, nos turnamos para decir el nombre de su hija.

Nunca le pregunto si su hija ha comenzado a soñar. Nunca menciono nuestro pasado.

Todo lo que hacemos es hablar de Óscar.

Casi se acaba. Casi termina. Sólo unas cositas finales que resolver antes que su Vigilante cumpla su deber cósmico y se retire al fin al Área Azul de la Luna, para que no se vuelva a saber de él de nuevo hasta los Días Finales.

Miren a la niña: la hermosa muchachita: la hija de Lola. Morena y evidentemente lista: en palabras de su bisabuela, La Inca, una jurona. Pudo haber sido mi hija si yo hubiera sido inteligente, si hubiera sido ——. No la hace menos preciosa. Sube árboles, se frota las nalgas contra los marcos de las puertas, practica malaspalabras cuando cree que nadie la oye. Habla español e inglés.

Ni Captain Marvel ni Billy Baston, sino el relámpago.

Una niña feliz, hasta donde llegan estas cosas. ¡Feliz!

Pero colgado de su cuello: tres azabaches: el que Óscar llevó de bebé, el que Lola llevó de bebé y el que La Inca le dio a Beli cuando llegó al Refugio. Magia poderosa de los Ancianos. Tres barreras protectoras contra el Mal. Apoyadas por un pedestal de rezos de seis millas de largo. (Lola no es estúpida; hizo a las dos, a mi madre y a La Inca, madrinas de la niña.) Poderosas protectoras, sin duda.

Pero, un día, el Círculo fallará.

Como siempre ocurre con los Círculos.

Y oirá por primera vez la palabra fukú.

Y soñará con el Hombre Sin Rostro.

No ahora, pero dentro de poco.

Si es la hija de su familia —como imagino que es— un día dejará de tener miedo y vendrá en busca de respuestas.

No ahora, pero pronto.

El día que menos lo espere, tocará a mi puerta.

Soy Isis. Hija de Dolores de León.

¡Ofrézcome! ¡Pasa, muchacha! ¡Pasa!

(Veré que todavía lleva sus azabaches, que tiene las piernas de su mamá, los ojos de su tío.)

Le ofreceré algo de tomar y mi esposa freirá sus pastelitos especiales; le preguntaré sobre su mamá del modo más superficial que pueda, y sacaré las fotos de nosotros tres en aquellos días y cuando se haga tarde, la llevaré al sótano y abriré los cuatro refrigeradores donde guardo los libros de su tío, sus juegos, su manuscrito, sus cómics —los refrigeradores son la mejor protección contra el fuego, contra los terremotos, contra casi cualquier cosa.

Una luz, un escritorio, un catre —lo tengo todo.

¿Cuántas noches se quedará con nosotros?

Las que necesite.

Y tal vez, sólo tal vez, si tiene tanta Inteligencia y valor como espero que tenga, tomará todo lo que hemos hecho y todo lo que hemos aprendido y añadirá sus propias ideas y pondrá fin a la historia.

Y en mis mejores días, ésa es mi esperanza. Mi sueño.

Pero hay otros días, cuando estoy depre o abatido, cuando me encuentro en el escritorio tarde en la noche, sin poder dormir, pasando las páginas (na menos) de la muy maneosada copia de *Watchmen* que había sido de Óscar. Una de las pocas cosas que se llevó en su Último Viaje y que pudimos recuperar. El cómic original. Paso las páginas —uno de sus tres libros favoritos, sin duda— hasta el horripilante capítulo final: "Un mundo de amor más fuerte". Hasta el único panel que él ha marcado. Óscar —que nunca pintarrajeó un solo libro en toda su vida— marcó el panel tres veces con la misma pluma enfática que usó para escribir sus últimas cartas a la familia. Es el panel donde Adrian Veidt y el Dr. Manhattan sostienen su conversación final. Después que el cerebro mutante ha destruido New York City; después que el Dr. Manhattan ha asesinado a Rorschach; después que el plan de Veidt ha logrado "salvar al mundo".

Veidt dice: "Hice lo que debía, ¿no? Al final, todo salió bien".

Y Manhattan, antes de desaparecer de nuestro Universo, contesta: "¿Al final? Nada termina, Adrian. Nada nunca termina".

LA CARTA FINAL

Él se las arregló para enviar correos a casa antes del final. Un par de tarjetas postales con algunas boberías agradables. Me mandó una, me llamó el Conde Fenris. Me recomendó las playas de Azua si no las había visitado todavía. Le escribió a Lola también; la llamó Mi Querida Bruja Bene Gesserit.[164]

Y entonces, casi ocho meses después de su muerte, llegó un paquete a la casa de Paterson. ¡Háblese después de Dominican Express! Traía dos manuscritos. Uno era más capítulos de su opus que nunca terminaría, una ópera del espacio en cuatro tomos al estilo de E.E. "Doc" Smith llamada *Starscourge*, y el otro era una larga carta a Lola, al parecer lo último que escribió antes de que lo mataran. En esa

[164][El Bene Gesserit es una hermandad social, religiosa y política de gran importancia en el universo de ciencia ficción de Frank Herbert de *Dune*. Sus miembros entrenan sus cuerpos y mentes durante años para desarrollar energías y capacidades que se pueden considerar mágicas.]

carta, habla de sus investigaciones y del nuevo libro que escribía, un libro que enviaba en paquete aparte. Le dijo que estuviera pendiente de él. Contiene todo lo que he escrito durante este viaje. Todo lo que pienso que necesitarás. Entenderás cuando leas mis conclusiones. (Es la cura para lo que nos aflige, le escribió en los márgenes. El ADN del Universo.)

¡El único problema fue que el fokin paquete nunca llegó! O se perdió en el correo o lo mataron antes de que lo enviara, o la persona a quien se lo había confiado se le olvidó mandarlo.

De todas formas, el paquete que sí llegó tenía ciertas noticias sorprendentes. Resulta que hacia el final de aquellos veintisiete días, el palomo *sí* logró sacar a Ybón de La Capital. Durante un fin de semana completo, se escondieron en una playa en Barahona mientras el capitán andaba de viaje de "negocios", ¿y adivinen qué? Ybón lo besó de verdad. ¿Y qué más? Ybón rapó con él de verdad. ¡Alabao sea Dios! Informó que le había gustado y que el tú sabes qué de Ybón no sabía como se había imaginado. Sabía a Heineken, observó. Escribió que todas las noches Ybón tenía pesadillas en las que el capitán los había encontrado; una vez, se despertó y dijo con voz de verdadero miedo, Óscar, él está aquí, y en realidad creía que estaba, y Óscar se despertó y se lanzó sobre el capitán, pero resultó que era sólo un carapacho de tortuga que el hotel había colgado en la pared como decoración. ¡Casi me reviento la nariz! Escribió que Ybón tenía unos vellitos que iban casi hasta el ombligo y que bizqueaba cuando la penetraba pero que lo que realmente lo sorprendió no fue el bam-bam-bam del sexo, sino las pequeñas intimidades que nunca en su vida había anticipado, como peinarle el pelo o bajar su ropa interior de la tendedera o verla caminar desnuda al baño o la manera en que se sentaba de repente en su regazo y ponía la cara en su cuello. Intimidades como escucharla hablar de su niñez y que él le dijera que había sido virgen toda su vida. Escribió que no podía creer que hubiera tenido que esperar por esto tanto fokin tiempo. (Fue Ybón quien sugirió que se le diera otro nombre a la espera. Sí, ¿cómo qué? Quizá, dijo ella, pudieras llamarlo una vida.) Escribió: ¡Así que esto es de lo que todo el mundo siempre está hablando! ¡Diablos! Si lo hubiera sabido. ¡La belleza! ¡La belleza!

AGRADECIMIENTOS DE LA TRADUCTORA

A Lourdes Cairó Montero, Josefina de Diego, Jimena Codina, Norberto Codina, Dayi Peguero, Mayra Rodríguez Cruz, Lawrence Schimel, David Unger, Eva Wilhelm, y la muchacha de la noche perfecta en el lobby del Habana Libre (digamos que por el desafío).

En Vintage Español, a Milena Alberti, Jackie Montalvo y al infatigable Jaime de Pablos.

A Moira Pujols, por servir de diccionario y enciclopedia dominicana, y a María Teresa Ortega, por ser la red de seguridad más segura del mundo.

Y a Junot, por Óscar.

Achy Obejas (La Habana, 1956) es narradora, poeta y periodista. Para más información, visite: www.achyobejas.com.

TAMBIÉN DE JUNOT DÍAZ

ASÍ ES COMO LA PIERDES

Así es como la pierdes es un libro sobre mujeres que quitan el sentido y sobre el amor y el ardor. Y sobre la traición por qué a veces traicionamos lo que más queremos, y también es un libro sobre el suplicio que pasamos después —los ruegos, las lágrimas, la sensación de estar atravesado un campo de minas para intentar recuperar lo que perdimos. Aquello que creíamos que no queríamos, que no nos importaba. Estos cuentos nos enseñan las leyes fijas del amor: que la desesperanza de los padres la acaban sufriendo los hijos, que lo que les hacemos a nuestros ex amantes nos lo harán inevitablemente a nosotros, y que aquello de "amar al prójimo como a uno mismo" no funciona bajo la influencia de Eros. Pero sobre todo, estos cuentos nos recuerdan que el ardor siempre triunfa sobre la experiencia, y que el amor, cuando llega de verdad, necesita más de una vida para desvanecerse.

Ficción/Relatos

NEGOCIOS

En *Negocios*, Junot Díaz nos transporta desde los pueblos y parajes polvorientos de su tierra natal, la República Dominicana, hasta los barrios industriales y el paisaje urbano de Nueva Jersey, bajo un horizonte de chimeneas humeantes. La obra triunfal que marcó el arranque literario de Junot Díaz puede ahora disfrutarse en una edición en español que conserva en su integridad la fuerza desabrida y la delicadeza del texto original. Los niños y jóvenes que pueblan las páginas de *Negocios* gravitan sin sosiego por territorios marginales, a mitad de camino entre la inocencia y la experiencia, entre la curiosidad infantil y la crueldad más descarnada.

Ficción/Literatura